Mayte Uceda

Rückkehr in die Highlands

amazon crossing

Das Buch

Kurz vor ihrer Hochzeit reist Rebecca mit ihren Freundinnen ins Herz Schottlands. Inmitten einer Landschaft von faszinierender Schönheit beschleichen sie allmählich Zweifel, ob ihr Verlobter Mario wirklich ihre große Liebe ist. Aber wie findet man das heraus? Und woher weiß man, ob man die richtige Entscheidung trifft? Als sie Kenzie MacLeod kennenlernt, einen jungen Mann, der tausend Mal so lange gelebt zu haben scheint wie sie selbst, findet Rebecca schließlich die Antworten auf alle ihre Fragen.

Die Autorin

Mayte Fernández Uceda ist in Asturien, Spanien, geboren und aufgewachsen. Ihr Romandebüt war die übernatürliche Liebesgeschichte »Los Ángeles de la Torre«. »Rückkehr in die Highlands« ist ihr zweiter Roman.

Wer die Schauplätze und die Musik Schottlands entdecken will, die zu dieser Geschichte inspiriert haben, ist eingeladen, die Facebook-Seite zum Roman zu besuchen: https://www.facebook.com/UnAmorParaRebeca.

MAYTE UCEDA

Rückkehr in die Highlands

ROMAN

Aus dem Spanischen
von Karin Will

amazon crossing

Die Originalausgabe erschien 2014 unter dem Titel
»Un amor para Rebeca« im Selbstverlag.

Deutsche Erstveröffentlichung bei
AmazonCrossing, Amazon Media EU S.à r.l.
5 Rue Plaetis, L-2338, Luxembourg
Januar 2016

Umschlaggestaltung: semper smile, München, www.sempersmile.de
Umschlagmotiv: © Nancy Ney / Getty Images; © inigocia / Shutterstock
Lektorat, Korrektorat und Satz:
Verlag Lutz Garnies, Haar bei München
www.vlg.de
Printed in Germany
By Amazon Distribution GmbH
Amazonstraße 1
04347 Leipzig, Germany

ISBN 978-1-477-84977-4

www.amazon.com/crossing

Für meine Mutter, weil sie so ist, wie sie ist.

PROLOG

Las Ramblas

3. Mai 2006, Barcelona

»He, Mädchen, für einen Euro lese ich dir die Zukunft aus der Hand.«

Rebecca blieb vor der Romni stehen, die ihr den Weg abgeschnitten hatte, und lächelte ausweichend. Sie kramte in ihrer Tasche und holte eine Münze heraus.

»Lass sie«, sagte ihr Bruder Enric und zog sie am Arm.

»Warte. Ich will hören, was sie mir zu sagen hat.«

Als sie der Frau den Euro reichte, hielt diese ihre Hand fest, sodass Rebecca sie nicht zurückziehen konnte.

»Was willst du wissen?«, fragte sie und verzog die Lippen zu einer seltsamen Grimasse. »Vielleicht, ob du die wahre Liebe finden wirst?«

Rebecca lachte auf, und ihr Bruder schnaubte ungeduldig.

»Die habe ich schon gefunden.«

Die Frau kniff die Augenbrauen zusammen und heftete ihren Blick auf Rebeccas Handlinien. »Nein, Mädchen, du hast sie noch nicht gefunden, aber du wirst sie finden.« Sie machte eine ausladende Geste, als könnte sie sich so besser auf die Zukunft konzentrieren. »Obwohl …«

»Komm schon, Rebecca!« Enric zupfte sie am Arm, und schulterzuckend verabschiedete sich Rebecca von der Frau, jedoch nicht ohne ihr noch einmal zuzulächeln.

Die Zigeunerin blickte ihr nach, schnalzte mit der Zunge und schüttelte den Kopf. Dann wandte sie sich einem anderen Mädchen zu, das gerade vorüberging. »He, Mädchen, für zwei Euro lese ich dir die Zukunft aus der Hand …«

KAPITEL 1

Grenzüberschreitungen

Barcelona, 25. Juni 2006

Für einen Augenblick verdunkelte eine Wolke die Sonne am blauen Himmel von Barcelona. Rebecca öffnete verärgert die Augen. Die einsame Wolke hatte die angenehme Wärme auf ihrem der Sonne zugewandten Gesicht jäh unterbrochen. Dabei hatte sie erst vor einer Minute die Augen geschlossen, um dieses angenehme Gefühl zu genießen. Sie begann gerade erst, vom bevorstehenden Sommer zu träumen, dem ersten nach den Abschlussprüfungen an der Universität. Von einem Sommer voller Projekte und Pläne für die Zukunft.

Sie drehte den Kopf und sah zu ihren Freundinnen hinüber. Lola kritzelte etwas auf ihren Block, und Berta blätterte eine Zeitschrift von hinten nach vorne durch, wie sie es immer tat.

Die drei kannten sich seit dem ersten Studienjahr, doch sie waren nicht etwa Freundinnen geworden, weil sie so viele Gemeinsamkeiten gehabt hätten. Angesichts ihrer Verschiedenheit hätten sie nie erwartet, dass ihre Freundschaft so lange halten würde. Würde man ihre Persönlichkeiten mit den Zutaten zu einem Salat vergleichen, wäre Berta das Öl, das flüssige Gold mit seinen vielen gesunden Eigenschaften. Sie war ruhig, selbstsicher und in jeder Lebenslage souverän. Immer hatte sie einen vernünftigen Rat auf Lager, und sowohl Lola als auch Rebecca hielten große Stücke auf sie.

Rebecca ähnelte den schönen und leicht zu kultivierenden Kirschtomaten. Sie war hübsch, naiv und leicht beeinflussbar. Einer katholischen Familie vom alten Schlag entstammend, schwamm sie mit dem Strom, ohne allzu viele Fragen zu stellen. Sie respektierte die Entscheidungen ihrer Eltern, ohne zur Rebellion zu neigen.

Lola, die Dritte im Bunde, repräsentierte die Zutat, die jeder Speise das gewisse Etwas verleiht, das Salz, das die Aromen verstärkt und das Essen vor Fadheit bewahrt. Sie war liberal erzogen worden und von den Dreien diejenige, die auf Partys für Stimmung sorgte, die die besten Witze erzählen konnte und den größten Erfolg bei Männern hatte. Die Hübscheste war sie allerdings nicht, diese Eigenschaft hatte die Natur Rebecca vorbehalten. Doch ohne Zweifel schlug sie Kapital aus ihrem ausdrucksstarken Gesicht, das in Verbindung mit ihrer überschäumenden Spontaneität und ihrer scharfen Zunge eine explosive Mischung mit überraschender Wirkung ergab.

Trotz allem war Lola die Einzige, die keinen festen Freund hatte. Berta führte eine stabile Beziehung mit Albert, einem zukünftigen Rechtspfleger, und Rebecca war seit zwei Jahren mit Mario zusammen, dem einzigen Sohn des Geschäftspartners ihres Vaters.

Der Vormittag war wie im Flug vergangen. Die drei hatten sich auf dem Außengelände des Alpha-Baus auf dem Campus von Barcelona getroffen, um sich nach den letzten Prüfungen verdientermaßen auszuruhen. Sie lagen im Gras, genossen die angenehme sommerliche Wärme, redeten über alles Mögliche oder faulenzten einfach in der Sonne. Als diese über ihren Köpfen unerträglich wurde, beschlossen sie aufzubrechen. Sie schwangen sich auf ihre Vespas und fuhren die kurze Strecke nach Hause.

Rebecca wohnte im exklusiven Viertel Pedralbes in der Nähe des Klosters. Sie öffnete mit der Fernbedienung das große Eingangstor und parkte den Motorroller auf dem großen Vorplatz. Dann hängte sie den Helm an den Lenker und ging ins Haus.

Ihre kleine Schwester begrüßte sie mit dem für Kinder typischen Überschwang. Sie warf sich auf den Boden und umklammerte Rebeccas Bein so fest, dass sie keinen Schritt mehr tun konnte. Während Rebecca versuchte, sich zu befreien, fragte sie sich, wie eine kaum siebenjährige Rotznase so stark sein kann.

»Schluss jetzt, Inès«, protestierte sie. »Lass mein Bein los, sonst müssen wir noch in der Eingangshalle essen.«

»Ja!?«, fragte die Kleine, legte den Kopf in den Nacken und sah zu ihrer Schwester hoch. »Könnten wir wirklich hier essen?« Sie riss die Augen auf. »Auf dem Fußboden?«

Baudelia, die sich um die Angelegenheiten des Haushalts kümmerte, tauchte vor ihnen auf und runzelte die Stirn.

»Na komm, Kleines, lass deine Schwester los«, sagte sie und packte Inès.

Unter Baudelias Arm strampelnd, verschwand Inès durch den Gang, wobei sie sämtliche Adjektive abfeuerte, die sie während der letzten Woche in der Schule gelernt hatte. Wäre Inès alt genug gewesen, hätte ihre Mutter sie auf direktem Weg in Pater Arnaus Beichtstuhl geschickt, dachte Rebecca.

Sie ging ins Wohnzimmer, wo das heilige Ölgemälde der Morenata sie empfing, ein Bild des Malers Ernest Descals, das gut sichtbar in einem dicken Rahmen gegenüber der Tür hing.

Ihre Mutter und ihr Bruder Enric saßen in einer Ecke und waren so vertieft in ihr Gespräch, dass sie Rebecca gar nicht bemerkten.

»Hallo«, grüßte sie.

Die beiden fuhren zusammen.

»Ach, du bist es, Rebecca.« Ihre Mutter verzog das Gesicht zu einer Grimasse, die ein Lächeln darstellen sollte, und unterbrach das Gespräch mit ihrem Sohn. »Wie war dein Vormittag?«

Elvira Brañanova, die aus der Provinz Lugo stammte, war eine zwar nicht schöne, doch elegante Frau mit blondem

Haar und blauen Augen. Ihrer kleinen Tochter hatte sie das helle Haar vererbt, Enric und Rebecca ihre Augenfarbe. Elvira hatte Victor Bassols 1979 auf einem katholischen Jugendlager kennengelernt, und an einem verregneten Frühlingsvormittag in Lugo hatten sie einander das Jawort gegeben. Sie hatte Betriebswirtschaft studiert, ihre Berufstätigkeit jedoch der Familie zuliebe aufgegeben. Und niemand hätte sich ihr gegenüber die Unterstellung erlaubt, dass sie das bereute. Wegen ihrer moralischen und religiösen Überzeugungen hielt sie Kindererziehung für etwas nicht Delegierbares, dem man aufrecht und streitbar begegnen musste. Nur so würde es ihr gelingen, aus ihren Kindern Menschen mit Werten und Prinzipien zu machen.

»Ich war mit den Mädels unterwegs«, erwiderte Rebecca.

»Wie geht es den beiden? Haben sie alle Prüfungen bestanden?«

»Ja, Mama.«

Das Gespräch dauerte nicht lange, ihre Mutter wirkte angespannt, und ihr Gesicht war gerötet. Rebecca sagte nichts, aber sie wusste, dass irgendetwas mit Enric war. Als ihre Mutter das Wohnzimmer verließ, sah sie ihren Bruder neugierig an, doch er gab ihr mit einem Kopfschütteln zu verstehen, dass sie nicht nachhaken sollte.

Durch die Wand drangen gedämpft neue kindliche Schimpfwörter herüber. Wenn Inès einen Wutanfall hatte, ließ sie sich von nichts und niemandem beruhigen.

Rebecca seufzte tief. Enric war drei Jahre älter als sie. Auf den Rat seiner Eltern hin hatte er Jura studiert. Er war ein fleißiger und disziplinierter Student mit ausgezeichneten Noten, und nach seinem Studienabschluss war er in die angesehene Wirtschaftskanzlei Caralt & Bassols eingetreten.

Ihr Vater hatte auf der Universität bei Josep Caralt studiert. Der angesehene Juraprofessor hatte sich beurlauben lassen, um eine Anwaltskanzlei zu gründen, wobei er auf seinen brillantesten Studenten gezählt hatte, Victor Bassols, und später dann auf seinen eigenen Sohn, Mario Caralt. Señor Caralt brachte die Fachkenntnisse mit, Victor den jugendlichen Enthusiasmus und die nötige Angriffslust. Auch Bassols träumte davon, dass seine Kinder in die Anwaltskanzlei eintraten. Enric gehörte der Kanzlei bereits seit zwei Jahren als Junioranwalt an. Rebecca hatte sich dem Wunsch ihres Vaters gefügt und sich an der juristischen Fakultät eingeschrieben, aber nach zwei verheerenden Semestern hatte man ihr erlaubt, aufzuhören und ein Lehramtsstudium zu beginnen. Sie hatte immer schon Lehrerin werden wollen und fand Jura staubtrocken.

Während der Tisch zum Mittagessen gedeckt wurde, traf ihr Vater ein. Victor Bassols war ein Mann, der durchaus ausstrahlte, wer er war: der Spross einer guten Familie, in der man sich stets makellos kleidete und das gesunde Selbstbewusstsein an den Tag legte, das für einen Anwalt unabdingbar war. Er hatte schwarzes Haar, das an den Schläfen grau wurde und das er mithilfe von ein wenig Haargel nach hinten kämmte.

Nach den üblichen Begrüßungsküsschen setzten sich alle zu Tisch.

Baudelia kam herein, in der einen Hand eine große Schüssel Salat, in der anderen einen Teller Suppe. Trotz der Hitze aß Doña Elvira gern jeden Tag eine Suppe.

Durch die Bewegung schwappte ein wenig davon auf das Tischtuch.

»Ich verstehe einfach nicht, warum du den Teller immer so voll machen musst, Baudelia«, schalt Elvira sie.

»Tut mir leid, gnädige Frau, aber ich weiß ja, dass Sie immer zwei Teller essen, und so muss ich nicht zweimal gehen.«

»Ist gut, lasst uns essen. Wir sind heute spät dran.«

Baudelia zog sich in die Küche zurück. Sie schämte sich dafür, dass sie so ungeschickt war, und rügte sich selbst für ihre

Aufsässigkeit. Sie wusste, dass ihre Hausherrin recht hatte, sie hatte es ihr unzählige Male gesagt, aber sie vergaß es immer wieder. Baudelia war seit fünfzehn Jahren bei den Bassols. Sie war gebürtige Mexikanerin aus Cochoapa el Grande, einer Gemeinde im Bundestaat Guerrero und außerdem einer der ärmsten Orte im ganzen Land. Sie war kaum einen Meter fünfzig groß und trug das glatte, pechschwarze Haare zu einem Zopf geflochten. Trotz der häufigen Ermahnungen ihrer Hausherrin schätzte sie die Familie Bassols sehr, im Grunde betrachtete sie sie als ihre eigene Familie. In Mexiko hatte sie niemanden mehr, die Zeiten, in denen ihr Mann seinem Frust Luft gemacht hatte, indem er sie verprügelte, lagen hinter ihr. Mit siebzehn hatte sie einen zehn Jahre älteren Mann geheiratet, den sie kaum kannte. Nach acht Ehejahren hatte er sie dann verlassen, nach einem letzten Wutausbruch, bei dem er sie beinahe totgeschlagen hätte. Er gab ihr die Schuld daran, dass sie ihm keine Kinder gebar, obwohl es keine entsprechende medizinische Diagnose gab. Die Bassols waren in verschiedenen wohltätigen Einrichtungen aktiv, und durch die Vermittlung des alten Pater Juan, eines Priesters, der in den ärmsten Regionen der Welt arbeitete, hatten sie Baudelia einen Neuanfang ermöglichen können.

Bei Tisch war es ungewöhnlich still, ein eindeutiges Zeichen, dass etwas nicht stimmte. Enric sagte während der ganzen Mahlzeit kein Wort, und die Mutter sah nicht von ihrem Teller auf, obgleich die Röte ihrer Wangen ihre Missbilligung verriet.

Die Einzige, die das Mittagessen zu genießen schien, war Inès. Sie erzählte unaufhörlich von ihrer neuen Mitschülerin, die ein paar Wochen vor Schuljahresende in ihre Klasse gekommen war.

»Sie heißt Nelly«, sagte sie gerade, »und sie hat ganz weiße Zähne, na ja, jedenfalls abgesehen von denen da.« Sie deutete auf ihre oberen Schneidezähne, sodass der Speisebrei in ihrem Mund zu sehen war. »Sie ist die Einzige in meiner Klasse, der sie schon ausgefallen sind«, fuhr sie fort und tippte sich auf die Zähne. »Xavi sind sie auch ausgefallen, aber der zählt nicht, weil er nicht mehr auf unsere Schule geht. Nelly hat bunte Bänder im Haar, sie hat einen Hello-Kitty-Schulranzen, und ihre Mutter ist aus Manzania …«

»Du meinst wohl Tansania«, verbesserte Rebecca sie, die einmal mit der Frau gesprochen hatte.

Inès nickte. »Ja, aber ihr Vater ist von dort, wo Onkel Anton lebt.«

»Aus Galicien?«, erkundigte sich ihr Vater.

»Mhm. Papa, welche Hautfarbe haben die Galicier?«, fragte Inès und redete weiter, ohne auf eine Antwort zu warten: »Nelly ist nämlich nicht schwarz und nicht weiß, sie ist etwas dazwischen und hat eine richtig schöne Hautfarbe. Mama, warum bin ich nicht schwarz? Ich will auch schwarz sein, damit ich so weiße Zähne wie Nelly habe und ganz viele bunte Bänder im Haar. Fräulein Olga hat gesagt, dass in Afrika ganz oft die Sonne scheint und dass die Leute dort deswegen schwarz sind. Wenn ich viel in die Sonne gehe, werde ich dann wie Nelly? Nelly sagt, sie ist so, weil sie sich nie mit dieser Creme einschmiert, die du mir draufmachst, wenn wir zum Strand gehen, also mach sie mir nicht mehr drauf, dann werde ich vielleicht so schwarz wie Nelly, und meine Zähne werden genauso weiß wie ihre.«

Ihr Vater musste sich bei dem Geplapper seiner kleinen Tochter das Lachen verbeißen. Er bemerkte: »Nun, falls es dich interessiert, deine Mutter ist ›Galicierin‹.«

»Ah.« Inès machte große Augen.

»Na los, meine Kleine«, drängte Baudelia, die gerade das Geschirr abräumte, »iss deine Kaktusfrüchte auf. Wo ich herkomme, da schützen sich die Frauen übrigens vor der Sonne, um weißer zu sein.«

»Außerdem«, ergänzte ihre Mutter, »wirst du nie wie dieses Mädchen aussehen, auch wenn ich dich überhaupt nicht mehr eincreme. Weißt du noch, was deiner Freundin Erika letzten Sommer passiert ist, als ihre Mutter vergessen hat, sie am Strand einzucremen?«

»Sie ist ganz rot geworden.«

»Ganz genau. Und anschließend hat sich ihre Haut geschält. Wenn ich dich nicht eincreme, führt das also nur dazu, dass du einen Sonnenbrand bekommst, und der tut ziemlich weh.«

»Aber du könntest mir doch bunte Bänder in die Haare flechten …«

»Das schon, ja.«

»Ich kann das machen«, mischte sich Rebecca ein.

»Versprichst du es mir?«

»Ich verspreche es. Aber jetzt iss deinen Salat auf, außer dir sind alle schon fertig.«

Die Geschwister halfen Baudelia, den Tisch abzuräumen. Unter Enrics unruhigem Blick bat Elvira ihren Mann, zu ihr ins Arbeitszimmer zu kommen. Als der Tisch abgeräumt war, ging Enric auf direktem Weg in sein Zimmer.

Rebecca folgte ihm.

Sie klopfte an der Tür und wartete, bis ihr Bruder »herein!« rief.

»Was machst du denn da?«, fragte sie erstaunt, als sie sah, wie er Kleidung in einen großen Rucksack stopfte.

»Das siehst du doch. Ich gehe«, erwiderte er knapp.

»Du gehst? Wohin denn?«

»Ich habe mir in der Nähe der Kanzlei eine Wohnung genommen.«

Rebecca konnte ihre Bestürzung nicht verbergen. »Wissen Mama und Papa davon?«

»Heute Morgen habe ich mit Papa geredet, und Mama habe ich es eben gesagt.«

»Aber wieso denn? Was ist denn los?«

»Ich kann ja nicht ewig hier wohnen bleiben. Ich habe eine Arbeit, ich kann selbst für mich aufkommen.«

»Ewig vielleicht nicht, aber es ist doch schöner bei der Familie, solange man keine eigene hat, oder?«

»Du bist genau wie Mama!«, warf ihr Bruder ihr vor.

»Ich meine ja nur, dass …«

»Begreifst du es denn immer noch nicht?«, fragte er hart. »Ich werde nie eine eigene Familie gründen!«

»Sag das nicht …«

»Doch, das tue ich! Und zwar, weil ich es satt habe. Ich bin fünfundzwanzig, und ich … bin es leid, immer etwas vorzutäuschen.«

»Und Carla?«

»Wir haben Schluss gemacht.«

»Was? Warum denn?«

»Weil ich sie nicht mal mag, kapiert!?«

Rebecca sah ihn mit besorgter Miene an. So hatte Enric noch nie mit ihr gesprochen, er war immer ein aufmerksamer, liebevoller Bruder gewesen. Sein Verhalten beunruhigte sie. Er merkte es und versuchte sich zu beruhigen, bevor er weitersprach. Er ergriff die Hand seiner Schwester, und die beiden setzten sich auf die Bettkante.

»Schau mal … ich habe es ja versucht«, sagte er etwas ruhiger. »Ich habe immer alles getan, was man von mir erwartet hat, weil ich Papas und Mamas Maßstäben blind vertraut habe. Ich weiß ja, dass Carla ein nettes Mädchen ist … aber ich kann nicht weiter mit ihr zusammen sein, ohne ihr wehzutun.« Er machte eine Pause und befeuchtete sich die trockenen Lippen. »Mama glaubt, es würde auf diese Art weggehen, mit jemandem wie Carla … sie begreift nicht, dass es sich nicht um eine Krankheit handelt.«

»Aber du darfst nicht aufgeben«, wandte seine Schwester

ein. »Es gibt welche, die ein normales Leben führen können. Es mag ja schwer sein, aber am Ende gelingt es ihnen doch …«

»Lass gut sein, Rebecca. Worauf willst du hinaus? Dass ich Carla heiraten und sie unglücklich machen soll?«

»Warum sollte sie unglücklich werden? Du bist doch …«

Enric sprang auf.

»Ich liebe sie nicht!«, rief er und ging erregt im Zimmer auf und ab.

»Du wirst lernen, sie zu lieben …«

»Ist es das, was du tun wirst?« Er blieb stehen und starrte sie an. »Lernen, Mario zu lieben?«

»Ich liebe Mario doch!«

»Das haben sie dir alle eingeredet. Bald werdet ihr heiraten, und dann wirst du nie die wahre Liebe kennenlernen, diesen einen Menschen, bei dem du keine Luft bekommst, bei dem du glaubst, sterben zu müssen, wenn du nicht mit ihm zusammen bist. Die Zigeunerin hat es doch deutlich gesagt: Mario ist nicht deine große Liebe, weißt du es nicht mehr?«

»Doch, aber ich glaube nicht an Wahrsagerei. Und du auch nicht, da bin ich mir sicher. Ich verstehe nicht, was das jetzt soll.«

»Vielleicht glaube ich ja auch nicht daran, aber ich denke genauso wie diese Frau, und ich bin kein Hellseher.«

»Enric, die wahre Liebe gibt es im Kino, in der Literatur, aber hinter dem Satz ›Und sie lebten glücklich bis an ihr Lebensende‹ steckt eine gewaltige Lüge. Wenn diese Geschichten real wären, würden die Leute nicht für immer zusammen bleiben, glaub mir. Die Hälfte würde sich irgendwann scheiden lassen.«

»Dann ist da immer noch die andere Hälfte.«

»Die andere Hälfte bleibt aus Routine zusammen, wegen gemeinsamer Interessen, nicht aus Liebe.«

»Wann bist du nur so kalt geworden?«

»Pragmatisch, meinst du wohl.«

»Trotzdem …«, sagte ihr Bruder leise, während er ans Fenster trat und so tat, als würde er hinausschauen. »Vielleicht existiert sie ja wirklich nicht, die große Liebe. Ich habe sie nie kennengelernt, und vielleicht verhindern die Schuldgefühle, die ich mit mir herumschleppe, dass ich sie je kennenlernen werde. Aber du …«, er drehte sich um und sah sie an, »du bist frei und kannst es dir aussuchen, Rebecca. Ich bin an diese verdammte Moral gekettet, die mich daran hindert, ich selbst zu sein, aber du kannst immer noch …«

»Ich glaube, du machst dir was vor«, unterbrach sie ihn und stand vom Bett auf. »Du bist gerade nicht du selbst. Außerdem hast du Mario noch nie gemocht.«

Ihr Bruder stemmte die Hände in die Hüften und lächelte boshaft. »Da hast du recht, in meinen Augen war er schon immer ein riesengroßer Idiot.«

Als Enric ihr gekränktes Gesicht sah, bereute er seine Ehrlichkeit sofort. Was bildete er sich ein, Rebecca ihre Zukunftspläne madig zu machen? Wenn sie glücklich war, stand es ihm nicht zu, das infrage zu stellen.

Rebecca ging zur Tür, drehte sich aber noch einmal zu ihm um. »Wir reden besser ein andermal.«

»Warte.« Enric ging zum Schreibtisch, kritzelte etwas auf einen Zettel und gab ihn ihr. »Das ist meine Adresse. Wenn du magst, schau doch mal vorbei. Ich würde mich freuen.«

Rebecca streckte die Hand aus und nahm den Zettel. »Klar«, murmelte sie mit gesenktem Blick. »Ich komme vorbei.«

KAPITEL 2

Die Reise

Am Nachmittag traf sich Rebecca mit ihren Freundinnen am Strand. Die Sonne brannte vom Himmel, und sie stürzten sich immer wieder in das lauwarme Wasser von Barceloneta auf der Suche nach einer Abkühlung. Während Lola und Berta planschten, hatte sich Rebecca im Sand ausgestreckt. Sie trug eine Sonnenbrille, und um den Körper hatte sie sich einen Pareo geschlungen, ein großes dünnes Strandtuch. Im Stillen kapitulierte sie das Gespräch mit Enric. Sie hatte sich nicht getraut, ihren Freundinnen davon zu erzählen, aber nicht etwa aus Mangel an Vertrauen, sondern weil sie ahnte, dass es ihrem Bruder nicht recht wäre. In der Familie hatten sie immer gespürt, dass Enric nicht wie die anderen Jungen war, die wilde Spiele spielten und die Mädchen ärgerten. Er war immer vom anderen Ufer gewesen, auf der weiblichen Seite des Spektrums. Trotzdem fanden sich bei ihm keine weiblichen Züge, die ihn hätten verraten können, nur ein bisschen mehr Feinfühligkeit, als es normal war, das war alles. Als kleiner Junge hatte er immer geweint, wenn sie *Bambi* anschauten, und als ihre Mutter die Lage erfasste, hatte sie ihn durch die fragwürdige Methode der Abhärtung zu stählen versucht. Beim vierten Mal hatte Enric nicht mehr geweint, als Bambi allein in der Welt zurückblieb. Sie hatte es als Sieg verstanden. Als Enric älter wurde, weinte er nicht mehr, aber auf seiner Stirn schwoll jedes Mal eine Ader an, wenn er versuchte, seine innere Bewegung zu unterdrücken.

Berta und Lola legten sich tropfnass auf ihre Handtücher

und spritzten dabei Rebecca nass, die daraufhin in die Höhe fuhr.

»Wieso ziehst du nicht diesen albernen Pareo aus?«, zog Lola sie auf.

»Ich bin schon braun genug. Ich will meine Haut nicht weiter von der Sonne malträtieren lassen.«

»Ich glaube eher, du willst deinen Körper verstecken.«

»Ach, red doch keinen Quatsch.«

»Im Ernst, Rebecca. Bevor du angefangen hast, mit Mario auszugehen, habe ich dich nie im Pareo gesehen. Er redet dir irgendwelche absurden Komplexe ein.«

Rebecca zog die Augenbrauen zusammen, ein deutliches Zeichen ihres Unwillens. »Blödsinn.«

»Du weißt ja, dass ich mich bei so etwas nicht gerne einmische«, unterbrach Berta, »aber Lola hat recht. Du hast einen schönen Körper, du brauchst ihn nicht zu verhüllen.«

»Was ich habe, ist ein Riesenhintern und viel zu große Brüste«, klagte Rebecca. »Wenn ich vom Handtuch aufstehe, starren alle Männer immer genau da hin.«

Berta schnaubte. »Weil du ihnen gefällst, du dumme Nuss.«

»Herr im Himmel!«, rief Lola. »Mario ist ein Idiot. Du hast einen Körper, um den man dich beneiden kann – runde Hüften und feste Brüste. Du siehst toll aus, lass dir keine Komplexe einreden von einem Mann, der auf Bohnenstangen steht.«

»Ich wünschte, ich wäre schlanker«, jammerte Rebecca. »Ich glaube, ich muss eine Diät machen.«

»Du brauchst keine Diät«, bemerkte Berta. »Was du brauchst, ist die Überzeugung, dass du einen schönen Körper hast. Was glaubst du denn, warum die Männer dich anstarren?«

Lola machte eine verärgerte Geste. »Okay, lassen wir das Thema und reden wir von etwas Interessanterem. Ich habe zu Berta gesagt, wir sollten diese Reise machen, die wir schon seit Jahren vorhaben.«

»Eine Reise?« Rebecca war überrascht.

»Ja. Weißt du noch, als wir ganz am Anfang des Studiums davon geredet haben, dass wir verreisen wollen, wenn wir fertig sind?«

»Ja, ich erinnere mich«, nickte Rebecca und stützte sich auf die Ellbogen, um die beiden anzusehen. »Aber das ist so lange her …«

»Fünf Jahre«, präzisierte Berta.

»Und ich finde, wir haben es uns verdient«, fuhr Lola fort. »Überleg mal, was wir die letzten Jahre im Sommer gemacht haben! Ich bin jedes Jahr nach Bordeaux zu meinem Vater geflogen, Berta ist in ihr Heimatdorf gefahren, und du«, sie deutete auf Rebecca, »hast die letzten beiden Sommer damit verbracht, in diesem Londoner Hotel an der Rezeption zu arbeiten. Wir sollten wegfahren, nur wir drei, als Höhepunkt unserer gemeinsamen Studienzeit, bevor wir uns ins Erwachsenenleben stürzen.«

»Du wirst nie erwachsen werden«, spottete Rebecca mit halbem Lächeln.

»Und du bist schon als alte Schachtel auf die Welt gekommen«, konterte Lola und schüttelte den Kopf, um sie mit Wasser zu bespritzen.

»Okay, und wo fahren wir hin?«, fragte Berta. Rebecca zuckte mit den Schultern. Dann wandte sie sich zu Lola um, die unruhig auf ihrem Handtuch hin und her rutschte.

»Ich würde nach Schottland fahren.«

»Schottland?«, schnaubte Rebecca, als hätte Lola vorgeschlagen, zum Saturn zu reisen. »Das wären ganz schön verregnete Ferien. Wenn du Regen, grüne Wiesen und Dudelsäcke willst, dann fahr nach Galicien, das ist billiger.«

»Erinnert ihr euch noch an Rory?«

Rebecca kramte in ihrem Gedächtnis. »Der Engländer?«

»Wie könnten wir den denn vergessen?«, sagte Berta.

»Du hattest was mit ihm, während du mit Santi zusammen warst.«

Lola runzelte die Stirn. »Das stimmt nicht!«

»Natürlich stimmt das«, gab Rebecca zurück. »Wieso tust du jetzt so gekränkt? Wir wissen doch alle drei, dass du dich nicht einmal dann zur Treue bekennen würdest, wenn du mit ihr ins Bett gehen würdest.«

»So ausgedrückt klingt das ganz schön schamlos.«

»Du bist eben schamlos.«

Lola ignorierte die Bemerkungen und setzte ihre Erläuterungen fort. »Rory war kein Engländer, er war Schotte. Ich habe ihn immer ›den Engländer‹ genannt, weil ich wusste, wie sehr ihn das ärgerte. Es war nur meine Art, ihn zu piesacken. Ich war sehr traurig, als er seinen Master gemacht hat und nach Edinburgh zurückgekehrt ist.«

»Soll das etwa heißen, du willst nach Schottland, um ihn zu besuchen?«, forschte Rebecca.

»Na ja, in Schottland gibt es auch viel zu sehen.«

»Was denn zum Beispiel? Nenn mir drei Orte, die du in Schottland gerne besichtigen würdest, dann nehme ich deinen Vorschlag ernst. Und ›unter einem Schottenrock‹ zählt nicht als Ort.«

Lola warf ihr einen bösen Blick zu und überlegte dann kurz. »Ich weiß nicht … Loch Ness?«

Rebecca verdrehte die Augen, und Berta ergriff das Wort. »Ich wollte schon immer mal nach Japan.«

»Ach was!«, rief Lola. »Äußerst … technologisch. Und könntest du denn drei interessante Orte in Japan aufzählen?«

»Der Fuji?«

»Ich würde gern die Vatikanstadt sehen.«

Langsam drehte Lola den Kopf und sah Rebecca an. »Red doch keinen Quatsch!«

»Aus meiner Familie waren alle schon da, nur Inès und ich nicht.«

»Dann fahr doch mit Mario, ich bin mir sicher, ihr hättet so viel Spaß wie zwei Kinder im Vergnügungspark.«

»Mario war auch schon dort.«

»Dann fahr eben allein hin, aber mich kriegst du nicht zu den Pfaffen, nicht mal unter Drogen.«

»Wir könnten ja auch Rom besichtigen, Neapel …«

»Da war ich schon«, schnitt Lola ihr das Wort ab.

»Seht ihr?«, beschwerte sich Berta. »Es wird schwierig, zusammen eine Reise zu planen, wenn ihr nicht einmal fähig seid, euch für ein Ziel zu entscheiden.«

»Wir könnten ja losen, wenn es euch wirklich ernst ist«, schlug Rebecca vor.

Lola hielt das für keine gute Idee, solange Rebecca bei ihrem Ziel blieb.

»Also gut«, gab sie nach, »dann tausche ich die Vatikanstadt gegen …«

»Wenn du jetzt Lourdes sagst, kille ich dich.«

»Wollte ich ja gar nicht. Also, was hältst du von einer Kreuzfahrt im Mittelmeer?« Lolas Gesicht entspannte sich. »Obwohl ich nicht verstehe, wieso ich nicht frei wählen kann. Ich kann Schottland nichts abgewinnen, aber trotzdem respektiere ich deine Wahl.«

Die Diskussion begann von Neuem. Bis Berta, die es leid war, ihren Freundinnen beim Streiten zuzuhören, aus ihrer Strandtasche einen Bogen Papier und einen Kugelschreiber herausholte. Sie riss das Papier in drei Stücke, schrieb die drei möglichen Reiseziele darauf und faltete sie sorgfältig zusammen.

Dann bat sie ein kleines Mädchen, das in der Nähe im Sand spielte, eines der drei Papierstückchen zu wählen, die sie in den zusammengelegten Händen hielt.

Lola und Rebecca hatten inzwischen aufgehört zu streiten und verfolgten die Szene.

Unschlüssig berührte die Kleine einen der Zettel, doch bevor sie ihn nahm, überlegte sie es sich anders und griff nach dem Zettel daneben.

»Danke«, sagte Berta und nahm ihr den Zettel aus der winzigen Hand.

Das Mädchen lächelte und setzte ihr Spiel im Sand fort.

Berta hielt den Zettel zwischen Zeigefinger und Daumen in die Luft, als wäre es eine Trophäe.

»Bevor ich den Zettel auseinanderfalte«, sagte sie sehr ernst, »müssen wir uns einig sein, dass das Los ohne Proteste angenommen wird. Ich will keine Klagen hören. Wenn wir diese Reise machen, dann zu dem Ziel, das auf diesem Zettel steht. Seid ihr einverstanden oder nicht?«

Lola und Rebecca wechselten einen erwartungsvollen Blick.

»Ich bin einverstanden«, sagte die eine.

»Ich auch«, bekräftigte die andere.

Berta entfaltete den Zettel absichtlich langsam und machte dabei ein feierliches, fast geheimnisvolles Gesicht, als würde das, was auf dem Zettel stand, ihr Schicksal für immer verändern.

Als sie den Zettel ganz auseinandergefaltet hatte, wurden ihre Augen groß.

»Schottland«, las sie vor.

Lola stieß einen Jubelschrei aus, und Rebecca betrachtete sie mit Verlierermiene. Berta machte es nichts aus, dass sie verloren hatte, für sie hatte die Reise eine andere Bedeutung. Möglicherweise war es das letzte Mal, dass sie eine längere Zeit zusammen verbrachten, bevor ein neuer Lebensabschnitt für sie begann. Nach diesem Sommer würde sie wahrscheinlich, falls Albert seine Stelle bekam, in eine andere Stadt ziehen. Rebecca und Mario würden demnächst heiraten, und Lola … na ja, bei Lola wusste man nie so genau. Ihr Traum war es, irgendwo auf der Welt als Korrespondentin zu arbeiten.

Ja, eindeutig, nach diesem Sommer würden sich ihre Wege trennen.

KAPITEL 3

Der Antrag

Das Schweigen am Tisch wurde einmal mehr von Inès gebrochen, die sich nach ihrem Bruder erkundigte. Rebecca nahm bei ihren Eltern eine Anspannung wahr, die sich in ihren Bewegungen und Blicken äußerte. Ihre Mutter konnte sich schlechter verstellen, bei ihr merkte man sogar, dass ihr Puls schneller ging, während sie den Löffel zum Mund führte. Ihr Vater bewahrte Haltung, und das einzig Ungewöhnliche an seinem Verhalten war die fehlende Lust, der Konversation seiner kleinen Tochter zu folgen. Sonst ging es im Hause Bassols beim Abendessen immer sehr lebhaft zu, während jeder auf die ihm eigene Weise von den wichtigsten Ereignissen des Tages erzählte.

Nach dem Abendessen zogen Elvira und ihr Mann sich in sein Arbeitszimmer zurück. »Ein schlechtes Zeichen«, dachte Rebecca. Wahrscheinlich redeten sie über Enric. Am liebsten wäre sie hineingegangen und hätte mit ihnen darüber gesprochen, wie man ihm vielleicht helfen konnte. Doch das war ein Thema, an das man in diesem Haus nie gerührt hatte, obwohl es immer da gewesen war. Es hatte nur niemand zur Kenntnis nehmen wollen.

Allerdings musste Rebecca mit ihren Eltern auch über die Reise sprechen. Zuerst war sie von der Idee überrascht gewesen, aber bei näherer Betrachtung hatte sie große Lust darauf bekommen.

Sie war ein wenig aufgeregt, als sie an die Tür klopfte und den Kopf ins Arbeitszimmer steckte. Zwei Gesichter wandten sich ihr zu, und sie spürte deutlich, dass sie gerade ein wichtiges Gespräch unterbrochen hatte.

»Was gibt es denn, Rebecca?«, fragte ihr Vater.

Sie knetete ihre Hände und wusste nicht recht, wie sie die Sache angehen sollte.

»Ich habe heute Nachmittag mit Enric gesprochen, nach dem Mittagessen. Er war … er war ziemlich aufgebracht, und er hat mir das von der Wohnung erzählt …«

»Dann weißt du es ja bereits.« Die Stimme ihrer Mutter klang dumpf.

Rebecca trat ein und schloss die Tür hinter sich.

»Aber ich glaube, wir müssen etwas tun. Wir dürfen ihn nicht auf diese Weise gehen lassen, das wäre nicht gut …«

Ihr Vater verschränkte die Arme über der Brust. »Und was bitte sollen wir tun? Er ist ja schon groß.«

»Ich weiß nicht, vielleicht, wenn …« Am liebsten hätte sie gesagt: »Wenn Mama aufhören würde, eine Freundin für ihn zu suchen«, aber sie traute sich nicht. Der durchdringende Blick ihrer Mutter schüchterte sie ein.

»Was ich sagen will, ist, es … es ist besser, ihn nicht unter Druck zu setzen. Vielleicht lernt er irgendwann selbst ein Mädchen kennen, und später einmal wird uns das alles als Episode erscheinen.«

»Du also auch?«, antwortete ihr Vater. »Wann begreift ihr endlich, dass Enric nie eine Frau finden wird?«

Mutter und Tochter waren verblüfft.

»Nun ja«, fing Rebecca an. »Am Institut gab es einen Professor, von dem wir alle wussten, dass er … nun ja, dass er … zumindest wirkte er so.« Das Wort »homosexuell« brachte sie vor den beiden nicht über die Lippen. »Trotzdem ist er verheiratet und hat Kinder. Es gibt Menschen, die es unter Kontrolle haben, glaube ich …«

Elvira fand in den Worten ihrer Tochter die nötige Unterstützung für das, was sie ihrem Ehemann wahrscheinlich schon eine ganze Weile versuchte zu erklären.

»Rebecca hat recht.« Ihre Stimme klang ein wenig beschwörend. »Wir müssen es versuchen … sonst wird er vor die Hunde gehen. Das weißt du doch ganz genau. Herrgott, Victor! Wir dürfen nicht aufgeben, es ist unsere Pflicht …«

»Elvira, es reicht!«, rief er. »Ich habe in den letzten Monaten oft mit unserem Sohn geredet. Wir ignorieren eine Tatsache, für die es keine Lösung gibt, und alles, was wir damit erreicht haben, ist, dass er auszieht. Enric hat beschlossen, sein Leben so zu leben, wie Gott ihn gemacht hat.«

»Red doch keinen Unsinn!«, zischte Elvira, die langsam die Beherrschung verlor. »Gott kann nicht wollen, dass unser Sohn ein solches Leben führt.«

»Es ist seine Natur!«, entgegnete ihr Mann. »Du weißt doch, dass er schon als Kind so war. Ich dachte ja auch, dass diese Verhaltensweisen erlernt werden, dass man durch irgendwelche Ereignisse dazu neigt, was weiß ich, dass es eine Frage der Erziehung und der Disziplin ist. Aber das stimmt nicht. Ich kenne doch meinen Sohn, Elvira, er ist so auf die Welt gekommen, und ich weiß ebenso gut wie du, dass er dagegen angekämpft hat. Aber man kann nicht gegen sich selbst kämpfen, das ist widersinnig.«

»Ich werde nicht tatenlos zusehen, wie mein Sohn sein Leben zerstört und unseres dazu.«

»Deswegen ist er gegangen, damit du ihn nicht sehen musst!«

Elvira Brañanova warf ihrem Mann einen verächtlichen Blick zu, den ersten in sechsundzwanzig Jahren Ehe, und auch wenn sie im Stillen dafür Abbitte tat, wusste sie im Grunde, dass sie ihn nicht bereute, und das bekümmerte sie noch mehr. Sie machte auf dem Absatz kehrt und verließ das Arbeitszimmer, bevor womöglich noch unangemessene Worte fielen.

Rebecca blieb mit ihrem Vater allein zurück. Mit ihm hatte sie schon immer besser reden können. Ihre Mutter tat sich schwer mit Überlegungen, die gegen ihre Prinzipien verstießen.

»Glaubst du wirklich, dass sich da nichts machen lässt?«, fragte sie.

Victor seufzte tief. »Hast du dich schon einmal mit Enric über das Thema unterhalten?«

»Nein, ich habe mich nicht getraut, es anzusprechen, und ihm war es wohl unangenehm.«

»Dann solltest du das tun. Ich fürchte, die Vorstellungen deiner Mutter haben sich bei dir ziemlich festgesetzt. Außerdem bräuchte dein Bruder einen vertrauten Menschen, mit dem er darüber reden kann. Aber sei vorsichtig, Rebecca. Verurteile ihn nicht, sonst verlierst du ihn auch noch.«

Rebecca nahm sich den Rat des Vaters zu Herzen und versprach, Enric bald zu besuchen. Sie wandte sich schon zur Tür, als ihr das zweite Thema einfiel, dessentwegen sie in sein Arbeitszimmer gekommen war.«

»Papa, die Mädels wollen, dass wir diesen Sommer zu dritt wegfahren. Du weißt schon – um den Studienabschluss zu feiern. Sie meinen, wir hätten sonst keine Gelegenheit mehr dazu.«

Ihr Vater sah sie mit hochgezogenen Augenbrauen an. »Hast du schon mit Mario darüber gesprochen? Letzten Endes wiegt seine Meinung schwerer als meine.«

»Ich wollte zuerst hören, was du dazu sagst.«

»Ich hätte nichts dagegen, Liebes. Aber deine Mutter … jetzt ist wohl nicht der richtige Zeitpunkt, um ihr mit so einem Vorschlag zu kommen. Andererseits bist du bald dreiundzwanzig und warst immer sehr vernünftig, deine Noten waren tadellos, selbst wenn du die Anwaltsriege in der Familie nicht verstärken wirst«, sagte er und sah sie mit halbem Lächeln an. »Du hast es dir verdient. Also mach dir keine Sorgen, und rede mit Mario. Wenn er nichts dagegen hat, werde ich mit deiner Mutter sprechen.«

Am nächsten Tag kam Rebecca spätnachmittags zur Anwaltskanzlei Caralt & Bassols. Sie hatte sich mit Mario fürs Kino verabredet und wollte bei dieser Gelegenheit mit ihm über die Reise sprechen.

Wie immer wurde sie von Angus, der Sekretärin, empfangen.

Als Rebecca klein war, hatte sie geglaubt, Angus stamme aus einem Land, wo viele Menschen Agnes oder Sigmund hießen. Doch als sie größer wurde, war ihr aufgegangen, dass Angus in Wirklichkeit gar nicht aus einem exotischen Land kam, sondern aus Cuenca, und dass sie Angustias hieß. Sie hatte immer Mühe gehabt, den Namen auszusprechen, es war, als würde ihre Zunge über die erste Silbe stolpern, und sie musste stets innehalten und sich den Namen im Geist vorsagen, bevor sie ihn laut aussprach. Sie fragte sich, ob es ihrem Vater und Josep Caralt auch so ging.

»Willst du zu deinem Vater oder zu Mario?«, fragte die Sekretärin freundlich.

»Ich bin mit Mario verabredet.«

»Sie müssten bald fertig sein«, erklärte Angus und ordnete einen Stapel Papiere auf ihrem Schreibtisch. »Sie sind in einer Besprechung mit einem Mandanten, und das schon seit einer Weile. Es wird sicher nicht mehr lange dauern. Möchtest du etwas trinken?«

»Nein, danke. Ich warte einfach hier.«

Angus warf einen Blick über ihre Brillengläser, nickte und widmete sich dann wieder ihrer Arbeit.

Nach zwanzig Minuten verließen vier Männer den weitläufigen Besprechungsraum. Victor Bassols, Josep Caralt und sein Sohn Mario begleiteten einen hochgewachsenen weißhaarigen Mann zur Tür, der den Habitus einer Führungspersönlichkeit hatte. Sie verabschiedeten sich höflich und mit kräftigem Händedruck, und der Mann ging.

Jetzt erst bemerkte Victor seine Tochter, die in dem großen Sessel wartete. Sie stand auf und ging auf die drei zu.

»Wohin geht ihr beiden Turteltauben denn heute?«, fragte ihr zukünftiger Schwiegervater, ein kleiner Mann mit schütterem Haar, dessen Hemd über dem Bauchansatz spannte.

»Ins Kino«, antwortete Mario.

Rebecca fiel auf, dass ihr Bruder nicht da war.

»Wo ist denn Enric?«

»Er hat sich ein paar Tage frei genommen, um sich fertig einzurichten«, erklärte ihr Vater.

Rebecca nickte und fragte nicht weiter.

Mario nahm seine Umhängetasche, hängte sie sich über die Schulter, und sie gingen.

Der Film war langweilig, und das einzige Interessante waren ein paar Küsse und ein paar unschuldige Zärtlichkeiten im Dunkeln. In den zwei Jahren ihrer Verlobung hatten sie erst wenige Male miteinander geschlafen. Rebecca wusste, wie sehr ihre Mutter es missbilligen würde, wenn sie davon erfuhr. Elvira Brañanova war der festen Überzeugung, dass sie ihrer Tochter strenge moralische Prinzipien vermittelt hatte. Doch das war der einzige Aspekt in Rebeccas Leben, den ihre dominante Mutter nicht unter Kontrolle hatte. Sie war ein fügsames und leicht zu beeinflussendes Mädchen, aber mit diesem Detail wollte sie nicht bis zur Hochzeitsnacht warten. Mario wohnte in dem großen vierstöckigen Gebäude, das der Familie Caralt schon seit Generationen gehörte. Seine Eltern bewohnten die zwei oberen Stockwerke, er die beiden unteren. So hatte das Paar ausreichend Intimsphäre, wenn sie das Bedürfnis hatten, allein zu sein.

Nach dem Film aßen sie in einer Pizzeria, in die sie jede Woche gingen. Rebecca nutzte die Gelegenheit, um die Reise auf den Tisch zu bringen. Mario nahm den Vorschlag wohlwollend auf. Er sagte, er werde den Sommer über in der Kanzlei viel zu tun haben und nicht oft mit ihr ausgehen können. Konkret sprach er von einer wichtigen Angelegenheit, die dem Ansehen der Kanzlei auf spektakuläre Weise zugutekommen würde. Er ging nicht ins Detail, aber nicht weil er fürchtete, sie zu langweilen, denn zuweilen verlor er sich übermäßig in seinen Ausführungen über berufliche Dinge, sondern weil es bisher noch nichts Konkretes gab, und falls es am Ende doch nicht zu einem Deal kam, wäre das dem Eingeständnis eines Scheiterns gleichgekommen.

Und Mario scheiterte nicht gerne. Er war extrem ehrgeizig, und bis jetzt war ihm immer alles gelungen, was er sich vorgenommen hatte.

»Wo wollt ihr denn hin?«, fragte er.

»Wir haben das Los entscheiden lassen, und Lola hat gewonnen. Sie will nach Schottland.«

»Die Schotten können nur zwei Dinge richtig gut«, sagte Mario, während er mit Gabel und Messer ein Stück Pizza abschnitt. »Whisky trinken und über Politik reden. Wenn sie sich mit Whisky haben volllaufen lassen, und bei einem Schotten braucht es einiges an Whisky, bis er voll ist, fangen sie an, einen mit Politik vollzuquatschen. Normalerweise ist ihr Gegenüber genauso voll, deswegen ist es nicht so wichtig, worüber sie reden, es sei denn, es handelt sich um einen Engländer. In dem Fall wird die Sache etwas komplizierter und endet meistens in einer Schlägerei.«

»Kennst du denn viele Schotten?«, fragte Rebecca, da Mario sich offenbar mit ihren Gebräuchen auskannte.

»Nur zwei – beide aus dem gleichen Holz geschnitzt. Und falls du glaubst, sie wären kalt und abweisend wie ihre südlichen Nachbarn und hätten Fischblut in den Adern, dann irrst du dich. Es gibt kein leidenschaftlicheres Volk als die Schotten, auch wenn sich diese Leidenschaft auf unerreichbare Ziele richtet. Sie werden wohl nie lernen, dass die Vergangenheit vergangen ist und dass es nichts bringt, sich gegen Dinge aufzulehnen, die keinen mehr interessieren.«

Rebecca hörte gebannt zu, doch nachdem Mario ihr zehn Minuten lang Geschichten über Kneipenschlägereien erzählt hatte, in die seine zwei schottischen Freunde verwickelt gewesen waren, verlor sie den Faden.

Während er redete, betrachtete sie ihn eingehend.

Sie blickte auf seine Hände, die so feingliedrig und elegant waren in juristischen Auseinandersetzungen und Finanzangelegenheiten. Mario hatte die Angewohnheit, zu gestikulieren und seine Worte mit Handbewegungen zu unterstreichen. Es waren keine heftigen Gesten, sie waren gemäßigt und wohl abgemessen.

Er sah seinem Vater sehr ähnlich, abgesehen von dessen ausladendem Bauch und dem Doppelkinn, das ihm allmählich wuchs. Sie hatten die gleiche Statur, die gleichen dichten Augenbrauen und die gleiche griechische Nase, die von ihrer Wurzel zwischen den Augenbrauen bis zur Nasenspitze gleichmäßig dick war. Alle sagten, die Ähnlichkeit sei noch größer geworden, seit Mario in die Kanzlei eingetreten war und angefangen hatte, Anzug und Krawatte zu tragen. Daran erinnerte sich Rebecca natürlich nicht mehr, da Mario schon seit zehn Jahren bei der Kanzlei war. Sie kannte ihn seit ihrer Kindheit, und sie hatten begonnen, miteinander auszugehen, weil Rebeccas Mutter, die bei Josep Caralts Sohn nur gute Eigenschaften entdeckte, sie dazu gedrängt hatte. Anfangs hatte Rebecca nichts für ihn empfunden, doch der ständige Umgang und das fortwährende Loblied ihrer Mutter hatten bei ihr ein Gefühl der Zuneigung und des Respekts wachsen lassen, aus dem nach und nach Liebe geworden war. Sie hatten ähnliche Ziele und Wünsche wie auch die gleichen spirituellen Werte, die ebenfalls wichtig für sie waren. Am meisten unterschieden sie sich in ihrer Erfahrung. Mario, der elf Jahre älter war, hatte als Pluspunkte eine vielversprechende Zukunft und die bedingungslose Unterstützung von Elvira Brañanova vorzuweisen.

Ohne es zu merken, streckte Rebecca die Hand nach einem dritten Stück Pizza aus. Sie aß Pizza gern mit der Hand, wusste aber, dass er sich daran störte, weshalb sie immer um Besteck baten. Nur einmal hatte sie sich einen kleinen Akt der Rebellion erlaubt, als Mario vom Tisch aufgestanden war, um am Nachbartisch einen Mandanten zu begrüßen. Sobald Mario ihr den Rücken zukehrte, hatte Rebecca ein ganzes Stück Pizza aus der Hand gegessen, und als Ausdruck der Auflehnung gegen die verfeinerten Umgangsformen ihres Verlobten hatte sie sich anschließend einen Finger nach dem anderen abgeleckt. Als Mario zum Tisch zurückkam, hatte Rebecca ihn zufrieden angelächelt. Dann hatte sie wieder zum Besteck gegriffen und dem Regelbruch ein Ende gesetzt.

Mario gab ihr einen kleinen Klaps auf die Hand.

»Entschuldige«, sagte sie und nahm Messer und Gabel.

»Hör auf zu essen«, mahnte er, »du weißt doch, wo der Mozzarella sich sonst bei dir festsetzt.«

Mario kannte sie nur zu gut. Sie und ihren Metabolismus, der dazu neigte, zusätzliche Pfunde an Hüften und Brüsten anzusetzen. Seit dem Beginn der Adoleszenz war sie körperlich aufgeblüht und hatte sich in eine sinnliche Frau verwandelt, die ihre Formen unter weiter Kleidung verhüllte. Sie wusste, dass Mario etwas für grazilere Frauen übrig hatte, mit kleinen Brüsten und schmalen Hüften. Davon war sie so weit entfernt, dass sie sich zuweilen fragte, was er eigentlich an ihr fand.

Sie widerstand der Versuchung, noch ein Stück Pizza zu

essen, und blieb hungrig. So versunken war sie in ihre Betrachtungen, dass sie Marios Frage überhörte.

»Verzeihung, was hast du gesagt?«

»Ich habe gesagt, wir könnten diesen Herbst heiraten.«

Rebecca war sprachlos. Mario hatte ihr noch keinen offiziellen Antrag gemacht. Irgendwann hatten sie vom Heiraten gesprochen, aber der Vorschlag traf sie unerwartet. Außerdem bestürzte sie die Art, wie er ihn ihr unterbreitet hatte – kühl und ohne jede Einleitung. Sie war zwar keine erklärte Romantikerin, die verlangte, dass er ihr auf Knien seine Liebe schwor, aber so …

»Diesen Herbst?«, fragte sie.

»Warum nicht? Du bist mit deinem Studium fertig, und ich komme in der Kanzlei voran. Ich habe meine Wohnung, sie ist gemütlich und liegt sehr zentral, und …«

»Und sie ist im selben Haus wie die deiner Eltern.«

»Ist das ein Hindernis?«

»Na ja, ich hatte immer davon geträumt, eine eigene Wohnung zu haben …«

»Die Wohnung ist sehr geräumig«, fuhr Mario fort. »Wir können sie neu einrichten, wenn du willst, für die heutige Zeit ist sie ein bisschen altmodisch.«

»Ich weiß nicht, ich …«

»Ich sage meiner Mutter, dass sie sich darum kümmern soll, ein Restaurant zu suchen. Wenn wir etwas Besonderes wollen, sollten wir keinen Tag mehr verlieren.«

»So plötzlich …«

Er bemerkte ihre Zurückhaltung, griff nach ihrer Hand und drückte sie. »Ich glaube, so ist es am besten, Süße. Du weißt ja, dass ich es nicht mag, dich heimlich mit nach Hause zu bringen. Ich habe immer das Gefühl, das Vertrauen deiner Eltern zu missbrauchen und das meiner Eltern auch. Je eher wir die Sache offiziell machen, desto besser für alle.«

Sie nickte. In diesem Punkt hatte er wirklich recht. Ihre Familien waren sehr konservativ, und obwohl sie die Freiheit hatten, zu gehen, wohin sie wollten, wussten beide, dass sie vorsichtig sein mussten. Auf der anderen Seite war Mario kein Junge mehr, und seine Position ließ gewisse Ausrutscher nicht zu. In dieser Hinsicht besaß er eine große Selbstbeherrschung, was Rebecca manchmal irritierte. Vielleicht war sie selbst nicht die Leidenschaftlichste, aber seine Kälte grenzte mitunter an Gleichgültigkeit. Sie hatte sich schon das eine oder andere Mal gefragt, wie wohl andere Männer sind. Mario war ihr erster Freund, und sie hatte keinerlei Vergleichsmöglichkeiten. Allein diese Ungewissheit verursachte in ihrem Innersten starke Zweifel. Auch wenn sie nie gewagt hätte, sie auszusprechen.

Mario machte ein zufriedenes Gesicht und wechselte das Thema. Für ihn war die Sache abgehakt wie die archivierte Akte eines Rechtsverfahrens.

»Die Reise nach Schottland wird gut für dein Englisch sein«, sagte er und aß das letzte Stück Pizza auf, während Rebecca ihm hungrig zusah. »Allerdings fürchte ich, offen gestanden, dass dir dadurch dein Londoner Akzent abhandenkommen wird, für den du so hart gearbeitet hast. Das schottische Englisch ist schrecklich.«

Auf dem Rückweg nach Hause war Rebecca eher schweigsam und in Gedanken versunken. Sie versuchte, sich das Leben als verheiratete Frau vorzustellen, und auch wenn Marios Antrag sie erst einmal überfordert hatte, so fing sie doch an, sich auf ihre Zukunft zu freuen. Mario war eben eher der Praktiker als der Romantiker, ja, aber sie war sich sicher, dass er der passende Mann für sie war.

Die kühle Art, mit der er ihr den Antrag gemacht hatte, verschwand bald aus ihrem Bewusstsein, und an ihre Stelle trat ein Gefühl von Reue, das sich jedoch angesichts der einsetzenden Vorfreude auf die Zukunft ebenfalls bald in nichts auflöste.

KAPITEL 4

Eine Reise und eine Hochzeit

Die Hochzeit wurde für den Herbst festgesetzt. Zuerst stießen sie bei den Caralts, dann bei den Bassols mit dem besten Sekt auf die Neuigkeiten an. Elvira nahm die Nachricht begeistert auf – das war doch mal eine gute Nachricht inmitten des emotionalen Chaos, in das ihr Sohn sie gestürzt hatte.

Doch ihre Freude dauerte nicht lange an, als sie von dem Abenteuer erfuhr, dass ihre Tochter geplant hatte.

»Was fällt dir ein?«, stellte sie sie bei der ersten Gelegenheit zur Rede.

»Es sind ja nur ein paar Tage.«

»Bei allem, was organisiert werden muss: das Kleid, die Einladungen, die vielen kleinen Details, die Hochzeitsgeschenkliste … und du willst mit deinen Freundinnen nach Schottland! Ich begreife einfach nicht, wie Mario damit einverstanden sein kann.«

»Er sagt, er hat diesen Sommer viel zu tun …«

Ihre Mutter ging aufgeregt im Zimmer auf und ab, eine Hand an der Stirn, die andere in die Hüfte gestemmt.

»Ihr wollt mich wohl zugrunde richten. Erst zieht dein Bruder aus, und jetzt kommst du kurz vor der Hochzeit mit so etwas.«

Ihr Vater, der gerade in der Nähe saß und Zeitung las, kam seiner Tochter zu Hilfe.

»Eben deswegen, Elvira. Rebecca ist zweiundzwanzig und wird in ein paar Monaten eine verheiratete Frau sein, und das, so Gott will, für den Rest ihres Lebens. Gönn ihr diese Auszeit. Es schadet ja niemandem.«

»Ach ja, glaubst du wirklich? Glaubst du, drei Mädchen in dem Alter, die allein durch die Weltgeschichte gondeln, droht keinerlei Gefahr? Also bitte, Victor …«

»Ich muss dich wohl daran erinnern, dass Rebecca die letzten zwei Sommer in London verbracht hat, und dagegen hattest du nie etwas.«

»Das war etwas anderes. Da war sie in der Obhut der Narváez … und sie war zum Englischlernen dort, nicht als Touristin. Sie hatte ja kaum Freizeit.«

Ihre Mutter lief unablässig hin und her und rang die Hände. Ihr blondes Haar, das sie im Nacken zu einem Knoten geschlungen hatte, glänzte im starken Licht der Deckenbeleuchtung wie Bernstein.

»Enric könnte sie doch zumindest begleiten«, schlug sie vor. »Er wird in der Kanzlei ja wohl nicht unabkömmlich sein.«

»Enric kann nicht weg, es liegen wichtige Dinge vor uns, und wir brauchen alle verfügbaren Kräfte.«

Wenn Elvira Brañanova sich geschlagen gab, was nicht oft vorkam, trat ein ganz bestimmter Glanz in ihre grünen Augen, und ihre Wangen färbten sich intensiv rot. Sie war stets gemäßigt in ihren Handlungen, hatte jedoch ein aufbrausendes Temperament, das sie im Zaum zu halten versuchte. Diese Selbstbeherrschung zeigte sich dann in ihren Augen und in der Farbe ihrer Wangen.

Sie stürmte aus dem Arbeitszimmer.

»Keine Sorge«, sagte der Vater zu Rebecca, »sie wird sich schon wieder beruhigen.«

Noch bevor Rebecca am nächsten Morgen die Augen aufschlug, spürte sie etwas Schweres auf sich. Sie öffnete einen

Spaltbreit die Augen und erblickte Inès, die noch im Pyjama rittlings über ihr saß.

»Kannst du mir jetzt die Bänder ins Haar flechten?«, fragte sie mit hoffnungsvollem Lächeln. »Mama hat sie mir gestern Nachmittag gekauft.«

Rebecca blickte auf die Uhr, die auf ihrem Nachttisch stand.

»Inès, es ist erst Viertel vor acht, kann das nicht wenigstens bis halb neun warten?«

»Warum? Ich bin nicht mehr müde.«

»Ich aber … komm, lass mich noch ein bisschen schlafen.«

»Nein! Danach gehst du zu deinen Freundinnen, und dann muss ich noch einen Tag länger warten, bevor ich Nelly im Park meine Haare zeigen kann.«

»Also gut«, gab Rebecca nach. »Ich gehe unter die Dusche und komme dann runter, okay?«

»Okay!«, entgegnete ihre Schwester triumphierend. Dann verließ sie das Zimmer so schnell, wie sie gekommen war.

Nach dem Duschen frühstückte Rebecca erst ausgiebig und verbrachte die nächste Stunde damit, ihrer Schwester die Haare mit bunten Bändern zu verzieren. Ihr Vater war bereits ins Büro gegangen, und ihre Mutter sprach kaum ein Wort mit ihr. Sie beschränkte sich darauf, Baudelia Anweisungen für die Mahlzeiten des Tages zu geben.

Als sie der Frisur ihrer kleinen Schwester gerade den letzten Schliff verpasste, wandte sich Elvira an sie. Ihre Stimme klang barsch und duldete keinen Widerspruch.

»Wenn du schon unbedingt verreisen willst, dann sollten wir vorher einige Dinge regeln, wie zum Beispiel dein Hochzeitskleid und die Einladungen. Ich rufe Ángels an und frage sie, ob sie heute Vormittag mitkommen kann.«

Rebecca nickte und wagte nicht zu widersprechen.

»Kann ich die Mädels fragen, ob sie mitkommen? Ich würde gerne ihre Meinung zu den Kleidern hören.«

Ihre Mutter blickte sie argwöhnisch an. In ihren Augen waren nur die beiden Mädchen schuld an dieser vermaledeiten Reise.

»Mach, was du willst«, sagte sie; dann fügte sie feindselig hinzu: »Meine Meinung scheint ja ohnehin nicht mehr zu zählen.«

Ihre Mutter verließ die Küche. Rebecca tat es leid, dass sie die Sache mit der Reise so schwernahm. Hätte ihr Vater sie nicht unterstützt, wäre wohl nichts daraus geworden. Baudelia sah ihr bekümmertes Gesicht und setzte sich zu ihr, um sie aufzumuntern.

»Mach dir keine Sorgen, meine Kleine. Du weißt doch, wie aufbrausend deine Mutter sein kann, aber sie hat ein gutes Herz. Es wird bald vorbeigehen.«

»Ich weiß, Baudelia. Vielleicht hat sie ja recht, aber ich freue mich so darauf, mit meinen Freundinnen wegzufahren ...«

»Aber natürlich, meine Kleine. Du bist eben so jung und hübsch, dass deine Mama fürchtet, dir könnte etwas zustoßen. Aber es ist bestimmt gut, dass du diese Reise mit deinen Freundinnen machst. Ich habe ja auch früh geheiratet und ... Nun ja, mein Mann war älter als ich ... Ach, ich weiß nicht, meine Kleine ...«

»Lass nur, Baudelia, du brauchst mir nichts vorzumachen. Ich weiß ja, dass du Mario nicht magst.«

»Ach, das ist es ja gar nicht, meine Kleine, es ist nur ...«

»Mario hat einen Stock im Arsch!«

Die beiden Frauen blickten zu der grinsenden Inès hinüber, die ihr Gelächter hinter der Hand verbarg.

»Was fällt dir ein, du Zwerg?«, schalt Rebecca sie.

»Enric hat das gesagt«, stieß das kleine Mädchen zwischen zwei Lachsalven hervor. »Er hat gesagt, wenn Mario läuft, sieht es aus, als hätte er sich einen Stock zwischen die Pobacken geklemmt.«

Baudelia konnte das Lachen nicht zurückhalten, und obwohl Rebecca den Witz nicht goutieren wollte, ließ sie sich am Ende vom Gelächter der beiden anstecken.

Zwei Stunden später zeigte sich Rebecca in dem reizenden Ankleidezimmer einer eleganten Brautmodenboutique ganz in Weiß, während fünf Augenpaare so groß wurden, dass es geradezu komisch wirkte.

»Du siehst aus wie eine Prinzessin!«, rief Inès.

Elvira und Ángels, ihre zukünftige Schwiegermutter, eine kleine, beleibte Frau, sahen einander an und forschten im Gesicht der jeweils anderen, was diese von dem Kleid hielt. Ganz sicher würde keine als Erste den Mund aufmachen für den Fall, dass ihre Meinungen erheblich voneinander abwichen. Keine der beiden wollte sich nachsagen lassen, sie sei in Sachen Mode zu extravagant oder zu ordinär, zu schlicht oder zu prunkvoll.

Rebecca blickte ihre Freundinnen Beifall heischend an.

»Also, ich finde es zu …«, begann Lola, und die beiden älteren Frauen sahen sie erwartungsvoll an. »Ich weiß nicht …«, sie kratzte sich am Kinn. »Es ist zu …«

Mutter und Schwiegermutter durchbohrten sie mit Blicken, aber Lola bekam das Wort nicht heraus. Für sie waren Brautkleider das Gleiche wie Torerojäckchen für einen Tierrechtsaktivisten.

Berta musterte das Kleid ausgiebig, schob die Brille nach oben, strich sich das strohblonde Haar hinters Ohr und sagte: »Zu aufreizend.«

Die älteren Frauen blickten zu ihr herüber. Das Mädchen strahlte auf eine gewisse Weise Selbstsicherheit und guten Geschmack aus. Ob es nun die Brille war, die ihr einen intellektuellen Anstrich gab, oder ob ihr wenig weibliches Äußeres sie objektiver wirken ließ als die anderen, jedenfalls hatte ihre Meinung sowohl für Elvira als auch für Ángels am meisten Gewicht.

»Ja«, stimmte die eine zu, »es ist zu aufreizend.«

»Genau«, sagte die andere. »Du nimmst mir das Wort aus dem Mund.«

Als Rebecca das nächste Modell präsentierte, richteten sich bereits alle Blicke auf Berta, die offenbar als Einzige in der Lage war, die Dinge klar und ohne jeden Zweifel auszusprechen.

»Zu schlicht«, sagte sie diesmal.

»Das stimmt«, sagte die Mutter.

»In der Tat«, pflichtete die Schwiegermutter ihnen bei.

»Also mir gefällt es«, widersprach Inès.

»Dir gefallen alle Kleider«, meinte ihre Schwester.

Auch die nächsten Modelle überzeugten niemanden, auch wenn nur Berta ihre Meinung zum Besten gab.

»Zu viel Schleppe.«

»Zu hoch geschlossen.«

»Zu viel Ausschnitt.«

»Sehr gewagt.«

Das siebte Modell war anders. Als Rebecca aus der Umkleidekabine kam, blieb der anspruchsvollen Jury die Luft weg. Rebecca trug ein Kleid mit U-Boot-Ausschnitt und weit fallenden Ärmeln aus Spitze, einem engen Oberteil und einem nicht zu bauschigen Rock aus Tüll und Spitze.

»Toll!«, rief Inès.

»Es ist perfekt«, wagte Elvira sich vor.

»Das ist es wirklich«, bekräftigte Ángels.

Lächelnd betrachteten die Mädchen die strahlende Erscheinung ihrer Freundin.

»Ja«, sagte Berta, »das ist es.«

Das Kleiderthema war abgehakt, sehr zur Zufriedenheit der beiden Mütter. Sie verabschiedeten sich von den Mädchen und verließen mit der farbenfroh frisierten Inès den Laden.

Wenig später saßen die drei auf einer der vielen Caféterrassen am Olympiahafen und genehmigten sich als frugales Mahl ein paar Tapas.

»Nicht zu fassen, dass du heiratest. Ich kann es immer noch nicht glauben«, meinte Berta.

»Und ich schon gar nicht.« Lola schnitt eine schaurig schielende Grimasse und sah dabei unglaublich komisch aus.

Rebecca zuckte mit den Schultern. »Wozu warten?«

»Um sich besser kennenzulernen und sicher zu sein, dass er der Richtige ist?«, neckte Lola sie.

»Und in zwei Jahren weiß ich das dann?«

»Vielleicht, vielleicht auch nicht.«

»Das hat damit nichts zu tun«, sagte Berta. »Die einen wissen es sofort, die anderen sind sich nie sicher, ob sie die richtige Entscheidung getroffen haben, obwohl sie schon seit vielen Jahren verheiratet sind.«

»Lassen wir jetzt die Hochzeit und reden wir über die Reise.«

»Ich habe schon mit Rory gesprochen.« Die beiden anderen starrten Lola mit offenem Mund an, sodass diese sich zu einer Erklärung veranlasst fühlte: »Es ist so, dass … ich habe in letzter Zeit viel an ihn gedacht und musste ihn einfach anrufen.«

»Und was hat er gesagt?«, fragte Berta.

»Erinnert ihr euch noch, dass Rory in Barcelona war, um seinen Master of Education für Spanisch als Fremdsprache zu machen?« Die beiden nickten. »Inzwischen arbeitet er an einer Schule in Edinburgh. Er gibt dort Spanischunterricht.«

Berta begriff nicht, worauf sie hinauswollte. »Das freut mich für ihn. Und?«

»Ich habe ihm gesagt, dass wir ihn wahrscheinlich besuchen

kommen, und er hat sich sehr gefreut. Aber er hat mir gesagt, dass er über den Sommer nicht in Edinburgh sein wird. Seine Familie wohnt in einem Dorf namens Beauly, das in den Highlands liegt. Da wird er den ganzen Sommer über sein.«

Rebecca zuckte mit den Schultern. »Schön, und was machen wir jetzt?«

»Ich hatte gedacht…« Lola unterbrach sich und suchte etwas in ihrer Tasche. Einen Augenblick später holte sie ein gefaltetes Papier hervor, dass sie geduldig auf dem Tisch ausbreitete – eine Landkarte.

Rebecca nahm die Sonnenbrille ab und betrachtete die Karte mit hochgezogener Braue. »Du hast eine Karte von Schottland mitgebracht?«

»Schaut«, sagte Lola. »Hier ist Edinburgh.« Die drei steckten die Köpfe über der Karte zusammen. Lola deutete auf die Stadt und verschob dann den Finger ein wenig nach links. »Und hier, nicht allzu weit entfernt, liegt Glasgow. Wir könnten in beiden Städten ein paar Tage verbringen und danach einen Wagen mieten und nach Beauly fahren. Was haltet ihr davon?«

»Im Linksverkehr?«, platzte Rebecca heraus. »Ohne mich.«

»Heißt das vielleicht«, begann Berta, »dass wir ein paar kurze Abstecher in die wichtigsten schottischen Städte machen und danach zwei Wochen in den Highlands sitzen und beim Schafescheren zuschauen, während du gar nicht mehr aus Rorys Bett rauskommst, der dort in seinem Schottenröckchen auf dich wartet?«

Lola sank seufzend in ihren Stuhl zurück. »Es ist nun mal die einzige Möglichkeit für mich, ihn zu sehen«, sagte sie in ihrem weinerlichsten Tonfall. »Mädels, ich mag Rory wirklich. Seit er weg ist, habe ich oft an ihn gedacht, und ich weiß, dass er mich auch mag. Ich glaube, mit uns könnte es wirklich etwas werden.«

Berta setzte sich in ihrem Stuhl auf. »Also, das ist ja mal was Neues. Ein so starkes Interesse an einem Typen habe ich bei dir ja noch nie erlebt. Und am meisten überrascht mich, dass du bereit bist, Hunderte von Kilometern zurückzulegen, nur um ihn zu sehen. Von daher glaube ich dir«, sagte sie und legte sich die Hand auf ihre Brust.

»Schottland interessiert mich eigentlich überhaupt nicht, ich will nur Rory sehen. Ich glaube, wenn ich das jetzt nicht mache, werde ich es mir nie verzeihen. Ich will nicht mit der ewigen Ungewissheit leben, ob das mit uns etwas Großes hätte werden können.«

»Wow!«, rief Rebecca. »Also jetzt bin ich beeindruckt.«

Lola merkte, dass ihre Freundinnen es endlich kapierten. »Rorys Dorf liegt nicht weit von einer wichtigen Stadt entfernt. Schaut«, sagte sie und drehte die Karte um. »Hier ist Inverness, ganz in der Nähe von Loch Ness. Da gibt es bestimmt jede Menge Interessantes zu sehen.«

Rebecca legte ihrer Freundin die Hand auf den Arm. »Du brauchst nicht weiterzureden. Ich glaube sowieso nicht, dass das eine Besichtigungsreise wird. Von mir aus entscheide du, wo wir hinfahren. Alles für die Liebe, war das nicht immer dein Motto?«

»Dann macht es euch also nichts aus, drei Wochen in Beauly zu bleiben?«

»Drei Wochen?!«, riefen die beiden gleichzeitig.

»Das Beste habe ich euch ja noch gar nicht erzählt. Rory hat gesagt, dass er ein Häuschen für uns mieten kann. Er kennt ein paar Leute, die im Sommer vermieten. Er wird einen schönen Rabatt für uns aushandeln: drei Wochen zum Preis von zwei.«

Berta rückte ihre Brille zurecht, stellte die Ellbogen auf den Tisch und stützte das Gesicht in die Hände.

»Drei Wochen unter dem bewölkten Himmel eines schottischen Dorfes.«

Lola biss sich auf die Lippen. »Man kann auch unter einem bewölkten Himmel glücklich sein, meint ihr nicht?«

»Alles für die Liebe«, entschied Rebecca und hob ihr Glas mit dem Eistee.

Die anderen taten es ihr gleich, und sie stießen darauf an.

KAPITEL 5

Der Beginn

Inverness, 19. Juli 2006

Ein feiner Nieselregen empfing die Mädchen in der Hauptstadt der Highlands.

Während des Fluges hatte Rebecca die meiste Zeit so getan, als würde sie schlafen, um in Ruhe ihren Gedanken nachhängen zu können. Die letzten vierzehn Tage waren mit den Anproben, Menüverkostungen, der Gästeliste und dem Verschicken der Einladungen ein einziger Stress gewesen. Sie war froh, dass jetzt alles erledigt war, auch wenn ihre Mutter das Gegenteil behauptete.

Die Hochzeit war auf Samstag, den 7. Oktober festgesetzt worden, den einzigen Tag, an dem das vornehmste Restaurant von Barcelona verfügbar war. Die Gästeliste hatte Rebecca beinahe eine Woche lang in Atem gehalten. Sosehr sie die Liste auch zusammenstrich, damit es eine kleine familiäre Feier würde, es wollten einfach nicht weniger als dreihundert Gäste werden, von denen Rebecca die meisten nicht einmal kannte. »Verpflichtungen«, antwortete ihre Mutter, wenn Rebecca sie danach fragte.

Und dann war da noch der Job, den man ihr angeboten hatte. Wie es sich herausstellte, war der wichtig aussehende Mann, den Rebecca im Büro ihres Vaters gesehen hatte, der Direktor einer angesehenen städtischen Privatschule. Rebecca hatte das Einstellungsgespräch absolviert, und nach der Rückkehr aus dem Urlaub war ihr die Stelle so gut wie sicher. Sie war sich zwar darüber im Klaren, dass der Kontakt zwischen der Anwaltskanzlei und dem Direktor für die Zusage ausschlaggebend gewesen war, doch sie sagte sich, dass sie ihre Qualitäten als Lehrerin bald unter Beweis stellen würde.

Sie hatte so viel Grund zur Freude: die Hochzeit, ihre Arbeit… Und um diesen erfreulichen Aussichten die Krone aufzusetzen, fuhr sie auch noch für drei Wochen mit ihren Freundinnen in Urlaub. Ihr Leben war perfekt. Nur die Misere ihres Bruders trübte ihr Glück.

Dem Rat ihres Vaters folgend, hatte sie Enric Gelegenheit gegeben, sich auszusprechen. Dennoch hatte ihr Bruder bis zum Tag vor ihrer Abreise gewartet, ehe er den Mund aufmachte. Sie saßen gerade in den ausladenden Korbsesseln, die Enric für die Terrasse seiner kleinen Wohnung gekauft hatte, und unterhielten sich bei einem erfrischenden Getränk über Belanglosigkeiten, als Enric seine Schwester auf einmal nachdenklich ansah. Seine Miene war angespannt.

»Ich wusste schon immer, dass ich anders bin.«

Rebecca blickte auf und sah ihm in die strahlend grünen Augen, beschränkte sich aber aufs Zuhören.

»Schon seit ich klein war«, fuhr er fort. »Zuerst glaubst du, dass es schon vorbeigehen wird. Aber wenn du älter wirst, merkst du, dass es nicht nur nicht vorbeigegangen ist, sondern dass das Gefühl dein Inneres im Griff hat und mit dir gewachsen ist, ohne Raum für etwas anderes zu lassen. Du versuchst alles, um nicht daran zu denken, um die Gefühle zu verbannen… und dann merkst du, dass sie mittlerweile so tiefe Wurzeln geschlagen haben, dass du sie nicht mehr loswerden kannst, ohne dir selbst wehzutun, weil sie genauso zu dir gehören wie die Farbe deiner Augen oder deiner Haut.«

»Enric…« Rebecca sah ihn mit unverhohlenem Unbehagen an.

»Nein, Rebecca, lass mich ausreden.« Er holte tief Luft und sprach weiter. Seine Stimme klang gepresst. »Ich habe mich viel zu lange nicht getraut, es auszusprechen. Aber jetzt muss es sein, ich fühle mich so allein damit. Ich war sogar schon so weit, dass ich es Pater Arnau erzählt habe, weil ich wissen wollte, ob ich mich danach besser fühlen würde, oder vielleicht auch, weil ich einen Rat wollte ... ich weiß nicht genau.«

Er fuhr sich mit den Händen über das lockige, glänzende Haar und strich es nach hinten.

»Und was hat er gesagt?«

Enric zuckte mit den Schultern und schloss für einen Moment die Augen. Als er sie wieder öffnete, glänzten sie und waren gerötet.

»Dass ich kämpfen soll. Dass das Leben aus Aufopferung und Kampf besteht, dass ich nicht aufgeben darf. Aber vor allem ... dass ich meinen Gefühlen nicht nachgeben soll.«

Rebecca hörte ihm beklommen zu. Weil sie nicht wusste, was sie ihm sagen sollte, legte sie ihm die Hand auf den Arm. »Du weißt, dass ich für dich da bin, egal, was ist.«

Er sah auf und lächelte sie an. »Ja, ich weiß.«

»Papa und Mama wollen nur unser Bestes, glaube ich. Aber war es gut, dass du dich der Sache gestellt und ein neues Leben angefangen hast?«

»Ist das wirklich deine Meinung?«, fragte er und krampfte die Hände ineinander, die er zwischen die Knie geschoben hatte.

»Es ist der einzige Weg, damit Mama es versteht. Ich nehme an, mit der Zeit wird sie ...«

Sie verstummte, und ihr Bruder senkte den Kopf und murmelte: »Das hoffe ich auch.«

Sie schwiegen, und jeder hing seinen Gedanken nach. Bis ein Lächeln über Erics Gesicht huschte.

»Was?« Rebecca musste ebenfalls lächeln.

»Ich habe jemanden kennengelernt.«

»Wirklich?«

»Eigentlich kannte ich ihn schon vorher, er ist ein Freund aus der Uni. Er heißt Pablo.«

Rebecca war so überrascht, dass sie nur irgendetwas stammelte.

»Du brauchst jetzt nichts zu sagen«, unterbrach er sie. »Ich weiß, dass es nicht leicht ist, sich an die Vorstellung zu gewöhnen. Aber es wäre schön, wenn du dich irgendwie mit dem Gedanken anfreunden könntest.«

Sie atmete erleichtert auf. »Gut.«

Ihr Bruder sah sie ernst an. »Ich kann es nicht glauben, dass du in drei Monaten heiratest.«

»Ja, es ist schon seltsam.«

»Du kannst ja immer noch in letzter Minute kneifen«, meinte er scherzhaft.

»Hör auf, Enric.«

»Schon gut. Ich meine ja nur, solange du nicht ›Ja, ich will‹ gesagt hast, ist immer noch Zeit, um … du weißt schon.«

»Um Mama noch mehr Kummer zu machen?«

»Sie ist ja nicht diejenige, die mit Mario ins Bett gehen muss.«

Rebecca hob warnend den Finger, und ihr Bruder lenkte ein. »Okay, okay, entschuldige, ich sag schon nichts mehr. Ich bin glücklich, wenn du glücklich bist.«

In Gedanken war sie noch bei dem Gespräch mit ihrem Bruder, als Berta, die neben ihr am Fenster saß, sie aus ihrer Versunkenheit riss.

»Schau. Wir landen gleich.«

Sie beugte sich über ihre Freundin und blickte durch das winzige Fenster.

»Endlich sieht man mal was«, bemerkte sie. »Die ganze Zeit sind wir über ein Wolkenmeer geflogen.«

»Du hast doch sowieso die ganze Zeit geschlafen.«

»Na ja, zwischendurch habe ich schon mal die Augen aufgemacht.«

»Schweinerei!«, beschwerte sich Lola, die einen Gangplatz erwischt hatte. »Ich kann gar nichts sehen.«

Das Flugzeug landete am Ufer der Bucht von Inverness, hinter der sich die Stadt erstreckte. Die Hauptstadt der Highlands lag an der Mündung des Flusses Ness im äußersten Südosten des Moray Firth.

Zu Lolas Freude wartete Rory Elliott im Ankunftsbereich des kleinen Flughafens schon auf sie.

Die beiden hatten sich seit zwei Jahren nicht gesehen, doch kaum hatte Rory Lola erspäht, kam er rasch auf sie zu und wich dabei ein paar schwer beladenen Gepäckwagen aus. Dann drückte er sie so heftig, dass man glaubte, Lolas Rippen knacken zu hören, und gab ihr einen Kuss auf die Wange. Berta und Rebecca mussten angesichts dieser Begrüßung unwillkürlich grinsen. Der junge Mann bemerkte die beiden erst jetzt.

Er begrüßte sie nach spanischer Art mit Küsschen rechts und Küsschen links.

»Wie war der Flug?«, fragte er in seinem nahezu perfekten Spanisch, während sie zum Ausgang gingen.

»Gerade so, dass es nicht zu langweilig wurde«, antwortete Lola, die das Gespräch nutzte, um ihn in Augenschein zu nehmen.

Rorys blondes Haar war kürzer, als sie es in Erinnerung hatte, aber die kurzen Locken standen ihm gut. Sein Gesicht war gerötet. Es war schwer zu sagen, ob er zu viel Sonne abbekommen hatte – im hiesigen Klima eher zu bezweifeln – oder ob er vor Aufregung rot geworden war.

Draußen empfing sie ein großes Schild, das von einer Straßenlaterne hing. Es begrüßte sie in den beiden Landessprachen – auf Englisch: »Welcome to Scotland«, und auf Gälisch: »Fàilte gu Alba«.

Rory fiel auf, dass Lola offene Sandalen trug. Sie waren hübsch, aber nicht sehr geeignet für das Klima. »Du wirst dich erkälten«, sagte er mit einem Blick auf ihre nackten Füße.

»Ich werde es mir für morgen merken«, erwiderte Lola, ohne ihr breites Grinsen auch nur eine Sekunde lang zu unterbrechen.

»Ihr seid ganz schön braun gebrannt«, bemerkte Rory. »Ich vermisse die spanische Sonne.«

»Das werden wir bestimmt auch bald«, meinte Berta mit einem Blick zum Himmel.

Lola stieß ihre Freundin mit dem Ellbogen an. Sie waren gerade erst angekommen, und sie fand es unangebracht, nach so kurzer Zeit schon über das schlechte Wetter zu witzeln.

Der Nieselregen zwang Rebecca, die Augen zusammenzukneifen, als auch sie zum bewölkten Himmel hinaufsah. Die widerwillige Miene brachte ihre Vorbehalte gegenüber diesem Ort deutlich zum Ausdruck. Den obligatorischen Kommentar zum englischen Wetter, der ihr schon auf der Zunge lag, konnte sie sich aber verkneifen, denn sie hatte keine Lust, sich auch einen Rippenstoß einzufangen.

Lola war entzückt.

Rebecca dachte bei sich, dass ihre Freundin bestimmt ebenso gut gelaunt gewesen wäre, wenn es Katzen und Hunde geregnet hätte, eine sehr englische Redewendung, die sie sich vor langer Zeit angeeignet hatte, auch wenn sich ihr der Sinn nie ganz erschlossen hatte. Sie fand es logisch, dass man »es gießt wie aus Eimern« sagt, wenn es stark regnet, ein Eimer Wasser kann einen schließlich völlig durchnässen. Wenn aber jemand Hunde oder Katzen nach ihr würfe, würde sie eher einen Haufen Kratzer und Bisse abbekommen, als nass zu werden.

Als sie Rorys Wagen, einen roten Ford, gefunden und ihr Gepäck so gut wie möglich im Auto verstaut hatten, zwängten sie sich auf die verbliebenen Sitzflächen.

Sie ließen das Flughafengelände hinter sich und fuhren auf die Landstraße, die parallel zur Küste nach Südosten führte.

Die Landschaft entsprach ihren Erwartungen: üppiges Grün, so weit das Auge reichte. Zu beiden Seiten der Straße standen vereinzelt ein paar Häuser, weiß oder mit Steinfassade, und die Dächer liefen spitz zu und waren mit glatten schwarzen Ziegeln gedeckt.

»Sehr britisch«, dachte Berta und erkundigte sich, wie weit es noch bis Beauly sei.

Rory musste unwillkürlich darüber lächeln, wie sie den Ort aussprach, seine Augen im Rückspiegel verrieten ihn.

»Was ist?«, fragte Berta.

»Nichts«, erwiderte er. »Es klang nur sehr witzig.«

»Man spricht es wie ›beauty‹ aus«, erklärte Lola. »Bei dir hat es ein bisschen französisch geklungen.«

»Na, so schlimm ist das jetzt auch nicht, oder?«

»Eigentlich«, sagte Rory, »stammt der Name ja aus dem Französischen.«

»Siehst du?« Berta blickte Lola mit hochgezogener Braue an.

»Bis Beauly sind es noch zehn Meilen, wir sind in zwanzig Minuten da.«

Auf den Rücksitzen machte sich eine deutliche Erleichterung bemerkbar. Die Vorstellung, noch lange zwischen den Koffern eingequetscht in dem kleinen Auto zu sitzen, die einen in eine aufrechte und verkrampfte Haltung zwangen und mit ihren kleinen Plastikrädern traktierten, war nicht sehr verlockend.

»Das Cottage, das ich für euch gemietet habe, wird euch gefallen«, verkündete Rory. »Es ist das beste hier in der Gegend, auch wenn Mrs Munro knallhart mit mir verhandelt hat. Mehr als drei Wochen konnte ich für euch nicht herausschlagen.«

»Ach, mach dir deswegen keine Gedanken«, sagte Berta, die sah, wie Rebecca die Augen verdrehte. »Drei Wochen sind mehr als genug.«

»Also ich könnte ja den ganzen Sommer hierbleiben«, mischte Lola sich ein und blickte zu Rory hinüber, der die Bemerkung mit einem breiten, verheißungsvollen Lächeln quittierte.

Die beiden anderen musterten ihre Freundin und ihren ehemaligen Studienflirt. Unablässig lächelten sich die beiden aufmunternd an und hielten sogar Händchen. Rebecca und Berta wussten beide, dass Rory in Lolas turbulentem Liebesleben nur eine Affäre gewesen war, eine flüchtige Eskapade während der sechsmonatigen Beziehung mit Santi, einem Kommilitonen aus dem dritten Studienjahr. Am Ende hatte Lola beide verlassen, und sie hatte ihren Freundinnen immer erzählt, Santi habe es nicht viel ausgemacht, wohingegen Rory es zutiefst bedauert habe. Und es war nicht zu übersehen, dass er sie immer noch vergötterte.

Auf einem Schild, das nach links zeigte, stand *Culloden Battlefield*.

»Ein Schlachtfeld?«, fragte Berta, die im Geist übersetzt hatte.

»Auf der Hochebene von Culloden«, begann Rory, »fand die letzte Schlacht auf britischem Boden statt. Das war im Jahr 1746.« Er machte eine kurze Pause und fügte dann hinzu: »Eine Begegnung, die für unsere Geschichte katastrophale Folgen hatte.«

»Wahnsinn!«, rief Rebecca beeindruckt.

»Wenn ihr Lust habt, können wir mal hinfahren und es besichtigen.«

»Ja, bitte«, meinte Rebecca. »Ich würde gern mehr darüber erfahren.«

Lola wechselte das Thema.

»Ich habe gelesen, der Morayfjord ist einer der besten

Orte an der englischen Küste, um Robben und Delfine zu beobachten.«

Ein paar Minuten und mehrere Biegungen später, kurz bevor sie über die Kessock Bridge fuhren, folgte der Beweis in Gestalt eines Schildes mit der Aufschrift *Dolphin and Seal Visitor Centre.*

Auf dem Rücksitz wurden zufriedene Blicke gewechselt. Anscheinend gab es in Schottland außer Schafen noch andere interessante Tiere – soweit man Schafe als interessant bezeichnen konnte, dachte Berta –, nämlich elegante Delfine und niedliche Robben.

Sie betrachteten die breite Bucht, die vor ihnen lag. Die kleinen Hügel am anderen Ufer verschwammen im dichten Nebel und im sanften Schleier des Nieselregens.

Die Landschaft war jetzt eintöniger. Bis auf das eine oder andere Gerstenfeld war alles um sie herum grün.

Ein großes, oben abgerundetes Schild, auf dem mittig ein Wappen prangte, hieß sie im Dorf willkommen. Am oberen Rand konnten sie *Welcome to Beauly* lesen, während ihnen die Aufschrift am unteren Ende des Schildes unverständlich war: *A'Mhanachainn.*

»Was bedeutet das?«, fragte Berta.

Rory sprach das Wort aus, was ihm wegen des fremdartigen Klanges amüsierte Blicke eintrug.

»Es bedeutet ›das Kloster‹. Es liegt ein Stück weiter im Zentrum des Dorfes, allerdings sind nur noch ein paar Reste übrig. Ihr werdet noch Zeit haben, euch die Ruine anzusehen. Manche Menschen halten sie für einen sehr spirituellen Ort.«

»Von uns dreien hat nur Rebecca eine spirituelle Ader«, meinte Lola scherzhaft.

»He«, widersprach Berta, »sprich bitte nur für dich selbst.«

»Also gut«, korrigierte sich Lola, »jedenfalls ist sie die Einzige von uns, die sie pflegt.«

Sie fuhren die Hauptstraße entlang durch das Dorf, das die für die Gegend typische Architektur aufwies. Dann bogen sie nach links in eine kleine Straße ein. Hier gab es vor allem Einfamilienhäuser mit kleinen Gärten. Am Ende der Straße kamen sie zu einer Abzweigung, wo ein Schild den Namen des Ortes verkündete: *Riverside Drive.*

Rory hielt den Wagen an.

»Wir sind da«, sagte er und wies mit einem Nicken auf das Haus, das hinter Büschen und Bäumen zu erkennen war.

Lola rieb das kleine Wagenfenster trocken, das völlig beschlagen war, und Berta und Rebecca taten es ihr auf der Rückbank gleich.

Das Haus sah aus wie alle anderen – es war aus Stein und hatte ein spitzes Giebeldach, an dem kleine Erker vorsprangen. Dazu gehörte ein reizender Vorgarten mit einer niedrigen Mauer darum, die man um einen dunkelbraun gestrichenen Holzzaun erhöht hatte.

»Sieht hübsch aus«, sagte Berta und reckte den Hals, weil zwei große Bäume ihr die Sicht verwehrten.

Rory zeigte auf das Nachbarhaus, das fast genauso aussah, aber größer war. »Da drüben wohnt Mrs Munro. Sie erwartet uns bestimmt schon.«

Da der Regen stärker geworden war, hatte keiner von ihnen große Lust, auszusteigen. Sie warteten ein paar Minuten, bis es erst richtig zu schütten anfing, und legten schließlich die kurze Strecke zum Haus im Laufschritt zurück.

Mrs Munro empfing sie mit einem Lächeln. Ihr rundliches Gesicht, in dem keine Falten zu sehen waren, obwohl sie die siebzig schon überschritten haben musste, wirkte freundlich.

»Herzlich willkommen«, begrüßte sie die Ankömmlinge in ihrer Sprache. »Nun kommt schon herein, ihr wollt doch nicht da draußen stehen bleiben«, fügte sie hinzu, als die Mädchen zögerlich waren.

Es folgten ein paar unbehagliche Augenblicke, in denen Mrs Munro ihre neuen Mieterinnen mit ihren kleinen Augen aufmerksam musterte. Rory stellte sie einander vor, dann nahmen alle in einem kleinen Wohnzimmer Platz.

»Aus Barcelona also …«, bemerkte die Frau und machte es sich in einem Sessel mit rosa Blumenmuster bequem.

»Ja, Mrs Munro«, erwiderte Lola.

»Darf ich euch einen Tee anbieten? Ich habe gerade welchen gemacht.«

Alle drei waren keine großen Teefans, Eistee ausgenommen. Dennoch nahmen sie das Angebot an, sei es aus Höflichkeit oder, in Rebeccas Fall, um sich aufzuwärmen.

»An eurer Bräune sieht man, dass ihr aus einer heißen Gegend stammt«, bemerkte Mrs Munro, während sie drei Porzellantassen aus einem alten Holzschrank nahm. Wegen ihrer ungewohnten Aussprache mussten die Spanierinnen ganz genau hinhören. Zu dem eigentümlichen schottischen Akzent kam noch die hohe, fast schrille Stimme der Frau. »Hierzulande machen viele Leute Urlaub auf den Kanarischen Inseln«, fuhr sie fort, »aber wenn sie zurückkommen, dann sind sie nicht etwa braun, nein, nein, sondern rot, bis sie sich häuten wie eine Schlange, und danach sind sie wieder genauso blass wie vorher.«

Die Mädchen lachten über den Vergleich. Von der Küche aus ließ Mrs Munro sich weiter über »das vertrackte schottische Wetter« aus. Anscheinend hielt dieser unablässige feine Nieselregen schon eine Woche an.

»Laut Wettervorhersage soll es in den nächsten Tagen besser werden«, behauptete Rory, als er die entsetzten Gesichter seiner Gäste sah.

»Dein Wort in Gottes Ohr!«, rief Mrs Munro, die mit einem Tablett voller Teetassen aus der Küche zurückkehrte. »Sonst sind die Ärmsten vom Regen noch ganz verschrumpelt, wenn sie wieder abreisen.«

Berta fiel es am schwersten, der Unterhaltung zu folgen, denn ihr Englisch war nicht so gut wie das von Rebecca oder Lola. Abgesehen von ein paar Urlaubsreisen war sie nie länger im Ausland gewesen, sodass sie über ihr Schulenglisch nie hinausgekommen war. Lola dagegen, deren Vater Manager in einer großen Firma war, hatte jahrelang in verschiedenen Ländern gelebt, ehe ihre Eltern sich getrennt hatten und sie mit ihrer Mutter nach Barcelona gezogen war. Ihr Vater hatte ein zweites Mal geheiratet und mit seiner Frau zwei weitere Kinder bekommen. Er lebte in Bordeaux, wo Lola immer die Sommerferien und die Weihnachtsfeiertage verbracht hatte.

Als Berta schließlich, mehr aus Langeweile denn aus Müdigkeit, ein Gähnen nicht mehr unterdrücken konnte, sah Mrs Munro ein, dass sie sich nun ausruhen mussten.

»Es ist wohl besser, wenn ich euch das Haus zeige. Ihr seid ja völlig erschöpft«, verkündete sie, erhob sich und nahm ein Schlüsselbund von einem kleinen Tisch.

Wie von einer Feder gezogen standen die drei Mädchen und Rory gleichzeitig auf.

»Es ist alles da, was ihr braucht«, redete Mrs Munro weiter, während sie den kurzen Weg zwischen den beiden Häusern zurücklegten.

Der Regen hatte aufgehört, aber die Luft war immer noch so feucht, dass es einem gar nicht so vorkam.

Nachdem sie um die Ecke gebogen waren, passierten sie einen schlichten hölzernen Durchgang, dann gingen sie über einen schmalen Pfad aus glatten Holzbohlen, der durch die Vegetation führte. Auf der Frontseite des Hauses sprang eine große Glastür hervor, die die Form eines halben Sechsecks hatte.

Mrs Munro versetzte der Tür einen kräftigen Stoß und ließ sie eintreten. Dann zeigte sie ihnen das Haus.

»Ihr habt hier eine Waschmaschine, eine Mikrowelle, einen

Kühlschrank und einen kleinen Fernseher«, erklärte sie. »Ich kann gerne für euch kochen, wenn ihr das wollt, allerdings würde sich der Mietpreis dadurch etwas erhöhen.«

»Danke«, sagte Lola, »aber wir kommen schon zurecht.«

Die Frau nickte.

»Im Erdgeschoss gibt es zwei Doppelzimmer und ein Badezimmer, deshalb möchte ich euch bitten, das obere Stockwerk nicht zu benutzen. Im Bad findet ihr einen Korb für die benutzten Handtücher. Wenn ihr den Korb auf die Veranda stellt, bringe ich euch frische. Das Gleiche gilt für die Bettwäsche. Aber nur Bettwäsche und Handtücher«, erklärte sie, »eure Kleidung müsst ihr selbst waschen.«

Lola und Rebecca nickten, und Berta, die nur ein paar Brocken des Gesprächs aufgeschnappt hatte, tat es ihnen gleich.

»Wenn das Klima feucht ist, klemmt die Eingangstür«, redete Mrs Munro weiter, »eigentlich klemmt sie also immer, meine Lieben, zum Öffnen braucht es daher einen kräftigen Stoß. Eigentlich müsste man sie abhobeln lassen, aber mir ist es lieber, sie klemmt, als dass durch den Spalt kalte Luft hereinkommt.«

Nach zahlreichen Regeln und Empfehlungen zur Hausnutzung überreichte Mrs Munro ihnen die Schlüssel.

Bevor sie ging, sagte sie: »Ich habe euch ein paar Sandwiches in die Küche gestellt, ihr habt doch sicher Hunger.«

Die Mädchen bedankten sich, und nachdem Mrs Munro gegangen war, erkundeten sie das Haus, wobei Rory ihnen amüsiert zusah.

»Wie gefällt es euch?«, fragte er.

Berta reckte anerkennend einen Daumen in die Höhe, während sie in der Küche ein paar Schubladen aufzog.

»Es ist perfekt für uns«, meinte Rebecca. »Und Mrs Munro ist sehr nett.«

»Ist euch aufgefallen, wie sie die Rs ausspricht? Und die

Vokale?«, fragte Berta und putzte sich die beschlagenen Brillengläser. »Ich verstehe so gut wie gar nichts.«

Lola warf Rory einen liebevollen Blick zu. »Du redest nicht so.«

»Das liegt daran, dass meine Mutter aus Liverpool stammt. Aber an den Akzent werdet ihr euch schon noch gewöhnen. Mrs Munro kenne ich seit meiner Kindheit. Sie war schon immer ein sehr netter Mensch, auch wenn sie für meinen Geschmack reichlich viel redet ... Sie hat zwei Söhne, die in Glasgow arbeiten.«

»Wohnst du weit von hier?«, fragte Lola mit unverhohlener Neugierde.

»Nicht sehr weit. Auf der anderen Seite der Hauptstraße, in der Fraser Street. Beauly ist ein kleiner Ort.«

Lola strahlte ihn an, und Rory errötete. Inzwischen wussten Berta und Rebecca, dass dieses leuchtende Rot nicht seine natürliche Hautfarbe war. Sie fanden es süß und auch ein wenig seltsam, dass sich die ungenierte und leicht verrückte Lola mit einem Typen abgab, der so schnell rot wurde. Das hätten sie nicht für möglich gehalten.

Sie entdeckten eine Hintertür, die in einen Garten führte. Hier gab es neben einigen blühenden Sträuchern auch einen Trockenplatz für die Wäsche und einen kleinen runden Tisch mit vier Stühlen. Wegen des nassen Wetters hatten sie keine große Lust, sich dort weiter umzusehen.

Sie teilten sich die Sandwiches mit Rory, der schüchtern eines mit Thunfisch aß. Mrs Munro hatte recht gehabt, sie hatten einen Riesenhunger, und die mit Käse, Thunfisch und gekochtem Schinken belegten Sandwiches schmeckten köstlich. Nur eine Sorte war ihnen fremd.

»So was hab ich ja noch nie gesehen«, sagte Berta und zeigte ihren Freundinnen die Kartoffelchips in ihrem Sandwich.

Fragend sahen sie Rory an, aber der zuckte nur mit den Schultern.

»Crisp Potato Sandwich«, sagte er, als er seinen Bissen hinuntergeschluckt hatte.

Sie ließen die Antwort gelten und aßen weiter.

Bevor er ging, half Rory ihnen noch, das Gepäck hereinzubringen, dann begleitete Lola ihn zu seinem Wagen.

Als sie eine halbe Stunde später wieder hereinkam, sah sie sich zwei fragenden Gesichtern gegenüber.

»Was denn!«, rief sie.

Berta zog neugierig eine Augenbraue hoch. »Genau das würden wir auch gern wissen.«

Lolas Augen blitzten auf, dann umarmte sie ihre Freundinnen stürmisch und machte kleine Luftsprünge vor Freude.

»Ich weiß nicht…«, sagte sie und trat ein wenig zurück. »Ich bin so…« Sie holte tief Luft. »In den letzten Wochen hab ich so viel an ihn gedacht, dass…«

»Ich glaube, Lola hat sich endlich mal verliebt«, sagte Berta feierlich.

»Ist er nicht toll?«

Rebecca seufzte. »Verliebt scin ist immer toll.«

»Ich meine doch Rory. Er ist so… zärtlich, so süß… habt ihr gesehen, wie rot er geworden ist? Am liebsten würde ich ihn die ganze Zeit abknutschen.«

Berta putzte sich erneut die Brille, die aus irgendeinem unerfindlichen Grund ständig anlief. »Dich so zu sehen war die Reise schon wert«, sagte sie, »selbst wenn es die nächsten drei Wochen hindurch regnen sollte…«

Rebecca hielt ihr den Mund zu. »Beschrei es nicht. Nur für alle Fälle.«

KAPITEL 6

Eine leidenschaftliche Begegnung

Lola wachte als Erste auf, vermutlich aus Vorfreude auf das Wiedersehen mit Rory, der versprochen hatte, die Mädchen um zehn Uhr vormittags abzuholen und mit ihnen ins Dorf zu gehen. Um halb neun platzte Lola in das Zimmer, das ihre beiden Freundinnen miteinander teilten. Sie sprühte vor Energie, völlig unangemessen für diese frühe Stunde.

»Na los, ihr Faulpelze, in anderthalb Stunden kommt Rory, und wir haben zu dritt nur ein Badezimmer. Und ihr wisst ja, wie pünktlich die Engländer sind.«

»Rory ist doch Schotte«, murmelte Rebecca schläfrig. »Gilt das für die auch?«

Berta blinzelte verschlafen. »Wahrscheinlich kommen die Schotten immer zu spät, nur um ihren Nachbarn eins auszuwischen.«

Lola zog die Vorhänge zurück, und Licht strömte ins Zimmer.

»Scheint die Sonne?«, fragte Rebecca und drehte den Kopf, um aus dem Fenster zu schauen.

»Nein«, erwiderte Lola, während sie den Himmel musterte. »Aber wenigstens regnet es nicht.«

»Damit gebe ich mich zufrieden.«

Sie duschten nacheinander und gingen zum Frühstücken in die Küche, wo sie auf drei Barhockern hinter einer Marmorarbeitsplatte Platz nahmen und sich über die drei verbliebenen Sandwiches hermachten.

»Ich hasse Pommes im Sandwich«, jammerte Lola, während sie die Pommes frites aus ihrem Brötchen herausklaubte.

»Was ist denn das?«, fragte Berta. Sie war aufgestanden und zeigte auf etwas, das wie ein elektrischer Wasserkrug aussah.

»Das ist ein Wasserkocher«, antwortete Rebecca. »Zum Teekochen.«

Berta öffnete die Schränke und inspizierte die Küchenvorräte. Sie fand eine rechteckige rote Schachtel.

»Wie wär's mit einem Tee?«

Lola seufzte. »Da ja kein Kaffee da ist …«

Nach wenigen Sekunden kochte das Wasser in dem Gerät, und Berta holte eine weiße Porzellankanne mit Blumenmuster aus dem Küchenschrank, gab drei Löffel Tee hinein und goss das Wasser darüber.

Der Geschmack war eine Überraschung. Der Tee war aromatisch und belebend, perfekt, um den Tag zu beginnen.

Rory kam zur verabredeten Zeit, keine Minute zu früh oder zu spät, was bei den Mädchen neue Diskussionen über die englische Pünktlichkeit auslöste, die sie nun auch auf die Schotten ausdehnten.

Sie verließen Riverside Drive und fuhren, nachdem sie die Ferry Road überquert hatten, auf die Hauptstraße. Die High Street war eine lange, breite Straße, die das Dorf in zwei Hälften teilte. Auf beiden Seiten erhoben sich zweistöckige Häuser, deren Erdgeschosse die typischen kleinen Geschäfte mit ihrer anheimelnden familiären Atmosphäre beherbergten. In der Bank von Schottland wechselten die Mädchen ihre Reiseschecks gegen englische Pfund. Die Bank war ein elegantes Gebäude mit quadratischem Grundriss, lachsrosa Kacheln und spitzen Bogenfenstern.

Den Vormittag verbrachten sie damit, all das einzukaufen, was sie in den nächsten Tagen zum Kochen brauchten. Außerdem blieb ihnen noch Zeit, durch das Dorf zu bummeln.

Durch die Anordnung der Straßen und die lange Hauptstraße als Bezugspunkt konnte man sich in Beauly kaum verirren.

Den Nachmittag wollte Lola mit Rory alleine verbringen. Sie hatte drei Wochen, um herauszufinden, ob die Gefühle für ihn mehr als eine Laune oder eine idealisierte Erinnerung waren. Berta und Rebecca blieben also allein zu Hause, brieten das Hähnchen und kochten einen großen Gemüseeintopf als Beilage für die nächsten Tage. Später gingen sie noch hinaus und machten einen Spaziergang am River Beauly.

Berta sah Rebecca von der Seite an. Die frische, klare Luft trug die Küchengerüche heran, die noch in ihrem Haar hingen.

»Wie fühlst du dich?«

»Gut. Warum fragst du?«

»Wegen der Hochzeit, meine ich …«

Rebecca strich über den Verlobungsring, den Mario ihr geschenkt hatte, und drehte ihn ein paarmal um den Ringfinger, als könnte sie durch die Berührung eine bestimmte Wirkung erzeugen. Es war ein dünner Goldring mit drei Diamanten, auf dessen Innenseite das Datum ihrer Verlobung eingraviert war.

»Am liebsten hätte ich es schon hinter mir. Du kannst dir den Zirkus nicht vorstellen.«

»Hm«, meinte Berta knapp. »Bist du denn glücklich?«

»Natürlich.«

»Das freut mich für dich.« Berta schwieg einen Augenblick, dann fragte sie: »Du bist dir doch sicher, oder?«

Verblüfft über die Frage, blieb Rebecca stehen und sah sie an, dann verlor sich ihr Blick irgendwo zwischen den Bäumen, die das Ufer säumten.

»Ich will Mario schon heiraten, aber es hätte mir nichts ausgemacht, noch ein bisschen zu warten, zumindest, bis ich fünfundzwanzig bin. Ich vergesse allerdings immer, dass er nicht mehr so jung ist.« Sie holte tief Luft, bevor sie fortfuhr:

»Außerdem ist da noch meine Mutter. Für sie war es eine Erleichterung, dass wir den Hochzeitstermin festgesetzt haben, glaube ich. Wahrscheinlich glaubt sie, Mario und ich hätten noch nie miteinander geschlafen, und das Unvermeidliche könnte sich jeden Augenblick ereignen.« Sie sah Berta von der Seite an und lächelte ein wenig schief. »Wenn ich irgendwann auf einmal schwanger wäre, würde sie tot umfallen.«

Berta erinnerte sich daran, wie streng Elvira immer mit Rebecca gewesen war.

»Die Welt würde deshalb trotzdem nicht untergehen«, sagte sie.

»Für meine Mutter schon.« Rebecca schwieg nachdenklich, dann hob sie den Blick zum Himmel und betrachtete die Wolken. »Hattest du irgendwann mal Zweifel?«

»Wobei?«

»Du weißt schon … bei Albert.«

»Na ja, ich wusste schon immer, dass wir zusammengehören. Nein, ich hatte nie Zweifel.«

»Und woher weiß man es? Woher weiß man, dass es die richtige Entscheidung ist?«

»Das sagt dir dein Herz. Du fühlst es, wenn es so weit ist, es gibt keine Zauberformel.«

»Ich wünschte, es gäbe eine.«

Schweigend gingen sie weiter. Nur das Rauschen des Flusses und das Gezwitscher der Vögel zwischen den Büschen begleitete sie.

Auf einmal blieb Berta abrupt stehen und hielt Rebecca am Arm fest, um sie am Weitergehen zu hindern. »Hörst du das?«, fragte sie leise.

Rebecca spitzte die Ohren. »Nein«, erwiderte sie ebenso gedämpft.

»Es hört sich an wie ein Keuchen.«

Langsam ging Berta weiter den Pfad entlang bis zu einem

dichten Gestrüpp, das sie vom Flussufer einige Meter unten ihnen trennte. Rebecca blieb stehen und beobachtete, wie ihre Freundin zwischen den Zweigen hindurchspähte. Berta drehte sich zu ihr um und winkte sie zu sich.

Als Rebecca bei ihr war, machte sie ihr ein Zeichen, still zu sein und zwischen den Zweigen hindurchzusehen, die sie auseinandergebogen hatte.

Unten am Fluss war ein Paar leidenschaftlich damit beschäftigt, den Körper des anderen zu erkunden. Der Mann saß auf einem flachen Felsen, auf seinem Schoß rittlings ein Mädchen. Die beiden küssten sich, als wollten sie einander am liebsten verschlingen. Das Mädchen hatte seine Hände in dem kupferfarbenen Haar des Jungen vergraben, die des Jungen befanden sich unter ihrem Rock.

Die beiden waren so verblüfft über die Entdeckung, dass sie ein Kichern unterdrücken mussten. Dann bemerkten sie die Angelutensilien, die auf dem Felsen lagen. Offenbar war das Liebespaar ursprünglich zum Angeln an den Fluss gekommen.

Berta zog sich wieder zurück, aber Rebecca, die von der Leidenschaft des Paares fasziniert war, konnte sich von dem Anblick nicht lösen. Neugierig schob sie die Zweige noch weiter auseinander. Das Rascheln aber erregte die Aufmerksamkeit des Jungen, der plötzlich zu ihr herübersah.

Kurz trafen sich ihre Blicke, dann ließ Rebecca die Zweige los und wich erschrocken zurück.

Berta zog sie schweigend am Arm. Als sie in einiger Entfernung waren, fragte sie vorwurfsvoll: »Sie haben dich bemerkt, oder?«

Rebecca wirkte noch immer wie versteinert. »Ja, aber gesehen hat mich nur er.«

»Und was hat er gemacht?«

»Nichts, er hat mich nur angestarrt.«

»Na, da hatte er ja bessere Manieren als wir. Wieso hast du so lange hingeschaut? Es war doch nur ein knutschendes Pärchen.«

»Ja, aber sie haben sich auf eine Art geküsst …«

»Du musst Mario wohl mal beibringen, ein bisschen leidenschaftlicher zu sein.«

»Ich glaube nicht, dass man das lernen kann. Du schon?«

Berta schenkte ihr ein gequältes Lächeln. »Lass uns nach Hause gehen.«

Zurück im Haus, fiel ihnen auf, dass Lolas Zimmer abgeschlossen war. Um den beiden ein bisschen Privatsphäre zu gönnen, holten sie eine Decke und gingen in den Garten. Als Lola zu ihnen stieß, war es schon fast neun. Ihre langen schwarzen Locken waren völlig zerzaust.

»Hast du ein Mittagsschläfchen gehalten?«, stichelte Rebecca.

Lola versuchte sich zu beherrschen, aber dann musste sie doch lachen.

»Du scheinst dich ja vergnügt zu haben«, bemerkte Berta. »Wo ist er denn? Hat er sich unterm Bett versteckt?«

»Er ist gegangen. Morgen früh holt er mich ab. Dann fahren wir zusammen nach Inverness.«

Rebecca zog die Brauen zusammen. »Und wir?«

»Wir fahren ein andermal alle zusammen hin, versprochen. Aber jetzt will ich mit Rory allein sein, okay? Das versteht ihr doch …? Bitte, bitte, sagt, dass ihr das versteht … please …«

»Was bleibt uns anderes übrig«, murmelte Berta.

Lola drückte beiden einen Kuss auf die Wange und sagte dann: » Bis zum Abendessen sind wir wieder zurück. Wir essen dann gemeinsam, was haltet ihr davon?«

»Super Plan.«

Rebecca runzelte immer noch die Stirn. »Und wer kocht?«

Lola machte ein Gesicht wie ein trauriger Welpe, und

Rebecca gab sich geschlagen. »Geh schon duschen, du siehst ja aus, als hättest du einen Pettingwettkampf gewonnen.«

»Du weißt doch gar nicht, was Petting ist. Und dein langweiliger Verlobter bestimmt auch nicht.«

Rebecca streckte ihr die Zunge heraus, und Lola verschwand im Bad.

KAPITEL 7

Neue Freundschaften

Am nächsten Tag war Lola schon weg, als Berta und Rebecca aus den Federn krochen. Also beschlossen sie, die Klosterruinen und ein Gebäude zu besichtigen, das in dem Reiseführer erwähnt wurde, den Rory ihnen überlassen hatte. Sie mussten von Riverside aus nur dem Weg am Fluss entlang folgen, dann würden sie direkt dorthin kommen.

Draußen winkten sie Mrs Munro zu, die vergnügt in ihrem Garten arbeitete. Sie trug einen Strohhut und ein Tuch, das sie um den Hut gebunden und unter dem Kinn verknotet hatte. Die Mädchen wunderten sich über so viel Sonnenschutz, zumal sich die Sonne aus diesen Gefilden für immer verabschiedet zu haben schien.

Das Kloster war nur wenige Gehminuten entfernt. Auf der rechten Seite lag der Fluss, verborgen hinter einer dichten Mauer aus jahrhundertealten Bäumen. Hier standen Eichen mit formschönen grünen Blättern und Birken mit dicht belaubten Ästen und silbriger Rinde, die in puncto Schönheit mit dem Heide- und Farnkraut zwischen vereinzelten Grasflächen konkurrierten. Zu ihrer Linken säumten weiße Häuser mit schwarzen Dächern den Weg. Die Häuser genossen eine spektakuläre Aussicht auf den Fluss.

Schon bald tauchte vor ihnen das Kloster auf, oder zumindest das, was von ihm übrig war. Rebecca holte den Reiseführer aus ihrem Rucksack und las vor, was dort über den vor ihnen liegenden Steinhaufen geschrieben stand.

»Hier steht, dass es im Jahr 1230 gegründet wurde, und

zwar von dem Orden der Vallis…« Sie zwang sich, langsam zu lesen. »Valliscaulianer. Puh! Das klingt ja wie der Name einer außerirdischen Lebensform.«

Die Überreste der Kirche, die von einer Steinmauer umgeben waren, bildeten die Form eines Kreuzes und standen mitten auf einer weiten Grünfläche mit unzähligen alten Grabsteinen in allen Größen und Formen. Die Mädchen verbrachten eine ganze Weile damit, die Inschriften zu entziffern, von denen die meisten in lateinischer Sprache verfasst waren. Eine fesselte sie besonders. Zum Glück gab es unten eine kleine Tafel mit der englischen Übersetzung. Feierlich las Rebecca vor: »Der Tod hat uns bezwungen. Hier ruhen Henry Mildmay, Ritter, und Mary, seine Frau. Er starb am letzten Tag des Monats Mai im Jahre 1576, sie am sechzehnten Tag des Monats März im Jahre 1589. Die beiden hinterlassen zwei Söhne und drei Töchter.«

Berta sah sie an und machte einen Schmollmund. »Wie traurig.«

»Ich nehme an, dass das Leben damals hart gewesen sein muss. Die Menschen starben jung, entweder im Krieg oder an irgendwelchen Krankheiten oder auch einfach durch schlechte Ernährung.«

Sie betraten die Kirche durch deren spitzbogigen Eingang. Der Himmel, der voller dicker grauer Wolken hing und nur ein paar vereinzelte blaue Lücken aufwies, war wegen des fehlenden Daches gut zu sehen. Ein Sonnenstrahl stahl sich durch die Wolken und warf ein warmes Licht in den Kirchenraum. Die beiden jungen Frauen wandten die Gesichter der Sonne zu, um schnell alle Wärme aufzusaugen, bevor sie wieder verschwand, was schon nach zwanzig Sekunden geschah.

Anschließend besuchten sie die örtliche Bibliothek, ein prächtiges Gebäude aus dem Jahre 1903, das sie von innen und von außen besichtigten. Als es nichts weiter zu tun gab, beschlossen sie, den Coffeeshop zu suchen, wo es laut Rory guten Kaffee und alle erdenklichen Teesorten gab.

Sie fanden ihn ohne besondere Mühe an der Hauptstraße und ließen sich an dem einzigen freien Tisch nieder. In einer Vitrine gab es eine üppige Auswahl an Kuchen und anderen köstlichen Kleinigkeiten. Außerdem lasen sie auf einem kleinen Schild den Hinweis, dass auch Haggis angeboten wurde. Sie beschlossen, vor dem Kaffee etwas Richtiges zu essen, schließlich war es schon ein Uhr, und sie erwarteten Lola erst nachmittags zurück.

Neugierig erkundigten sie sich bei der Frau hinter dem Tresen nach dem Haggis.

»Das ist ein Gericht auf der Basis von Hackfleisch«, erklärte sie ihnen, »mit Zwiebeln, Hafermehl, Kräutern und Gewürzen.«

»Aus welchem Fleisch wird es gemacht?«, wollte Berta wissen.

»Aus den Teilen vom Schaf, die man sonst wegwirft: Herz, Lunge, Magen …«

Ihre Gesichter verrieten der Kellnerin, dass sie das Gericht nicht bestellen würden, und sie schlug ihnen vegetarische Sandwiches vor.

Sie entschieden sich dafür und aßen die Sandwichs mit großem Appetit. Danach bestellten sie einen aromatischen Kaffee und dazu eine kleine Kuchenauswahl. Sie waren fast fertig mit dem Nachtisch, als zwei Mädchen in das Lokal kamen. Die eine hatte karottenrotes Haar, die andere war blond.

Berta und Rebecca wechselten einen überraschten Blick. Das blonde Mädchen hatten sie am Vortag in den Armen jenes Mannes gesehen.

Ihre Intimität wurde jäh gestört, als sich die beiden mit ihren Getränken zu ihnen an den Tisch setzten, den einzigen, wo es noch freie Plätze gab.

Der Angriff auf ihre Privatsphäre überrumpelte sie. Die Neuankömmlinge grüßten mit einem sparsamen *Hello* und begannen sofort ein Gespräch, während sie an ihren Getränken nippten.

Bald wurden zwischen den vier Mädchen verlegene Blicke gewechselt.

»Ihr seid nicht von hier, oder?«, fragte das Mädchen mit dem orangeroten Haar.

Rebecca lächelte. »Merkt man das so deutlich?«

»Na ja, hier in der Gegend kennen wir uns alle. Außerdem, diese Bräune … die kommt nicht von der schottischen Sonne.«

»Wir sind aus Barcelona.«

»Mmm, Spanien, die Sonne …« Das Mädchen trank einen Schluck und fragte weiter: »Wohnt ihr in Beauly?«

»Ja. In einem Haus von Mrs Munro.«

»Im Riverside Drive?«

»Genau.«

»Bleibt ihr länger?«

»Drei Wochen. Wir sind vor zwei Tagen angekommen.«

»Und was führt euch her? In Beauly sieht man nicht oft Touristen.«

Berta, die bis jetzt geschwiegen hatte, antwortete mit breitem Lächeln: »Die Liebe.«

Die beiden Mädchen rissen die Augen auf. »Ach ja?« Die Rothaarige schien das sehr spannend zu finden. »Erzählt doch mal.«

»Eigentlich ist es unsere Freundin Lola, die uns hierhergeschleift hat«, erklärte Rebecca. »Ihr Freund Rory wohnt hier im Dorf.«

»Rory MacDonald?«, fragte die Blonde.

»Nein …« Rebecca versuchte, sich an Rorys Nachnamen zu erinnern, aber die Rothaarige kam ihr zuvor.

»Rory Elliot?«

»Ja, genau.«

»Rory Elliot ist der Freund eurer Freundin?«, fragte die Blonde äußerst überrascht.

Die Mädchen nickten. »Mehr oder weniger.«

»Rory ist ein super Typ«, sagte die Rothaarige. »Er war bei meinem Bruder in der Klasse, und sie sind immer noch gut befreundet. Inzwischen unterrichtet er in Edinburgh, glaube ich.«

»Stimmt«, bestätigte Rebecca.

»Übrigens, ich bin Sophie.« Die Rothaarige deutete auf ihre Freundin. »Und das ist Mary.«

Nach dem Bekanntmachen und einem beiläufigen Gespräch darüber, was die beiden Ortsfremden bisher im Dorf unternommen hatten (was nicht gerade viel war, jedoch die Beschattung der blonden Mary und des leidenschaftlichen Mannes mit dem kupferfarbenen Haar einschloss, ein Detail, das sie in ihrem Bericht jedoch ausließen), erklärte Rebecca, sie müssten jetzt nach Hause.

»Ich hoffe, wir sehen uns mal wieder«, sagte Sophie. »Wir könnten euch ja ein paar interessante Orte zeigen.«

»Das wäre super«, meinte Berta und stand auf.

Bevor sie gingen, fragte Sophie sie noch einmal aus: »Mögt ihr keltische Musik?«

Den Mädchen fiel nichts dazu ein.

»Ihr wisst schon: Dudelsack, Trommeln …«

»Sophie spielt in einer Band den *bodhràn*«, erklärte Mary. »Und ihr Bruder die Trommel. Sie sind sehr gut.«

»Am Sonntag beginnt das *Highland Celtic Festival.* Dieses Jahr findet es in Beauly statt, und wir machen auch mit.«

Berta warf Rebecca einen erfreuten Blick zu. »Das klingt super.«

»Dann sehen wir uns also dort?«, fragte Sophie gespannt.

Rebecca ließ sich von ihrer guten Laune anstecken und

lächelte zurück. Aus irgendeinem Grund mochte sie das Mädchen, obwohl sie nicht gerne ausgefragt wurde. »Einverstanden«, sagte sie schließlich. »Wir sehen uns dort.«

Sie gingen zum Riverside Drive zurück und legten sich eine Weile auf das Sofa, um ihren Füßen etwas Ruhe zu gönnen. Als sie gerade eingenickt waren, klingelte es an der Tür.

Berta stand missmutig auf und öffnete die Tür.

»Hallo, meine Liebe«, sagte Mrs Munro, die einen mit Alufolie zugedeckten Teller in den Händen hielt. »Ich habe Haggis für euch gemacht, damit ihr mal eine hiesige Spezialität probieren könnt.«

Rebecca hatte die Stimme ihrer Vermieterin gehört und kam ebenfalls zur Wohnungstür. Mrs Munro stand erwartungsvoll auf der Schwelle, und Berta hielt den Teller in der Hand, ohne recht zu wissen, was sie sagen sollte.

»Danke«, sagte sie schließlich.

»Sie hätten sich doch nicht so viel Mühe machen müssen«, fügte Rebecca hinzu.

»Oh, das war gar keine Mühe, meine Liebe.«

Da Mrs Munro keine Anstalten machte, wieder zu gehen, bat Rebecca sie herein. Wahrscheinlich wollte die Frau nur einen Blick in die Wohnung werfen und sich vergewissern, dass die Mieterinnen ihr Haus in Ordnung hielten. Zum Glück hatten die beiden am Vormittag genug Zeit gehabt, um die Küche aufzuräumen und die herumliegende Kleidung aufzusammeln.

Mrs Munro sah sich unauffällig um und schien zufrieden zu sein.

»Möchten Sie einen Tee, Mrs Munro?«, lud Berta sie ein.

»Wenn es Ihnen nicht zu viele Umstände macht …«

Die drei setzten sich in das kleine Wohnzimmer, Berta und Rebecca auf den geblümten Dreisitzer und Mrs Munro in einen Sessel mit dem gleichen Bezug.

»Wo ist denn eure Freundin?«

»Sie ist mit Rory nach Inverness gefahren.«

»Ein schönes Paar, nicht wahr? Ich habe gleich gemerkt, dass es zwischen den beiden knistert. Ich bin vielleicht alt, meine Lieben, aber keineswegs blind. Aber nun erzählt doch mal«, wechselte sie das Thema, »was habt ihr denn heute Schönes unternommen?«

»Wir haben das Kloster besichtigt«, sagte Berta.

»Ah, natürlich.«

»Danach waren wir in der Bibliothek«, fuhr Rebecca fort. »Und im Coffeeshop haben wir zwei Mädchen aus dem Dorf kennengelernt.«

»Aha. Wer waren denn die Mädchen?«

»Die eine hieß Sophie«, sagte Berta. Und die andere Mary.«

»Ich kenne mindestens vier Sophies in Beauly, in den letzten Jahren war das ein sehr beliebter Name. Aber wenn sie in eurem Alter ist, kann es sich nur um Sophie MacLeod handeln. Rothaarig?«

»Ja.«

»Natürlich. Ein nettes Mädchen«, sagte Mrs Munro. »Ihre Freundin heißt Mary Campbell. Die beiden sieht man immer gemeinsam.« Sie versank in Gedanken und fügte dann hinzu: »Wirklich ein Jammer, die Sache mit William und den Kindern …«

Berta und Rebecca wechselten verwirrte Blicke, sagten jedoch nichts und nippten an ihrem Tee. Mrs Munro war ein wenig enttäuscht darüber, dass die Mädchen nicht mehr Interesse an der Geschichte zeigten. Unruhig rutschte sie auf ihrem geblümten Sessel herum wie ein Hund, dem man einen Knochen vor die Nase hält, und trank ihren Tee aus. Dann begann sie, die unglückliche Geschichte der MacLeods zu erzählen, ob die Mädchen sie nun hören wollten oder nicht. Die alte Frau hatte nicht viele Gelegenheiten zu plaudern, und die Tatsache, dass die Mädchen fremd in der Gegend waren, war ein zusätzlicher Anreiz, kein Blatt vor den Mund zu nehmen. Schließlich würden sie ohnehin bald wieder abreisen und alles vergessen.

»Ich lernte William und Elisabeth MacLeod kennen, als sie nach Beauly zogen.«

Berta gähnte, und Rebecca stieß sie verstohlen mit dem Ellbogen an, während sie selbst ein Gähnen unterdrückte.

»Sie waren frisch verheiratet und wirkten sehr verliebt. Offenbar hatten sie einander in Kirkcaldy kennengelernt, kurz nachdem William von der Insel Skye hergezogen war, um in den Minen von Seafield zu arbeiten. Der Ärmste …«

Mrs Munro schwieg kurz, und wieder gähnte Berta hinter vorgehaltener Hand.

»Als sie heirateten, drängte sie ihn, die Arbeit in den Minen aufzugeben, und William bekam eine Arbeit in der Schnapsbrennerei Glen Ord, in der Nähe von Inverness. Damals haben sie das Haus in der Croyard Road gekauft. Elisabeth war eine sehr schöne Frau. Ihr habt ja Sophie kennengelernt … das Mädchen kommt ganz nach ihrer Mutter, ja, ja, sie hat ihre Schönheit geerbt und auch das rote Haar.« Mrs Munro machte eine Geste und hob den Blick zur Decke. »Gebe Gott, dass es nur das ist. Bald darauf kam Kenzie auf die Welt. Damals redeten wir oft miteinander. Elisabeth konnte sich einfach nicht an das ruhige und eintönige Leben in Beauly gewöhnen. Sie beklagte sich ständig, in diesem Dorf könne man ja rein gar nichts unternehmen, und hätte sie das vorher gewusst, hätte sie William nie zugeredet, seine Arbeit in den Minen aufzugeben, und sie hätten in Kirkcaldy oder in Edinburgh bleiben können. Sieben Jahre später wurde Sophie geboren.«

Mrs Munro machte eine Pause, und Berta bot ihr noch eine Tasse Tee an. Die Geschichte hatte ihr Interesse geweckt.

»Danke, meine Liebe«, sagte die alte Dame. »Wo war ich stehen geblieben?«

»Bei Sophies Geburt«, erwiderte Rebecca.

»Ach ja, richtig. Wie gesagt, sieben Jahre später kam Sophie zur Welt, und drei Jahre nach der Geburt des Mädchens machte sich Elisabeth davon und ließ die drei im Stich.«

Rebecca unterdrückte einen Aufschrei. »Was für eine Mutter lässt denn ihre Kinder im Stich?«

»Es gibt sie, meine Liebe, es gibt sie. Wenn das nur das Schlimmste gewesen wäre …«, klagte sie. »Aber Elisabeths Weggang stürzte William in eine tiefe Depression. Er begann zu trinken und verlor seine Arbeit. In einem Augenblick der Klarsicht schickte er die Kinder nach Skye zu seinem Großvater, und dort blieben sie dann zehn Jahre. William besuchte die beiden, wann immer er sich aufraffen konnte, drei Tage hintereinander mit dem Trinken aufzuhören, und kehrte danach nach Beauly zurück, in das Haus, wo er mit Elisabeth zusammen glücklich gewesen war. Er hat es nie verwunden, dass sie gegangen ist.«

»Wo ist sie hin?«, wollte Rebecca wissen.

Mrs Munro zuckte mit den Schultern. »Manche sagen, sie sei allein nach Edinburgh gezogen, andere meinen, sie ist mit einem Mann weggelaufen. Wer weiß das schon?«

»Hat sie ihre Kinder denn nicht besucht?«

»Sie ist nie mehr ins Dorf zurückgekehrt. Aber ich weiß, dass Sophie in den Ferien bei ihr war.«

»Und ihr Bruder?«

»Oh nein. Der Junge hat sehr darunter gelitten, dass sein Vater ihretwegen zum Säufer wurde. Als seine Mutter wegging, war er zehn. Ich glaube nicht, dass er ihr verziehen hat. Er ging sehr früh von der Schule ab, der Ärmste. Sein Großvater hatte nicht viel Geld, und der Junge musste arbeiten gehen. Als der Alte starb, kamen die Kinder nach Beauly zurück. Kenzie fand eine Stelle in der Cameron-Werkstatt hier im Dorf, und seine Schwester besuchte weiter die Schule. Seit letztem Jahr geht sie auf die Universität in Edinburgh und wohnt während des Semesters bei ihrer Mutter. Sie war noch sehr klein, als das alles passiert ist. Sie trägt nicht so viel Groll in ihrem Herzen wie ihr Bruder.«

Schweigend saßen die drei vor ihren leeren Tassen.

»Was für eine Geschichte«, murmelte Rebecca.

»Ja, wirklich traurig. Manchmal wundere ich mich, dass die Kinder nicht den Bach runter gegangen sind, so ohne Mutter, nur mit dem Großvater auf der Insel, der meiner Meinung nach ein alter Griesgram war. Die armen Kleinen ...«

Nach der Betroffenheit, die die Erzählung bei ihnen verursacht hatte, versuchten die Mädchen auf andere Gedanken zu kommen, indem sie von dem keltischen Musikfestival erzählten. Mrs Munro wusste bereits Bescheid.

»Ach ja«, sagte sie, und ihr Gesicht hellte sich auf. »Zwei Tage authentische Verrücktheit.«

»Sophie hat außerdem erzählt, dass sie und ihr Bruder in einer Band spielen«, bemerkte Rebecca.

»Das ist richtig. Hier im Dorf sind wir alle sehr stolz. Die drei anderen Bandmitglieder sind aus Inverness. Es macht Spaß, ihnen zuzusehen, sie bringen so viel Stimmung auf die Bühne. Sie tragen bei allen Auftritten einen Kilt, daran sieht man, wie stark sie sich mit ihrer Herkunft identifizieren.«

»Sie meinen, sie tragen einen Schottenrock?«, fragte Rebecca.

»Genau das, meine Liebe. Übrigens, wenn ihr auf das Festival geht, müsst ihr euch vorher unbedingt in Mrs Fergusons Geschäft ein Kleid leihen. Sie hat wirklich hübsche Modelle.«

Die enorme Wurst erwies sich als wohlschmeckender als gedacht. Die Zutaten klangen zwar nicht sehr appetitlich, aber die Mädchen mussten zugeben, dass es am Geschmack nichts zu meckern gab.

Beim Essen schwatzte Lola unaufhörlich über ihren Besuch

in Inverness. Als sie von dem keltischen Festival erfuhr, fragte sie Rory vorwurfsvoll, warum er ihr nichts gesagt habe.

»Ich hatte es einfach vergessen«, rechtfertigte er sich und wurde schon wieder rot.

Berta kam ihm zu Hilfe. »Sei nicht böse auf ihn, er war einfach zu beschäftigt mit uns, vor allem mit dir.« Lächelnd zwinkerte sie Lola zu.

»Du hast recht, tut mir leid«, entschuldigte sich Lola und tätschelte ihm die Hand. Dann wandte sie sich wieder ihren Freundinnen zu. »Also, erzählt mal von diesen Mädchen.«

Rebecca und Berta erklärten, wie sie sie kennengelernt hatten, und Rory erzählte von Kenzie und ihrer Kinderfreundschaft. Sie seien immer gute Freunde gewesen, sagte er, und seien es immer noch, sähen sich aber nicht mehr so oft.

Als der Abend sich dem Ende zuneigte, stießen sie mit ein wenig von dem Whisky an, den Rory in einer Brennerei nahe Inverness gekauft hatte. Für Rebecca war es das erste Mal, und sie rümpfte die Nase, als sie das Glas an die Lippen hob und ihr der Duft der bernsteinfarbenen Flüssigkeit in die Nase stieg.

»Slàinte mhòr agad!«, rief Rory.

Die Mädchen sahen einander an. Das übliche »Cheers«, mit dem man sonst anstieß, blieb ihnen im Hals stecken.

»Was, zum Teufel, sollen wir darauf antworten?«, fragte Lola verwirrt.

Rory lachte, als er ihre Gesichter sah.

»Ihr könnt einfach *slàinte* sagen.«

»Ah, okay. Eure Sprache ist schon ziemlich merkwürdig«, sagte Lola und küsste ihn leicht auf die Lippen, was ihn zum Erröten brachte.

»Slàinte!«, riefen alle im Chor.

Sie nahmen einen Schluck und stellten die Gläser auf den Tisch. Es wurde allgemein gehustet, und der starke Schnaps brannte den Mädchen im Magen.

»Kannst du Gälisch?«, fragte Berta. »Soviel ich gehört habe, sprechen es nur noch wenige Leute.«

»Das stimmt. Nur noch auf den Inseln und hier in den Highlands. Mein Urgroßvater väterlicherseits konnte die Sprache und mein Großvater deshalb ebenfalls, aber wer sie in der Schule sprach, wurde vom Lehrer schwer bestraft. Keiner von uns kann mehr als die gebräuchlichsten Wendungen. Mittlerweile will die Regierung die Sprache wiederbeleben. Auf jeden Fall, wenn ihr eure Gälischkenntnisse vertiefen wollt, könnt ihr eure neue Freundin fragen.«

»Welche von den beiden?«, fragte Rebecca.

»Sophie. Sie und ihr Bruder gehören zu den wenigen Schotten, die perfekt Gälisch sprechen.«

»Echt?«

»So seltsam ist das nicht. Sie sind bei ihrem Großvater auf den Hebriden aufgewachsen, auf der Insel Skye. Dort spricht die Hälfte der Bevölkerung Gälisch. Ihr solltet sie mal hören … vor allem, wenn sie sich streiten oder wenn die Schlingel nicht wollen, dass andere sie verstehen.«

Als Rory gegangen war, holten sich die Mädchen ein paar Decken und gingen in den Garten. Die Nacht war frisch, aber trocken. Aus einem nahe gelcgenen Garten roch es nach frisch gemähtem Gras. Es war ein intensiver, angenehmer Duft nach Natur.

Seit ihrer Ankunft in Beauly hatten sie sich kaum ungestört unterhalten können. Sie wollten Lola gerade mit Fragen bestürmen, als die ihnen zuvorkam.

»Ja, ich bin verliebt! Mehr als das: Ich bin völlig verrückt nach ihm!«

Berta brach in ein so heftiges Gelächter aus, dass ihr die Brille von der Nase rutschte. Sie schob sie mit einem Finger wieder zurück und sagte: »Du brauchst nicht zu schwören, du solltest mal sehen, wie du ihn anschaust.«

»Und dabei sind wir erst drei Tage hier! Das geht alles viel zu schnell.«

»Ihr müsst mal ein bisschen langsamer machen, sonst landet ihr noch vor Rebecca am Altar.«

»Sei doch nicht so altmodisch. Ich brauche weder Altar noch Pfaffen.«

»Aber Rory vielleicht«, stichelte Rebecca. »Ist er Katholik oder Protestant? Oder was man in Schottland eben ist.«

»Was weiß ich, von mir aus darf er auch Liliputaner sein ...«

»Wenn du dich so sehr für ihn interessierst, solltest du das aber herausfinden. Sonst gibt es am Ende noch eine böse Überraschung ...«

»Mir ist es egal, was er ist. Im Moment würde ich ihn notfalls auch nach balinesischen Riten heiraten.«

Berta stieß einen Seufzer aus. »Mmm, eine Hochzeit am Strand, auf der Insel der Götter ... klingt nicht schlecht. Aber hörst du dich eigentlich reden? Lieber Gott, du sprichst vom Heiraten!«

»Ich weiß schon, dass ich mich wie ein verliebtes Gänschen anhöre, und ich hätte nie gedacht, dass mir so etwas jemals passieren würde ... und noch dazu dermaßen heftig.«

»Ich glaube ja, es ist der Whisky, der dich dazu bringt, dummes Zeug zu reden«, meinte Rebecca.

»Der Whisky? Hör doch auf! Es ist einfach ... ich liebe ihn.«

»Ich glaube eher, diese schottischen Wolken vernebeln dir die Sinne«, setzte Berta nach.

»Wisst ihr was? Ich geh jetzt schlafen.« Lola gähnte. »Es war ein anstrengender Tag, und ich will noch in Erinnerungen schwelgen, bevor ich einschlafe. Morgen früh erzählt ihr mir dann mehr über diese Sophie, von der ihr die ganze Zeit redet.«

»Schlaf gut, Julia«, wünschte Berta.

KAPITEL 8

Zu viel Ausschnitt

Am Morgen machten sie sich gähnend Tee und aßen dazu ein wenig Toast, den sie mit Lemon Curd bestrichen, einem hausgemachten Zitronenaufstrich, den Mrs Munro ihnen in den Kühlschrank gestellt hatte und der köstlicher war als alles, was sie je zuvor gegessen hatten. Beim Frühstück hörte sich Lola die Geschichte der MacLeods an. In Rorys Gegenwart hatten Berta und Rebecca nicht gewagt, davon zu erzählen. Außerdem schilderten sie Lola ausführlich die glühende Liebesszene zwischen der blonden Mary und dem Mann mit dem kupferfarbenen Haar. Lola grinste hämisch bei der Vorstellung, wie peinlich es Rebecca gewesen sein musste, beim Spionieren ertappt zu werden.

Am Nachmittag ging Rory mit ihnen zu Mrs Fergusons Laden, der sich wie alle Geschäfte in der High Street befand. Sie probierten mehrere Kleider an, von denen eines schöner als das andere war, und entschieden sich für schlichte Modelle, mit Ausnahme von Lola, die sich etwas Auffälligeres aussuchte.

»Das Festival findet zum ersten Mal in Beauly statt«, sagte Rory. »Es sind schon viele Besucher da. In diesem Jahr spielen acht Gruppen, unter anderem *Caledonia*, die Band von Sophie und Kenzie.«

»Ziehst du ein Röckchen für mich an?«, fragte Lola schelmisch.

Rory wurde rot. »Ich hatte noch nicht darüber nachgedacht … aber vielleicht … wenn du willst …«

»Oh ja!«, rief Lola schnell, bevor er es sich anders überlegte.

Als Berta am Sonntagmorgen aufwachte, hatte sie leichtes Fieber und schlimme Halsschmerzen. Das fremde Klima machte ihnen allen zu schaffen, aber Berta hatte sich offenbar eine heftige Erkältung eingefangen.

Als Mrs Munro hörte, dass es ihrer Mieterin nicht gut ging, erschien sie mit einem ganzen Berg von Erkältungsmitteln.

»Hier«, sagte sie zu Rebecca und überreichte ihr einen Topf. »Ich habe eine schöne Scotch Broth gekocht. Eine Suppe, meine Liebe«, erläuterte sie, als sie das verwirrte Gesicht des Mädchens sah. »Die macht jeder Erkältung den Garaus, so schlimm sie auch sein mag. Berta sollte sie aber schön heiß essen. Außerdem habe ich ihr ein bisschen Porridge mitgebracht – das ist ein Haferbrei«, erklärte sie geduldig. »Wegen der Halsschmerzen kann deine Freundin keine feste Nahrung zu sich nehmen. Schau«, sagte sie und ging in die Küche, um ihr zwei Vorratsgläser zu zeigen, »du kannst ihn mit Zimt und Honig verfeinern. In zwei bis drei Tagen ist sie wieder gesund.«

»Vielen Dank, Mrs Munro, das ist sehr freundlich von Ihnen.«

»Ach was«, erwiderte die alte Dame mit einer wegwerfenden Handbewegung. »Das ist doch nicht der Rede wert. Wenn ich euch so sehe, muss ich an meine Kinder denken. Die sind zwar ein bisschen älter als ihr, aber wir Mütter kümmern uns doch um alle Küken in Not.«

»Wir müssen die Kleider zurückbringen«, sagte Lola, die gerade in die Küche gekommen war. »Berta kann nirgendwo hingehen.«

»Die Kleider zurückbringen?« Mrs Munro sah sie mit ihren lebhaften kleinen Augen an. »Das kommt gar nicht infrage. Ich bleibe hier und kümmere mich um sie. Es ist ja schließlich nur eine Erkältung.«

»Wir möchten Ihre Freundlichkeit aber nicht ausnutzen …«

»Nichts da, die Sache ist entschieden. Geht ihr ruhig auf das Festival und amüsiert euch, eure Freundin ist in guten Händen.«

Am frühen Nachmittag verschwanden Lola und Rebecca im Schlafzimmer, um ihre keltischen Gewänder anzuziehen und sich herauszuputzen. Berta lag im Wohnzimmer unter einer leichten Decke auf dem Sofa, und Mrs Munro saß neben ihr in dem geblümten Sessel. Als die beiden Mädchen wieder hereinkamen, um ihre Kleider vorzuführen, sprang die alte Frau regelrecht aus dem Sessel. Berta nieste zweimal heftig und schnäuzte sich.

»Ihr seht wunderschön aus«, sagte Mrs Munro, und es war nicht zu übersehen, dass sie ehrlich angetan war. Lolas zweiteiliges Kleid bestand aus einem engen Mieder und einem langen Rock, beides tiefrot mit schwarzem Saum. Ihre langen Locken hatte sie zu einem Zopf geflochten, wodurch sie um einiges braver wirkte als sonst. Rebeccas Kleid war moosgrün wie ihre Augen und um Taille und Ausschnitt mit einem goldenen Glitzerband besetzt. Das offene Haar fiel ihr in weichen Wellen über die Schulter. Im Gegensatz zu Lola sprühte Rebecca geradezu vor Sinnlichkeit.

Wie hübsch sie doch sind, dachte Mrs Munro, und wie sehr diese Kleider ihre weibliche Schönheit unterstreichen. Bis jetzt hatte sie auf die äußere Erscheinung der Mädchen gar nicht geachtet, aber in dieser Kleidung war Rebecca wahrhaftig eine schöne Frau, fand sie. Der gebräunte Teint betonte ihre großen grünen Augen, und von der Sonne hatte sie ein paar hellere Strähnen in ihrem braunen Haar.

Nur mit der Tiefe ihres Ausschnitts konnte sich Rebecca nicht so recht anfreunden. Er war ihr viel zu provokant, fast schon unsittlich.

»Hör auf zu jammern«, sagte Lola, als sie sah, wie ihre

Freundin unablässig den Stoff nach oben zog in dem vergeblichen Bemühen, ihr Dekolleté zu bedecken. »Zeig doch einfach, was du hast.«

»Du hast eben weniger Brust als ich, bei dir spannt das Kleid nicht so. Bei mir sieht es aus, als würden mir gleich die …« Sie verstummte.

»Als würden dir die Brüste raushüpfen. Na los, sprich es aus«, beendete Lola den Satz für sie. »Man darf ruhig ›Brüste‹ sagen, das Wort ist nicht giftig.«

Rebecca warf ihr einen bösen Blick zu, während sie weiter an dem Stoff herumzupfte.

»Deine Zunge dafür schon. Außerdem wollte ich das gar nicht sagen.«

Lola zupfte ihr Kleid zurecht. »Was wolltest du denn dann sagen? Die Titten? Die Möpse?« Sie machte eine Pause und sah Rebecca wartend an. Als sie keine Antwort bekam, fuhr sie fort: »Die Euter? Die Hupen? Die Büste?«

»Hör auf, Lola! Du bist dümmer als eine hirnamputierte Fliege.«

»Der Witz war gut«, meinte Berta lachend und unterdrückte ein Husten.

»Und wenn du es wirklich wissen willst«, fügte Rebecca mit einem fiesen Grinsen hinzu, »ich wollte ›die Lolas‹ sagen.«

Lola stemmte die Arme in die Hüften. »Sehe ich vielleicht aus wie eine Titte?«

Beim Anblick ihrer gekränkten Miene brachen die Mädchen in schallendes Gelächter aus. Mrs Munro hatte nichts von dem Gespräch verstanden, aber sie erfasste das Wesentliche der Diskussion anhand von Rebeccas Bemühungen, die Attribute zu verbergen, mit denen die Natur sie so großzügig bedacht hatte.

»So ganz unrecht hat sie nicht«, mischte sie sich ein. »Im Umkreis einer Meile wird es keinen Mann geben, der deine …

nun ja, meine Liebe, du hast ein sehr schönes Dekolleté, aber wenn du nicht auffallen willst, dann wird dir das mit diesem Kleid wohl kaum gelingen. Und das hätte ich auch meiner eigenen Tochter gesagt, wenn ich eine gehabt hätte.«

Mrs Munros Worte beunruhigten Rebecca noch mehr. »Können wir nicht die Kleider tauschen?«, schlug sie Lola vor.

»Auf keinen Fall. Mir gefällt meine Farbe.«

»Ach komm schon, sei nicht so, deins ist nicht so weit ausgeschnitten.«

»Na, weil meine Lolas, wie du sie genannt hast, eben kleiner sind als deine.«

Rebecca streckte ihr die Zunge heraus.

»Wenn du wenigstens lange Haare hättest, damit du sie ein bisschen verdecken könntest …«, mischte sich die kranke Berta mit heiserer Stimme ein.

Die Hupe von Rorys Wagen zwang die Mädchen, sich mit der aktuellen Lage abzufinden.

»Viel Spaß, ihr Lieben«, sagte Mrs Munro und brachte sie zur Tür.

Berta verabschiedete sich mit einem lauten Niesen.

KAPITEL 9

Das keltische Festival

Rory lehnte draußen an seinem roten Ford und wartete auf sie. Er trug eine schlichte Version der typisch schottischen Tracht. Lola machte große Augen und ging rasch auf ihn zu, wobei sie ihr Kleid mit beiden Händen raffte, um nicht zu stolpern. Es beeindruckte Rory, wie selbstverständlich sie dieses Outfit trug. Es muss bei Frauen wohl ein genetisches Relikt geben, das sie über die Jahrhunderte bewahrt haben und sie befähigt, solche Kleider zu tragen, dachte er.

»Du siehst toll aus«, flüsterte sie ihm ins Ohr, als sie ihn umarmte. Dann hatte sie Zeit, ihn näher zu betrachten. Rory trug einen einfachen Kilt, bei dem die Farbe Blau dominierte, mit verschiedenfarbigen Streifen dazwischen – dünnen roten und breiteren schwarzen. Ein weißes Hemd, das er elegant in den Rock gesteckt hatte, verlieh ihm etwas Anachronistisches. Um die Hüften trug er einen breiten Gürtel und an den Waden dunkelblaue Kniestrümpfe.

Rebecca betrachtete ihn neugierig, und Rory wurde bei der eingehenden Musterung rot.

»Ihr seht sehr hübsch aus«, sagte er schnell, um sie abzulenken.

Unwillkürlich verweilte sein Blick bei Rebeccas vollem, sinnlichem Ausschnitt. Hoffentlich würde er nicht den ganzen Abend die Betrunkenen vertreiben müssen, denen dieser Teil ihrer Anatomie mit Sicherheit auffallen würde, dachte er.

Sie verließen das Dorf über die Hauptstraße, fuhren in Richtung Bahnhof und danach auf einer kleinen Brücke über die Gleise. Nach einem Kilometer überquerten sie auf der Lovat Bridge, einer gut erhaltenen Steinbrücke, den Fluss Beauly. Es herrschte dichter Verkehr, niemand wollte sich das Fest entgehen lassen. Jedes noch so kleine Ereignis war ein willkommener Anlass, der Monotonie des Dorfalltags zu entfliehen.

Rory bog links ab und parkte den Wagen auf einer großen Wiese, die als Parkplatz diente. Auf dem Nachbargrundstück hing ein großes Schild, das sie in zwei Sprachen auf dem Festival willkommen hieß.

»Schade, dass Berta nicht mitkommen konnte«, stellte Lola fest und sah sich in dem Getümmel um.

Obwohl es erst fünf Uhr nachmittags war, herrschte eine Menge Betrieb. Die Stände und Bars, die es überall gab, waren von Menschen umlagert. Einige der Frauen waren ähnlich angezogen wie sie, und viele Männer nutzten die Gelegenheit, um den traditionellen Kilt zu tragen.

Lola hängte sich bei ihrem Schotten ein und ging stolz an seiner Seite, wobei sie Rebecca vorübergehend vergaß. Rory war aufmerksamer. Er wollte nicht, dass das Mädchen sich als lästiges Anhängsel oder fünftes Rad am Wagen fühlte, daher löste er sich unauffällig von Lola und schob sich zwischen die beiden Mädchen, was seine Begleiterin mit einem leisen Murren kommentierte.

Als sie ins Festgelände vordrangen, stießen sie auf die verschiedensten Darbietungen – Musiker, Jongleure und Theatervorstellungen. Verkaufsbuden boten allerlei Kunsthandwerk und landestypische Souvenirs feil, und ein Stand informierte über die schottischen Clans.

Die Mädchen stöberten in dem Tand und der Konfektionskleidung aus kariertem Schottentuch herum, und bei Lola erwachte die Neugier.

»Welches ist dein Clan?«, fragte sie Rory. »Gibt es einen Elliot-Clan?«

»Natürlich. Zu seiner Zeit war er sehr aktiv und einflussreich.«

Rory suchte zwischen den zahlreichen Abzeichen und Ansteckern, die an einem Tartan steckten. Schließlich fand er, was er gesucht hatte. Er kaufte das Abzeichen, drückte einen Kuss darauf und befestigte es dann an Lolas Mieder in der Nähe ihres Herzens.

»Was ist das?«, fragte sie.

»Das ist das Emblem des Elliot-Clans.«

»Es ist wunderschön, vielen Dank«, sagte Lola überrascht. Es war nicht zu übersehen, dass sie sich freute.

Das Abzeichen war silbrig, wenn auch nicht aus einem Edelmetall gemacht, und hatte die Form eines Gürtels mit einer Schnalle. In der Mitte hielt eine Faust einen Speer. Entlang der Windung des Gürtels standen drei lateinische Wörter: *Fortiter et Recte.*

»Schau«, sagte Rory zu Lola, »es ist das gleiche Symbol, das ich an meinem Gürtel habe.«

Lola betrachtete die glänzende Gürtelschnalle und freute sich so sehr, dass sie Rory um den Hals fiel. Als ihre Lippen sich voneinander lösten, tauschten sie einen Blick, der Rebecca erschauern ließ. Es war nicht die Situation selbst, sondern das Einvernehmen, das die beiden ausstrahlten. So einen Blick hatte sie Mario noch nie zugeworfen, und er hatte sie ebenfalls noch nie mit so viel Verlangen angesehen wie Rory gerade ihre Freundin.

Ganz leise meldete sich eine Stimme in ihr, die man sonst nie zu Wort kommen lässt und die, wenn sie sich eines Tages Gehör verschafft, zaghaft und zögerlich zu sprechen beginnt.

Wieder lief ihr ein Schauer über den Rücken. Ein durchdringender Klang, der immer näher zu kommen schien, riss sie aus ihren Gedanken.

Es war die Dudelsackkapelle aus dem Dorf, die das Festival offiziell mit einem Marsch eröffnete, der in der Mitte des Festgeländes endete.

Die Kapelle spielte bekannte Stücke wie *Scotland the Brave* und *Amazing Grace.*

Erst um sieben Uhr abends begannen die Auftritte der einzelnen Bands.

Erwartungsvoll scharte sich das Publikum um die Bühne. Es war ein unglaubliches Gedränge und Geschubse, und der Alkoholkonsum machte die tobende Masse nicht erträglicher. Rory musste sich glücklicherweise nur mit wenigen schwankenden Gestalten auseinandersetzen, die sich an der üppig ausgestatteten Rebecca vergreifen wollten, um sich davon zu überzeugen, dass der Anblick real und nicht nur ein himmlisches Trugbild war, hervorgerufen von Whisky und Bier. Rebecca hatte Glück, dass die Kerle gar nicht erst in ihre Nähe vordrangen.

Eine Band nach der anderen trat auf. Für die ausländischen Besucherinnen klang eine wie die andere. Sie spielten die gleichen Instrumente und trugen ähnliche Trachten.

Als der Abend dem Ende zuging, verlief sich das Publikum allmählich, entweder um sich an den Ständen zu stärken oder einfach aus Langeweile. Die Mädchen waren froh darüber. Während der Auftritte hatten sie sich zwischen all den Leuten kaum rühren können, und es war mühsam gewesen, dem Gerempel und den Bierkrügen auszuweichen.

Rebecca fragte sich, wo Sophie sein mochte. Sie behielt die Stelle neben der Bühne, wo sich die Musiker versammelten, die ganze Zeit über im Blick, aber Sophies auffällige rote Haare waren nirgends zu sehen.

Rory erklärte den Mädchen, dass Sophies Band als Letzte spielen würde, sozusagen ein Vorrecht der Band aus dem Ort.

Es war schon dunkel, als jemand Rebecca am Arm zupfte.

Rory war verschwunden, um etwas zu trinken zu holen, und sie und Lola nutzten den gewonnenen Raum zum Tanzen. Als sie sich umdrehte, blickte sie in Sophies lächelndes Gesicht.

»Ihr seid wirklich gekommen!«, rief Sophie. Sie musste die Stimme heben, um die ohrenbetäubende Dudelsackband zu übertönen, die gerade auf der Bühne stand.

Sophie trug einen langen rot-grün karierten Schottenrock, eine weiße Bluse und darüber eine schwarze Weste. An ihrem Hals hing eine Silberkette mit einem keltischen Anhänger.

»Na, klar. Wir wollten euch unbedingt hören.«

»Wir spielen gleich, wenn die anderen fertig sind. Jetzt kommt nur noch eine Band.« Sophie bemerkte Lola. »Ist das Rorys Freundin?«

Lola machte ein überraschtes Gesicht bei der Bemerkung und nahm stumm den reumütigen Blick zur Kenntnis, den Rebecca ihr zuwarf.

»So ungefähr«, sagte sie und begrüßte Sophie mit Küsschen auf beide Wangen. »Ich heiße Lola.«

Vergnügt erwiderte die junge Frau die Begrüßung. Dann fiel ihr auf, dass Berta nicht mit von der Partie war. »Wo ist denn eure Freundin?«

»Sie ist krank, sie hat sich erkältet. Nichts Schlimmes, aber sie konnte nicht kommen.«

»Das tut mir wirklich leid«, bedauerte Sophie. »Das Wetter hier ist wirklich nicht so toll, stimmt's?«

Plötzlich erblickte sie jemanden in einiger Entfernung. »Kenzie!«, rief sie und hob die Hand, um ihren Bruder auf sich aufmerksam zu machen. »Kenzie! Ich bin hier!« Sie winkte noch einmal.

Sie blickten in die gleiche Richtung und sahen einen hochgewachsenen Mann im Schottenrock auf sie zukommen.

Als er bei ihnen war, konnte Rebecca ihre Bestürzung nicht verbergen. Es war der junge Mann mit dem kupferroten Haar, den sie am Fluss gesehen hatte. Im Stillen verwünschte sie ihr Pech. Von allen Männern in Beauly musste ausgerechnet der Sophies Bruder sein!

Sie betete, dass er sie nicht erkannte.

»Das ist mein Bruder Kenzie«, sagte Sophie.

Er sah aus wie eine Mischung aus einem von William Wallaces Kriegern und einem Heavy-Metal-Sänger.

»Oh Gott, hoffentlich begrüßt Lola ihn nicht mit Küsschen«, dachte Rebecca insgeheim. Denn dann war sie gezwungen, das ebenfalls zu tun.

Der Wunsch ging jedoch nicht in Erfüllung. Mit zwei großen Schritten ging Lola auf den verblüfften Mann zu, stellte sich auf die Zehenspitzen, reckte den Hals und drückte ihm links und rechts einen Kuss auf die Wangen, während sie sich vorstellte.

»Ich bin Lola.«

»Sehr erfreut«, erwiderte der junge Mann.

Rebecca zögerte bis zum letzten Augenblick, hatte aber dann doch nicht den Mut, zu ihm hinzugehen und ihn zu küssen. Stumm blieb sie stehen, vermutlich war sie auch noch rot unter ihrer Sonnenbräune. Bis Lola sie mit dem Ellbogen anstieß.

»Ich bin Rebecca«, sagte sie schüchtern. Unwillkürlich blieb ihr Blick an den nackten Armen des Schotten hängen, die eine stattliche Anzahl an Tattoos aufwiesen. Glücklicherweise merkte sie daher nicht, dass er ihr schamlos in den Ausschnitt starrte.

Kenzie nickte ihr zu und musterte sie eingehend, wobei sein Blick an ihr hinunterglitt.

Sophie riss ihn aus seinen erfreulichen Betrachtungen. »Sie ist mit Rory zusammen«, sagte sie und deutete auf Lola.

»Hm«, machte er, und da auf der Bühne gerade eine Band

ihren Auftritt beendete, neigte er sich zu seiner Schwester und sagte: »Wir müssen uns fertig machen, danach sind wir dran.«

Gerade da tauchte Rory auf, in den Händen drei Gläser. »Hey, Kenzie«, begrüßte er seinen Freund. »Hallo, Sophie.«

»Hey, wie geht's, Mann?« Kenzie klopfte seinem Freund auf den Rücken.

Während der Begrüßung der beiden hatten Lola und Rebecca Zeit, den Bruder ihrer rothaarigen Freundin etwas näher zu betrachten. Den armen Jungen mit der schweren Kindheit, der von seiner Mutter verlassen worden war, hatten sie sich anders vorgestellt – eine so maskuline Erscheinung hatten sie nicht erwartet.

Der junge Mann hatte langes Haar, das ihm nicht ganz bis zu den Schultern reichte. Es war zwar nicht so rot wie das seiner Schwester, doch in der Festbeleuchtung bekamen die Locken einen kupferfarbenen Glanz. Er hatte dunkle Augen und ein attraktives Gesicht, ohne makellos zu sein, mit einem ernsten Zug um die Lippen. Er trug einen Kilt in denselben Farben wie Sophies langer Rock und darüber ein schlichtes schwarzes, ärmelloses Hemd, das den Blick auf eine Vielzahl auffälliger Tattoos freigab. Kniehohe Lederstiefel bedeckten seine Unterschenkel.

»Komm jetzt, Sophie«, drängte Kenzie.

Als die beiden weit genug entfernt waren, hielt Lola es nicht mehr länger aus.

»Habt ihr den Typen gesehen?«

Rory und Rebecca sahen sie beide an.

»Der Wahnsinn!«, rief sie und merkte dann erst, dass Rory sie völlig perplex anstarrte. »Nimm es mir nicht übel, Schatz, aber dein Freund ist zum …«

»Du musst es nicht aussprechen«, erwiderte er.

Als sie Rorys Miene sah, begriff Lola, dass sie sich ein

wenig zügeln musste. Ihre Impulse waren immer ein wenig schneller als ihr Verstand.

»Aber du stehst ihm in nichts nach«, beruhigte sie ihn.

»Nur was die fünfzehn Zentimeter angeht, die sein Kopf weiter vom Boden entfernt ist als meiner.«

Lola legte Rory die Hand auf den Lockenkopf. »Na ja, wenn du deine Haare nach oben hin auseinanderziehst, kommen noch ein paar Zentimeter hinzu.«

»Sehr witzig …«

Rory lächelte noch immer, als Rebecca Lola am Arm zog.

»Das war der Typ!«, rief sie gedämpft.

»Welcher Typ?«

»Der am Fluss.«

»Der mit eurer neuen Freundin herumgeknutscht hat?«

Rebecca nickte.

»Der ist das also«, murmelte Lola und lächelte anzüglich. »Kein Wunder, bei dem müssen die Frauen ja bis zum Flussufer Schlange stehen. Hat er dich erkannt?«

Rebecca zuckte mit den Schultern. »Hoffentlich nicht.«

»Ist ja witzig. Das hast du jetzt vom Spionieren.«

Die Gruppe auf der Bühne beendete ihren Auftritt, und der Moderator des Festivals kündigte die letzte Band des Abends an.

Lola und Rebecca hatten von dort, wo sie standen, einen guten Blick und konnten alle Bandmitglieder deutlich sehen. Alle trugen schottische Tracht, zeigten dabei jedoch einen gewissen Hang zum Regelbruch, besonders was das schwarze Trägerhemd der männlichen Bandmitglieder anging.

Die Band betrat die Bühne und stimmte die Instrumente. Sophie trug einen *bodhràn*, ihr Bruder eine große Trommel, die an einem breiten Ledergürtel um seine Taille hing. Auch die anderen drei stellten sich auf: in der Mitte ein Mann mit dunkelrotem Haar mit mehreren kleinen Trommeln auf einem Metallgestell und ein weiterer mit kurzen braunen Haaren, der größer war als die anderen und über dessen linker Schulter ein Dudelsack hing; als Letztes ein sehr junger Kerl mit einem Schellentamburin.

Sie begannen zu spielen. Als Erstes gab das Schlagzeug einen schnellen Rhythmus vor, der allein schon in die Beine ging. Der Dudelsack gesellte sich hinzu und spielte eine fröhliche, klare Melodie, und die übrigen Instrumente setzten unvermittelt ein.

Die Beleuchtung tauchte die Bühne in ein zauberhaftes Licht. Von Zeit zu Zeit stießen die Bandmitglieder raue, markerschütternde Schreie aus.

»Wieso schreien sie denn, als würde man ihnen die Haut abziehen?«, fragte Lola.

»Früher sind die Dudelsackspieler und die Trommler mit dem schottischen Heer in die Schlacht gezogen«, belehrte sie Rory. »Es ist eine Art Schlachtruf. Kenzies Band gehört zu denen, die die Gebiete zurückfordern, und in vielen von ihren Liedern und Musikstücken geht es um frühere Kriege und den Ruf nach Freiheit.«

Jetzt bemerkte Rebecca das große Schild hinten auf der Bühne, auf dem in Großbuchstaben CALEDONIA stand. Darunter war in kleinerer Schrift zu lesen: *Alba gu bràth.*

»Das bedeutet ›Schottland auf ewig‹«, erklärte Rory.

Lola drehte sich zu ihrer Freundin um, die sich ganz offensichtlich auf eine bestimmte Stelle der Bühne konzentrierte. Sie folgte ihrem Blick.

»Er ist ganz gut gebaut, was?«, raunte sie ihr ins Ohr.

Rebecca zuckte zusammen. »Was meinst du?«

»Komm schon, tu nicht so, du hast doch gerade Sophies Bruder angeschaut.«

»Gar nicht wahr!«

»Doch, natürlich hast du das, du hast ihn eine ganze Weile angestarrt.«

»Sei doch nicht albern, Lola«, erwiderte Rebecca. »Ich schaue alle gleich an.«

»Was hast du denn? Ist doch gar nichts dabei! Gib es einfach zu und fertig. Außerdem hast du ihn ja nur angeschaut und nicht mit ihm geschlafen.«

»Du gehst zu weit, Lola, pass auf, was du sagst.«

Rory versuchte, zwischen den beiden zu vermitteln.

»Lass sie, Lola, es ist normal, dass sie ihn anschaut. Das tun alle.«

»Nein, ich habe dich angesehen. Aber es ist doch nichts dabei, zuzugeben, dass sie ihn angeschaut hat«, meinte Lola und drehte sich wieder zu Rebecca um.

»Ach, lass mich in Ruhe, Lola.«

Rebecca war so durcheinander, dass sie nicht mehr wusste, wohin sie ihren Blick wenden sollte. Wenn sie zur Bühne blickte, würde Lola denken, dass sie Sophies Bruder ansah, und irgendwo anders hinzuschauen hatte ja nicht viel Sinn. Sie fühlte sich überhaupt nicht mehr wohl.

Dabei sah sie ihn ja tatsächlich an. Aber es war keine Absicht gewesen. Sie hatte ihn mit Blicken gesucht, ohne es richtig zu merken.

Lola merkte, wie nervös sie war. »Was ist los?«, fragte sie.

»Nichts. Es ist spät, und ich bin müde. Ich möchte nach Hause.«

»Nach Hause? Aber es ist doch erst halb elf. Wo bleibt dein jugendlicher Unternehmungsgeist?«

»Den hast du auf dem Gewissen«, erwiderte Rebecca mit einigem Groll.

»Hör mal, es tut mir leid«, entschuldigte sich Lola, um sich zu versöhnen. »Du weißt doch, wie ich bin ... Ganz bestimmt hast du alle angeschaut, das war doch nur ein kleiner Scherz.«

Lola hätte alles gesagt, damit ihre Freundin sich beruhigte und nicht schon so früh nach Hause wollte, denn sonst mussten sie ebenfalls gehen.

Rebecca entspannte sich, schüttelte ihre Verstimmung ab und schaute wieder zur Bühne, wobei sie sich bemühte, den Blick auf keine bestimmte Stelle zu richten. Doch vergeblich. Zum zweiten Mal innerhalb von fünf Minuten ertappte sie sich dabei, wie sie Sophies Bruder beobachtete. Wider Willen wanderte ihr Blick zu dem Mann an der Trommel. Der Schweiß stand ihm auf den tätowierten nackten Armen, mit denen er die Membran seines Instruments zum Schwingen brachte, und feuchte Strähnen seines langen Haares klebten ihm an der Stirn.

Ein warmer Schauer lief ihr über den Rücken. »Was mache ich hier?«, dachte sie. Immer wenn sie ihn ansah, musste sie an die Szene am Fluss denken, und die erregte sie mehr, als es angebracht war.

Einen Augenblick lang stellte sie sich vor, selbst in diesen Armen zu liegen, und spürte ein seltsames Flattern im Bauch, ein unbekanntes Gefühl, das sie völlig verwirrte. Eine rohe, animalische Anziehung überwältigte sie wider Willen.

Beschämt über ihre Empfindungen, riss sie den Blick von der Bühne los, fest entschlossen, nicht wieder hinzusehen. Sie wandte sich ab. Ihre Freundin tanzte mit Rory zu der Musik. Inmitten der vielen Menschen fühlte sie sich einsam, aber das hielt nicht lange an, denn ein rotblonder Mann forderte sie zum Tanzen auf. Sie musterte ihn, er machte nicht den Eindruck, als wäre er betrunken, also nahm sie an.

Sie tanzte, so gut sie konnte, und ließ sich von dem Mann führen, der die Schritte zu kennen schien. Dass sein Blick in ihrem Ausschnitt klebte, missfiel ihr ziemlich, und als sie sah, dass Lola und Rory nicht mehr tanzten, machte sie sich von dem blassen, sommersprossigen Mann los. Er protestierte ein bisschen, aber sie ließ die Ausländerin heraushängen und tat so, als würde sie nicht verstehen.

Nach weiteren vier Stücken beendete die Band den Auftritt. Kenzie ergriff das Mikrofon und dankte den Anwesenden dafür, dass sie bis zum Schluss durchgehalten hatten, um sie zu sehen. Dann brüllte er auf Gälisch die Parole: *»Alba gu bràth!«*

Ein Chor aus tausend Stimmen antwortete ihm.

KAPITEL 10

Der Mann an der Trommel

Das Publikum nahm die Band sofort in Beschlag und kam nach vorne, um zu gratulieren oder ein Foto zu machen. Das war zwar bei allen Gruppen so gewesen, aber die heimische Band bekam die meiste Aufmerksamkeit. Danach löste sich die Menge langsam auf, und das Fest ging an den Bars weiter.

Mary tauchte irgendwann auf, als Rebecca es nicht mitbekam. Sie ging auf Kenzie zu, legte ihm den Arm um die Taille und bat Sophie, ein Foto zu machen.

Rebecca gab Lola ein Zeichen und nickte zu der Blondine hinüber.

»Mary?«, raunte Lola grinsend.

Nachdem Sophie das Foto geschossen hatte, stürmte zu ihnen herüber.

»Hat es euch gefallen?«

»Auf jeden Fall«, antwortete Lola.

»Ja«, bekräftigte Rebecca. »Ihr seid echt super.«

»Ich stelle euch die anderen Bandmitglieder vor.«

Sie gingen zu der Gruppe hinüber, und Rebecca spürte, wie ihr eine unerwartete Hitze in die Wangen stieg.

»Das ist Liam. Wie ihr schon mitbekommen habt, ist er ein unvergleichlicher Dudelsackspieler. Abgesehen davon ist er für uns so etwas wie ein Vater.«

»Na hör mal, willst du damit sagen, ihr findet mich alt?«, protestierte Liam und begrüßte die Mädchen grinsend mit einem Handschlag.

»Das hier ist James, das Tamburin«, redete Sophie weiter und zeigte auf den jüngeren Mann, der ihnen schüchtern die Hand gab. Er hatte als Einziger keine Tätowierungen auf den schneeweißen Armen. »Und der da mit den Trommelstöcken ist Scott.« Der Typ mit der langen Mähne begrüßte sie mit einem Lächeln.

Rory wollte sie unbedingt auf ein Bier einladen, doch Liam und Scott entschuldigten sich, weil sie am nächsten Tag früh aufstehen mussten. James brachte stillschweigend seinen Unmut darüber zum Ausdruck, dass er von den beiden abhängig war, wenn er nicht zu Fuß nach Inverness zurücklaufen wollte.

»Aber wir trinken schon ein Bier mit«, meinte Sophie. Ihr Bruder warf ihr einen scharfen Blick zu. »Komm schon, Kenzie, ich bin doch kein kleines Kind, ich werde doch wohl noch ein Bier trinken dürfen, oder?«

»Wie du gesagt hast«, erwiderte ihr Bruder. »*Ein* Bier.«

»Ich habe ihn ja wirklich lieb, meinen Bruder«, sagte Sophie zu den anderen, »aber manchmal ist er ein ganz schöner Miesepeter.«

Sie gingen an die Bar, die sich gegenüber der Bühne befand. Dort war am meisten los, und die Musik, die aus den Lautsprechern kam, war gut.

Lola achtete nicht darauf, aber Rebecca fand es merkwürdig, dass Mary und Sophies Bruder sich benahmen, als ob sie nur Freunde wären. Trotz der Szene am Fluss verhielten sie sich gar nicht wie ein Liebespaar.

Sie bestellten Bier für alle. Rebecca trank fast nie Bier. Tatsächlich ließen sich die Male, als sie es probiert hatte, an einer Hand abzählen. Doch sie wagte nicht, die Einladung abzulehnen, und nahm den Plastikbecher mit der goldenen, schäumenden Flüssigkeit, den Rory ihr reichte.

Sophie fiel plötzlich ein, dass sie ihren *bodhràn* nicht eingepackt hatte, und schoss zur Bühne, nachdem ihr Bruder ihr einen strafenden Blick zugeworfen hatte.

In diesem Augenblick ertönte ein langsames, gefühlvolles Lied, und Lola richtete sich auf und drehte sich mit strahlenden Augen zu Rory um. »Erinnerst du dich noch an dieses Lied?«

»Das werde ich wohl nie vergessen.«

»Rory hat es mir an dem Abend vorgesungen, an dem wir uns kennengelernt haben«, erzählte Lola. »*Spanish Eyes* von den BSB.« Mit einem schelmischen Lächeln sah sie Rory an. »Mmm … einfach magisch.«

»Ich wusste gar nicht, dass du die Backstreet Boys magst«, sagte Rebecca ein wenig spöttisch.

»Ich auch nicht … aber das Lied liebe ich.« Sie wandte sich an ihren Freund und legte eine Hand auf seine Brust. »Tanzt du mit mir, Schatz?«

»Natürlich«, erwiderte Rory.

Die beiden begannen zu tanzen, als Lola plötzlich klar wurde, dass sie Rebecca in der Gesellschaft von Mary und deren heimlichem Liebhaber alleine gelassen hatte.

Sie drehte sich zu den beiden um und machte ein schelmisches Gesicht. »Würde es dir etwas ausmachen, mit meiner Freundin zu tanzen?«, fragte sie Kenzie. Ohne Rebeccas verblüffte Miene zu beachten, schob sie sie auf Kenzie zu, bevor er etwas sagen konnte. Dabei streifte Rebeccas Brust den Arm des Schotten. »Du wirst sie nicht lange an der Backe haben, versprochen, sie ist bereits verlobt.«

Bei dem Wort »verlobt« hatte Kenzie sich ein wenig versteift, ohne zu wissen, warum. Rebecca war ihm bereits aufgefallen. Das Mädchen hatte ein hübsches Gesicht und einen sinnlichen Körper. Aber schöne Frauen gab es überall. Der körperliche Aspekt mochte ja eine gewisse Bedeutung haben, aber niemand wusste besser als er, dass das nicht alles war. Dennoch hatte das Mädchen etwas, das über die äußere Erscheinung hinausging, etwas Undefinierbares, dem er gerne auf den Grund gegangen wäre.

Er streckte die Hand aus, doch sie zögerte.

»Hör nicht auf meine Freundin«, sagte sie und sah aus dem Augenwinkel zu Mary hinüber. »Du brauchst dich nicht um mich zu kümmern.«

Er hielt ihr noch immer die Hand hin, und Rebecca sah sich gezwungen, sie zu ergreifen, unter dem verblüfften Blick der Blondine, die sich brüsk abwandte und in die gleiche Richtung davonstapfte wie Sophie ein paar Minuten zuvor.

Sie blickte auf die blauen Schutzkappen, die er an einigen Fingern trug, und die Lederbänder, die seine Handgelenke schmückten. Ihre linke Hand bereitete ihr mehr Schwierigkeiten als die rechte, denn als sie sie dem jungen Mann auf die Schulter legen wollte, blickte ihr ein kleines rotes Teufelchen mit Hörnern, Dreizack und einem spitz zulaufenden Schwanz herausfordernd entgegen. Rebecca riss sich zusammen. Sie wollte nicht prüde wirken und sich von ein paar simplen Tattoos aus dem Gleichgewicht bringen lassen. Schließlich entschied sie sich, die Hand ein bisschen weiter unten hinzulegen, auf den Bizeps, gleich über der schottischen Flagge. Doch der schlimmste Moment kam, als ihr der junge Mann den Arm um die Taille legte und sie zu sich heranzog.

Der plötzliche Körperkontakt machte sie nervös.

»Ich will nicht, dass du Probleme mit deiner Freundin bekommst. Falls sie etwas dagegen hat, dass wir miteinander tanzen …«

»Meine Freundin?«, unterbrach er sie.

Rebecca wurde klar, dass sie sich verplappert hatte. Kenzie und Mary hatten sich durch nichts als Paar zu erkennen gegeben. Sie wollte die Sache wieder zurechtbiegen, aber es war zu spät.

»Na ja … ich weiß nicht, ich dachte, Mary und du …«

Er wurde ernst. »Du warst das also.«

»Was meinst du?«

Kenzie beugte sich zu ihr herunter und flüsterte ihr ins Ohr: »Die Spionin am Fluss.« Er löste sich ein wenig von ihr und sah sie wieder an. »Ich habe es mir gleich gedacht, als ich dich gesehen habe, aber ich war mir nicht sicher.«

Rebecca hatte das Gefühl, als würde ihr Gesicht in Flammen stehen. Die Situation war ihr schrecklich peinlich, und sie wusste nicht, was sie sagen sollte.

»Ich … wir sind spazieren gegangen, und …«

»Kein Ding, es gibt schlimmere Hobbys.«

Die Bemerkung traf sie. Sie hob den Blick und sah ihm in die Augen. Zum ersten Mal wagte sie es, seinem Blick zu begegnen, und erbebte innerlich.

»Eigentlich ist es nicht meine Angewohnheit, Leuten hinterherzuspionieren …«

»Das war ein Witz«, erwiderte er mit einem Lächeln. »Mary ist nur eine Freundin, und was du am Fluss gesehen hast, war …«

»Du brauchst es mir nicht zu erklären«, schnitt sie ihm das Wort ab. »Es geht mich nichts an.«

Das stimmte zwar, doch er blieb beharrlich: »Was du gesehen hast, waren nur ein paar Küsse, weiter nichts.«

Nervös ließ Rebecca den Blick in alle Richtungen schweifen.

»Hör auf, ja? Mir ist es unangenehm, darüber zu reden.«

Beim Anblick ihrer gequälten Miene musste Kenzie lächeln. »In Ordnung. Nur eins noch.« Rebecca sah ihn an. »Ich will nicht, dass Sophie davon erfährt. Es wird kein zweites Mal geben, deshalb wäre es mir lieb, wenn es unter uns bleibt.«

»Ich hatte nicht vor, es ihr zu erzählen«, entgegnete sie. Kaum hatte sie ihn kennengelernt, teilten sie schon ein Geheimnis miteinander, dachte sie.

»Das freut mich.« Kenzie bemerkte Rebeccas verlegenes Gesicht und wechselte das Thema. »Gefällt es dir in Beauly?«

»Natürlich. Es ist ein hübsches Dorf«, antwortete sie wenig überzeugend.

»Sophie hat mir gesagt, dass ihr aus Barcelona seid.«

»Ja, das stimmt«, erwiderte sie knapp und spürte seinen Blick auf ihr haften. Sie hatte nicht den Mut, ihm in die Augen zu sehen, und konzentrierte sich auf die schwarze Kordel mit dem kleinen silbernen Anhänger, die er um den Hals trug.

»Das muss eine wunderschöne Stadt sein.«

»Ja«, erwiderte sie. »Aber meine Freundin Lola ist der Meinung, dass man auch unter den Wolken glücklich sein kann.«

»Da hat sie recht«, sagte er mit einem halben Lächeln. »Sonst wäre die Hälfte der Menschheit echt arm dran.«

»Ja, das ist wohl wahr.«

Sie schwiegen, und Rebecca konzentrierte sich auf die Musik. Obwohl sie kein Fan der BSB war, musste sie zugeben, dass dieser Song etwas hatte. Das Einzige, weswegen sie sich ein wenig unbehaglich fühlte, war der Text, der von spanischen Augen erzählte, während ein tätowierter Schotte im Kilt sie in den Armen hielt. Sie spürte ein leichtes Flattern im Bauch, als seine Gürtelschnalle gegen ihren Bauch drückte und sich ihre Beine beim Tanzen berührten, und war sich bewusst, dass er sie immer noch ansah. Schließlich fasste sie allen Mut zusammen und blickte noch einmal in Kenzies dunkle Augen.

»Es müssen wohl Augen wie deine sein, die da besungen werden«, meinte er.

»Was?«

»Das war ein Kompliment. Du hast sehr schöne Augen.«

Rebecca senkte den Blick und wagte erst wieder aufzusehen, als der Song kurze Zeit später zu Ende war.

Ein Blitzlicht veranlasste sie, sich umzudrehen. Sophie war zusammen mit Mary zurückgekehrt und hatte ein Foto von ihnen gemacht, noch bevor sie Zeit hatten, sich voneinander zu lösen.

»Tut mir leid«, entschuldigte sich Sophie. »Ich konnte nicht widerstehen.«

Ein breites Grinsen erhellte ihr Gesicht. Mary dagegen hätte Rebecca offenbar am liebsten den Hals umgedreht. Aber Blicke können zum Glück doch nicht töten, wie Rebecca feststellte. Sie ließ Kenzie abrupt los und ging zu Lola, die Rory immer noch zärtlich umschlungen hielt.

»Wir müssen jetzt gehen«, verkündete Kenzie, nachdem er sein Bierglas rasch ausgetrunken hatte.

»Ach nein, warte noch«, jammerte Sophie.

»Du weißt doch, dass ich morgen arbeiten muss, und morgen Abend haben wir wieder einen Auftritt.«

»Nur noch ein bisschen. Bitte!«, bat sie.

»Nein!«

»Wir sollten auch mal los«, meinte Rebecca mit einem Blick zu dem Paar, das nicht besonders begeistert von dem Vorschlag wirkte.

»Warum fährst du nicht mit den beiden im Auto mit?«, schlug Rory vor. »Es macht dir doch nichts aus, Kumpel, oder?«, fragte er Kenzie. »Dann können wir noch ein bisschen hierbleiben.«

»Wo wohnen denn die Mädchen?«

»Im Riverside Drive.«

»Da fahre ich vorbei.«

Rebecca hörte machtlos zu. Ihr war klar, dass sie nichts gegen diesen Vorschlag einwenden konnte, also schwieg sie. Wenn sie allein waren, würde Lola aber etwas zu hören bekommen, nahm sie sich vor.

»Ich hole noch meine Trommel«, sagte Kenzie und entfernte sich mit langen Schritten. Sein Kilt schwang hin und her, und Lola und Rebecca blickten ihm verstohlen nach, als er die Wiese überquerte. Mary dagegen betrachtete ihn mit unverhohlenem Besitzanspruch.

Wenig später kehrte Kenzie zurück. Über seiner Schulter hing in einer schwarzen Hülle die Trommel, und in der Hand hielt er die in Filz gewickelten Trommelstöcke.

»Gehen wir?«, fragte er.

Auf dem Weg zum Parkplatz wurden sie mehrmals von Leuten aufgehalten, die die Geschwister zu ihrem Auftritt beglückwünschten. Rebecca fühlte sich zwischen den beiden traditionell gekleideten Einheimischen etwas fehl am Platz, aber dann fiel ihr ein, wie sie selbst aussah.

Als hätte Sophie Rebeccas Gedanken gelesen, sprach sie sie auf ihr geliehenes Kleid an.

»Das Kleid steht dir super. Ich wünschte, ich würde meins ebenso gut ausfüllen«, sagte sie leise, damit ihr Bruder sie nicht verstand. Er hatte sie trotzdem gehört.

»Für dich wäre das ja ganz schön, aber für mich nicht. Ich müsste dann allen, die dich begrapschen wollten, die Hände abhacken, und das wären wohl die meisten.«

»Sei nicht so ungehobelt«, sagte Sophie beleidigt. »Ich kann mich selbst verteidigen.«

Kenzie unterdrückte ein Lachen. »Darf ich das so verstehen, dass du sie auch gerne begrapschen würdest?«, stichelte sie, und der Schalk in ihrer Stimme war nicht zu überhören.

»Wen?«

»Rebecca«, sagte sie. »Du hast gesagt, die meisten Männer würden mich begrapschen wollen, wenn ich so ausgestattet wäre. Okay, sie ist so ausgestattet, und du gehörst zu den meisten Männern.«

»Ach, halt doch den Mund, Sophie, du denkst zu viel.«

Rebecca hatte dem Gespräch nicht folgen können, denn die Geschwister waren immer mehr ins Gälische gerutscht, und etliche Wörter waren ihr unverständlich.

Sophie wollte gerade etwas sagen, als er sie unterbrach. *»Dùin do bheul!«*, rief er mit zusammengezogenen Augenbrauen.

»Na gut, ich bin ja schon still, aber ich habe recht.«

Kenzie schnaubte.

Sophie streckte ihm die Zunge heraus, als ihr Bruder ihr den Rücken zukehrte, und lächelte Rebecca zu.

Auf dem Parkplatz gingen sie zu einem dunkelblauen Geländewagen, einem Nissan. Sie verstauten die Instrumente hinten unter einer Plane, dann hielt Sophie Rebecca die Beifahrertür auf.

Kenzie setzte sich hinters Steuer, und sie fuhren los.

Das Gefühl der Intimität im Auto wurde zunehmend unangenehm. Die Dunkelheit hinter den Fensterscheiben bot keinerlei Ablenkung, was das Gefühl der Abgeschlossenheit noch verstärkte.

Schließlich stützte sich Sophie mit den Unterarmen auf die Lehnen der Vordersitze und brach das Schweigen.

»Kommt ihr morgen wieder zum Konzert?«, fragte sie.

»Die Mädchen haben bestimmt was Besseres vor, Sophie«, bemerkte ihr Bruder.

»Na ja, vielleicht geht es ihrer Freundin ja wieder gut, und sie möchte auch noch mal auf das Fest gehen.«

»Das würde sie sich bestimmt nicht entgehen lassen«, versicherte Rebecca.

»Übermorgen spielen wir in Culloden. Wart ihr da schon?«

»Bis jetzt noch nicht.«

»Ihr könnt mit uns hinfahren, oder, Kenzie?«

»Natürlich.«

Es klang nicht sonderlich begeistert, und Rebecca verspürte wenig Lust, die Einladung anzunehmen.

»Danke, aber ich möchte euch nicht zur Last fallen.«

»Zur Last fallen? Wieso denn? Keine Widerrede. Ihr kommt mit, wir spielen, ihr bekommt ein bisschen Geschichtsunterricht, und dann fahren wir wieder nach Hause. Na, was sagst du?«

»Ich weiß nicht … vielleicht geht es Berta ja dann doch noch nicht so gut …«

»Es wird ihr bestimmt besser gehen«, meinte Sophie vergnügt.

Kenzie hielt den Geländewagen auf der Einfahrt zum Riverside Drive. Durch die Bäume sickerte das Licht der Veranda, das die Eingangstür erleuchtete.

»Danke fürs Mitnehmen«, sagte Rebecca und warf Kenzie einen schnellen Blick zu.

»Keine Ursache.«

»Oidhche mhath«, sagte Sophie lachend.

»Was?«

»Gute Nacht.«

»Ach so. *Buenas noches*«, konterte Rebecca. Die Geschwister warteten, bis sie im Haus verschwunden war, dann fuhren sie los.

Der Wagen legte die Strecke bis zur High Street zurück, bog dann links ab und fuhr über die Croyard Road in den Dorfkern. Eine Minute später fuhren sie rechts auf einen Feldweg und hielten schließlich vor einem kleinen Haus zwischen ausgedehnten Weiden, die sich in der Dunkelheit erstreckten.

William MacLeod saß auf einem alten Sofa im Wohnzimmer, in der Hand ein Glas mit Eiswürfeln.

»Haló, dadaidh«, begrüßte Kenzie ihn.

»Hallo, mein Sohn. Wie war euer Abend?«

»Wie immer.«

»Stimmt ja gar nicht«, meinte Sophie fröhlich, setzte sich neben ihren Vater und gab ihm einen dicken Kuss auf die Wange. »Heute hat er mit einem Mädchen getanzt.«

»Es wird ja nicht das erste Mal sein, dass dein Bruder mit einem Mädchen getanzt hat.«

»Ja, aber du hättest mal sehen müssen, wie er sie angeschaut hat.«

»Du redest zu viel, Sophie«, tadelte ihr Bruder sie, während er den Fingerschutz abnahm und ihn auf einen kleinen runden Beistelltisch legte.

»Nun, mein Sohn, du bist wohl alt genug, um dir eine Frau zu suchen.«

»Wozu?«, erwiderte Kenzie trocken. »Mir geht es doch gut so.«

»Sie ist Spanierin, weißt du?«, redete Sophie weiter. »Aus Barcelona, und sehr hübsch.«

»Barcelona?« Der Vater runzelte die Stirn. »Das ist sehr weit weg. Dann verlieb dich besser nicht in sie. Menschen aus warmen Ländern fällt es schwer, sich hier einzugewöhnen, und ich glaube nicht, dass du anderswo leben könntest.«

»Würdet ihr mir mal verraten, wovon ihr redet?«, fragte Kenzie erzürnt. »Herrgott, es ist ein Mädchen, das ich heute kennengelernt habe …«

»Ja, mein Sohn, aber so etwas reißt man besser gleich mit der Wurzel aus, bevor etwas daraus wird.«

»Sag das mal deiner Tochter. Die tut alles, damit wir sie überallhin mitnehmen.«

»Ich wollte nur nett sein«, verteidigte sich Sophie. »Sie sind schon mehrere Tage hier und noch nicht aus Beauly rausgekommen.«

»Das ist nicht unser Problem.«

»Na schön, ich habe gemerkt, dass sie dir gefallen hat, und wollte dir ein bisschen helfen.«

»Dann hör bitte auf, mir zu helfen, ja, Sophie? Außerdem ist sie verlobt.«

»Verlobt?«

»Ja. Ich gehe jetzt unter die Dusche und dann ins Bett, bevor euch noch mehr Blödsinn einfällt.«

Schulterzuckend blickte Sophie ihren Vater an, während ihr Bruder ins Bad flüchtete und dabei etwas in sich hinein murmelte.

»Schade«, sagte Sophie zu ihrem Vater. »Ich finde sie sehr nett. Und mir ist es egal, ob sie verlobt ist«, fügte sie hinzu und verkniff sich ein Grinsen. »Eine von ihren Freundinnen ist erkältet, und die andere ist mit Rory Elliot zusammen. Sie ist also ein bisschen allein, und …«

»Immer musst du dich um die anderen kümmern«, murrte er weiter.

»Eigentlich will ich mich nur mit ihnen anfreunden. Ich habe es satt, immer mit Mary rumzuhängen, die sich ja doch nur an Kenzie ranmachen will.«

»Du solltest dich mit anderen Mädchen aus dem Dorf treffen, nicht mit Fremden, die in ein paar Tagen wieder weg sind.«

»Ja, ich weiß, aber ich fahre ja nächsten Monat sowieso wieder zu Mama nach Edinburgh, also ist es eigentlich auch egal.«

»Na los«, murmelte ihr Vater. Seine Miene hatte sich verdunkelt. »Geh du auch schlafen.«

Sophie gab ihm einen Kuss, bevor sie ging.

»Oidhche mhath, dadaidh.«

»*Oidhche mhath*, meine Kleine.«

William MacLeod umklammerte sein Whiskyglas und leerte es in einem einzigen Zug. Er war nicht betrunken. Die Zeit der Besäufnisse lag schon viele Jahre zurück, eine dunkle Zeit, in der er auf seine Kinder hatte verzichten müssen. Er hatte sie bei seinem Vater zurückgelassen, weil aus ihm ein Versager geworden war, zu nichts imstande, als zu saufen und seinen Kummer in Alkohol zu ertränken. Sein Leben lang hatte er nur eine einzige Frau geliebt: Elisabeth. Er hatte sich immer gefragt, warum eine Frau wie sie, mit engelsgleichem Gesicht und Haaren wie Feuer, ausgerechnet ihn heiraten wollte, einen Niemand, der in den Minen des Südens schuftete wie ein Tier.

Jeden Abend saß er mit seinem Whisky in der Hand auf dem Sofa. Er trank langsam, genüsslich, und schwelgte in Erinnerungen. Mit geschlossenen Augen durchlebte er wieder die glücklichen Zeiten. Wenn der Whisky dann durch seine Adern floss, war die Liebe, die er trotz allem immer noch für sie empfand, vergessen. Dann hasste er sie aus tiefster Seele. Kaum drei Jahre alt war Sophie, als diese Schlampe abgehauen ist, dachte er, ein wenig benebelt vom Alkohol, der mit jedem Schluck den unterdrückten Groll in ihm aufsteigen ließ. Und Kenzie … die Traurigkeit in seinen Augen war für ihn kaum zu ertragen. Warum hast du uns im Stich gelassen, du Miststück? Ich wäre ja gegangen, wenn du mich darum gebeten hättest, aber du wolltest einfach nur weg und alle Verpflichtungen hinter dir lassen. Und dann dieser Brief, den du mir geschickt hast … in dem stand, dass du es nicht mehr aushalten würdest, dass du nicht dafür geschaffen seist, um Kinder großzuziehen, weil du immer das Gefühl hättest, dein Leben ziehe an dir vorbei … und am Ende würdest du nur den Kindern die Schuld dafür geben. Du hast gesagt, ich würde es schon hinbekommen, ich würde mich schon gut um die beiden kümmern … Aber du hast vergessen, dass du auch mir das Herz gebrochen hast.«

William öffnete die Augen. Sie waren vom Alkohol gerötet, und Tränen schimmerten in ihnen. Er machte sie wieder zu und flüsterte ein paar Worte, bevor er im Sitzen auf dem Sofa einschlief.

»Elisabeth, *mo graidh*, meine einzige Liebe.«

KAPITEL 11

Streitereien

Am nächsten Morgen stand Rebecca früh auf. Berta war noch nicht wach, und Lola war erst im Morgengrauen nach Hause gekommen, sodass Rebecca frühestens am späten Vormittag mit ihr rechnete.

Sie verließ das Haus und machte einen Spaziergang am Fluss. Am Himmel hingen dicke Wolken. Mehr als acht verschiedene Farben konnte sie in dem Wolkenmeer ausmachen, und zum ersten Mal störte sie der bewölkte Himmel gar nicht, sie fand ihn im Gegenteil sogar schön. An diesem Abschnitt floss der Fluss ruhig dahin, die Bäume wiegten sich leicht im Wind, und die Vögel sangen in den Zweigen. Es war eine grüne, lebendige Landschaft, und ihre Gerüche, die durch die Luftfeuchtigkeit noch intensiver waren, bewirkten bei Rebecca ein seltsames Gefühl der Verbundenheit mit der Umgebung. Sie atmete ein paarmal tief ein, berauschte sich an dem Duft und entdeckte ganz neue Aromen, die nichts mit den künstlichen Gerüchen der Stadt zu tun hatten.

Unwillkürlich wanderten ihre Gedanken zu den Ereignissen des Vortags. Lola hatte sie in eine unangenehme Lage gebracht, und am meisten ärgerte es Rebecca, dass sie es mit Absicht getan hatte und in vollem Bewusstsein, dass sie Rebecca in Bedrängnis brachte. Die warme Berührung des Mannes fiel ihr wieder ein und die Schmetterlinge in ihrem Bauch, als er ihr den Arm um die Taille gelegt und sie leicht an sich gezogen hatte.

Rebecca seufzte unwillkürlich, schüttelte die Erinnerung

ab und verspürte plötzlich den Drang, mit Mario zu sprechen. Um diese Zeit arbeitete er, aber sie musste seine Stimme hören. Sie griff zum Handy und wählte seine Nummer.

»Rebecca?«, meldete sich eine Männerstimme. »Geht es dir gut?«

»Ja, ich wollte nur ein bisschen mit dir reden.«

»Hör zu, Süße, im Moment passt es nicht so gut. Wir sitzen gerade mit einem Mandanten zusammen. Du weißt doch, dass du mich vor Nachmittag nicht anrufen sollst. Ich rufe zurück, in Ordnung?«

»Ja, gut. Es ist nicht weiter wichtig, mach dir keine Sorgen.«

»Bis dann, meine Hübsche.«

»Bis dann«, wisperte sie.

Auf das Handydisplay fiel ein Wassertropfen. Ein Blick zum Himmel zeigte ihr, dass die grauen Gewitterwolken noch dunkler und bedrohlicher geworden waren. Sie beeilte sich, nach Hause zu kommen, und schaffte es gerade noch rechtzeitig, bevor es wie aus Kübeln zu schütten begann.

In der Küche traf sie auf Berta, die sich gerade einen Tee kochte.

»Du siehst ja furchtbar aus«, sagte sie zu ihrer Freundin, die in der einen Hand eine Tasse und in der anderen ein Taschentuch hielt.

Sie brühte sich ebenfalls einen Tee auf und bereitete sich einen Toast zu. Dann setzte sie sich Berta gegenüber an den Küchentisch.

»Das wird mein Souvenir aus Schottland sein«, sagte Berta. Sie war heiser, und ihre Stimme klang näselnd. »Eine fette Erkältung.«

»Du wirst schon sehen, es ist bald vorbei, ganz bestimmt«, munterte Rebecca sie auf. »Wie war der Abend mit Mrs Munro?«

»Ich kann nicht behaupten, dass ich mich gelangweilt

hätte. Ich bin jetzt über sämtliche Nachbarn informiert. Und sie hat mich gezwungen, diese Gemüsesuppe und diesen Porris zu essen.«

»Es heißt Porridge.«

»Wie auch immer. Außerdem musste ich eine Tinktur auf Whiskybasis einnehmen, mit Honig und Zitrone.« Sie seufzte. »Und wie war es bei euch? Habt ihr euch gut amüsiert?« Sie putzte sich geräuschvoll die Nase.

»Ich hätte mich schon amüsiert, wenn Lola nicht immer ihren Kopf durchsetzen müsste.«

Lola kam in die Küche. Ihr Schlafanzug war zerknittert, und die Haare standen ihr wild vom Kopf ab.

»Guten Morgen«, sagte sie. Ihre Stimme klang belegt. »Ihr macht ja mehr Krach als ein Bulldozer.«

»Ich wollte Berta gerade von deinen Spielchen erzählen.«

»Gut, da komme ich ja gerade zur rechten Zeit«, meinte Lola lustlos, während sie den Küchenschrank durchsuchte.

»Was hast du diesmal angestellt?«, fragte Berta argwöhnisch.

Rebeccas Augen funkelten. »Ach, sie hat mich lediglich einem Schotten in die Arme geschubst, der wie ein Wilder aussieht.«

Berta riss die tränenden Augen weit auf. »Wer sieht wie ein Wilder aus?«

Lola brach in Gelächter aus.

»Fakt ist, ich habe in meinem ganzen Leben noch nie einen Mann gesehen, der so wild und sexy aussieht«, sagte sie und goss heißes Wasser in ihre Tasse. »Wenn ich nicht in Rory verliebt wäre, hätte ich nichts dagegen einzuwenden, mit ihm ins Bett zu gehen. Oder in einen schottischen Heuschober oder in eine dunkle schottische Kammer oder auf den Rücksitz eines schottischen Autos oder in einen Stall voller schottischer Schafe oder …«

»Das reicht jetzt, Lola«, unterbrach Berta sie, die sich beinahe an ihrem Tee verschluckte. »Wir haben es kapiert. Aber könntet ihr mir mal verraten, von wem hier die Rede ist?«

Lola setzte sich zu ihnen. »Von Sophies Bruder.«

»Der sieht aus wie ein Wilder?«, fragte Berta überrascht.

»Wie der reinste Barbar.«

»Der, von dem Mrs Munro uns erzählt hat?«

»Genau der. Und außerdem derselbe, der sich am Fluss mit dieser blonden Mary vergnügt hat.«

Bertas gerötete Augen wurden riesengroß hinter ihrer Brille. »Der Typ am Fluss ist Sophies Bruder?«

Rebecca nickte.

»Und hat er dich erkannt?«

Das niedergeschlagene Gesicht ihrer Freundin genügte ihr als Antwort.

Berta begann zu lachen. »Da wäre ich ja zu gern dabei gewesen. Ach, Mensch, warum musste ich mir nur diese Erkältung zulegen? Und Lola hat dich ihm in die Arme geschubst, sagst du? Herrje! Das will ich hören.«

»Ich habe ihn nur gefragt, ob er mit ihr tanzen könnte«, erklärte Lola. »Na ja, ich habe mit Rory getanzt, und … na ja du weißt schon … ich wollte sie nicht alleine lassen.«

»Was soll das heißen, alleine lassen?!«, explodierte Rebecca. »Mary stand neben uns und hat mich ganz böse angeschaut.«

»Du lieber Himmel, das ist ja schlimmer, als ich dachte.« Berta wandte sich zu Lola. »Du Biest.«

»Sie soll sich bloß nicht beschweren«, erwiderte Lola. »Ein Dutzend Mädchen hätte sich gestern Abend nichts sehnlicher gewünscht, aber unsere brave Rebecca hat das nicht mal gemerkt.«

»Ich wollte überhaupt nicht tanzen!«

»Ach hör auf, jetzt komm wieder runter«, sagte Berta. »Es

lohnt sich doch nicht, sich über einen harmlosen Tanz so sehr aufzuregen.«

»Ein harmloser Tanz mit einem umwerfenden Schotten, der angezogen war wie in *Braveheart*. Ich finde, du solltest mir dankbar sein. Näher wirst du in diesem Leben keinem so gut aussehenden Typen mehr kommen.«

Berta begann laut zu lachen, doch ein Hustenanfall unterbrach ihr Gelächter.

»Ach, fahr doch zum Teufel, Lola«, entgegnete Rebecca, die das Gespräch leid war.

Die beiden Freundinnen rissen die Augen auf.

»He, pass auf, was du sagst, sonst musst du dir noch einen katholischen Priester zum Beichten suchen«, tadelte Lola sie. »Und dafür müsstest du wahrscheinlich nach Irland rüberhüpfen.«

Schweigen machte sich breit. Rebecca murmelte etwas durch die zusammengebissenen Zähne, Berta verkniff sich das Lachen und unterdrückte gleichzeitig einen Hustenanfall, und Lola versuchte, ihre Locken glattzustreichen.

»Übrigens, nur dass ihr es wisst, Mary ist nicht seine Freundin«, informierte Rebecca die beiden, während sie sich den letzten Bissen Toast in den Mund schob. Ihre Freundinnen starrten sie überrascht an. »Er hat mir gesagt, sie seien nur gute Freunde, und das am Fluss würde sich nicht mehr wiederholen.«

»Na, wenn er so mit seinen Freundinnen umgeht, solltest du dich vielleicht doch lieber von ihm fernhalten«, sagte Berta und unterdrückte ein Niesen.

»Ich frage mich, warum zum Teufel er dir das erzählt hat«, meinte Lola nachdenklich. »Für ihn bist du schließlich eine Fremde. Es sei denn, er …«

Rebecca machte ein genervtes Gesicht. »Es sei denn, was?«

»Liebe auf den ersten Blick. Du weißt schon: Du gefällst ihm.«

»Du und dein dummes Gerede… Die Wahrheit ist, er möchte nicht, dass ich es seiner Schwester erzähle.«

»Das ist aber schade. Dabei habe ich bei so was einen Riecher wie ein Spürhund.«

Rebecca nahm sich noch einen Toast und bestrich ihn mit Lemon Curd. »Ich würde dich ja eher mit einem schwarzen Pudel vergleichen.«

»Solange es einer mit Stammbaum ist…«

»Jetzt hört schon auf, Mädels«, unterbrach Berta sie.

Lola schnalzte mit der Zunge und rückte sich auf ihrem Hocker zurecht.

»Wo wir gerade alle hier sind, kann ich euch ja erzählen, dass Rory mich für ein paar Tage nach Nairn eingeladen hat.«

»Wo ist das denn?«, fragte Berta.

»In der Nähe von Inverness. Ein paar Freunde haben ihm dort ein Häuschen überlassen. Ich freu mich so! Endlich können wir mal ein bisschen allein sein. Es macht euch doch nichts aus, oder?«

Berta zuckte mit den Schultern und schob ihre Brille nach oben. »Es ist ja dein Urlaub«, meinte sie.

»Warum nehmt ihr euch nicht einen Mietwagen und fahrt weg?«

»Wenn die Leute so vernünftig wären, hier auf derselben Seite zu fahren wie alle anderen, würde ich das glatt machen«, knurrte Rebecca. »Aber ich will keinen Unfall bauen oder irgendeinen Unschuldigen über den Haufen fahren.«

Lola sah auf und stützte den Kopf in die Hände. Rebecca aß ihren zweiten Toast auf und räumte die Frühstückstassen ab.

»Ich gehe zum Laden von Mrs Ferguson und bringe die Kleider zurück«, sagte sie.

»Wieso denn das?«, fragte Lola. »Das Festival dauert doch noch bis heute Abend.«

»Sieht Berta etwa so aus, als wäre ihr nach Feiern zumute?«

Letztere schnäuzte sich laut, hob die freie Hand und wedelte abwehrend mit dem Zeigefinger.

»Allein geh ich nämlich nicht hin.«

»Du bist nicht allein, du hast doch Sophie.« Dann fügte Lola mit einem durchtriebenem Lächeln hinzu: »Und Kenzie, denn falls du es nicht gemerkt haben solltest, er hat dich gestern Abend mit Blicken verschlungen wie ein Kater eine appetitliche Maus. Aber klar, du fandest den Fußboden ja interessanter.«

»Knutsch du mit Rory herum und lass uns in Ruhe«, entgegnete Rebecca.

»Na schön«, sagte Lola. »Macht doch, was ihr wollt.«

Nachdem Berta kurz geduscht und eine Schmerztablette genommen hatte, legte sie sich wieder ins Bett. Also nahm Rebecca die Kleider und machte sich ziemlich lustlos auf den Weg, um sie in das Geschäft zurückzubringen.

Glücklicherweise hatte sie daran gedacht, einen Schirm mitzunehmen, denn nach wenigen Minuten begann es zu nieseln.

Nachdem sie bei Mrs Ferguson gewesen war und im Dorf ein paar Dinge besorgt hatte, war sie zur Mittagessenszeit wieder in Riverside Drive.

Berta saß gerade auf dem Sofa und blätterte in einer Zeitschrift.

Rebecca setzte sich neben sie und massierte sich die Füße, die von den Aktivitäten der letzten Tage ziemlich mitgenommen waren.

»Was ist mit Lola?«, fragte sie. »Nein, sag nichts, sie ist schon weg.«

»Genau, und sie weiß nicht, wann sie wiederkommt.«

Rebecca schnaubte. »Solange sie bis zum Rückflug wieder da ist …«

Berta legte ihr die Hand auf den Oberschenkel. »Was wirst du denn jetzt machen?«, fragte sie. »Mir geht es schrecklich, und es ärgert mich, dass du wegen mir hier festsitzt.«

»Keine Sorge, das macht mir nichts aus.«

Das Gespräch mit Sophie fiel Rebecca wieder ein. Sie musste ihr Bescheid sagen, dass sie nicht zum Festival mitfahren würde und auch nicht am Tag darauf nach Culloden.

»Culloden?«, fragte Berta erstaunt.

»Ja, sie hat gesagt, dass sie dort auftreten werden.«

»Ach, Mensch, ich will hingehen«, jammerte Berta. »Ich will sie spielen hören, ich will nach Culloden, und vor allem will ich ihn kennenlernen, Kenzie Mac…«

»MacLeod«, sprang Rebecca ihr bei.

»Sieht er wirklich so gut aus, wie Lola gesagt hat?«

»Du weißt doch, Lola gefallen alle Männer.«

»Das stimmt nicht«, widersprach Berta. »Normalerweise hat sie einen guten Geschmack.«

»Er ist attraktiv, das lässt sich nicht leugnen. Klar, in diesem Outfit und mit all den Tätowierungen …«

»Er ist tätowiert?«

Berta begann zu lachen, bis sie schließlich wieder einen Hustenanfall bekam.

»Was lachst du denn so?«

»Ich habe mir vorgestellt, was für ein Gesicht deine Mutter machen würde, wenn sie dich mit so einem tanzen sehen würde.«

Berta lachte und hustete immer weiter, bis ihr die Tränen kamen. Rebecca bemühte sich um ein ernstes Gesicht, doch als sie sich das entsetzte Gesicht ihrer Mutter vorstellte, brach sie ebenfalls in Gelächter aus.

»Sie würde vor Schreck tot umfallen«, brachte sie zwischen zwei Lachsalven hervor.

Dann aber hörte sie auf zu lachen. Sie musste Sophie wirklich Bescheid sagen. Angesichts von Bertas Gesundheitszustand konnten sie nirgendwohin. Berta fühlte sich deswegen schuldig. Wäre es nur um die Nieserei und den Husten gegangen, hätte sie ihr Krankenbett ohne zu zögern verlassen, aber das Fieber schwächte sie.

Rebecca beschloss, Mrs Munro zu fragen. Die würde bestimmt wissen, wie sie Sophie erreichen könnte.

Am frühen Nachmittag klopfte sie bei ihrer Vermieterin.

»Hallo, meine Liebe«, grüßte sie. »Ist etwas passiert? Geht es deiner armen Freundin Berta wieder schlechter?«

»Nein, darum geht es nicht. Ich muss mit Sophie reden.«

»Ach so. Ihre Telefonnummer habe ich nicht, aber die MacLeods wohnen in der Croyard Road. Also: Du gehst einfach bis zur High Street, dann biegst du nach links in die Croyard Road ab und gehst so lange geradeaus, bis das Dorf hinter dir liegt. Dann läufst du die schmale Landstraße entlang, bis du auf der rechten Seite zu einer Abzweigung kommst. Am Ende des Kieswegs siehst du dann Williams Häuschen. Es stehen keine anderen Häuser dort, nur seines, und man erkennt es an den Schafen, die auf der Wiese neben dem Haus weiden. In Beauly gibt es nicht mehr viele Leute, die Schafe halten, aber ihm scheint es zu gefallen. Na ja, was soll ich sagen … Der Ärmste …« Sie verlor sich in Gedanken und setzte nach ein paar Sekunden hinzu: »Hast du dir den Weg gemerkt?«

»Ich glaube schon: Hauptstraße, dann nach links, Croyard Road, aus dem Dorf hinaus, den Kiesweg nach rechts und Schafe.«

»Gutes Gedächtnis, meine Kleine.«

KAPITEL 12

Ein Schaf namens Lola

Die Croyard Road ist eine Landstraße, die vom Dorf aus in Richtung Nordwesten führt. Rebecca ließ die letzten Häuser hinter sich und ging weiter, wie Mrs Munro es ihr gesagt hatte. Zu beiden Seiten war der Weg von gewaltigen Bäumen mit geschwungenen Blättern gesäumt, deren dichte Kronen den Himmel über Rebecca verdeckten. Es fühlte sich an wie ein grüner Tunnel, und sie beschleunigte ihren Schritt, als die Kälte durch ihren dünnen knielangen Rock drang.

Die Straße war schmal und wies hier und da deutliche Ausbesserungen auf. Auf dem Asphalt ermahnte der Hinweis *slow* die Fahrer daran, die Geschwindigkeitsbegrenzung einzuhalten. Bis jetzt war ihr allerdings noch kein Fahrzeug entgegengekommen. Als der mit Bäumen gesäumte Teil der Straße aufhörte, begrenzten niedrige Mauern und windschiefe Holzzäune die Weiden, die sich bis zum Horizont erstreckten.

Auf der rechten Seite zweigte ein kleiner Kiesweg ab, an dessen Ende Rebecca ein rötliches Steinhaus mit spitzem Giebeldach erblickte. Auf beiden Seiten des einfachen Feldwegs lagen ausgedehnte Wiesen, die von einer gut erhaltenen hölzernen Einzäunung umgeben waren. Auf der linken Weide grasten friedlich sechs bis sieben Schafe.

Der Kies knirschte unter Rebeccas Füßen, und aus irgendeinem Grund begann ihr Herz schneller zu klopfen.

Als sie zum Haus gelangte, trat ein Mann aus der Tür, der einen kleinen Weidenkorb in den Händen hielt. Als er Rebecca bemerkte, blieb er unvermittelt stehen und sah zu ihr herüber.

»Suchst du etwas, Mädchen?«, rief er.

Rebecca verlangsamte ihren Schritt, ohne dabei stehen zu bleiben. »Ist … ist das das Haus der Familie MacLeod?«, fragte sie zaghaft.

»So ist es«, erwiderte der Mann, der bei dem Akzent des Mädchens eine leise Ahnung hatte, wer sie war.

»Ich … ich möchte Sophie sprechen, falls sie zu Hause ist.«

Der Mann kam auf sie zu. »Nein, sie ist nicht da«, sagte er und blieb unweit von ihr stehen. »Mary hat sie nach dem Essen abgeholt.«

Der Vater von Sophie und Kenzie wirkte nicht besonders alt. Sein Haar war zwar von grauen Strähnen durchzogen, schimmerte aber immer noch kupferfarben. Er war unrasiert, und dunkle Schatten untermalten seine tief liegenden schmalen Augen, die von einem intensiven Blau waren. Den durchdringenden Blick musste sein Sohn von ihm geerbt haben, dachte Rebecca.

»Kann ich ihr eine Nachricht hinterlassen?«

»Natürlich«, erwiderte der Mann freundlich.

»Ich wollte ihr nur sagen, dass meine Freundin sich noch nicht von ihrer Erkältung erholt hat und wir heute nicht auf das Festival mitkommen können. Außerdem wollte ich mich für ihre Einladung nach Culloden bedanken, aber ich fürchte, da werden wir morgen auch nicht mitfahren können.«

»Von wo aus bist du jetzt hergelaufen?«

»Wir wohnen in einem Haus von Mrs Munro, im Riverside Drive.«

»Das ist eine ganz schöne Strecke. Du hast ja einiges auf dich genommen, um meiner Tochter Bescheid zu sagen.«

Rebecca lächelte höflich. »Sie war sehr nett zu uns, da war das doch das Mindeste.«

William schwieg und sah sie neugierig an. Rebecca wurde

unter seinem Blick mulmig, und sie entspannte sich erst, als er wieder zu sprechen anfing.

»Möchtest du eine Tasse Tee oder ein kaltes Getränk, bevor du wieder gehst?«

»Ach nein, danke«, sagte sie schnell.

»Komm, ich bestehe darauf… ich kann dich nicht einfach so zurückgehen lassen.«

»Bitte machen Sie sich keine Umstände.«

»Es macht keine Umstände. Komm, setz dich dort drüben unter den Baum und ruh dich ein bisschen aus«, sagte er und deutete auf einen großen Weidenbaum. »Ich bin gleich wieder da.«

Rebecca gab sich geschlagen und ging zu dem Baum hinüber, wobei sie den Schirm fest umklammerte, den sie beim Verlassen des Hauses mitgenommen hatte. Im Schutz der dichten herabhängenden Zweige stand ein einfacher Holztisch und zu beiden Seiten eine Bank. Sie setzte sich auf eine der Bänke. Das wäre ein schöner Schattenplatz, dachte sie, wenn nur die Sonne scheinen würde.

Einen Augenblick später kam William mit zwei Dosen Irn-Bru zurück. Rebecca nahm eine entgegen, öffnete sie und trank einen kleinen Schluck.

»Sehr erfrischend«, sagte sie höflich und kostete dem Zitrusgeschmack nach.

Sie schwiegen ein paar Augenblicke. Der Mann machte einen nachdenklichen, in sich gekehrten Eindruck.

»Ein schönes Plätzchen«, bemerkte Rebecca, um das Schweigen zu brechen. »Diese Stelle hier unter dem Baum, meine ich.«

»Sophie sitzt hier gerne und übt auf ihrem *bodhràn*. Sie kann Stunden so zubringen. Ihr Bruder sitzt oft dabei und hört ihr zu.«

»Ich bin übrigens Rebecca«, sagte sie.

»Ich weiß. Sophie hat mir von dir erzählt. Ich heiße William.«

»Freut mich, Sie kennenzulernen, Mr William.«

»Ganz meinerseits, *mo spáinneach bancharaid*.« Als er das verständnislose Gesicht seiner Gesprächspartnerin sah, klärte William sie auf: »Das heißt ›meine spanische Freundin‹.«

»Ah.« Rebecca blickte zu der Weide hinüber, wo die Tiere grasten. »Wie viele Schafe haben Sie?«

»Seit gestern sind es acht. Alice hat am Nachmittag geworfen.«

»Das Schaf heißt Alice?«

»Oh ja. Sophie gibt den Schafen immer die Namen irgendwelcher treuloser Freundinnen, die sich ihr gegenüber unfair verhalten. Zum Glück bekommen es ihre Freundinnen nie mit, und wenn mal eine herkommt, nennen wir die Schafe möglichst nicht beim Namen. Das ist so eine Abmachung zwischen uns.«

Rebecca musste lachen.

»Magst du Schafe?«

»Um ehrlich zu sein, bis jetzt hatte ich keine besondere Beziehung zu ihnen …«

»Möchtest du mal zu ihnen gehen?«, fragte er und stand von der Holzbank auf.

»Ja, das würde ich gerne.«

Sie stellten die Getränke ab und durchquerten die Umzäunung bei einem kleinen Holzgatter. Kaum hatten sie die Weide betreten, liefen die Schafe auf ihren Bauern zu, wobei die Glöckchen um ihren Hals bimmelten.

»Das hier ist Emma«, sagte William und zeigte auf ein schwarz-weiß geschecktes Schaf. »Die beiden dort sind Lucy und Emily.« Er deutete auf zwei weiße Schafe mit schwarzen Köpfen. »Dort kommen Molly und Mary.« Rebecca lachte auf, als sie den zweiten Namen hörte. »Das dort drüben mit den langen Hörnern, das ist Jack. Sophie hat ihm den Namen eines

Kommilitonen gegeben, der sich über sie lustig gemacht hat, weil sie Gälisch spricht. Das hat sie ihm nie verziehen.«

»Ich verstehe«, sagte Rebecca lächelnd.

»Und dort hinten sind Alice und ihr Kleines.«

»Wird sie es mir übel nehmen, wenn ich näher herangehe?«

»Das glaube ich nicht. Gehen wir!«

Sie gingen ans Ende des Grundstücks, fast bis zur Landstraße, bis sie Alice erreichten. Das winzige Schaf neben ihr sah aus wie ein flauschiger Wattebausch.

»Darf ich es anfassen?«

»Nur zu, es tut dir nichts.«

Rebecca kniete sich hin und streichelte das kleine Tier, dessen winziges Schwänzchen sich wie ein Rührschlägel hin und her bewegte.

»Wie heißt es?«, fragte Rebecca.

»Es hat noch keinen Namen. Möchtest du ihm einen geben? Ich glaube, Sophie würde sich freuen.«

»Wirklich?«

»Natürlich. Es ist ein Weibchen.«

Rebecca musste nicht lange überlegen. »Dann soll es Lola heißen«, sagte sie leise kichernd.

»Ist diese Lola etwa keine gute Freundin?«

»Eigentlich schon, aber in letzter Zeit strapaziert sie meine Geduld.«

William lächelte. »Der Name gefällt mir.«

Sie kehrten zu dem Baum zurück, nippten dort schweigend an ihren Getränken und ließen den Blick durch die Landschaft schweifen. Jetzt empfand Rebecca das Schweigen nicht mehr als unbehaglich. Irgendwie fühlte sie sich mit einem Mal wohl neben diesem Mann und musste nichts mehr sagen.

Außer den Weiden, die durch Zäune oder Reihen von Sträuchern oder großen Bäumen voneinander getrennt waren, gab es in der Ferne nur noch ein kleines Häuschen. Sonst nichts. Abgesehen von den vielfarbigen Wolken am Himmel über ihnen.

»Es ist wunderschön hier«, sagte Rebecca, ohne nachzudenken. Die Worte kamen einfach so aus ihr heraus. Wieder sah William zu ihr herüber, sagte jedoch nichts und hörte ihr nur zu. »Ich wohne schon immer in Barcelona. Es muss schön sein, an einem Ort zu leben, wo sich alle kennen.«

»Ja, es ist wirklich schön. Irgendwann sind alle Teil deines Lebens. Aber ein Stadtmensch könnte sich an einen Ort wie diesen bestimmt nie gewöhnen.«

»Mein Vater sagt immer, zu Hause ist dort, wo die Familie, die Liebe oder die Arbeit ist.«

»Eine weise und zugleich pragmatische Sicht auf das Leben. Was macht er beruflich?«

»Er ist Anwalt. Und mein großer Bruder Enric ebenfalls.«

»Und du bist nicht in seine Fußstapfen getreten?«

»Jura ist nichts für mich. Ich wollte immer schon Lehrerin werden.«

»Ein schöner Beruf. Den Unwissenden etwas beizubringen …«

»Und Sophie? Mrs Munro hat uns erzählt, dass sie auf die Universität geht.«

»Ja, sie studiert Kunst in Edinburgh.« Er schien nachdenklich und fügte dann hinzu: »Was hat Mrs Munro euch sonst noch erzählt?«

»Nichts.« Rebecca merkte, wie sie sich innerlich anspannte.

William beugte sich nach vorn, die Hände auf die Oberschenkel gestützt, um Rebecca besser sehen zu können.

»Ich habe dich zwar gerade erst kennengelernt, Rebecca, aber ich würde sagen, dass du nicht gut lügen kannst.«

»Na ja.« Rebecca räusperte sich, bevor sie weitersprach. »Sie wissen ja, wie Mrs Munro ist. Abgesehen davon, dass sie ein guter Mensch ist.«

»Ja«, sagte er und stieß einen Seufzer aus. »Sie redet zu viel, aber sie meint es nicht böse, das weiß ich.«

Rebecca mied seinen Blick. »Nein.«

Für eine Weile versank der Mann in Schweigen, dann schien ihm auf einmal etwas einzufallen. »Weißt du, vor vielen Jahren, als ich noch in den Minen gearbeitet habe, hatte ich einen spanischen Kollegen. Er hieß Albert und machte spanische Tortillas, die ich nie vergessen werde. Wenn er welche zum Mittagessen mitbrachte, hat er uns immer ein Stück angeboten. Ein netter Kerl. Nach einem Jahr ist er in sein Heimatland zurückgekehrt. Solche Tortillas habe ich seither nie mehr gegessen.«

»Ja, das ist eins unserer Nationalgerichte«, sagte Rebecca, erleichtert, dass das Gespräch eine andere Wendung genommen hatte.

Ein herannahendes Motorengeräusch durchbrach die Stille. Es war zwar noch niemand zu sehen, aber William wusste, um wen es sich handelte.

»Das ist Kenzie«, sagte er.

Rebecca erschrak und sprang auf. »Also …«, stammelte sie. »Ich … ich muss gehen.«

»Oh. Na schön, aber jetzt, wo mein Sohn da ist, kann er dich doch heimfahren.«

»Nein, ich möchte wirklich keine Umstände machen«, erwiderte Rebecca nervös und beobachtete den blauen Nissan, der sich langsam über den Feldweg näherte. »Ich gehe lieber zu Fuß zurück.«

Das Fahrzeug hielt neben dem Haus. Als der junge Mann ausstieg, rief ihm sein Vater von ihrem Platz unter dem Baum aus zu. »Kenzie!«

Dieser wandte sich in die Richtung, aus der die vertraute Stimme kam. Überraschung spiegelte sich auf seinem Gesicht, als er Rebecca sah. Er hielt inne.

»Kenzie, *trobhad an seo*«, drängte sein Vater ihn herüberzukommen.

»Das Mädchen ist hier, um Sophie zu sagen, dass sie nicht auf das Festival mitkommt«, teilte er Kenzie mit, als er bei ihnen war. »Anscheinend geht es ihrer Freundin immer noch nicht gut.«

Kenzie nickte leicht, sagte aber nichts. Rebecca bemerkte seine Kleidung. Offenbar kam er gerade von der Arbeit, denn er trug eine graue Schürze, die er sich um die Taille gebunden hatte. Rebecca fand ihn auch in dieser Kluft noch sehr attraktiv, aber sie hatte nicht den Mut, ihn direkt anzusehen, geschweige denn ihn näher zu betrachten.

»Danke für die Erfrischung. Es hat mich gefreut, Sie kennenzulernen«, sagte sie und schickte sich zum Gehen an.

»Warte, nicht so schnell«, bat William und wandte sich zu seinem Sohn. »Kenzie, hast du Zeit, das Mädchen nach Riverside Drive zurückzubringen?«

Kenzie blickte auf die Uhr, und Rebecca hatte wieder einmal das Gefühl, ihm zur Last zu fallen.

»Wirklich, ich kann ohne Probleme zu Fuß gehen …«

»Kommt nicht infrage. Zurzeit sind viele Fremde im Dorf. Kenzie wird dich nach Hause fahren.«

Der junge Mann drehte sich um und ging schweigend zu seinem Wagen. Als Rebecca keine Anstalten machte, ihm zu folgen, drehte er sich zu ihr um. »Kommst du?«

»Ach, und, Kenzie«, fügte sein Vater hinzu, »ruf unterwegs deine Schwester an und hol sie von dort ab, wo sie gerade ist.«

»Ist gut, *dadaidh*.«

Rebecca folgte ihm widerwillig. Sie ahnte schon, wie unangenehm die Fahrt werden würde. Grüßend hob sie die Hand, und William winkte ebenfalls.

»Wiedersehen, Rebecca.«

KAPITEL 13

Die Farbe seiner Augen

Kenzie räumte die Sachen weg, die auf dem Beifahrersitz lagen: einen Wollpullover, ein großes Stück Metall, einen Schraubenzieher mit blauem Plastikgriff und einen Drehmomentschlüssel. Als er fertig war, kletterte Rebecca auf den Sitz und setzte sich zurecht.

»Tut mir wirklich leid, dass du immer gezwungen bist, mich nach Hause zu bringen«, murmelte sie.

»Mach dir deswegen keine Gedanken«, antwortete er höflich.

Er wendete den Wagen, und sie fuhren auf die Landstraße.

Wieder entstand ein bedrückendes Schweigen, und Rebecca drehte Marios Ring an ihrem Finger, um die Anspannung zu lindern. Dann riskierte sie es doch und ließ den Blick ein wenig nach rechts wandern. Sie heftete ihn auf die Hände, die das Lenkrad umfassten. Sie waren sauber und frei von Ölspuren. Seine Kleidung hatte weniger Glück gehabt, auf seinem grau-grünen Hemd prangte eine stattliche Anzahl alter und neuer Flecken.

Auf seinen vorderen Fingergelenken erkannte Rebecca ein paar eintätowierte Buchstaben, doch es gelang ihr nicht, sie zu entziffern.

»Du hattest wohl viel Arbeit heute«, mutmaßte sie, nur um irgendetwas zu sagen. Kenzie sah sie verständnislos an. »Ich meine, weil du offenbar eine ganze Menge Öl abgekriegt hast.«

Kenzie schaute auf seine Kleidung, dann blickte er wieder nach vorne.

»Der Wagen des alten Alastair. Er hätte ihn schon vor Jahren zum Schrottplatz bringen müssen, aber ich glaube, die beiden wird man eines Tages zusammen beerdigen. Er hängt einfach an der Karre.«

Rebecca hatte sich ihm zugewandt, während er redete.

»Na ja«, sagte sie. »Manche Leute schreiben ihren Habseligkeiten eben menschliche Eigenschaften zu und tun sich schwer damit, sich von ihnen zu trennen.«

Er nickte kaum merklich, erwiderte jedoch nichts.

Rebecca überlegte krampfhaft, was sie sonst noch sagen könnte.

»Du lebst in einer sehr schönen Gegend«, bemerkte sie. Kenzie löste den Blick für einen Moment von der Fahrbahn und sah sie an. »Dein Vater hat mir erlaubt, dem neuen Lämmchen einen Namen zu geben.«

Sofort kam sie sich wegen der Bemerkung töricht vor. Wieder sah Kenzie sie an und zog die kupferroten Augenbrauen hoch. »Und wie hast du es genannt?«

»Lola.«

Der junge Mann lächelte, und Rebecca bemerkte, wie sich das strahlende Weiß seiner Zähne von dem rötlichen Bartschatten abhob.

Im Handschuhfach begann ein Telefon zu klingeln.

Kenzie streckte den Arm aus, um es zu öffnen, wobei er Rebeccas Knie streifte.

»Entschuldigung«, sagte er.

Das habe ich schon in so vielen Filmen gesehen, dachte sie und konnte sich das Lachen kaum verbeißen.

Kenzie fand das Handy, nahm es heraus und streifte dabei erneut ihr Knie. Rebecca war gezwungen, die Beine zu öffnen, damit er genug Platz hatte. Die Berührung mit ihrer weichen, gebräunten Haut veranlasste Kenzie dazu, sich vorzustellen, wie er die Hand in diese Lücke zwischen ihren Oberschenkeln gleiten ließ. Sie war ihm so nah, dass das eintätowierte rote Teufelchen auf seinem Arm ihn förmlich anschrie, den Nissan am Straßenrand zu parken und sie zu verführen. Das Mädchen besaß eine süße, zarte Weiblichkeit, auf die sein Körper allein schon durch ihre Nähe reagierte.

Er schüttelte seine Empfindungen ab und sagte noch einmal: »Entschuldigung.«

»Macht nichts«, sagte sie und spürte, wie sie bei seiner Berührung ein Schauer überlief.

Sie hörte ihn auf Gälisch sprechen und kam zu dem Schluss, dass seine Schwester am Apparat war.

Kurz darauf reichte er ihr das Telefon, ohne den Blick von der Fahrbahn zu wenden. »Sophie möchte mit dir sprechen.«

Rebecca nahm ihm das Handy ab und teilte ihrer neuen Freundin mit, dass sie und Berta weder heute Abend noch am folgenden Tag zum Festival in Culloden mitkommen konnten. Dann reichte sie das Telefon wieder seinem Besitzer. Sie fühlte sich schlecht. Sophie hatte sich über die plötzliche Planänderung sehr enttäuscht angehört.

Rebecca lächelte dankbar, als der Nissan vor Mrs Munros kleinem Steinhaus hielt.

»Noch mal danke fürs Nach-Hause-Bringen.«

»Keine Ursache.«

»Tschüss.«

»*Tioraidh*«, erwiderte er.

»*Tio… Tioraidh.*« Rebecca hatte einige Mühe, das Wort auszusprechen.

»Hm, das hast du aber schnell gelernt«, murmelte er.

Rebecca lächelte noch einmal, und bevor sie ausstieg, sah sie ihm in die Augen. Sie waren gar nicht braun, wie sie am Vorabend gedacht hatte, sondern dunkelblau wie die seines Vaters.

Sie schlug die Tür zu und sah im gleichen Augenblick Mrs Munro, die auf den Wagen zueilte.

»Kenzie! Kenzie, mein Junge! Warte!«

Kenzie sah die Frau im Rückspiegel und ließ die Scheibe herunter. Rebecca blieb einen Augenblick im Garten stehen und horchte, was ihre Vermieterin sagte.

»Hör zu, mein Lieber, mein alter Fiat springt nicht mehr an. Könntest du ihn dir mal ansehen?«

Auf dem Weg zur Eingangstür konnte Rebecca Kenzies Antwort nicht verstehen. Sie betrat das Haus und lugte hinter dem Vorhang durch die gläserne Eingangstür, bis er wegfuhr.

»Wem spionierst du denn da wieder nach?«, wollte Berta wissen, die aus der Küche gekommen war, als sie die Eingangstür gehört hatte. In der Hand hielt sie eine Tasse mit Suppe, die Mrs Munro ihr zubereitet hatte.

Rebecca sah zu ihr hinüber. »Sophies Bruder.«

»Ist er da draußen?«

»Nein, er ist weggefahren. Er hat mich nach Hause gebracht.«

»Schon wieder?«

Während des restlichen Nachmittags hatte Rebecca ausreichend Zeit, Berta alles zu erzählen. Beim Sprechen war ihr seltsam zumute. In einem Moment überkam sie eine überschäumende Euphorie, im nächsten fühlte sie sich völlig mutlos. Sie konnte sich keinen Reim auf diese Gefühle machen, aber abschütteln konnte sie sie auch nicht. Sicher war nur, dass diese Verwirrung dann einsetzte, wenn sie an Kenzie dachte. Es war schön und deprimierend zugleich. Schön, weil die Gefühle neu, unbekannt und aufregend waren. Deprimierend, weil sie ihnen nicht freien Lauf lassen konnte.

Noch ehe der Nachmittag zu Ende ging, klingelte ihr Telefon. Es war Mario. Sie hatte ganz vergessen, dass er versprochen hatte zurückzurufen, und freute sich, dass er daran gedacht hatte. Endlich würden sie miteinander reden können. Bestimmt würde die Stimme ihres Verlobten die Gefühle verscheuchen, die ihr allmählich Sorge bereiteten. Sie wollte ihm sagen, dass sie ihn vermisste, und vor allem wollte sie hören, wie er es zu ihr sagte.

Sie wollte etwas empfinden.

Aber sie empfand gar nichts.

Mario erzählte von ein paar Verhandlungen, die die Kanzleimitarbeiter auf Trab hielten. Er redete und redete und machte dazwischen immer wieder kleine Pausen, um sich zu vergewissern, dass sie noch zuhörte.

Zwischendurch gab Rebecca kurze Kommentare von sich wie: »Aha… tatsächlich? Das ist ja toll…« Aber nichts von dem, was gesprochen wurde, löste in ihr den Wunsch aus, zu ihm zurückzukehren.

Mario verabschiedete sich mit einem einfachen: »Bis dann, Süße«, und Rebecca wartete kurz, bevor sie auflegte, in der Hoffnung, er würde noch etwas hinzufügen. Aber er tat es nicht, und die Verbindung wurde unterbrochen.

Sie beherrschte sich, konnte jedoch nicht verhindern, dass ihr die Gefühle auf den Magen schlugen. Die Erinnerung an Kenzie und Mary am Fluss beschäftigte sie. Die Leidenschaft, mit der sich die beiden geküsst hatten, erstaunte sie umso mehr, als er behauptet hatte, es habe keinerlei Bedeutung gehabt. Ihre Haut glühte. Aber es war nicht nur die Szene am Fluss. Wo sie auch hinging, ständig stieß sie auf eine Art Liebe, die ganz anders geartet war als das, was sie mit Mario erlebte. Manchmal raubte es ihr den Atem, wenn sie sah, wie Lola und Rory miteinander umgingen oder wie Berta von Albert sprach. Die aufrichtige Liebe, die sich in ihrem Gesicht spiegelte, wenn sie von ihm sprach, faszinierte Rebecca. Und dann die Geschichte von William und seiner Frau. Ein Mann, der am Verlust der

Liebe zerbrochen war. Wieso war sie nicht in der Lage, so stark für Mario zu empfinden?

Weil du ihn nicht liebst, flüsterte eine leise, schüchterne Stimme in ihrem Innern.

Bevor es dunkel wurde, wollte Berta ein wenig frische Luft schnappen. Die beiden Freundinnen gingen am Flussufer spazieren und sogen gierig die frische, feuchte Luft ein. Die Wolken am Himmel hatten sich rosa verfärbt, als wollten sie sich in dieser Aufmachung vom Tag verabschieden und die Nacht willkommen heißen. Rebecca beobachtete sie neugierig, etwas, was ihr hier langsam zur Gewohnheit wurde.

»Sag mal, Berta, vermisst du Albert?«

Das Gesicht ihrer Freundin rührte sie.

»Ich denke andauernd an ihn. Ich weiß ja, wann er anfängt zu lernen und wann er eine Kaffeepause einlegt. Ich weiß, wie er immer dasitzt, wenn er einen Test schreibt, und wie er dabei auf dem Kugelschreiber herumkaut. Er klemmt ihn dann zwischen die Zähne und dreht ihn. Alle seine Kulis haben die gleichen Bissspuren, dabei merkt er nicht mal, dass er das macht.« Berta seufzte leicht. »Ja, ich vermisse ihn, aber ich bereue es nicht, dass ich mit euch hierhergekommen bin. Er ist eben ruhiger, und diese Gegensätze sind wichtig für uns beide.«

Die Luft, die vom Fluss heraufwehte, war kühl und feucht, und Berta wickelte sich die Wolljacke enger um den Körper, dann fügte sie hinzu: »Du vermisst Mario doch auch, oder? Schließlich seid ihr ja sonst immer zusammen.«

»Ja, natürlich.« Rebecca hätte auch gern etwas so Schönes über Mario gesagt wie Berta über Albert, aber ihr fiel einfach nichts ein. Sie schwieg einen Augenblick, dann sagte sie: »Ist dir das auch schon mal passiert, dass du dich wie ein ganz anderer Mensch gefühlt hast, sobald du nur weit genug weg von deiner normalen Umgebung warst?«

»Darüber habe ich noch nie nachgedacht, ehrlich gesagt. Geht es dir denn so?«

»Manchmal. Immer, wenn ich im Sommer in London war. Ich habe mich dann anders gefühlt, ich weiß nicht, es war nur so ein Gefühl. Hier ist es genauso.«

»Na ja, mir ist aufgefallen, dass du dich anders anziehst. Du versuchst nicht mehr, deinen Körper unter weiten Sachen zu verbergen.«

»Mario mag es nicht, wenn ich zu viel Figur zeige.«

»Und du? Ziehst du dich denn gerne so an?« Rebecca zuckte mit den Schultern, und Berta sagte: »Ich glaube, Mario weiß gar nicht zu schätzen, was er an dir hat.«

»Also, hier möchte ich mich einfach anziehen, wie es mir gefällt.« Rebecca grinste schelmisch, und in vertraulichem Ton sagte sie: »Ich habe vor der Abreise ein paar Klamotten gekauft, und ich habe fest vor, sie alle anzuziehen.«

»Dafür bin ich auch. Du siehst toll aus, Rebecca, lass dir von niemandem etwas anderes einreden.«

KAPITEL 14

Linksverkehr

Frühmorgens warf sich Rebecca unruhig im Bett hin und her. Sie war in einem wirren Traum gefangen, in dem eine ganze Dudelsackkompanie sie umringte und ihr mit ihrem ohrenbetäubenden Lärm zusetzte, während sie am Boden lag und sich die Ohren zuhielt. Doch nicht einmal das half, um die gewaltige Intensität der Instrumente zu dämpfen, und sie glaubte, ihr Kopf müsse jeden Moment platzen. Daher hörte sie weder die Türklingel noch Berta, die eindringlich ihren Namen rief.

»Rebecca!«

Als sie endlich aufwachte, kostete es sie einige Sekunden, um sich zurechtzufinden. »Was ist los?«

»Da ist jemand an der Tür.«

»Ja und? Ich will noch ein bisschen weiterschlafen ...«, sagte Rebecca und zog sich das Kissen über den Kopf, als würden die Dudelsäcke immer noch ihr Trommelfell perforieren.

»Mach schon auf. Wer auch immer das ist, dein Englisch ist besser als meins.«

Wieder klingelte es.

»Aber wer kann das denn sein? Um diese Uhrzeit?«, seufzte Rebecca und stand missmutig auf.

Im Schlafanzug und mit zerzaustem Haar verließ sie das Zimmer und kniff wegen des Lichtes im Wohnzimmer die Augen zusammen. Bevor sie die Tür aufmachte, schaute sie aus dem Fenster. Draußen stand Sophie. Rebecca öffnete, ohne noch mehr Zeit zu verlieren.

Das Mädchen entschuldigte sich, sie so früh aus dem Bett gescheucht zu haben. Ihr Bruder schaute sich Mrs Munros Auto an, bevor er zur Arbeit fuhr, und Sophie hatte die Gelegenheit genutzt, um bei den beiden vorbeizuschauen und nachzusehen, wie es Berta ging. Rebecca bat sie herein. Bevor sie die Tür schloss, reckte sie den Hals und erblickte Kenzies blauen Nissan, der vor Mrs Munros Haus parkte.

Berta tauchte im Wohnzimmer auf, unterdrückte ein Gähnen und setzte sich die Brille auf. »Hallo, Sophie«, grüßte sie.

»Ah, Berta, wie geht es dir?«

»Besser, glaube ich. Zumindest habe ich kein Fieber mehr.«

»Das ist ja eine gute Nachricht. Dann fahrt ihr heute Nachmittag mit nach Culloden, ja?«

Der Vorschlag weckte Bertas Lebensgeister, als hätte man den entsprechenden Knopf gedrückt. Endlich würde sie hier mal was unternehmen können.

»Ich glaube, ich bin jetzt sehr wohl in der Verfassung, ein bisschen was von der Welt zu sehen. Wenn ich hier weiter festsitze, drehe ich noch durch.«

»Super«, sagte Sophie und machte vor Freude einen kleinen Luftsprung. »Dann holen wir euch um drei ab, okay?«

»In Ordnung«, erwiderte Berta.

»Gut, dann schlaft noch ein bisschen, wenn ihr wollt. Ich verschwinde jetzt. Kenzie wird nicht lange brauchen bei Mrs Munro, an ihrem Wagen sind immer nur Kleinigkeiten zu reparieren.«

Sophie verabschiedete sich und ging. Berta und Rebecca wechselten einen Blick und schossen dann gleichzeitig zur Glastür. Rebecca erreichte sie als Erste, denn Bertas Muskeln waren vom Liegen noch ein wenig steif.

»Komm schon, lass mich schauen«, bettelte sie.

»Man sieht nur sein Auto. Sophie ist eingestiegen.«

»Ich weiß … Lolas Zimmer! Von ihrem Fenster aus kann man Mrs Munros Haus sehen.«

Die beiden stürmten in das Zimmer ihrer Freundin. Berta zog den Vorhang gerade so weit zur Seite, dass sie den Hof vor dem Haus ihrer Vermieterin im Blick hatte.

Kenzie beugte sich gerade über den Motor des kleinen Wagens. Das Einzige, was man von ihm sah, waren sein schwarzes Hemd und ein Stück seiner Jeans.

»Verdammt, ich kann ihn nicht richtig sehen«, beschwerte sich Berta.

Kenzie richtete sich auf, wischte sich die Hände an einem schmutzigen Lappen ab und ging zum Geländewagen, um etwas zu suchen. Jetzt konnte Berta ihn sehen.

»Er hat ja gar keinen Schottenrock an!«

Rebecca grinste sie spöttisch an. »Ach nein?«

»Ich hatte ihn mir eben so vorgestellt.«

»Ach so.«

»Also …« Berta blickte wieder zu ihm hinüber. »Von hier aus wirkt er sehr attraktiv … und überhaupt nicht wild, ihr habt ganz schön übertrieben. Er sieht eher aus wie ein Biker. Seine Haare gefallen mir.«

»Ich glaube, wir sollten lieber nicht mit nach Culloden fahren«, sinnierte Rebecca.

»Wieso!?« Beinahe hätte Berta geschrien.

»Ich weiß nicht … es war ja wirklich nett von Sophie, uns einzuladen, aber ich bin mir nicht ganz sicher, ob ihr Bruder genauso glücklich darüber ist wie sie. Er ist ein bisschen reserviert.«

»Gut aussehend und noch dazu geheimnisvoll. Nach dem, was du erzählt hattest, dachte ich, er wäre nett.«

»Ist er auch. Als wir getanzt haben, hat er sogar gesagt, ich hätte schöne Augen.«

»Ein Charmeur ist er also auch noch«, meinte Berta. »Fakt ist, ich bin hier seit zwei Tagen eingesperrt. Das ist kein Urlaub, das ist Folter. Entweder fahren wir bei den beiden mit, oder wir mieten uns ein Auto. Du hast die Wahl.«

Rebecca verdrehte die Augen. »Na komm, gehen wir frühstücken.«

Nach ein paar Toasts und einer Tasse Tee machten die Mädchen ein bisschen sauber und öffneten die Fenster, um durchzulüften, was nach den zwei Tagen Abgeschlossenheit wegen Bertas Erkältung bitter nötig war. Sie wuschen die schmutzige Wäsche und hängten sie im Garten hinter dem Haus auf. Zu ihrer Überraschung schien die Sonne. Es war der erste wolkenlose Tag seit ihrer Ankunft.

Vor dem Essen rief Rebecca ihren Vater an.

»Wie geht's, meine Kleine? Wie behandeln dich die Schotten? Du wirst dir doch nicht etwa diesen hässlichen Akzent angewöhnen?«

»Nein, Papa. Wie sieht es denn bei euch aus?«

»Deine Mutter ist ziemlich beschäftigt mit den Einladungen und mit Inès, die sie jeden Tag anbettelt, ihr diese bunten Bänder ins Haar zu flechten. Und Enric ist wieder zur Arbeit erschienen. Es scheint ihm gut zu gehen, mach dir also keine Sorgen.«

»Ich rufe ihn an.«

»Ja, tu das, er wird sich freuen, von dir zu hören, auch wenn deine Abreise kaum eine Woche her ist.«

»Mir kommt es wie eine Ewigkeit vor.«

»Hast du denn keinen Spaß, mein Schatz?«

»Doch, doch, hier ist nur alles ganz anders. Heute ist zum ersten Mal die Sonne rausgekommen.«

»Ich kann es mir vorstellen. Aber man muss lernen, alle Dinge auf der Welt zu schätzen, Liebes.«

»Das stimmt. Also dann, Papa, gib allen einen Kuss von mir.«

»Pass auf dich auf, meine Kleine.«

Sie aßen im Garten zu Mittag und genossen die Sonne, die endlich den Wolken entflohen war. Rebecca brachte kaum einen Bissen herunter. Sie war nervös wegen des geplanten Ausflugs. Sie hatte zwar Lust darauf, aber gleichzeitig war ihr beklommen zumute bei der Aussicht auf das Wiedersehen mit Kenzie und auf all die Gefühle, bei denen sie sich schuldig fühlte. Sie hatte zwar nichts getan, aber allein schon die Art und Weise, wie sie an ihn dachte, und das Kribbeln, das sie beim Tanz mit ihm gespürt hatte, und im Auto, als er mit der Hand ihr Knie streifte, all das verursachte ihr Schuldgefühle.

Sie dachte an Mario, sein stets makelloses Äußeres, seine Markenkleidung, sein zurückgegeltes Haar, seine schlanken Hände und seine etwas arrogante Art, mit anderen Menschen umzugehen. Es machte Rebecca nichts aus, wenn er sie so behandelte. Es gehörte zu dem, was sie als seine Überlegenheit ansah. Ihre Mutter war genauso. Das Einzige, was sie wirklich ärgerte, war die Tatsache, dass er ihren Bruder wie einen Dummkopf behandelte, nur weil Enric in der Kanzlei noch nicht so viel Erfahrung gesammelt hatte.

Im Stillen verglich sie ihren Verlobten mit Kenzie. Du lieber Himmel, sie waren so unterschiedlich wie Tag und Nacht! Auch wenn sie nicht genau wusste, welchem der beiden sie den Tag und wem die Nacht zuordnen sollte. Die beiden waren so verschieden, als würden sie zwei verschiedenen Gattungen angehören.

Berta riss sie aus ihren Betrachtungen. »Erde an Rebecca!«

»Was?«

»Süße, warst du gerade auf dem Mars, oder was?«

»Ich war nur in Gedanken.«

»Na, dann denk nicht so viel und lass uns lieber das Geschirr spülen. Wir werden bald abgeholt.«

Wieder geriet Rebecca innerlich in Aufruhr und beeilte sich, die Küche aufzuräumen. Außerdem holten sie die im Garten aufgehängte Wäsche herein. Sie war noch feucht, weshalb die Mädchen beschlossen, sie im Haus auf dem Wäscheständer zu lassen, denn sie waren sich nicht ganz sicher, ob die Sonne ihren Sieg über die Wolken den ganzen Tag über behaupten würde.

Sie zogen bequeme Sachen an, Jeans und ein T-Shirt, holten ihre Jacken und setzten sich die verbleibende Viertelstunde auf das Sofa.

Auf die Minute genau zur verabredeten Zeit hörten sie ein Fahrzeug die Auffahrt heraufkommen.

Rebecca sprang auf. »Das sind sie.«

Sophie wartete draußen vor dem Auto auf sie. Sie trug ihren langen karierten Rock, dazu die weiße Bluse mit der Weste, und hatte sich das Haar zu zwei Zöpfen geflochten, mit denen sie wie ein Kind ausgesehen hätte, wäre da nicht ihre Figur gewesen.

Berta öffnete die hintere Tür des Geländewagens und stieg ein. Rebecca wollte sich ebenfalls auf den Rücksitz mogeln, aber Sophie war schneller. Sie zwinkerte Rebecca schelmisch zu, der nichts anderes übrig blieb, als sich nach vorne neben Kenzie zu setzen.

»Na toll«, dachte sie.

Kenzie trug ebenfalls seine traditionelle Kleidung, wenngleich das ärmellose schwarze Hemd und die Tattoos nicht gerade das waren, was Rebecca unter authentischer Folklore verstand. Der junge Mann murmelte einen kaum hörbaren Gruß, und unwillkürlich fielen ihr wieder seine Tätowierungen auf.

Sie bogen auf die Hauptstraße ab und verließen das

Dorf über die A862 in östlicher Richtung. Es war dieselbe Straße, über die sie eine Woche zuvor nach Beauly gekommen waren.

Sophie und Berta unterhielten sich hinten die ganze Zeit. Sophie war besonders belustigt davon, wie unbeholfen sich ihre Freundin im Englischen ausdrückte. Sie selbst sprach ganz langsam und wiederholte die Sätze bereitwillig, damit Berta sie verstand.

Kenzie hingegen sagte gar nichts. Obwohl es hier kaum Verkehr gab, schien er sich ganz auf die Fahrbahn zu konzentrieren.

»Ich könnte mich wahrscheinlich nie daran gewöhnen, auf der linken Seite zu fahren«, sagte Rebecca, um das Eis zu brechen.

Kenzie blickte sie sekundenlang an. »Hast du denn einen Führerschein?«, fragte er.

»Ja«, erwiderte Rebecca, erleichtert, dass sie endlich ein Gespräch führten.

»Möchtest du es mal probieren?«, schlug er vor. Seine Lippen verzogen sich zu einem verschmitzten Grinsen.

Reflexartig legte Rebecca ihre Hand auf die Brust. »Nein, ich könnte nicht …«

Kenzie setzte den Blinker und ging vom Gas. Rebecca war wie erstarrt. Nach wenigen Sekunden kam der Wagen am Straßenrand zum Stehen. Kenzie sprang hinaus, ging vorne um den Wagen herum und öffnete die Beifahrertür.

»Versuch es«, sagte er.

Sophie und Berta, die von dem Gespräch der beiden nichts mitbekommen hatten, unterbrachen ihre angeregte Unterhaltung.

»Das ist keine so gute Idee«, sagte Rebecca.

»Was ist keine so gute Idee?«, wollte Sophie wissen, aber sie bekam keine Antwort.

»Es ist ganz leicht«, ermunterte Kenzie Rebecca. »Na los, ich bin ja dabei.«

»Der hier«, sagte Rebecca und machte eine Geste, die den Geländewagen einschloss, »ist ganz schön groß und die Fahrbahn sehr schmal …«

»Ich passe schon auf, dass du nirgends anstößt …«, beharrte Kenzie.

Rebecca gab nach, mehr aus Gewohnheit, als weil sie Lust hatte, einen so großen Wagen zu fahren, noch dazu links.

Sie rutschte auf den Fahrersitz hinüber. Er war noch warm von Kenzies Körper, und eine leichte Erregung erfasste sie, die sie aber gleich wieder unter Kontrolle brachte.

Kenzie setzte sich auf ihren Platz und schloss die Beifahrertür.

»Der Wagen funktioniert wie jeder andere«, sagte er. »Es ist eine Handschaltung.«

Rebecca nickte.

»Na los«, ermunterte Berta sie. »Du bist eine gute Fahrerin.«

»Kommt bald ein Kreisverkehr?«, fragte Rebecca.

»Nein, vorerst nicht.«

»Also gut.« Sie löste die Handbremse, legte den ersten Gang ein und fädelte sich auf die Straße ein.

Die erste Minute sagte niemand etwas. Sie fühlte sich wie eine Fahrschülerin oder noch schlimmer.

»Du machst das ganz gut«, bemerkte Kenzie.

»Ja, nicht schlecht, dafür, dass sie erst hundert Meter fährt und das im dritten Gang«, sagte Sophie und unterdrückte ein Lachen.

»Fahr mal schneller«, sagte Kenzie.

»Ist es nicht gut so?«

»Ich habe kein Problem damit, aber ich glaube nicht, dass der Fahrer, der gerade hinter dir her kriechen muss, das genauso sieht.«

Rebecca sah ihn im Rückspiegel und wurde noch nervöser.

»Keine Sorge, nach dieser Kurve wird er dich überholen.«

Tatsächlich rauschte der Wagen kurz darauf an ihr vorbei, und Rebecca musste den gereizten Blick des anderen Fahrers ertragen, der glücklicherweise sofort wieder aus ihrem Blickfeld verschwand.

»Fahr entweder langsamer oder schalte in einen anderen Gang. Ich würde vorschlagen, du legst einen höheren Gang ein. Du fährst über der Drehzahl. Hörst du nicht, wie der Motor jault?«

Rebecca wechselte den Gang, und der Motor beruhigte sich. »Oh Gott! Da kommt ein Lastwagen.«

»Ganz ruhig, es ist reichlich Platz für euch beide.«

Mit aller Kraft umklammerte Rebecca das Lenkrad und beherrschte den Drang, auf die andere Spur zu wechseln, wie es ihr Unterbewusstsein befahl. Als das große Fahrzeug auf gleicher Höhe mit ihr war, schloss sie für eine Sekunde die Augen und wich so weit zur Seite aus, dass sie beinahe von der Fahrbahn abgekommen wäre.

Kenzie rief etwas Unverständliches, streckte rasch die rechte Hand aus und hielt entschlossen das Lenkrad fest. Rebecca bremste und brachte den Wagen am Straßenrand zum Stehen.

»Hast du etwa die Augen zugemacht?«, fragte er und kniff dabei selbst die Augen zusammen, was seinen Blick noch durchdringender wirken ließ.

»Nein …«, stotterte Rebecca.

»Doch, du hast die Augen zugemacht …«, beharrte er.

»Ich habe dir ja gesagt, dass das keine gute Idee ist …«

»Ja, allerdings.«

»Ich … es tut mir wirklich leid …«

»Komm, schimpf nicht mit ihr«, meinte seine Schwester vorwurfsvoll. »Es ist deine Schuld, du hast sie dazu gedrängt.«

Kenzie sprang aus dem Wagen, und als er ihn erneut umrundet hatte, saß Rebecca bereits wieder auf ihrem Platz.

Während der restlichen Fahrt bemühte sich Sophie, Rebecca in ihr Gespräch mit Berta einzubeziehen, da ihr Bruder beschlossen hatte, kein Wort mehr zu sagen.

Sie nahmen die A9, überquerten die Kessock Bridge in Richtung Süden und verließen die Autobahn wenige Minuten später, um sich auf der Landstraße nach Culloden einzufädeln, die am gleichnamigen Dorf vorbei bis zu dem Kriegsschauplatz führte. Es war eine wenig befahrene Landstraße, an der zu beiden Seiten etliche Wohnhäuser standen. Nach und nach wurden die Häuser spärlicher und verschwanden dann ganz. Jetzt gab es nur noch Felder und weite Hochebenen am Horizont.

Ein braun-weißes Schild zeigte ihnen an, dass sie das Ziel erreicht hatten. *Àrach Blàr Cùid Lodair* stand darauf und darunter: *Culloden Battlefield.* Zwei große schottische Flaggen auf hohen Masten flankierten den Eingang.

KAPITEL 15

Kriegsgetrommel

Kenzie parkte den Geländewagen auf einem großen Parkplatz, auf dem Autos und Busse dicht an dicht standen.

Sie gingen zum Besucherzentrum, damit Berta und Rebecca ihre Eintrittskarten kaufen konnten, und erhaschten einen Blick auf das Veranstaltungsgebäude. Das Mädchen am Schalter empfing sie mit einem breiten Lächeln, das im Grunde ausschließlich dem männlichen Gruppenmitglied galt. Unter dem starken Make-up ließ sich ein hübsches Mädchen mit hellem Haar und blauen Augen erahnen. Kenzie nickte ihr zur Begrüßung knapp zu.

»Hi, Sara, wie geht's?«, erkundigte er sich.

»Eigentlich hatte ich gehofft, du würdest mich anrufen«, antwortete das Mädchen heiter.

Kenzie lächelte ausweichend.

Erst jetzt bemerkte sie die beiden neuen Begleiterinnen.

»Ich wünschte, ich könnte hier raus und euch spielen hören, aber heute ist zu viel los.«

»Ein andermal vielleicht«, sagte Kenzie.

»Ich werde mich wohl damit begnügen, euch von hier aus zuzuhören.«

Sophie und Kenzie zogen sofort die Aufmerksamkeit der Besucher auf sich, und einer war sogar so mutig, um ein Foto zu bitten. Den beiden war bewusst, dass die Touristen sie interessant fanden, und zeigten sich entgegenkommend.

Bevor die übrigen Bandmitglieder aus Inverness ankamen, hatten die Mädchen Zeit, sich im Veranstaltungsgebäude umzusehen. Auf den Infotafeln konnte man nachlesen, wie es zu dem Krieg gekommen war, wer die beteiligten Parteien gewesen waren und wie die Truppenaufstellung gewesen war. Da die Infotafeln keine bestimmte Reihenfolge hatten, schlenderten sie einfach ziellos umher. Kenzie musste schließlich Ordnung in das Chaos bringen, das in ihren Köpfen entstanden war über das Königshaus Hannover, Bonnie Prince Charlie und den Clanverbund der Highlander, die auf der Seite der Jakobiten gekämpft hatten.

»Bonnie Prince Charlie«, erzählte Kenzie, »war der Spitzname von Prinz Charles Edward Stuart, dem Sohn von Jakob III., dem rechtmäßigen Anwärter auf den englischen Thron. Die Jakobiten waren zum größten Teil Schotten aus den Highland-Clans, und ihr Ziel bestand darin, wieder einen Katholiken aus dem Geschlecht der Stuarts auf den Thron zu bringen. Auf der anderen Seite stand die königliche Armee unter dem Befehl des Herzogs von Cumberland, eines Sohnes von Georg II. und Spross des Hauses Hannover. Hier auf der Hochebene von Culloden fand die letzte Schlacht statt, die den Aufstand der Jakobiten beenden sollte.«

Kenzie ging zu einer großen interaktiven Tafel, die die Aufstellung der beiden Heere zeigte.

»Die Jakobiten kamen drei Tage vor der Schlacht in Culloden an. Sie hatten einen langen Marsch mit ihren Clanchefs hinter sich und waren müde und ausgehungert, weil ihnen der Proviant knapp geworden war. Sie verbrachten mehrere Nächte im Freien und schliefen auf dem Boden, der im April noch kalt und feucht war. Die meisten hatten nur primitive Waffen: Schwerter, Äxte, Schilde …«

Ein älteres Paar blieb stehen und hörte zu. Man merkte Kenzie an, dass er sich auskannte, sodass die Leute ihn bald für einen Angestellten des Kulturzentrums hielten. Seine Stimme war ruhig, doch voller Emotion, die Tonlage tief und weich mit der für diesen Teil Schottlands typischen Sprachmelodie. Er sprach halblaut, nur für seine Begleiterinnen, trotzdem sammelten sich nach und nach immer mehr Touristen um ihn herum.

»Am Morgen der Konfrontation«, redete er weiter, »waren die Jakobiten ausgelaugt. Es handelte sich außerdem nicht um eine ausgebildete Armee. Jeder befolgte nur die Befehle seines Clanchefs, und die Männer ließen sich schwer koordinieren. Das Heer der englischen Regierung bestand dagegen aus erfahrenen Soldaten, die gerade erst aus dem Krieg auf dem Kontinent gekommen waren. Sie waren gut ausgerüstet und litten keinen Mangel an Lebensmitteln. Am Abend vor der Schlacht hatte man ihnen sogar eigens ein Bankett ausgerichtet, um den Geburtstag des Herzogs zu feiern.«

Kenzie zeigte auf dem Modell, wo die Clans, Prinz Charles und der Herzog von Cumberland mit seinen Truppen gelegen hatten.

»Der Morgen des 16. April 1746 war kalt und regnerisch. Im Morgengrauen brach das englische Heer seine Zelte ab. Die Soldaten hatten eine Nacht darin geschlafen, reichlich gegessen und sogar ein wenig Brandy getrunken. Bei der Ankunft in Culloden stellten sie sich in Reih und Glied auf. Ihre Truppenstärke betrug insgesamt achttausend Mann, aufseiten der Jakobiten waren es kaum fünftausend.«

»Ich habe gehört, dass viele Soldaten aus dem englischen Heer Schotten aus den Tiefebenen waren«, sagte ein Mann mit französischem Akzent.

»Das stimmt«, bestätigte Kenzie. »Man weiß sogar von Brüdern, die auf verschiedenen Seiten kämpften.«

»Wie schrecklich«, murmelte jemand.

Kenzie wartete, bis das Raunen sich gelegt hatte, dann sprach er weiter.

»Die Armeen standen sich gegenüber, zwischen ihnen dreihundert Meter schlammige Hochebene, ein echtes Problem beim Angriff, aber für die Highlander eigentlich ein Heimspiel. Dennoch stand der Wind schlecht für sie, und der starke Hagel machte es den Jakobiten fast unmöglich, die Schlacht zu gewinnen.«

Kenzie hielt kurz inne, um Luft zu holen. Die Spannung, die sein Vortrag erzeugte, schien ihm nichts auszumachen.

»Als Erstes kam die Artillerie: zwanzig endlose Minuten im Kanonenfeuer. Die meisten Verluste erlitten die Jakobiten in diesen ersten Minuten. Der Wind trieb den Geschütznebel zu ihnen hinüber und machte sie blind und orientierungslos. In dieses allgemeine Chaos hinein hagelte es auf einmal Bleikugeln. Die Artillerie der Jakobiten war praktisch nicht mehr vorhanden, sie hatten nur noch zwei Kanonen. Es blieb ihnen nur noch der Angriff, obwohl viele schon fallen sollten, ehe die Schlacht überhaupt begann.«

Die Menschenmenge, die sich um Kenzie gebildet hatte, um seinen Ausführungen zu folgen, hielt den Atem an und wartete gespannt auf den Ausgang der Geschichte. Viele wussten zwar, dass hier eine Schlacht stattgefunden hatte, aber die wenigsten kannten die Einzelheiten. Das Echo einer nicht allzu fernen Vergangenheit warf einen dünnen, durchsichtigen Schleier über die Worte des Schotten und entführte die Menschen aus der Gegenwart über zweihundert Jahre zurück in die Vergangenheit.

»Was ist dann passiert?«, drängelte eine Frau mit orientalischen Gesichtszügen, die mit starkem Akzent sprach.

Kenzie deutete wieder auf die Tafel.

»Einer Gruppe von Schotten gelang es, die erste Reihe des englischen Heeres zu durchbrechen. Dieses hatte sich von dem ohrenbetäubenden Gebrüll der heranstürmenden Highlander, die ihre Schwerter und Äxte über den Köpfen schwangen, überrumpeln lassen. Der schottische Angriff war bei den englischen Truppen gefürchtet. Doch bald waren die nur mehr sechshundert Mann zwischen der ersten und der zweiten Linie der Rotröcke eingesperrt«, erklärte Kenzie und zeichnete die Bewegung auf der Tafel nach. »Schon nach wenigen Minuten waren sie praktisch vernichtet, und in nicht einmal einer Stunde war der Kampf vorbei. Wer nicht dem Kanonenfeuer zum Opfer fiel, starb im Hagel der Schrotkugeln, der Rest wurde von den Musketen dahingerafft. Mehr als eintausendzweihundert Jakobiten fielen, ebenso viele wurden verwundet, und mehr als dreihundert gerieten in Gefangenschaft. Ein englischer Augenzeuge schrieb später: ›Die Hochebene war blutgetränkt, und unsere blutverschmierten, in Blut watenden Männer erinnerten eher an Metzger als an christliche Soldaten.‹«

In der Touristengruppe war bestürztes Gemurmel zu vernehmen. Rebecca konnte die Augen nicht von Kenzie abwenden, und Berta hörte aufmerksam zu, um nicht das kleinste Detail zu verpassen.

»Den Verwundeten machte man mit dem Bajonett den Garaus, den Flüchtigen setzte die königliche Kavallerie nach, die jeden tötete, der sich ihnen in den Weg stellte, selbst jene, die nicht kämpften. Viele der Gefangenen wurden standrechtlich erschossen, andere an den Holzbalken der Alten Kirche von Inverness aufgehängt, ausgeweidet und gevierteilt. Wieder andere schickte man in die Kolonien. Es war die letzte Schlacht auf britischem Boden, aber es war auch das Ende eines Lebensstils, das Ende des Clansystems. Mit dem Entwaffnungsgesetz wurden der Tartan, der Kilt, der Dudelsack und unsere Sprache verboten. Die Grausamkeit von Cumberland, der seither den Beinamen »der Schlächter« trägt, und seinen Truppen war so enorm, dass bis zum heutigen Tag kein Heer den Sieg von Culloden für sich in Anspruch genommen hat.«

Kenzies kleine Geschichtsstunde war beendet. Allmählich zerstreuten sich die Menschen unter Gemurmel und Bemerkungen darüber, wie grausam doch der Krieg sein kann. Berta und Rebecca waren ziemlich mitgenommen von dem, was sie gehört hatten, zweifellos einem wichtigen Abschnitt der schottischen Geschichte, ohne den sich das Lebensgefühl eines ganzen Volkes kaum verstehen ließ.

»Du warst ein eindrucksvoller Erzähler«, sagte Berta.

»Es war schrecklich«, meinte Rebecca mit verzerrtem Gesicht, als wäre sie von der blutigen Hochebene noch nicht wieder zurückgekehrt.

»Ich bin durchaus offen für Kritik«, erwiderte Kenzie.

»Nein, ich habe natürlich nicht dich gemeint, ich meinte …«

»Schon klar«, unterbrach er sie belustigt.

Rebecca wollte zuerst etwas sagen, ließ sich aber von seiner spöttischen Miene anstecken und grinste nur.

Sie gingen nach draußen. Vor ihnen erstreckte sich der Schauplatz jener blutigen Schlacht. Rebeccas und Bertas Stimmung war nicht mehr wie eine Stunde zuvor, als sie hier angelangt waren. Kenzies Worte wirkten in ihnen nach, und über ihren Köpfen glaubten sie immer noch den Kanonendonner zu hören. Schweigend schritten sie zum Zentrum des Geländes und malten sich aus, wie den ohnehin schon erschöpften und ausgehungerten Schotten in dieser flachen Einöde der Wind entgegengepeitscht hatte. Genau da, wo sie gerade gingen, war so viel Blut vergossen worden, dass sie das Gefühl hatten, über ein gewaltiges Grab zu gehen.

»Das ist der *Memorian Cairn*«, sagte Kenzie, als sie vor einem großen Steinmonument stehen blieben. »Er wurde im Jahr 1881 zum Gedenken an die Toten errichtet.«

Die Inschrift lautete: »Hier auf dieser Hochebene fand am 16. April 1746 die Schlacht von Culloden statt. Die Gräber der tapferen Schotten, die für Schottland und Prinz Charles kämpften, sind mit ihren Clannamen gekennzeichnet.«

Die Gräber lagen über die Hochebene verstreut und bestanden jeweils aus einem einfachen verwitterten Grabstein. Beim Näherkommen konnten sie nach und nach einige Clannamen entziffern: Clan Ferguson, Clan McDonald, Clan Stewart, Clan Fraser, Clan Mackenzie, Clan MacLaren … es gab sogar einen Grabstein mit der Inschrift: *Mixed Clans.*

Außerdem besichtigten sie die Stelle, wo die in Culloden gefallenen Soldaten der englischen Armee begraben waren; es waren kaum mehr als fünfhundert.

»Es muss der reinste Irrsinn gewesen sein«, flüsterte Rebecca, die sich die grünen Anhöhen vorstellte, bedeckt mit menschlichen Überresten. »Stimmen die Grabsteine mit den Gräbern überein?«, fragte sie Kenzie.

»Das weiß man nicht mit letzter Gewissheit«, erwiderte Kenzie. »Aber es kann gut sein, wenn man davon ausgeht, dass es die Einheimischen waren, die die Gräber aushoben. Möglicherweise identifizierten sie die Toten anhand ihrer Clanabzeichen.«

Rebecca merkte erst jetzt, dass sie allein waren. Berta und Sophie waren hinter ihnen zurückgeblieben.

»Hat der Clan MacLeod ebenfalls an der Schlacht teilgenommen?«

Kenzie blieb stehen und sah sie neugierig an. »Wieso interessiert dich das eigentlich so? Für dich ist das doch alles weit weg.«

»Ich finde, das ist keine Frage der Staatsgrenzen«, erwiderte Rebecca, »sondern eine humanitäre. Ist doch egal, woher man stammt. Die Leute, die hier gestorben sind, waren Menschen wie wir. Sie hatten Angst, sie hatten Familien, die auf sie warteten, und trotzdem haben sie für eine gemeinsame Sache ihr Leben gegeben.«

»Den meisten blieb wahrscheinlich nichts anderes übrig, als ihren Clanchefs zu folgen, denen sie ihre Treue geschworen hatten. Der Schutz, den sie durch ihn genossen, brachte gewisse Verpflichtungen mit sich.«

Zwei junge Mädchen kamen auf sie zu.

»Könnten wir uns mit dir fotografieren lassen?«, fragte die eine Kenzie und kicherte schüchtern.

»Natürlich«, antwortete Kenzie. Rebecca ging zur Seite, wurde aber gleich wieder herbeigerufen, damit sie das Foto machte. Kenzie legte den Mädchen je einen Arm um die Schulter und lächelte.

»Danke«, sagten die beiden im Chor und machten sich tuschelnd und flüsternd davon, wobei sie sich noch einmal nach dem Schotten im Kilt umdrehten.

»Fühlst du dich eigentlich verkleidet?«, fragte Rebecca.

»Nein«, sagte er lächelnd. Das Sonnenlicht intensivierte das Blau seiner Augen und zauberte tiefe kupferrote Reflexe in sein Haar. »Nur wenn so was passiert wie eben.«

Rebecca war darauf bedacht, ihn nicht offen anzusehen, konnte aber nicht vermeiden, ihm einen kurzen Blick zuzuwerfen, während er mit ihr sprach, was gesellschaftlich vollkommen zulässig war.

»Du hast meine Frage noch gar nicht beantwortet«, sagte sie.

»Welche Frage?«

»Nach dem MacLeod-Clan.«

»Da gibt es nicht viel zu erzählen. Der Clanchef MacLeod von Dunvegan war nicht auf der Seite der Jakobiten.«

»Dunvegan?«

»Das ist auf der Insel Skye. Von dort stammt die Familie meines Vaters.«

»Ah. Und die Familie deiner Mutter?«, fragte Rebecca. Sie sah, wie seine Miene sich verdüsterte, und schalt sich innerlich für ihre Ungeschicktheit. Kenzie war sichtlich unwohl, und er zögerte kurz, bevor er antwortete.

»Meine Mutter ist aus Kirkcaldy, in der Nähe von Edinburgh«, murmelte er knapp.

Rebecca wechselte das Thema.

»Wieso waren sie nicht auf der Seite der Jakobiten?«

»Was?« Kenzie wirkte geistesabwesend.

»Du hast gesagt, die MacLeods seien nicht auf der Seite der Jakobiten gewesen.«

»Es gab da einen alten Groll. Vor hundert Jahren beging Karl II. den Fehler, dem MacLeod-Clan nicht seine Dankbarkeit für dessen Dienste in der großen Schlacht von Worcester auszusprechen, und der Clanchef verkündete, keiner seiner Männer werde je wieder für einen Stuart zur Waffe greifen. Vor Culloden versuchte der damalige Chef MacLeod, dem Prinzen sein Vorhaben auszureden. Er hielt es für eine Dummheit und riet ihm, nach Frankreich zurückzukehren und die Krone seines Vaters aufzugeben. Trotz allem schlossen sich ein paar MacLeods, die der Sache nahestanden, dem Heer des Prinzen an und kämpften in Culloden mit.«

»Ich verstehe.«

Berta und Sophie kamen lachend zu ihnen herüber.

»Ich habe Berta gerade alles erklärt, was sie nicht verstanden hat«, sagte Sophie zu ihrem Bruder.

»Wir sollten jetzt unsere Instrumente holen«, sagte Kenzie. »Es ist fast fünf, und die Jungs sind sicher gleich da.«

Die Geschwister gingen zum Parkplatz, und die Freundinnen blieben für eine Weile allein.

»Was für eine eindrucksvolle Geschichte, nicht wahr?«, meinte Rebecca.

»Deutlich mehr beeindruckt hat mich die Erscheinung von Sophies Bruder. Er ist eine Bombe!«, rief Berta. »Auch wenn das an diesem Ort vielleicht kein angemessener Ausdruck ist.«

»Sei nicht albern«, ermahnte Rebecca sie lächelnd.

»Lola hat wirklich nicht übertrieben. Und in diesen Klamotten sieht er so …«

»… wild aus«, beendete Rebecca den Satz gelangweilt.

»Ja, ganz genau. Außen wild und innen weich.«

»Weich?«

»Also komm, du wirst doch wohl merken, wenn du einen gut aussehenden Kerl zu sehen bekommst, oder? Dafür wird dir noch keiner Untreue vorwerfen.«

»Red keinen Quatsch. Okay, er sieht gut aus, das habe ich doch schon gesagt.«

»Und Lola hat recht, er sieht dich auf eine Weise an …«

»Auf was für eine Weise?«

»Als ob er dich am liebsten auffressen würde.« Berta kicherte.

»Ach, hör auf …«

»Und weißt du, was das Allerschlimmste ist?« Rebecca hörte aufmerksam zu. »Ich habe gesehen, wie du ihn anschaust.«

»Wie denn?«

»Dazu sage ich jetzt nichts mehr. Aber keine Sorge, es ist normal, dass jemand mit einer so starken Ausstrahlung Begehrlichkeiten weckt. Hast du das Mädchen im Besucherzentrum gesehen? Die hat bestimmt mehr als nur ein paar Worte mit ihm gewechselt.«

»Du wirst immer mehr wie Lola«, meinte Rebecca vorwurfsvoll.

»Lola hat sehr viel Fantasie, das weißt du ja. Aber ich habe gesehen, wie Sophie hin und wieder zu euch hinübergeschaut und in sich hineingelächelt hat.«

Rebecca wandte den Blick ab. »Du hast wohl einen Sonnenstich, weil du die Sonne zu lange nicht mehr gesehen hast.«

»Von mir aus halt es für einen Witz, aber ich glaube, sie hat sich an mich gehängt, um euch alleine zu lassen.«

»Meinst du echt?«

»Vermutlich ist ihr auch nicht entgangen, dass du ihm gefällst.«

»Ich glaube, du übertreibst. Vielleicht wollte er ja nur nett sein.«

»Wie auch immer, pass auf dich auf, okay?«

Rebecca nickte. Aus einiger Entfernung näherten sich Kenzie und Sophie, er mit seiner Trommel und Sophie mit dem *bodhràn* und einem Standmikrofon. Ein Stück hinter ihnen kam Liam, der seinen Dudelsack trug. James hatte sein Tamburin gegen einen weiteren *bodhràn* getauscht. Möglicherweise war das Tamburin in seinen Augen ein zu fröhliches Instrument für einen Friedhof. Außerdem hatte er einen mittleren Verstärker dabei. Der lustige Scott mit der langen Mähne hatte seine Trommeln in ihren Futteralen und ein zusammengeklapptes Metallgestell dabei. Bald wurden die Touristen auf die Gruppe aufmerksam.

Die Bandmitglieder versammelten sich in der Mitte des Geländes und stellten sich neben dem steinernen Denkmal auf, das an die Toten erinnerte. Scott klappte sein Metallgestell auseinander und platzierte die Trommeln darauf. Sophie stellte das Mikrofon auf und schloss es an den Verstärker an. Kenzie hängte sich die Trommel um, und Liam klemmte sich den Dudelsackblasebalg unter den Arm.

Die Leute scharten sich um die Musiker. Als sie bereit waren, trat Kenzie ans Mikrofon.

»Guten Abend«, sagte er, und ein leichtes Pfeifen drang aus dem Mikrofon. »Wir sind *Caledonia* und kommen alle aus den schottischen Highlands. Wir spielen traditionelle schottische Musik, wie sie jahrhundertelang von unseren Vorfahren gespielt wurde. Wir freuen uns ganz besonders, hier zu sein, weil dieser Ort uns tief berührt, und wünschen uns, dass der Klang unserer Instrumente über die Grenzen des Todes hinausdringt und die Seelen der Gefallenen tröstet. Dieses Konzert ist ihnen gewidmet.«

Kenzies Worte ernteten tosenden Applaus, und ein paar seiner Landsleute schrien: *»Aye! Aye!«*

Rebecca schluckte und starrte wie gebannt auf die kleine Gruppe von Musikern.

Der Dudelsack setzte ein. Liam stimmte eine langsame, getragene Melodie an, die einem guten Teil des Publikums eine Gänsehaut bescherte. Kenzie schlug die Trommel und imitierte dabei einen langsamen Herzschlag. Bei jedem Schlag beugte er sich ein wenig vor, als könnte er seinem Instrument auf diese Weise Leben einhauchen und die Grenzen der Zeit überwinden. Sophie schlug zur Begleitung sanft ihr *bodhràn*, wie auch der junge James. Sophies rote Zöpfe sahen über ihren Schultern aus wie Flammen. Ihr Spiel war weniger leidenschaftlich als das ihres Bruders, mit geschlossenen Augen ließ sie sich mitreißen. Zuletzt setzte Scott mit den kleinen Trommeln ein, die sich zu dem dumpfen Rhythmus gesellten, den Kenzie seinem Instrument entlockte. Die Melodie wurde schneller und eindringlicher, und hin und wieder erklangen heisere Schreie, die von einem Teil des Publikums erwidert wurden.

Rebecca musste Kenzie einfach ansehen, obwohl sie sich vorgenommen hatte, es nicht zu tun. Er strahlte so viel Kraft und Charisma aus, dass er sie unweigerlich in Bann zog. Sie merkte gar nicht, dass Berta noch etwas zu ihr sagte. Sie hörte nur noch die Trommel. Im Geist sprach sie ein Gebet, das sich mit dem von Kenzie vereinte und in dem sie sich von ganzem Herzen wünschte, die Melodie möge die Geister jener blutigen Vergangenheit beschwichtigen.

Ein paar Minuten später hörte die Musik schlagartig auf.

Die Leute applaudierten begeistert.

Kenzie bedankte sich, löste seinen Gürtel und stellte die

Trommel auf den Boden. Wieder drang der einsame Dudelsackklang über den Platz. Diesmal war es eine langsame Melodie mit lange gehaltenen Tönen, die alte Zeiten heraufbeschworen. Kenzie trat an das Mikrofon, und Berta fragte: »Singt er jetzt?«

»Keine Ahnung«, erwiderte Rebecca gespannt.

Sophie und James begannen ihre *bodhràns* zu schlagen, deren Rhythmus im Hintergrund blieb und von der eindringlichen Dudelsackmelodie gedämpft wurde. Kenzie entfaltete ein Stück Papier, das er in den Händen hielt, und trat dicht vor das Mikrofon.

»Was ich Ihnen jetzt vorlesen werde, ist ein Brief, den ein Soldat aus dem Regiment des Chisholm-Clans an seine Frau geschrieben hat. Der Brief datiert vom 27. April 1746, elf Tage nach der Schlacht, und wird im *National War Museum* in Edinburgh aufbewahrt.«

Der Dudelsack pausierte, und die beiden *bodhràns* bildeten den perfekten Rahmen für Kenzies Worte.

Liebe Ellen,

nun, da ich wieder kräftig genug bin, um eine Feder zu halten, schreibe ich Dir endlich diesen Brief. Ich bin wohlauf, zwar verwundet, aber am Leben. Ich weiß, wie groß Deine Sorge in diesen Tagen gewesen sein muss. Gewiss hast Du die Nachricht von der Katastrophe erhalten, weshalb Du wissen sollst, dass es mir gut geht. Ich wünsche mir meinerseits von ganzem Herzen, dass es Dir und unserem Sohn gut geht, und kann meine Besorgnis nicht leugnen. Ich bete darum, dass es nicht lange dauern möge, bis ich wieder bei Euch bin.

Meine Wunden heilen schnell, und ich werde schon bald in der Lage sein, nach Hause zu reiten. Liebste Ellen, ich habe so viel an Dich und an unseren Kleinen gedacht. Die Schlacht war die Hölle auf Erden. Noch immer reißt mich mitten in der Nacht der

Kanonendonner aus dem Schlaf, und am Tag verfolgen mich die Gesichter der Männer, die im Schrotfeuer zerfetzt wurden. Ach, meine geliebte Frau, werde ich diesen Irrsinn je vergessen können? Werde ich jemals die erstickten Todesschreie vergessen?

Ich bete jeden Tag zu unserem Herrn, dass er sich unser annimmt und ich bald nach Hause zurückkehren kann.

Ich bin für immer der Deine, meine geliebte Frau,
Bryan

Kenzie faltete das Papier wieder zusammen, das er gar nicht gebraucht hatte, da er den Brief auswendig kannte, und verstaute ihn in der Schutzhülle seiner Trommel. Dann hängte er das Instrument wieder an seinen Gürtel. Berta sah sich um und bemerkte, wie sich ein paar Frauen die Tränen abwischten. Selbst Rebeccas Augen waren gerötet.

»Der Brief ist dir ja ganz schön nahe gegangen«, sagte Berta zu ihr.

»Dir etwa nicht?«

»Schon, aber ich bin nicht so nah am Wasser gebaut.«

»Ich fand ihn eben sehr bewegend …«

»Und Kenzie hat eine schöne Stimme – sanft und männlich zugleich.«

»Stimmt«, gab Rebecca zu.

»Na also«, meinte Berta, »endlich bist du mal ehrlich.«

Die Band spielte noch drei Stücke, nun etwas fröhlichere. Trotzdem machte niemand Luftsprünge zu der Melodie wie auf dem Festival, es war irgendwie nicht der richtige Ort dafür. Doch die Menschen gingen mit dem Rhythmus mit und klatschten. Einige bewegten sogar ein bisschen die Beine, darunter Berta und Rebecca, die die Traurigkeit abschütteln wollten, die der Ort in ihnen hervorrief.

Als die Band aufhörte zu spielen, scharten sich wieder zahlreiche Touristen um sie, um sich mit den Musikern fotografieren zu lassen. Danach verlief sich die Menge bald auf der Hochebene.

Sophie schlug ihren Freundinnen vor, sich zusammen fotografieren zu lassen.

»Berta, du stellst dich neben mich«, ordnete sie an.

Rebecca wollte sich gerade zu den beiden stellen, als Liam, der immer noch den Dudelsack in der Hand hielt, sie am Arm zog.

»No, Señorita«, sagte er auf Spanisch und zog sie zu sich herüber. Dann fügte er in englischer Sprache hinzu: »Da drüben sind eindeutig schon zu viele Röcke.«

Rebecca lächelte belustigt. In der Tat waren Berta und sie die Einzigen aus der Gruppe, die Hosen anhatten.

Liam legte ihr den Arm um die Schultern. Kenzie, der zu ihrer anderen Seite stand, schlang ihr den Arm um die Taille.

Während mehrere Fotos geschossen wurden, spürte Rebecca Kenzies warme Hand an ihrer Taille, als wäre sie ein glühend heißes Eisen. Und diese schlichte Berührung genügte, um sie zu erregen. Nicht nur wegen der Wärme, die von ihr ausging, sondern weil die Hand sich forschend zu bewegen begann und die glatte, kühle Haut unter ihrem kurzen T-Shirt suchte. Es war eine Bewegung, die niemand wahrnahm außer Rebecca, die zum ersten Mal einen Augenblick der Erotik erlebte. So interpretierte ihn jedenfalls ihr wild klopfendes Herz. Es war nicht mehr als ein sanftes Streicheln, doch ihr Körper war außer Rand und Band. Sie hatte Erotik immer für etwas Gefährliches gehalten, das nicht zu ihrer Persönlichkeit passte. Aber welchen Namen hätte sie diesen Gefühlen sonst geben sollen? Wie hätte sie es nennen sollen, was sie da empfand? Kenzie schaffte mit einem Blick, was Mario niemals gelungen war: dass ihr Innerstes in Aufruhr geriet, dass ihr Körper im Eingeständnis eines allgegenwärtigen Begehrens erbebte.

Sie spürte, wie sich ihre Brustwarzen aufrichteten, ein verwirrendes Gefühl, das sich deutlich auf ihrem T-Shirt abzeichnete. Besitzergreifend schloss sich die Hand um ihr weiches Fleisch, knetete und liebkoste ihre Haut, und die intimste Stelle ihres Körpers beanspruchte den Mittelpunkt dieses Begehrens für sich.

Unweigerlich suchte Rebecca seinen Blick. Er war nicht schwer zu finden. Kenzie hatte ihr das Gesicht zugewandt und sah sie an. Diesmal waren seine Augen nicht dunkel, sondern hell und strahlend. Es war ein kurzer, verführerischer Blick, doch so eindringlich, als würde er einen Pakt besiegeln.

Als das Shooting vorbei war, lösten sie sich voneinander.

»Wo ist eigentlich Rory?«, erkundigte sich Scott und schlug die Trommelstöcke gegeneinander. »Er schuldet uns ein Bier.«

»Er ist mit Lola ein paar Tage nach Nairn gefahren«, antwortete Berta, die sich in der Sprache jeden Tag heimischer fühlte.

»Dieser Strolch …«

»Du, Kenzie«, sagte Liam und kam zu ihnen herüber, »die Jungs und ich überlegen, ob wir dieses Wochenende am Loch Ness zelten. Wir könnten für die Touristen auf Schloss Urquhart spielen und uns ein bisschen was dazuverdienen.«

»Habt ihr geschaut, wie das Wetter wird? Ich glaube kaum, dass die Touristen sich in den Regen stellen, um uns zuzuhören.«

»Es wird wohl nicht regnen, jedenfalls nicht viel.«

»Dann von mir aus. Ein kleiner Zuschuss für einen neuen Verstärker und ein Mikrofon wäre nicht schlecht.«

»Sophie, deine Freundinnen können gerne mitkommen, wenn sie möchten«, fügte Liam hinzu. »Wart ihr schon am Loch Ness?«, fragte er die beiden.

»Nein«, erwiderte Rebecca, die sich immer noch fühlte, als würde sie in Flammen stehen.

»Super Idee!«, rief Sophie.

Berta warf Rebecca einen erfreuten Blick zu.

»Ich würde gerne mitfahren«, versicherte sie. »Vermutlich wird es am Ende das Aufregendste sein, was wir in diesen Ferien erleben werden.«

»Aber wir haben doch gar kein Zelt …«, wandte Rebecca ein.

»Wir haben zwei«, sagte Kenzie.

»Problem gelöst«, schloss Sophie.

Die Band packte ihre Instrumente ein, und es war schon fast halb acht, als sie sich auf den Heimweg machten.

»Hat es euch heute gefallen?«, fragte Sophie, als sie vom Parkplatz fuhren.

»Der Brief war sehr bewegend«, sagte Rebecca und sah Kenzie von der Seite an. »Er hat einem die längst vergangenen Ereignisse ein Stück nähergebracht.«

»Wir glauben immer, die Menschen damals wären anders gewesen«, sagte er, »und hätten Liebe und Angst nicht so gekannt wie wir.«

»Was bedeutet *Aye*?«

»Es hat mehrere Bedeutungen. Eine davon ist ›Ja‹«, antwortete Sophie. »Aber man sagt es auch zur Begrüßung. Ich sollte euch mal einen Gälisch-Intensivkurs geben.«

»Ich bin mit Englisch schon genug bedient«, erwiderte Berta. »Da muss ich nicht auch noch eure komische Sprache lernen.«

»Ein paar Höflichkeitsfloskeln können durchaus nicht schaden«, beharrte Sophie. »Gängige Sätze, wie *tha gaol agam ort.*«

»Was heißt das?«, fragte Berta.

Über Kenzies Gesicht huschte ein Lächeln.

»Zuerst musst du es nachsprechen«, forderte Sophie sie auf.

»Ach nein, ich hab's nicht so mit Sprachen«, lehnte Berta mutlos ab. »Nicht in tausend Jahren könnte ich das nachsprechen.«

»Versuch du es, Rebecca.«

Rebecca wiederholte die Worte, so gut sie konnte.

»Du sprichst die Vokale falsch aus«, unterbrach Kenzie und wiederholte den Satz langsam.

Sie versuchte es noch einmal, wobei sie die Vokale sorgfältig aussprach.

»Perfekt«, sagte Kenzie. »Aber du brauchst noch ein bisschen mehr Übung.«

»Was bedeutet das?«

»Es bedeutet *I love you*«, sagte Sophie. *»Te quiero«*, fügte sie auf Spanisch hinzu. Ihr Bruder konnte sich das Lachen nicht verbeißen.

Rebecca errötete. »Hättest du mir nicht etwas Nützlicheres beibringen können?«, protestierte sie.

»Oh, glaub mir, das ist äußerst nützlich.«

»Das glaube ich kaum, nachdem die Hälfte der Bevölkerung mich nicht einmal verstehen würde.«

»Das ist ja das Schöne. Es hängt immer davon ab, zu wem du es sagst. Kenzie zum Beispiel würde dich bestens verstehen.«

Wieder wurde Rebecca rot, und diesmal war es Berta, die in Gelächter ausbrach.

Die vier besprachen die Vorbereitungen für das Camping und kamen zu dem Schluss, dass sich die drei Mädchen Schlafsäcke besorgen müssten, da es am Seeufer nachts ziemlich kühl werden könne. Sie beschlossen, am nächsten Tag nach Inverness zu fahren, um die Schlafsäcke zu kaufen, und das Ganze mit ein paar Besichtigungen zu verbinden. Sophie bot an, mitzufahren und ihnen die Stadt zu zeigen.

Schließlich erreichten sie den Riverside Drive, und Kenzie hielt vor dem Haus.

»Viel Spaß in Inverness«, sagte er. »Ich würde euch ja hinfahren, aber ich muss arbeiten.«

»Macht nichts«, sagte Rebecca. »Die Zugfahrt wird bestimmt lustig.«

»*Caidil gu math*«, raunte er sanft. Rebecca kniff die Augen zusammen und biss sich auf die Unterlippe. »Schlaf gut«, übersetzte Kenzie und hätte dabei gern diese Lippe geküsst, in die sich ihre Zähne bohrten.

»Du auch«, sagte sie. Dann stieg sie aus und schlug die Autotür hinter sich zu.

KAPITEL 16

Wer glaubt schon an die wahre Liebe?

Die Mädchen saßen am Tisch, mit müden Füßen, aber glücklich nach einem unvergesslichen Tag in Culloden. Sie hatten sich aus dem Kühlschrank etwas zu essen geholt, darunter die Reste des Haggis von Mrs Munro. Rebecca war nachdenklich, ihr war nicht nach Reden zumute. Berta dagegen war fröhlich und aufgekratzt.

»Endlich hatten wir in diesem Urlaub mal ein bisschen Spaß, findest du nicht?«

Abwesend kaute Rebecca den Haggis, den sie in der Mikrowelle erwärmt hatten.

»Hast du mir überhaupt zugehört?«

»Ja, natürlich.«

»Okay, was habe ich gesagt?«

»Du hast gesagt, dass … wir viel Spaß hatten.«

»Na ja, mehr oder weniger«, verbesserte Berta sie. »Du bist mit dem Kopf in den Wolken, Rebecca. Kenzie beschäftigt dich mehr, als gut für dich ist.«

»Das ist nicht wahr!«

»Wärst du nicht du, würde ich behaupten, du bist gerade dabei, dich zu verlieben.«

Rebecca hörte auf zu kauen, schluckte den Bissen jäh hinunter und würgte die Antwort nur mit Mühe heraus. »Mich verlieben? Herrgott, Berta! Ich hab ihn doch gerade erst kennengelernt. Man kann sich nicht innerhalb weniger Tage verlieben.«

»Das geht sogar von einer Sekunde auf die andere, glaub mir, dir ist das nur noch nie passiert.«

»Stimmt, das ist mir noch nie passiert, und ich will jetzt nicht weiter darüber reden.«

Sie stand auf, nahm ihren Teller, und Berta verfolgte die Sache nicht weiter. Die Vorstellung, ihre Freundin könnte sich in Kenzie verlieben, schien ihr absurd, allerdings nicht völlig unwahrscheinlich.

Vor dem Schlafengehen rief Rebecca Enric an. Das hatte sie ihrem Vater versprochen. Sie hatte zwar nicht viel Lust, eine normale, fröhliche Unterhaltung zu führen, fand aber, dass sie sich schon viel zu lange nicht gehört hatten. Sie war neugierig, wie es ihm bekam, alleine zu leben. Ihr Vater hatte nicht viel erzählt, und sie war ein wenig besorgt.

Enric nahm sofort ab.

»Hey, Schwesterherz, was geht ab?«, meldete er sich fröhlich am anderen Ende der Leitung.

»Wir befinden uns unter dem bewölkten Himmel von Schottland, wie du weißt«, antwortete sie lakonisch. »Und wie geht es dir?«

»Ich hab mich schon ganz gut daran gewöhnt, alleine zu leben. Ich dachte, es würde schlimmer werden, aber offenbar hatte ich genug von Mamas Tiraden.«

Rebecca lächelte verkrampft, ohne wirkliche Fröhlichkeit zu spüren. »Papa hat mir erzählt, dass du wieder arbeitest.«

»Ja, so lange dauert ein Umzug ja auch wieder nicht. Außerdem habe ich nur das Nötigste mitgenommen. So, und wie läuft es bei dir? Gefällt dir Schottland?«

Rebecca hatte einen Kloß im Hals. »Eigentlich bin ich noch kaum aus Beauly herausgekommen.«

»Beauly?«

»Das ist ein kleines Dorf in der Nähe von Inverness, in den Highlands.«

»Da gibt es bestimmt viele Schlösser.«

Rebecca schwieg.

»Ist irgendwas?«, wollte ihr Bruder wissen. »Irgendwie bist du, ich weiß nicht…«

»Ich wäre einfach nur gerne wieder zu Hause.«

»Vermisst du Mario?«

»Ja, natürlich«, antwortete Rebecca nicht sonderlich überzeugt.

»Im Moment ist er sehr beschäftigt. Irgendwie will er alles alleine machen. Er will die Lorbeeren mit niemandem teilen«, sagte Enric mit einem bitteren Lachen.

»Und Mama?«

»Ich war gestern zu Hause. Ich wollte Inès besuchen, aber am Ende hätten wir uns fast noch gestritten, da bin ich dann schnell gegangen. Hoffentlich entspannt sie sich nach deiner Hochzeit ein bisschen, sonst wird sie am Ende noch krank, diese Hysterikerin. Sie will jedes noch so kleine Detail kontrollieren, damit auch alles ja schön wird.«

Rebecca spürte, wie sich ihr Magen zusammenzog. »Gib allen einen Kuss von mir.«

»Ich denke gar nicht daran, Mario einen Kuss zu geben.« Enric lachte.

»Okay, dann gib den anderen einen Kuss.«

»Mach ich, und du genieß das bewölkte Schottland, hier ist es nämlich unerträglich heiß.«

»Okay, mach's gut.«

In dieser Nacht schlief Rebecca unruhig und schreckte mehrmals aus dem Schlaf hoch. Einmal war sie verschwitzt und fror, konnte sich jedoch nicht erinnern, was sie geträumt hatte. Sie blickte auf die Uhr, es war Viertel nach drei. Sie stand auf und ging in die Küche, ließ Wasser in ein Glas laufen und kehrte ins Schlafzimmer zurück. Berta ließ im Schlaf ein Bein aus dem Bett hängen. Rebecca hob die Decke an und schob es sanft wieder zurück. Es war nicht warm genug, um halb abgedeckt zu schlafen, und sie hatte Angst, dass Berta sich erneut erkälten würde. Dann legte sie sich wieder ins Bett und starrte im Halbdunkel an die Decke. Sie dachte an Enric. Er hatte fröhlicher gewirkt. Vielleicht war es ja irgendwie befreiend für ihn, dem Druck ihrer Mutter entkommen zu sein. Rebecca konnte sich lebhaft vorstellen, wie schwer ihm die Entscheidung zum Auszug gefallen sein musste. Die Leute redeten hinter ihrem Rücken, und das war für ihre Mutter die Höchststrafe, das wusste sie. Sie musste an den Nachmittag denken, als er die Koffer gepackt und sie ihn in seinem Zimmer aufgesucht hatte. Er war aufgebracht gewesen und hatte ihr einiges an den Kopf geworfen. Sie erinnerte sich an jedes einzelne Wort, als wäre es gestern gewesen: »Du wirst nie die wahre Liebe kennenlernen, diesen einen Menschen, bei dem du keine Luft bekommst, bei dem du glaubst, sterben zu müssen, wenn du nicht mit ihm zusammen bist.« Wie Messerstiche hatten sich diese Worte in sie hineingebohrt, ohne dass sie sich dagegen wehren konnte.

Plötzlich tauchte Kenzie vor ihrem inneren Auge auf. Sie hatte einen solchen Drang verspürt, ihn mit Blicken zu verschlingen, sich an seinen Bewegungen und jedem noch so kleinen Detail seines Körpers zu berauschen. Sie drehte sich auf die andere Seite und vergrub das Gesicht im Kissen, als könnte sie so die Gefühle auslöschen, die in ihr aufstiegen, sobald sie an ihn dachte.

Schließlich gab sie es auf und ließ die Gedanken schweifen. Die körperlichen Empfindungen, die sich in ihr Gedächtnis eingebrannt hatten, waren so real, dass sie von Neuem erschauderte. Sie begann ihren Körper mit den eigenen Händen zu liebkosen und stellte sich vor, es wären andere, wärmere Hände, die über ihre Haut glitten. Was war nur mit ihr los? Stimmte es vielleicht doch? War sie im Begriff, sich zu verlieben? Warum hatte sie so etwas noch nie bei Mario gespürt?«

Die Antwort, die so klar auf der Hand lag, verschlug ihr den Atem.

Machtlos gegenüber einer Realität, die ans Tageslicht drängte, versuchte sie, an gar nichts zu denken.

Mitten in diesem inneren Kampf übermannte sie der Schlaf.

KAPITEL 17

Inverness

Es war Berta, die sie am Morgen weckte. Rebecca rekelte sich noch eine Weile im Bett. Dann schleppte sie sich unter die Dusche und hoffte, auf diese Weise den Kopf freizubekommen. Sie erinnerte sich, dass sie von Mario geträumt hatte, von ihrem Bruder Enric und einer Zigeunerin, die ihr aus der Hand gelesen hatte.

Die Freundinnen frühstückten schweigend.

Berta sah verstohlen zu Rebecca hinüber, um abzuschätzen, welche Wirkung ihre Worte am Vorabend hinterlassen hatten. »Du hast wohl nicht gut geschlafen, was?«

»Nein, überhaupt nicht. Ich hatte ganz komische Träume. Zum Glück erinnere ich mich nicht mehr daran.«

»Umso besser«, befand Berta. »Jetzt ziehen wir uns an und machen uns einen schönen Tag in der Stadt. Es sieht so aus, als ob es heute wieder nicht regnen wird.«

Der Zug verließ den Bahnhof in Richtung Südosten, überquerte den Fluss Beauly auf einer Brücke und fuhr dann durch eine recht eintönige Landschaft. Grüne und gelbe Wiesen wechselten sich ab, so weit das Auge reichte. Sie bekamen keine größeren Siedlungen zu Gesicht, nur ein paar Häuser entlang der Straße, die entlang des Fjords von Beauly verlief. Die Fahrt dauerte nicht lange. Sophie wies sie darauf hin, dass sie den Caledoniakanal überquerten, der die Ost- und die Westseite von Inverness miteinander verband. Kurz darauf führte sie die Fahrt auf einer weiteren Brücke über den Fluss Ness, bevor der Zug schließlich in den Bahnhof von Inverness einfuhr.

Gemeinsam überlegten sie sich einen Plan für den Tag. Zuerst wollten sie das Schloss besuchen, dann die Kathedrale Saint Andrew's, und anschließend würden sie einen Abstecher von ein paar Meilen machen, um Fort George und das Cawdor Castle zu besuchen. Auf dem Rückweg würden sie dann die Schlafsäcke kaufen.

Alle waren einverstanden, also fingen sie mit dem Schloss an, das sich in der Nähe des Bahnhofs befand.

Es lag auf einer grünen Anhöhe mit Blick auf den Fluss. Das Gebäude war aus rötlichem Stein erbaut worden und wirkte mit seinen runden und eckigen Zinnen und der schottischen Fahne, die im Wind flatterte, wie ein Postkartenmotiv.

»Das Gebäude«, belehrte sie Sophie, »ist eigentlich die Rekonstruktion eines älteren Schlosses, das während des Jakobitenaufstands von 1746 zerstört wurde. Jetzt befindet sich dort das Gericht.«

Rebecca holte den Fotoapparat heraus und fotografierte das Schloss. Vor dem eindrucksvollen Gebäude stand eine Statue von Flora McDonald, einer Nationalheldin, die laut Sophie nach dem Desaster von Culloden Prinz Charles Edward das Leben gerettet hatte. Sie hatte ihn als ihre Zofe verkleidet und so die Kontrollen der englischen Truppen überlistet.

»Der Prinz trug, wie ihr wisst, den Spitznamen ›Bonnie Prince Charlie‹«, erklärte Sophie. »Im schottischen Englisch bedeutet Bonnie ›Bello‹. Es war nämlich ein sehr hübscher Prinz.«

Sie schlenderten eine Weile um das Schloss herum und überquerten dann ganz in der Nähe den Fluss Ness, um die Kathedrale Saint Andrew's zu besichtigen.

In ihrem neugotischen Stil erinnerte die Kathedrale an Notre-Dame in Paris. Offenbar hatten zu dem ursprünglichen Entwurf zwei große Türme gehört, die man aus finanziellen Gründen schließlich nicht gebaut hatte.

Die Kathedrale war aus rötlichem Sandstein erbaut, das Dach hingegen bestand aus grünem Schiefer. Rebecca animierte ihre Freundinnen dazu, das Innere der Kathedrale zu besichtigen, damit sie ihrer Mutter später etwas Interessantes zu erzählen hatte. Sie besorgten sich einen spanischsprachigen Reiseführer und betraten die Kirche.

Vom Hauptaltar aus war das nach Osten gehende große Hauptfenster zu sehen. Ihrem Reiseführer zufolge handelte es sich um eines der größten Kirchenfenster Schottlands, mit einem großartigen Farbenspiel, durch das die dargestellte Szene auch ohne direktes Sonnenlicht verblüffend eindringlich war. Vor dem südlichen Gang lag die Saint Andrew's gewidmete Kapelle. In den Vitrinen konnte man alles über die Kindheit und Jugend Jesu lesen, von der Verkündigung bis zu seiner Arbeit als Zimmermann in Nazareth.

Rebecca genoss den Rundgang durch die Kirche wie ein kleines Mädchen. Ehrfürchtig nahm sie den charakteristischen Geruch des heiligen Ortes und den sanften Glanz, der Gebet und Andacht erfüllte, in sich auf. Wenn gesprochen wurde, dann nur leise, um die Gebete der Gläubigen nicht zu stören.

Am Ende des nördlichen Ganges verwandelten die Wandleuchter den Bereich in einen Ort des Gebets. Vor dem Taufbecken zeigte ein Gemälde eine Begebenheit aus den dunklen Tagen nach der Schlacht von Culloden, als die Episkopalkirche verfemt war und die Geistlichen ins Gefängnis geworfen wurden, wenn sie Gottesdienste oder öffentliche Messen abhielten. Auf dem Bild war zu sehen, wie ein Priester von seiner Gefängniszelle aus ein Kind tauft.

Vor dem Verlassen der Kirche hinterließen sie eine großzügige Spende im Klingelbeutel neben dem Haupteingang, da sie gelesen hatten, dass das Gebäude durch die Spenden von Gläubigen und Touristen erhalten wurde.

Draußen schien die Mittagssonne so hell, dass sie die Augen zusammenkneifen mussten. Sie hatten gar nicht gemerkt, wie die Zeit vergangen war, und ihre Mägen erinnerten sie daran, dass Mittagessenszeit war. Sophie führte sie zur Old Boys' School neben der Kathedrale, die im Sommer das von Einheimischen wie Touristen gleichermaßen besuchte Teehaus beherbergte. Hier nahmen sie einen kleinen Imbiss ein und erstanden ein paar Andenken.

Nachdem sie die Besichtigungen in der Stadt abgeschlossen hatten, schlenderten die Mädchen am Fluss entlang und gingen dann über eine hübsche weiße Metallbrücke ans andere Ufer.

Dort nahmen sie ein Taxi, vereinbarten mit dem Fahrer einen Pauschalpreis über drei Stunden und legten die Strecke nach Fort George zurück, einer nach dem Ende der Jakobitenkriege erbauten Burg. Es war ein weitläufiger Platz mit einem riesigen Hof vor einer Mauer, die der Länge nach fast eine Meile um die Burg herumführte. Weder die Kanonen noch die kleinen Wachtürme fehlten. Rebecca erschien die Architektur sehr schlicht, doch Berta gab zu bedenken, dass man eine Burg, die der Verteidigung diente, nicht nach architektonischen, sondern nach pragmatischen Gesichtspunkten ausgerichtet hatte. Sie machten noch schnell ein paar Fotos und kehrten dann zum Taxi zurück, das sie etwa sechs Meilen weiter südöstlich nach Fort George brachte. Hier wartete das überwältigende Cawdor Castle auf sie, das mit seiner Zugbrücke, die an ein Märchenschloss erinnerte, eines Mittelalterfilms würdig gewesen wäre. Das aus rotem Sandstein erbaute ursprüngliche Gebäude war ein nicht sehr hoher Turm aus dem Mittelalter. Später war das Schloss durch mehrere niedrigere Gebäude im typisch schottischen Stil erweitert worden.

»Es ist eines der besterhaltenen Schlösser in den Highlands«, belehrte Sophie die Mädchen. »Und auch eines der schönsten.«

»Wunderschön«, bekräftigte Rebecca, während Berta hingerissen die Schönheit des Schlosses auf sich wirken ließ.

»Bekannt geworden ist es durch seine literarische Verbindung mit *Macbeth.* Auch wenn man annimmt, dass das Schloss im Jahr 1454 erbaut wurde, etliche Jahre nach den Ereignissen, die in dem Stück geschildert werden.«

Sie bezahlten die fünf Pfund für die Eintrittskarte und machten einen Rundgang durch das Schloss. Trotz der großartigen aristokratischen Fassade war das Innere des Schlosses gemütlich. Es war mit Möbeln, Familienporträts und Unmengen von Teppichen ausgestattet, die an den farbigen Wänden hingen.

Am gründlichsten betrachteten sie die *Tartan Passage,* einen Teppich, der in den typisch schottischen Karos gehalten war und sie durch den Rundgang führte.

Die noch verbleibende Zeit verbrachten sie in den Gärten, die sich besonders durch eine Nachbildung des Labyrinths von Kreta auszeichneten. Staunend wanderten die Mädchen zwischen den unzähligen Rhododendren, Azaleen, Narzissen, Silberweiden und Bambuspflanzen umher.

Sie nutzten die Zeit bis zur letzten Minute aus und kamen gerade noch zu der mit dem Taxifahrer vereinbarten Zeit nach Inverness zurück.

Der Fahrer setzte sie im Norden der Stadt ab, in einem Viertel namens Glendou Terrace, wo sich große Geschäfte mit riesigen Lagerhallen abwechselten. Vor dem Sportgeschäft GO Outdoors blieben sie stehen und beschlossen, einen Blick hinein zu werfen. Im Laden wurden sie von einer freundlichen Verkäuferin in einem blauen Polohemd begrüßt und bei der Auswahl ihrer Schlafsäcke beraten. Gegen den harten, feuchten Boden empfahl sie ihnen eine Matte. Sophie kaufte bei dieser Gelegenheit einen speziellen Lachsköder, um den ihr Bruder sie gebeten hatte.

Sie erwarben die Schlafsäcke und Matten, die trotz ihrer Größe leicht waren, und schlenderten dann zum Bahnhof zurück. Etliche Männer in seltsamen Kombinationen aus Kilt und amerikanischen Windjacken liefen ihnen über den Weg.

»Es gibt immer mehr Männer, die im Alltag Kilt tragen. Und auch immer mehr Schulen, in denen die schottisch-gälische Sprache gelehrt wird. Wir kehren allmählich zu unseren Wurzeln zurück.«

»Stimmt es eigentlich, dass sie unter dem Rock nichts anhaben?«, fragte Berta. Die Frage hatte einen eher pragmatischen als anzüglichen Hintergrund.

»Aller Wahrscheinlichkeit nach ja. Als Kenzie noch klein war, hat unser Großvater auf der Insel Skye ihn oft einen alten Kilt anziehen lassen, den er noch von unserem Vater hatte. Manchmal konnte man beim Spielen seine Eier sehen.«

Berta brach in Gelächter aus, und Rebecca errötete.

KAPITEL 18

Wasser des Lebens

Um halb sieben Uhr abends waren sie wieder zurück im Riverside Drive. Berta legte sich aufs Sofa und blätterte in einer Zeitschrift, die sie am Bahnhof gekauft hatte. Rebecca hingegen war überhaupt nicht müde, sie hatte Lust auf einen Spaziergang.

Es war wunderbar, am Ufer des Beauly entlangzugehen. Die Luft war frisch, und die üppige grüne Landschaft trug dazu bei, dass Rebecca sich so wohlfühlte wie schon lange nicht mehr. Dicht belaubte Bäume säumten den Pfad, der mehr oder weniger den Flusswindungen folgte. Streckenweise verlief der Weg unmittelbar am Ufer, und das Rauschen des unaufhörlich dahinfließenden Wassers war Rebeccas Begleiter.

Sie ging langsam und in Gedanken versunken. Mit der Distanz, die der zeitliche Abstand ihr ermöglichte, rekapitulierte sie noch einmal die wichtigsten Ereignisse der letzten Wochen. Hoffentlich hatte sich ihre Mutter wieder ein wenig beruhigt, wenn sie nach Hause kam. Rebecca schauderte beim Gedanken daran, was ihre Mutter zu alldem sagen würde, was ihr in den letzten Tagen im Kopf herumging. Ein Teil von ihr wäre gerne nach Hause zurückgekehrt, zu ihrem alten Leben. Ihr war bewusst, dass Kenzie sie dazu brachte, »Dinge« zu empfinden. Zwar wagte sie nicht, diese Dinge zu benennen, aber es war so real, dass es ihr langsam Angst machte. Sie wusste, dass es eine rein körperliche Anziehung war, dennoch hatte sie so etwas noch nie empfunden. Dieses Kribbeln im Bauch, den Schauer der Erregung, wenn er sie berührte… Aber es reichte auch schon ein Blick von ihm, um ihr Verlangen in den intimsten Bereichen ihres Körpers zu wecken. Schon der Gedanke daran beschämte sie. Er war so anders als sie und anders als alle Menschen, die sie bisher kennengelernt hatte – vielleicht war es ja das, was ihn für sie so anziehend machte. Kenzie weckte den Anschein, als hätte er tausend Leben von der Größe ihres eigenen hinter sich. Und dennoch …

Während des letzten Monats hatte sie immer mal wieder darüber nachgedacht, warum sie angesichts ihrer Hochzeit so wenig Begeisterung empfand. Liebte sie Mario genug, um den Rest ihres Lebens mit ihm zu verbringen? Und wenn sie ihn liebte, wieso ließ sie sich dann auf einen flüchtigen Sommerflirt ein? Eigentlich müsste sie sich auf ihre Zukunft freuen und sich im Griff haben … schon bald würde sie Mario heiraten, Kinder bekommen, als Lehrerin arbeiten …

Und trotzdem, sie vermisste das Begehren, das bei den Verliebten den Verstand dominierte.

Bei dem Gedanken an die nahe Zukunft stieg ein Gefühl der Beklemmung in ihr auf, und sie war so in Gedanken versunken, dass sie gar nicht auf den Weg achtete, der zusammen mit dem Fluss eine Kurve beschrieb, dann schmaler wurde und in einen Pfad überging, der zum Ufer hinabführte. Hinter einer Reihe schlanker Bäume tauchten die breiten Wassermassen wieder vor ihr auf. Auf einer großen Plattform aus mehreren flachen Steinen sah sie einen Mann stehen, der eine Angel in der Hand hielt.

Sie beobachtete ihn einen Augenblick lang, einfach weil es schön war, wie er seinem Hobby nachging. Ihr Herz machte einen Sprung, als sie Kenzies kupferrotes Haar erkannte.

Sie machte so überstürzt kehrt, um nach Hause zu gehen, dass sie auf dem Weg ausrutschte und auf ihr Hinterteil fiel. Trotz des rauschenden Wassers nahm Kenzie die Bewegung hinter sich wahr und drehte sich um.

»Rebecca?«

Rebecca stand auf und klopfte sich die Erde von der Hose. Sie verwünschte die Tatsache, ihn gerade hier zu treffen.

»Ja, ich bin es«, sagte sie, beschämt über ihre Ungeschicklichkeit.

»Komm doch mal her«, sagte er und nickte sie zu sich herüber. In der einen Hand hielt er die Angelrute, die andere lag auf der Angelschnur.

Eine innere Stimme flüsterte Rebecca zu wegzulaufen, aber ihr Herz befahl ihr zu bleiben. Sie zögerte kurz, unschlüssig, was sie tun sollte. Das Verlangen, in seiner Nähe zu sein, war übermächtig.

Aber sie durfte nicht bleiben. »Ich muss zurück, Berta wartet mit dem Essen auf mich«, sagte sie.

Kenzie wirkte enttäuscht. »Na schön.«

»Wir sehen uns am Freitag.«

»Ist gut«, erwiderte er.

Vorsichtig stieg Rebecca den Pfad hinauf, um nicht noch einmal hinzufallen, doch als sie hinter sich ein Platschen hörte, blieb sie stehen und drehte sich um. Kenzies Angelrute spannte und bog sich. Rebecca blieb, wo sie war, und sah zu. Kenzie hielt die Angel ganz fest und holte fachkundig einen Teil der Angelschnur ein. Anschließend machte er eine Pause und holte dann noch ein Stück ein. So ging es ein paar Minuten weiter, bis der gefangene Fisch schließlich bei den Steinen am Ufer auftauchte.

Kenzie bückte sich und nahm ein Netz, das an einem Ring hing. Der Fisch zappelte wie wild, sodass Kenzie notgedrungen das Netz losließ und sich auf seine widerspenstige Beute konzentrierte.

»Brauchst du Hilfe?«, hörte Rebecca sich selbst sagen, ohne darüber nachzudenken.

Kenzie drehte sich zu ihr um, überrascht, dass sie immer

noch da war. »Kannst du das Netz festhalten? Ich glaube, ich habe hier einen riesigen Lachs gefangen.«

Rebecca lief zum Ufer hinunter und hob das Netz vom Boden auf. »Was soll ich tun?«, fragte sie ein wenig aufgeregt.

»Wenn er näher kommt, lass das Netz ins Wasser, unter den Lachs, und fang ihn darin. Aber du musst ganz sanft sein, wir wollen ihm nicht mehr wehtun als nötig.«

»Ach wirklich?«

»Fangen und wieder freilassen, darum geht es hier.«

Rebecca kniete sich auf den Stein und machte sich bereit, das Netz ins Wasser zu lassen. Als der Fisch in Reichweite war, streckte sie den Arm aus und ließ es vorsichtig ins Wasser sinken.

»Jetzt zieh es ganz langsam hoch.«

Rebecca gehorchte, und der Lachs zappelte im Netz. »Ein großartiges Exemplar«, sagte sie.

»Stimmt.«

»Warst du nie in Versuchung, den Fang mit nach Hause zu nehmen? Du weißt schon, wegen des Sammeltriebs.«

»Den hier würde ich bestimmt mit nach Hause nehmen«, sagte Kenzie und bückte sich, um ihn zu betrachten. »Aber angeln, ohne zu töten, erhält die Flüsse und schont die Bestände.«

Der Lachs wand sich heftig und spritzte Rebecca Wasser ins Gesicht. Sie stieß einen überraschten kleinen Schrei aus und lachte dann los. Kenzie ließ sich von ihrem Gelächter anstecken.

Rebecca setzte sich auf den Felsen und sah zu, wie er dem Lachs vorsichtig den Köder abnahm. Sie nutzte die Tatsache, dass er auf seine Aufgabe konzentriert war, um ihn genauer zu betrachten. Feiner kupferroter Flaum bedeckte seine Unterarme. Er war greifbar nah, und ihr Puls beschleunigte sich, als sie den Blick auf seinem Mund verweilen ließ. Er hatte schöne

Lippen, das war ihr schon am ersten Tag aufgefallen, aber da hatte sie ihn sich nicht so genau ansehen können wie jetzt.

Kenzie tat es leid, keinen Fotoapparat mitgebracht zu haben, um den Fang auf diese Weise zu verewigen, und nachdem er den Fisch ein paar Sekunden lang über das Wasser gehalten hatte, entließ er ihn wieder in sein Element. Mit einem einzigen Flossenschlag und einem leichten Plätschern tauchte der Lachs rasch fort.

»Das ist das erste Mal, dass ich beim Angeln assistiere.«

»Rein technisch gesehen hast du ihn gefangen«, sagte Kenzie und setzte sich neben sie, als er sah, dass sie die Arme gegen die Kälte um den Körper schlang.

Kenzie trug über seinem Unterhemd ein warmes Hemd, das aufgeknöpft war. Unter den bis zu den Ellbogen aufgerollten Ärmeln sah man die Tätowierungen nicht. Er griff in die Brusttasche seines Hemds und zog ein kleines Metallfläschchen heraus.

»Hier, nimm einen Schluck«, bot er ihr an.

»Whisky?«

»Uisge beatha.« Rebecca sah ihn verständnislos an. »*Wasser des Lebens* oder auch Whisky, wenn es dir lieber ist. Es vertreibt die Kälte.«

Zögernd nahm Rebecca den Flachmann entgegen.

»Na los«, ermunterte er sie. »Ein kleiner Schluck wird genügen.«

Mehr um die Kälte zu vertreiben, als um ihrem Körper eine dreißigprozentige alkoholische Flüssigkeit zuzuführen, schraubte Rebecca den Deckel ab. Bevor sie trank, schnupperte sie an der Flasche. Ein starker Duft stieg ihr in die Nase und betäubte für einen kurzen Augenblick ihren Geruchssinn. Ohne weiter zu zögern, hob sie die Flasche an die Lippen und nahm einen kräftigen Schluck. Die Flüssigkeit brannte vom Mund bis in die Kehle und von dort bis hinunter in ihren

Magen. Eine belebende Wärme breitete sich erst in ihrem Innern und dann auch in ihren Gliedern aus.

Sie hustete ein wenig und sah Kenzie mit einem halben Lächeln und tränenden Augen an.

»Ich habe es dir ja gesagt«, meinte er.

»Es ist, als würde man von innen heraus explodieren.«

»Der erste Schluck fühlt sich am besten an. Später, wenn der Körper sich daran gewöhnt hat, sind Gefühl und Geschmack nie mehr dieselben.«

Auf den ersten Schluck folgte der zweite und danach der dritte. Rebecca fühlte sich gut, ein wenig benommen, aber im Vollbesitz ihrer geistigen Kräfte. Den Geschmack mochte sie nicht besonders, und jeder einzelne Schluck brannte in ihrer Kehle, aber das ging rasch vorbei, und danach wurde das Brennen bald zu Wärme.

Mit einem Mal vergaß sie die argwöhnischen Gedanken, mit denen sie hergekommen war, und berauscht von der Herzenswärme, die die kleinen Whiskymengen in ihr auslösten, begann sie entspannt zu plaudern.

Sie berichtete Kenzie in allen Einzelheiten von dem Besuch in Inverness und erzählte, wie großartig ihr die Kathedrale Saint Andrew's gefallen hatte und wie schön Cawdor Castle gewesen war. Beim Sprechen blickte sie hin und wieder scheu zu ihm hinüber. Die meiste Zeit aber hatte sie den Blick geradeaus auf die Landschaft gerichtet, aus Schüchternheit, nicht weil sie ihn nicht hätte ansehen wollen.

Sie erzählte ihm ausführlich von den Gärten bei Cawdor Castle und vergaß dabei ganz, dass Kenzie sie möglicherweise kannte. Sie ließ keine Einzelheit aus und schwatzte unbefangen über dies und das, so unbedeutend es auch sein mochte.

Kenzies Blick dagegen hing an ihr. Er beobachtete sie mit offensichtlichem Interesse, wobei er der Bewegung ihrer Lippen beim Sprechen besondere Aufmerksamkeit widmete. Auch ihre Augen, die so grün waren wie die Wiesen seiner Heimat und vor Lebendigkeit sprühten wie der Whisky von Edradour, ließ er nicht aus. Das Mädchen hatte etwas an sich, das ihn instinktiv anzog. Das hatte er schon am ersten Abend bei ihrem gemeinsamen Tanz gespürt. Rebeccas Schönheit stand außer Frage, aber es war nicht das, was ihn an ihr am meisten faszinierte. Beim Tanz hatte er ihr Widerstreben und Unbehagen wahrgenommen. Er wusste, dass sie sich nicht wohlfühlte in seinen Armen, für die sie nicht bestimmt war. Plötzlich überkam ihn eine unwiderstehliche Neugier auf den Mann, dem es gelungen war, sie zu erobern. Und ohne vorher nachzudenken, welche Wirkung das auf sie haben würde, unterbrach er ihr Geplauder.

»Erzähl mir von deinem Verlobten.«

Rebecca hielt im Satz inne und sah ihn verblüfft an. Sie hatte immer noch den Flachmann in der Hand, und wenn sie auch nicht mehr daraus trank, so spielte sie daran herum, während sie sprach.

»Verzeihung, was hast du gesagt?«

»Ich habe dich nach deinem Verlobten gefragt. Du bist doch verlobt, oder?«

»Ja«, wisperte sie.

»Erzähl mir von ihm.«

Rebecca senkte den Blick, sein Interesse überwältigte sie. Dann gab sie ihm die kleine Whiskyflasche zurück.

»Na ja …«, begann sie unschlüssig. »Er heißt Mario …« Sie zögerte, dann fügte sie hinzu: »Ich kenne ihn schon seit meiner Kindheit.«

Rebecca schwieg und wartete darauf, dass er etwas sagte. Kenzie schraubte den Verschluss von der Flasche und trank einen kleinen Schluck. Rebecca beobachtete seine Bewegungen, wie sie dem Flug eines Schmetterlings zugesehen hätte, und genoss die Harmonie und Leichtigkeit seiner Bewegungen.

»Ihr kennt euch also schon seit eurer Kindheit«, wiederholte er.

Sie blickte wieder auf das Wasser, bevor sie antwortete. »Eigentlich seit meiner Kindheit. Mario ist elf Jahre älter als ich«, erwiderte sie halblaut. Kenzie wandte leicht den Kopf und kniff die Augen zusammen. Ein einziges Mienenspiel, ohne Worte. Doch sie sah ihn nicht an.

»Und wie ist er so?«, fragte er nach.

»Er ist Anwalt.«

»Na, das ist ja eine präzise Beschreibung.«

»Wenn es um Mario geht, schon.«

»In meinen Augen ist ein Anwalt jemand, der sich an den Meistbietenden verkauft. Selbst wenn der Leibhaftige ihn um seine Dienste bitten würde, würde er ihn verteidigen und dabei nachweisen, dass sein Mandant ein Opfer der Gesellschaft ist, die ihn zum Verbrecher gemacht hat.«

»Mein Vater ist ebenfalls Anwalt«, verkündete Rebecca. »Und er würde niemals den Teufel verteidigen.«

»Daran zweifle ich nicht. Aber wir reden hier nicht von deinem Vater.«

Bei dem Gedanken an Mario lächelte Rebecca. »Na schön, Mario würde das möglicherweise tun.«

Kenzie bot ihr noch mehr Whisky an.

»Nein, danke, wenn ich noch einen Schluck mehr trinke, kann ich nicht mehr gerade gehen, und dann musst du mich tragen.«

»Oh, das würde ich nie tun.«

»Ach nein?«

»Und mich um das Vergnügen bringen, dir dabei zuzuschauen, wie du als seekrankes Schaf herumläufst?«

»Ein Schaf? Es wäre netter gewesen, wenn du ein etwas würdevolleres Tier für mich ausgesucht hättest.«

»Du bist hier im Land der Schafe, von daher ist es ein gutes

Beispiel. Und Schafe können so würdevoll sein wie das würdevollste aller Tiere.«

»Na schön, mag sein. Aber gib doch zu, dass es ein schlechtes Beispiel war.«

»Stimmt, du siehst nicht aus wie ein Schaf. Wäre dir eine Gazelle lieber?«

»Viel lieber, die sind wenigstens anmutig und schlank.«

»Allerdings weiß ich nicht, wie eine Gazelle sich aufführt, wenn sie Alkohol getrunken hat.«

»Aber bei einem Schaf hast du da bereits Erfahrungen gesammelt?«

»Selbstverständlich. Als ich neun war, habe ich meinem Vater mal eine Flasche besten Whisky geklaut. Ich hatte noch nie welchen probiert… du weißt schon, kindliche Neugier. Aber ich hatte immer gehört, dass Whisky besser schmeckt, wenn man ihn in Gesellschaft trinkt, also wollte ich bei meinem ersten Schluck nicht allein sein.«

»Du hast einem Schaf Whisky gegeben?«

»Wir haben einen miteinander gehoben, ja, aber dem Schaf hat der Whisky besser geschmeckt als mir. Das verflixte Vieh hörte überhaupt nicht mehr auf zu lecken, wenn ich ihm die Flasche hinhielt. Ab und zu schüttelte es heftig den Kopf, aber danach trank es weiter.«

»Und was ist dann passiert?«

»Das Ganze ist ihm natürlich schlecht bekommen. Der Whisky brachte seine lüsterne Seite ans Licht. Es versuchte, Harry zu besteigen, den Schafbock, und der war nicht so begeistert davon, dass Sally ihm auf den Rücken klettern wollte.«

»Und du?«

»Mir ging es auch nicht viel besser. Ich musste auf allen vieren in mein Zimmer kriechen, aber besoffen, wie ich war, habe ich die Flasche im Schuppen vergessen, und mein Vater hat sie dann am nächsten Tag gefunden. Er verabreichte mir eine ordentliche Tracht Prügel und sagte, nächstes Mal solle ich es ihm sagen, wenn ich Whisky probieren wollte.«

»Hat die Strafe etwas genützt?«

»Ich glaube schon. Ich habe erst wieder Whisky probiert, als ich siebzehn war.«

»Und das Schaf?«

»Oh, das Schaf hat nie wieder zur Flasche gegriffen.«

»Ich meine, ob es sich von dem Rausch gut erholt hat.«

Kenzie lächelte ironisch. »Na ja, am nächsten Tag lag es immer noch auf dem Schuppenboden. Mein Vater dachte, es sei krank, und rief den Tierarzt. Als der dann dahinterkam, dass das Schaf einen ziemlichen Kater hatte, musste ich mich für ein paar Tage verdrücken, um einer zweiten Tracht Prügel zu entgehen.«

Rebecca brach wider Willen in Gelächter aus.

»Ich fand das nicht so lustig, glaub mir«, versicherte Kenzie, der selbst das Lachen unterdrücken musste. »Aber ich muss zugeben, es waren schöne Zeiten. Danach wurde alles anders … und wir sind nach Skye gezogen.«

Der letzte Satz klang so selbstverständlich, als wäre er aus beruflichen Gründen auf die Insel gegangen. Rebecca wartete darauf, dass er noch etwas hinzufügte. Kenzie nahm ein paar Steine in die hohle Handfläche, warf sie hoch und fing sie wieder auf. Er sagte nichts weiter.

Rebecca sah auf die Uhr und konnte kaum glauben, wie spät es war. Sie hatte ihr Handy nicht mitgenommen, und Berta würde sich bestimmt schon Sorgen machen.

»Ich muss los«, sagte sie. »Ich habe Berta gesagt, ich würde nicht lange wegbleiben, und wenn ich nicht bald zurückkomme, schickt sie noch einen Suchtrupp los.«

Beide erhoben sich von dem Stein, auf dem sie die ganze Zeit gesessen hatten. Rebeccas Muskeln waren steif vom langen Sitzen, und als sie einen Schritt tun wollte, stolperte sie und wäre fast in den Fluss gefallen. Kenzie hielt sie gerade noch rechtzeitig am Arm fest, und sie stützte sich auf seiner Schulter ab.

»Ich helfe dir«, sagte er und legte ihr den Arm um die Taille.

»Vor dir muss ich mich wohl in Acht nehmen«, meinte Rebecca. »Du machst unvorsichtige Frauen und wehrlose Schafe betrunken.«

»Stimmt, ich bin ein Schuft«, bestätigte er lächelnd. »Und du hast recht«, fügte er in ernstem Ton hinzu, während sie über die Felsen stiegen. »Du tust gut daran, dich vor mir in Acht zu nehmen.«

Rebecca sah ihn an und bemerkte den Dreitagebart, der sich auf seinem Gesicht abzeichnete. Er war etwas heller und rötlicher als sein Kopfhaar. Wieder spürte sie dieses Flattern im Magen.

»Setz dich einen Augenblick hin, ich hole nur schnell meine Sachen«, meinte er.

Rebecca gehorchte. Sie erwog, zum Wasser zu gehen und sich Wasser ins Gesicht zu spritzen, um einen klaren Kopf zu bekommen, doch weil sie fürchtete, hinzufallen, blieb sie lieber sitzen.

Sie sah zu, wie Kenzie die restlichen Utensilien einsammelte und sie in seinem Rucksack verstaute, den er sich über die linke Schulter hängte. Dann nahm er Angelrute und Netz in die eine Hand und ergriff Rebeccas Arm, um ihr aufzuhelfen.

»Kannst du gehen, ohne hinzufallen?«

»So viel habe ich auch wieder nicht getrunken!«

»Nicht genug, um zu stürzen, aber so viel, dass du dich für eine ganze Weile benommen fühlen wirst.«

Rebecca konnte ohne Schwierigkeiten gehen. Kenzie ließ sie los, passte jedoch weiter auf, dass sie nicht über ihre eigenen Füße stolperte.

Während der ersten Minuten schwiegen sie. Rebeccas Körper hatte sich an die aufrechte Position gewöhnt, und das Schwindelgefühl war fast gänzlich verschwunden.

»Wo genau liegt eigentlich die Insel Skye?«, fragte sie.

»In den Inneren Hebriden, vor der Westküste Schottlands. Bei den Kelten hieß sie ›die geflügelte Insel‹ und bei den Wikingern ›Insel des Nebels‹. Es ist ein Ort, an dem man das Gefühl hat, dass die Zeit stehen geblieben ist.«

»Das klingt gut.«

»Eine Städterin wie du würde es da nicht mal eine Woche aushalten. Im Winter höchstens zwei Tage.«

»Hältst du mich für so oberflächlich, dass ich nicht außerhalb einer Großstadt leben könnte?«

Kenzie verzog die Lippen zu einem bitteren Lächeln. »Ich halte dich nicht für oberflächlich, aber es wollten sich schon viele dort niederlassen, angezogen von der Schönheit der Landschaft, aber geblieben sind nur wenige.«

»Wie war das Leben dort?«

»Nur damit du dir eine Vorstellung machen kannst: Im Vergleich zu Skye tobt in Beauly das Leben.«

Rebecca hatte Mühe, sich einen Ort vorzustellen, wo das Leben weniger tobte als in Beauly.

Sie gingen weiter, und Rebecca heftete ihren Blick auf den Boden.

»Willst du mich nicht fragen, warum wir auf die Insel gezogen sind?«

Überrascht und ein wenig beschämt blieb Rebecca stehen und sah ihn an. Sie schüttelte den Kopf, dann gingen sie weiter.

»Du fragst nicht, weil du die Antwort schon kennst, nicht wahr?«, bohrte er.

Wieder blieb Rebecca stehen und wollte etwas sagen, brachte jedoch nur ein paar gestammelte Worte heraus.

»Lass nur«, schnitt er ihr das Wort ab, »ich bin mir sicher,

Mrs Munro hat dir die Geschichte besser erzählt, als ich es selbst gekonnt hätte.«

»Ich würde sehr gerne deine Version hören«, wagte Rebecca sich vor.

»Warum möchtest du das?«

»Na ja, du hast mir sehr persönliche Fragen gestellt. Quid pro pro, lautet doch das Prinzip. Es wäre schließlich nur gerecht, oder?«

»Mir scheint, Sie leiden ein wenig unter krankhafter Neugier, *Señorita*.«

Er hatte das Wort spanisch ausgesprochen, und für Rebecca klang es unglaublich verführerisch.

»Wir sind gegangen, weil mein Vater sich damals nicht um Sophie und mich kümmern konnte.«

»Wegen der Sache mit deiner Mutter …«

Kenzie sah sie seltsam an. »Meine Mutter ertrug die Monotonie in Beauly nicht und wollte nach Kirkcaldy ziehen. Aber mein Vater wollte nicht zurück in die Minen. Ihre Beziehung verschlechterte sich. Dann ist sie alleine nach Edinburgh gegangen. Das war alles.«

»Warum hat sie Sophie und dich nicht mitgenommen?«

»Das frage ich mich schon seit Jahren. Aber ich nehme an, sie konnte finanziell nicht für uns aufkommen.«

»War es sehr hart für euch?«

»Nur am Anfang. Mein Vater hat uns oft zu ihr gebracht. Dann sind wir nach Skye gezogen.«

»Dann hat euch euer Großvater aufgezogen.«

»Ja.«

»Hast du deine Mutter mal wiedergesehen?«

»Ich sehe sie ab und zu.«

»Empfindest du Groll gegen sie?« Rebecca wusste noch, dass Pater Arnau bei der Beichte immer viel Nachdruck darauf gelegt hatte, welch große Sünde der Groll war.

»Ich empfinde Groll, wenn ich sehe, wie mein Vater seine Dämonen mit einem Glas Whisky bekämpft.«

»Hat er nie daran gedacht, einen Neuanfang zu machen?«

Kenzie schüttelte den Kopf.

»Das ist wirklich traurig.«

»Es gibt Schlimmeres.«

Rebecca war noch in der Vertrautheit gefangen, die zwischen ihnen entstanden war, als sie merkte, dass sie im Riverside Drive angekommen waren. Berta und Mrs Munro standen vor der kleinen Holztür auf dem Bürgersteig.

Als Berta sie sah, konnte sie einen Aufschrei nicht unterdrücken.

»Rebecca! Wo warst du denn? Ich hatte schon fast geglaubt, du wärst in den Fluss gefallen!«

»Es war meine Schuld«, entschuldigte sich Kenzie. »Ich habe sie gebeten, mir beim Angeln zu helfen.«

»Du hättest doch dein Handy mitnehmen können.«

»Also, meine Lieben, ich gehe jetzt«, unterbrach Mrs Munro die drei. »Das Mädchen ist gut nach Hause gekommen, wie ich sehe, und vor dem Zubettgehen möchte ich mir im Fernsehen das Rennen anschauen. Kenzie, mein Junge, mein alter Fiat läuft wie geschmiert. Ich weiß ja nicht, was du damit gemacht hast.« Sie ging und stimmte auf dem Weg zu ihrem Haus erneut ein Loblied für ihn an. »Du hast ein Händchen für Motoren, oh ja, ein echtes Händchen!«

Berta ging wieder zum Angriff über. »Du hast mir so einen Schrecken eingejagt!«

»Tut mir leid, die Zeit ist so schnell vergangen. Ich wollte wirklich nicht, dass du dir Sorgen machst.«

»Ich war kurz davor, dich suchen zu gehen.«

»Tut mir leid, ganz ehrlich«, entschuldigte Rebecca sich erneut.

Während sie ihren kleinen Streit austrugen, hatten die beiden Mädchen gar nicht gemerkt, dass Kenzie ebenfalls gegangen war.

Als die beiden im Haus waren, platzte Berta, die sonst ein besonnener Mensch war und ihre Impulse im hohen Maße unter Kontrolle hatte, heraus: »Warst du die ganze Zeit mit ihm zusammen?«

Rebecca nickte, und Berta stemmte die Arme in die Hüften. »Bist du wahnsinnig?«

»Wieso? Wir haben uns doch nur unterhalten.«

»Und worüber habt ihr drei Stunden lang geredet?«

Die beiden setzten sich auf das Sofa, und Rebecca erzählte.

»Sieh dich vor, Rebecca, es tut dir nicht gut, so vertraut mit ihm zu werden, selbst wenn es nur Gespräche sind. So langsam glaube ich, diese Campingidee war doch nicht so gut.«

»Meinetwegen?«

»Natürlich deinetwegen!«

»Ich kann schon auf mich aufpassen, Berta.«

»Da bin ich mir nicht so sicher. Wenn dieser Typ ein hässlicher Kerl oder ein Hinkebein wäre, würde ich mir ja keine Sorgen machen. Aber er ist … attraktiv, nett, aufmerksam … und das Schlimmste: Er ist das genaue Gegenteil von Mario.«

»Wenn du ihn für das genaue Gegenteil von Mario hältst, worüber machst du dir dann Sorgen?«

»Rebecca, du begreifst aber auch gar nichts … willst du mir vielleicht erzählen, er gefällt dir nicht? Ich kenne dich nämlich, und ich weiß, dass du sonst nicht drei Stunden allein mit einem Mann verbringen würdest, der nicht Mario ist. Da würdest du dir geradezu absurd und untreu vorkommen. Von daher glaube ich, du bist kurz davor, deine Prinzipien über Bord zu werfen.«

»Übertreib nicht, okay? Es war ja sehr nett mit ihm …« Bei dem Gedanken an das betrunkene Schaf Sally, das versucht hatte, Harry, den Schafbock, zu besteigen, lachte Rebecca auf. »Deswegen ist doch meine Ehe nicht in Gefahr. Aber …«

»Es gibt also ein Aber.«

»Ja, gibt es. Ich werde den Gedanken nicht los, dass ich über meine Hochzeit nicht so richtig glücklich bin.«

»Du bist durcheinander, das ist alles«, sagte Berta rasch.

»Ich weiß, aber was ist, wenn …?«

Sie blieb abrupt stehen und machte eine seltsame Bewegung. Es sah aus wie ein Schulterzucken.

»Wenn du dich verliebst?«, beendete Berta den Satz.

Rebecca schwieg, und Berta sagte: »In diesem Fall kennst nur du die Antwort.«

KAPITEL 19

Tortillas und Warnungen

Berta wurde von einem Klappern und Scheppern geweckt, das nur aus der Küche kommen konnte. Sie stellte fest, dass Rebecca schon aufgestanden war, und nahm an, dass sie gerade Frühstück machte. Doch unter der Zimmertür drang ein köstlicher Duft nach Gebratenem hervor. Sie stand auf und folgte der Fährte bis in die Küche, wo Rebecca konzentriert bei der Arbeit war.

»Hier riecht es nach spanischer Tortilla«, sagte Berta, die den Kopf zur Küche hereinsteckte und schnupperte.

»Dein Geruchssinn funktioniert sehr gut.«

»Du bist ja ganz schön früh aufgestanden, um zu kochen«, bemerkte Berta gähnend und reckte sich dabei wie eine Katze.

Auf der Arbeitsfläche stand ein Teller mit einer appetitlichen dampfenden Tortilla, und in der Pfanne brutzelte gerade eine zweite von der gleichen Größe.

»Sollen wir das alles essen? Nein, ich weiß schon, eine ist für Mrs Munro.«

»Eigentlich nicht. Obwohl, jetzt, da du es sagst … vielleicht hätte ich drei machen sollen.«

»Wenn die Tortilla nicht für sie ist … für wen dann?«

Rebecca sah auf und lächelte Berta zu.

»Also, für wen?«

»Sie ist für William, Sophies Vater.«

»Und Kenzies Vater …«

»Fang nicht wieder damit an!«

»Keine Sorge, ich bin schon still. Im Moment interessiert mich nur das Frühstück.«

Rebecca holte einen Teller aus dem Schrank, schnitt ein Stück von der Tortilla ab, die sie gerade zubereitet hatte, und reichte ihn ihrer Freundin.

»Mmm, das riecht aber gut. Dafür räume ich auch dieses ganze Durcheinander auf.«

Rebecca buk die Tortilla fertig und setzte sich dann mit einem eigenen Stück und einer Tasse Tee zu Berta, um mit ihr zu frühstücken.

Wie versprochen, räumte Berta das Geschirr weg und spülte alles ab, während Rebecca duschte. Nachdem sie Jeans und ein T-Shirt angezogen hatte, suchte sie nach einem Gefäß, um die Tortilla zu transportieren. Sie fand einen hübschen Korb, der mit einem typischen karierten Schottenstoff ausgeschlagen war und in dem ein paar getrocknete Blumen lagen. Sie nahm die Blumen heraus und stellte den Teller hinein, dann deckte sie den Korb mit einem sauberen Tuch ab. Bevor sie zur Croyard Road aufbrach, holte sie noch Jacke und Schirm. Am morgendlichen Himmel ballten sich die Gewitterwolken zusammen, und sie wollte nicht bis auf die Haut durchnässt sein, wenn sie bei William auftauchte.

Den Weg legte sie langsam und ohne Eile zurück. Es war noch früh, der ganze Vormittag lag noch vor ihr. Sie hatte ihre Freundin gedrängt, sie zu begleiten, aber Berta hatte ihre eigenen Pläne. Sie wollte am Vormittag Albert anrufen, der zu dieser Zeit eine Lernpause machen würde.

Die Zeit verging ihr rasch beim Gehen. Sie kannte den Weg schon, und durch diese Vertrautheit kam er ihr kürzer vor. Bald lagen die letzten Häuser der Croyard Road hinter ihr, und sie bog in die schmale Straße ein, die zum Haus der Familie MacLeod führte. Auf der Wiese grasten die Schafe, und die kleine Lola sprang fröhlich um ihre Mutter herum. Rebecca verzog die Lippen zu einem Grinsen, als sie ihre Freundin wiedersah. Die Tiere sahen sie gleichgültig an und grasten weiter.

Dumpfe Schläge lenkten sie von den Schafen ab. Es hörte sich an, als würde jemand mit einer Axt Brennholz spalten.

Die Schläge kamen vom hinteren Teil des Hauses. Rebecca ging ums Haus herum und traf auf Sophies Vater, der gerade die Axt auf einen großen Holzklotz heruntersausen ließ, der augenblicklich in zwei Teile gespalten wurde. Sophie, die neben ihm stand, nahm die Stücke und schichtete sie an der Wand auf.

Die beiden bemerkten Rebecca nicht, bis sie direkt vor ihnen stand. Sophie fuhr erschrocken zusammen, freute sich aber sichtlich, sie zu sehen, und begrüßte sie überschwänglich. Ihr Vater ließ die Axt im Hackklotz stecken.

Sie luden Rebecca auf eine Tasse Tee ein, und obwohl der Himmel sich nicht von seiner besten Seite zeigte und der Morgen kühl war, tranken sie ihn unter der großen Weide. Rebecca holte die Tortilla aus ihrem Korb. Als sie das Tuch zurückschlug, stieg den dreien ein köstlicher Duft in die Nase.

»Spanische Tortilla?«, fragte William ungläubig.

»Ja.«

»Hast du die gemacht?«

»Klar.«

»Riecht die gut!« Sophie sog die Luft durch die Nase ein.

»Allerdings«, pflichtete William ihr bei. »Der Duft erinnert mich an Alberto. Allerdings muss ich zugeben, dass deine Tortilla besser aussieht.«

»Danke«, murmelte Rebecca.

»Nein, ich danke dir, junges Fräulein«, erwiderte er. »Du hättest dir nicht solche Mühe machen müssen, auch wenn ich mich, offen gestanden, sehr darüber freue.«

Sie redeten über die Campingpläne für das Wochenende. William gab Rebecca ein paar nützliche Ratschläge, zum Beispiel, ein gutes Mückenschutzmittel mitzunehmen. An den Ufern der beiden Seen gebe es zuweilen richtige Mückenschwärme.

»Die Midges stechen wie die Teufel«, bemerkte er. »Denkt daran, den Reißverschluss am Mückennetz eures Zeltes immer geschlossen zu halten. Wenn es erst einmal eine hineingeschafft hat, könnt ihr die ganze Nacht nicht schlafen.« Er sah zu seiner Tochter hinüber, die sich schon beim bloßen Gedanken zu kratzen begann.

»Stimmt«, sagte Sophie. »Einmal habe ich vergessen, den Reißverschluss zuzumachen, und es war die reinste Folter. Ich habe die ganze Nacht kein Auge zugetan.«

Rebecca trank hastig ihren Tee aus und blickte auf die Uhr. Es war fast Mittag.

»Sophie«, sagte William und reichte ihr die Tortilla, »kannst du den Teller abspülen und ihn deiner Freundin wieder mitgeben?«

Sophie stand auf, nahm den Teller und ging ins Haus.

Dann wandte sich William in vertraulichem Ton an Rebecca. »Kenzie hat mir erzählt, dass du gestern einen Lachs gefangen hast.«

Rebecca sah, wie sich die Lippen des Mannes kräuselten. Sie errötete und antwortete ein wenig gehemmt. »Na ja, ich habe eigentlich gar nichts gemacht, nur das Netz unter dem Fisch durchgezogen.«

William blickte sie durchdringend an, was sie noch nervöser machte. Er merkte es und wandte den Blick ab. »Er angelt sehr gern. Schon als kleiner Junge wollte er immer zum Fluss.« Er stapelte die Teetassen aufeinander und fügte hinzu: »Früher haben wir immer gemeinsam geangelt. Aber dann … nun ja, sein Großvater war kein begeisterter Angler. Aber Kenzie hat alleine weitergemacht. Manchmal hat er die Schule geschwänzt und den ganzen Tag am Fluss gesessen. Er hat sich die Angelruten, die Netze und sogar die Köder selbst gemacht, aber den Fang hat er nie mit nach Hause gebracht.«

Sophie kam zurück und stellte den leeren Teller in Rebeccas Korb. Ihr Vater reichte ihr die Teetassen und bat sie, sie hineinzubringen. Diesmal zog das Mädchen eine Schnute, blickte ihre Freundin an und fügte sich schließlich.

William rieb sich den Nacken. »Kenzies Großvater hatte keine Geduld mit ihm, und ich weiß, dass die ersten Jahre auf der Insel schwer für die beiden waren. Kenzie führte sich auf wie ein kleiner Teufel. Er war aufsässig, lief von zu Hause weg und kam stundenlang nicht zurück. Manchmal übernachtete er sogar unter freiem Himmel und kam erst am nächsten Tag wieder nach Hause. Der Alte schrieb es mir in seinen Briefen. Er hatte eine starke Persönlichkeit, und sein Enkel war genauso impulsiv und starrköpfig wie er. Also ließ er ihn machen. Wenn Kenzie nach einem Streit tagelang nicht nach Hause kam, schenkte er der Sache nicht viel Beachtung. Kenzie würde schon wiederkommen, wenn er Hunger hätte oder ihm kalt wäre. Das war seine Taktik. Damals war ich viel zu beschäftigt damit, mir den Verstand wegzusaufen.« Er sann einen Augenblick nach und ließ den Blick an den herunterhängenden Zweigen der Weide entlangschweifen. Schließlich sagte er: »Ich wünsche mir nur eines: dass er eines Tages die Familie hat, die er verdient, seine eigene Familie, die weder seine Mutter noch ich ihm geben konnten.«

Rebecca schluckte. Ein plötzlicher Windstoß zerzauste ihr Haar. »Warum erzählen Sie mir das alles?«, murmelte sie und spürte, wie ihr die Schamröte ins Gesicht stieg.

»Du bist ein kluges Mädchen, ich glaube nicht, dass ich es dir genauer erklären muss.«

Williams Worte begleiteten sie auf ihrem Weg nach Hause. Seine unerwartete Offenheit hatte sie überrascht. Anscheinend hatte Kenzie ihm von der Begegnung am Fluss erzählt, und Rebecca hatte den Eindruck, als hätte der Mann ein paar Dinge mit ihr klären wollen, so als sähe er sie als Gefahr für das Glück seines Sohnes. In Rebeccas Augen war seine Warnung jedoch unnötig. Sie war nicht der Typ Frau, für den Kenzie sich interessieren könnte, jedenfalls nicht ernsthaft. Sie waren viel zu verschieden. Andererseits ging ihr Williams Geschichte über die Kindheit seines Sohnes sehr ans Herz, so wie die von Mrs Munro vor ein paar Tagen. William hatte offenbar große Schuldgefühle. Aber Kenzie wirkte kein bisschen traumatisiert. Im Gegenteil, er war ganz ruhig gewesen, als er ihr von seiner Vergangenheit erzählt hatte.

Es begann zu regnen, zwar nur leicht, aber lästig war es trotzdem. Rebecca spannte den Schirm auf, doch der nützte ihr nicht viel, da der Regen in dieser Gegend von allen Seiten zu kommen schien. Bevor sie nach Hause zurückkehrte, suchte Rebecca nach einem Laden, wo sie das Mückenschutzmittel kaufen konnte. Auf der Hauptstraße fragte sie eine Frau, die ihr einen Hinweis gab. Sie musste auf der High Street in Richtung des alten Klosters weitergehen und dort auf der rechten Seite nach einer kleinen Straße namens East End Ausschau halten, wo sich der Laden befand.

Sie kaufte zwei Flaschen Mückenschutzmittel und beschloss, auf dem Rückweg einen anderen Weg zu nehmen. Die Straße wurde ihr langsam langweilig, und sie wollte neue Winkel entdecken, also bog sie links ab. Bald fand sie sich in der Fraser Street wieder, der Straße, wo Rory wohnte. Zwei Querstraßen weiter erblickte sie eine Autowerkstatt. Unweigerlich musste sie an Kenzie denken. Arbeitete er hier? In der schützenden Anonymität ihres Regenschirms blieb sie in sicherer Entfernung stehen und schaute hinüber. Die Werkstatt war zweistöckig. Mehrere Autos blockierten den Vorplatz, und weiter hinten sah man zwei weitere. Drinnen konnte sie ein paar Männer ausmachen, die hin und her gingen, doch Kenzie war nicht dabei. Vielleicht gab es ja mehr als eine Werkstatt im Dorf. Sie vernahm Motorengeräusche, die rasch näher kamen, als sie ein kleines Schild an der Außenmauer entdeckte, auf dem *Camerons's Auto Repair Shop* stand.

Das Auto fuhr an ihr vorbei, bog in die Einfahrt zur Werkstatt ein und hielt auf dem Vorplatz. Ein Mann kam aus der Werkstatt und ging auf den Wagen zu. Ein zweiter folgte ihm, es war Kenzie. Rebecca neigte den Schirm nach vorn, um sich zu verstecken. Sie stand zwar nicht direkt vor der Werkstatt, aber auch nicht so weit entfernt, dass er sie im Zweifel nicht erkannt hätte.

Sie hob den Schirm wieder ein wenig an und beobachtete die drei Männer, die im Regen miteinander redeten, als würde ihnen dieses Mistwetter gar nicht auffallen. Der Autobesitzer klappte die Motorhaube hoch, und die beiden Fachleute leuchteten nach seinen Anweisungen hinein. Kenzie trug eine graue Arbeitshose mit verstärkten Knien, dazu ein schwarzes Hemd, dessen Ärmel er bis zu den Ellbogen hochgekrempelt hatte. Nach einer knappen Erläuterung händigte der Mann ihnen die Schlüssel aus, holte einen Regenschirm aus dem Kofferraum und ging mit dem anderen Mechaniker nach hinten in die Werkstatt. Kenzie blieb zurück. Über den Motor gebeugt stand er da, die Hände im Inneren des Wagens. Er wirkte hoch konzentriert und schien gar nicht wahrzunehmen, dass er nass wurde. Seine Arme waren nackt und muskulös und glänzten vor Nässe. Zu ihrer Überraschung stellte sie fest, dass die Tätowierungen ihr gefielen. Vielleicht gefielen ihr aber auch nur seine Arme.

Sie musste hier weg, das war ihr klar, aber Tatsache war auch, dass sie Spaß daran hatte, ihn zu beobachten. Heimliches Nachspionieren war etwas, das sie sich bislang nur sehr selten erlaubt hatte, umso weniger, wenn es einem Mann galt.

Dann beschloss sie, weiterzugehen, durchquerte mehrere Straßen, die alle gleich aussahen, und bog schließlich links ab, um wieder zur Hauptstraße zu gelangen.

Als sie zehn Minuten später in Riverside Drive eintraf, begegnete sie als Erstes Lola, die von ihrem Kurzurlaub mit Rory zurück war und ihrem Ärger darüber Luft machte, dass sie ohne sie zum Loch Ness fahren wollten.

»Loch Ness ist ja nicht der einzige See in Schottland«, meinte Rory.

»Okay, aber es ist der einzige, den ich kenne. Und wenn ich dort das Ungeheuer sehe?«

»Das einzige Ungeheuer, das du je zu Gesicht bekommen wirst, geht auf zwei Beinen«, spottete Berta. »Entschuldige, Rory.«

»Kein Ding«, murmelte dieser.

»Also gut, ich bin dabei«, entschied Lola. »Kommst du auch mit, Liebster?«

Rory lächelte entgegenkommend.

Rebecca ging hinein, um sich umzuziehen. Ihre Hose war feucht vom Sprühregen, und sie war diese ständige Feuchtigkeit, die den Schotten nichts auszumachen schien, nicht gewohnt.

Nachdem Rory gegangen war, erzählte Lola ihnen alles über ihren idyllischen Kurzurlaub in Nairn, während die drei spanische Tortilla aßen. In Lolas Welt gab es nur noch Rory. Mit Engelsgeduld hörten sie sich sämtliche Qualitäten an, die Lolas neuen Freund auszeichneten. Rory war der Liebste, der Freundlichste, der Gütigste und Zärtlichste, der Verständnisvollste … »Und der Sex erst …«

»Du bist völlig übergeschnappt«, meinte Berta. »Aber weil du hoffnungslos verknallt ist, bist du entschuldigt.«

»An meiner Verknalltheit ist gar nichts hoffnungslos.« Lola lachte. »Als ich in Barcelona mit ihm zusammen war, sind wir einander irgendwie gar nicht so nah gekommen. Wäre es nur dazu gekommen! Dann hätte ich ihn niemals gehen lassen… Oh mein Gott! Wenn ich nur überlege, was er alles mit mir anstellt…«

»Hör auf, Lola!«, rief Rebecca, bevor ihre Freundin ihnen noch sämtliche Einzelheiten schilderte. »Dein Sexleben interessiert uns nicht.«

»Ich weiß«, sagte Lola spöttisch. »Weder meins noch dein eigenes interessieren dich. Deswegen bist du ja auch mit uns zusammen anstatt mit Mario im Bett.«

Rebecca runzelte die Stirn. »Kaum bist du da, schon gehst du mir auf die Nerven.«

»Berta hat erzählt, dass du zu diesem unglaublich gut aussehenden Schotten gegangen bist, um seinem Vater eine Tortilla zu bringen.«

»Ja und? Er ist auch Sophies Vater, erinnerst du dich?«

»Also für mich riecht das nach einem schlimmen Ende.«

»Das Einzige, was hier schlimm riecht, ist zwischen deinen Beinen«, konterte Rebecca.

KAPITEL 20

Alles für einen Kuss

Gegen sechs klingelte es an der Tür. In der Hoffnung, Rory anzutreffen, lief Lola los, um aufzumachen. Doch sie irrte sich. Ihr verdutztes Gesicht, als Kenzie vor ihr stand, war preisverdächtig, und ihre Verblüffung wuchs, als der Schotte nach Rebecca fragte.

Lola rief auf Spanisch nach ihr. »Rebecca, da möchte jemand zu dir!« Sie sah wieder zu Kenzie und fügte etwas leiser, doch immer noch auf Spanisch hinzu: »Und zwar dieser eindrucksvolle Schotte, der beim Trommeln wie ein Barbar herumtanzt.« Sie lächelte Kenzie an, der das Lächeln ein wenig verwirrt erwiderte.

Auch Rebecca war offenkundig bestürzt, als sie ihn mit seiner Angelrute dort stehen sah.

»Hallo«, sagte sie verlegen und registrierte wieder einmal anerkennend seine stattliche Gestalt und sein kupferfarbenes Haar.

»Ich hatte mich gefragt, ob du vielleicht mit mir angeln gehen möchtest«, sagte er leise.

Rebecca blickte unbehaglich zu Lola, die den Wink verstand und sich ein wenig zurückzog, ohne jedoch wegzugehen. Die Einladung überrumpelte Rebecca, und sie musste rasch überlegen. Ihr erster Impuls war, abzulehnen und sich damit herauszureden, dass sie für die nächsten Tage noch einiges vorbereiten müsse. Und das tat sie auch, doch eine kurze Nachfrage konnte sie sich nicht verkneifen.

»Gehst du zum selben Platz wie gestern?«

»Ja«, murmelte er.

Sie biss sich auf die Unterlippe, was Kenzies Aufmerksamkeit auf ihren Mund lenkte.

»Vielleicht, wenn ich bald fertig werde …«

Kenzie lächelte freundlich und verabschiedete sich. Rebecca schloss die Tür. Ihr war klar, was jetzt kommen würde.

Als sie sich umdrehte, sah Lola sie entgeistert an. »Warum hast du das gesagt, wenn du gar nicht vorhast, hinzugehen? Du bist vielleicht eine …«

»Sie hat ja vor, hinzugehen!«, rief Berta aus der Küche.

»Das traut sie sich nicht«, widersprach Lola. »In ihren Augen wäre das eine Todsünde.«

»Gestern hat sie fast den ganzen Nachmittag mit ihm verbracht«, meldete sich Berta erneut.

Prompt verschränkte Lola die Arme über der Brust. »Nicht zu fassen. Du mit diesem tätowierten Wahnsinnstypen?«

Rebecca strich sich eine Haarsträhne hinters Ohr, wie so oft, wenn sie nervös war. »Wir haben nur geredet, also halte deine Gedanken bitte im Zaum.«

»Wegen meiner Gedanken habe ich keine Bedenken und wegen deiner auch nicht. Deine Neuronen feuern nicht schnell genug, als dass du irgendetwas Böses denken könntest. Aber seine machen mir Sorgen.«

»Du gehst mal wieder davon aus, dass alle sind wie du.«

Lola wechselte das Standbein und stemmte die Arme in die Hüften. »Nein, er ist in der Tat nicht wie ich. Er ist ein Mann, und glaub mir, er ist nicht besonders interessiert daran, nur mit dir zu reden.«

Berta kam mit einem Tuch in der Hand zu ihnen herüber. »Also, ich mache mir auch Sorgen, Rebecca. Du lässt dich von einer flüchtigen Schwärmerei hinreißen.«

»Berta, ich habe dir doch schon gestern gesagt, dass …«

»Ich weiß schon, was du mir gesagt hast, aber die Sache könnte aus dem Ruder laufen.«

»Also ich fände es gut, wenn sie hingeht«, meinte Lola.

Berta hob die Hand, sodass Bewegung in das Tuch kam. »Was soll das heißen?«

»Wenn sie sich sicher wäre, Mario von ganzem Herzen zu lieben, bräuchte sie nicht hinzugehen. Aber sie ist mit dem Langweiler ja zum Glück noch nicht verheiratet. Vielleicht bringt dieser Schotte ihr den Unterschied zwischen Liebe und Gernhaben bei.«

Rebecca wollte sich nicht noch mehr bieten lassen. Sie verschwand in ihrem Zimmer, um die Tasche für das Campingwochenende zu packen. Offenbar glaubten alle, sie dürften in ihrem Leben herumpfuschen. Lola war ja schon immer überzeugt gewesen, dass ihre Liebe zu Mario so fragil wie ein Schneckenhaus war, das hatte sie bei unzähligen Gelegenheiten durchblicken lassen.

Türen knallend verließ Rebecca das Haus, ohne sich um das Gerede der beiden zu kümmern. Sie war ohnehin nicht schlau daraus geworden. Tat sie nun gut daran, sich mit Kenzie zu treffen, oder nicht? Das hing wohl ganz davon ab, welche von beiden sie fragte. Also würde sie einfach tun, worauf sie Lust hatte, und im Moment hatte sie Lust auf diese Verabredung. Sie kannte Kenzie MacLeod zwar nicht besonders gut, aber sie war sich ziemlich sicher, dass er nicht so war, wie Lola dachte. Die glaubte zwar, die Männer zu kennen, aber weder war ihre Erfahrung so überaus groß noch ihr Instinkt so treffsicher. Rebecca war sich nur bei einem absolut sicher: dass sie gern mit Kenzie zusammen war. Sie mochte die Gespräche, die schmeichelhafte Art, wie er sie ansah, und natürlich gefiel ihr auch sein Äußeres, wie hätte es anders sein können. Doch das behielt sie für sich. Sie schaute gern in sein gut geschnittenes männliches Gesicht. Ja, natürlich sah sie ihn gerne an, genauso gerne, wie sie ihm zuhörte.

Diesmal versuchte sie erst gar nicht, die Schwärmerei abzuschütteln. Weder Mario noch ihre Hochzeitspläne konnten ihr die Aufregung nehmen, in die sie das bevorstehende Wiedersehen mit Kenzie versetzte. Nicht einmal Williams Worte drangen zu ihr durch. Sie war überzeugt, dass Kenzie nur ein wenig Gesellschaft beim Angeln wollte, ein bisschen Geplauder, um sich die stillen Stunden zu vertreiben, bis ein ahnungsloser Fisch anbiss.

Doch Rebecca machte sich etwas vor.

Der Weg machte eine letzte Biegung und führte dann zum Ufer hinunter, wo Kenzie gebückt auf einem flachen Felsen stand und wohl gerade einen Köder an seinem Haken befestigte.

Er war überrascht, sie zu sehen. Im Grunde hatte er sich keine großen Hoffnungen gemacht, dass sie noch kommen würde. Er hatte das Gesicht ihrer Freundin gesehen und war sich sicher gewesen, dass sie es Rebecca ausreden würde. Er blickte ihr entgegen und lächelte, als sie ihn scheu begrüßte.

Sie ging neben ihm in die Hocke und beobachtete interessiert, was er tat. Kenzie befestigte einen Köder an dem Haken und vergewisserte sich, dass dieser auch das Gewicht eines großen Lachses aushalten würde. Hin und wieder blickte er auf und zu Rebecca, ohne seine Tätigkeit zu unterbrechen, und auf die Gefahr hin, sich den Angelhaken in den Finger zu bohren.

Als er fertig war, richtete er sich auf, warf die Angel aus und zog den Köder gegen die Flussrichtung. Sein Vater hatte ihm als Kind beigebracht, dass es in erster Linie die Bewegung des Köders ist, die die Lachse anlockt. Bald zahlte sich seine Taktik aus, und während der nächsten Stunde fingen Rebecca und er zwei mittelgroße Exemplare.

»Ich glaube, das könnte mir gefallen«, sagte Rebecca. Kenzie sah sie an und zog eine Augenbraue hoch. »Die Art zu angeln, meine ich. Wenn man den Fisch wieder ins Wasser wirft … das ist … irgendwie ergreifend.«

»Ja, das ist ein tolles Gefühl. Man ist kurz davor, ihnen das Leben zu nehmen, gibt es ihnen dann aber zurück. Wenn Fische denken könnten, würden sie wohl glauben, dass ihr letztes Stündlein geschlagen hat. Ich gehe zwar nicht davon aus, dass sie das wissen, aber instinktiv spüren sie bestimmt etwas.«

»Beim Wegschwimmen denken sie wahrscheinlich: ›Puh, das war knapp …‹« Rebecca lachte.

»Ja, so in etwa.«

Nachdenklich blickte Kenzie sie an. Rebeccas Gesicht wurde wieder ernst, und sie überlegte, was ihm wohl durch den Kopf ging.

»Danke für die Tortilla«, sagte er schließlich. »Du hast meinem Vater eine große Freude gemacht. Ehrlich gesagt, du hast ihn umgehauen.«

Rebecca wandte den Blick nicht ab. Kenzie war verletzlicher, als man es von ihm denken würde, das spürte sie. Er wirkte wie ein unbekümmerter junger Mann, den nur wenig erschüttern konnte, aber jetzt gerade schienen seine Augen etwas ganz anderes mitzuteilen.

»Dein Vater liebt dich sehr«, sagte sie und sah zu, wie er einen neuen Köder vorbereitete.

»Aye, a ken«, murmelte er leise. Rebecca sah ihn weiter an, und Kenzie merkte erst nach einer Weile, dass sie ihn beobachtete. »Tut mir leid«, entschuldigte er sich. »Ich meine, ich weiß.«

Nachdem er noch einen Lachs gefangen hatte, löste er den Köder von der Angel. Er hatte genug für heute. Die beiden machten es sich wieder auf dem Stein bequem, und Kenzie holte den Flachmann aus dem Rucksack.

»Noch mehr Whisky?«, stöhnte Rebecca.

»Bierdosen sind so schwer … und Bier wirkt nicht so gut gegen die Kälte.«

Es stimmte, am Flussufer war die Kälte immer viel intensiver, und Rebecca hatte in der Eile vergessen, ihre Jacke mitzunehmen. Wie Kenzie trug sie nur ein langärmliges Shirt, was für sie jedoch offenbar nicht genug war.

»Na los«, drängte er. »Ich habe nicht vor, dich betrunken zu machen.«

»Ja, klar«, gab sie zurück und nahm den Flachmann. »So was macht dir nur bei Schafen Spaß.«

»Und bei dem einen oder anderen Truthahn«, stellte er klar, »aber Truthähne taugen als Gesellschaft nicht so gut wie Schafe.«

Rebecca verschluckte sich fast an ihrem Gelächter. »Bist du nie auf die Idee gekommen, das mit einem Freund zu machen?«

»Zum einen hatte ich damals nicht viele Freunde. Und außerdem schreiben weder Schafe noch Truthähne dir irgendetwas vor.«

»Du warst ein schwieriges Kind, was?«

»Laut meinem Großvater schon.«

»Und du – meinst du, es war so?«

Kenzie senkte den Kopf und spielte mit ein paar Steinchen herum.

»Ja, ich glaube, hin und wieder hatte ich schon eine Tracht Prügel verdient.«

»Das glaube ich nicht …«

Er schwieg nachdenklich, dann stand er auf und warf einen Stein in den Fluss. Der Stein sprang von der Wasseroberfläche hoch und hüpfte weiter, erst in großen Abständen, dann schneller und kürzer. Bei jedem Aufprall bildete sich ein perfekter Ring, der sich ausdehnte, bis er schließlich verschwand.

»Das konnte ich noch nie«, bemerkte Rebecca.

»Steine flitschen lassen«, sagte Kenzie. »Als Kinder haben wir uns in Skye verbissene Wettkämpfe geliefert. Wer verlor, wurde ins Wasser geworfen.«

»Und, bist du mal nass geworden?«

»Nein«, sagte er lächelnd.

»Das überrascht mich nicht, nachdem ich gesehen habe, wie du wirfst.«

»Willst du es lernen?«

Noch ehe Rebecca etwas sagen konnte, hatte Kenzie ihr schon einen Stein in die Hand gelegt. Er reichte ihr die Hand und half ihr vom Boden hoch. Es folgte eine Theoriestunde über die Grundlagen des Steineflitschens. Offenbar kam es darauf an, den magischen Winkel zu finden, bei dem der Stein so auf der Wasseroberfläche aufkam, dass er von unten genügend Wasser mitnahm, um wieder hoch zu kommen, sodass das Ganze sich wiederholte.

Rebecca war von den vielen Erläuterungen so überfordert, dass sie den Stein einfach nach Gutdünken warf, ohne die Anweisungen ihres Lehrers umzusetzen.

Der Stein traf mit einem leisen Klatschen auf das Wasser und versank im Fluss, als wäre er aus Blei. Kenzie legte den Kopf schief und sah sie aus zusammengekniffenen Augen an. »Du bist aber keine gute Schülerin …«

»Ich weiß … aber von dem, was du mir da erzählt hast, habe ich rein gar nichts verstanden.«

»Hm«, murmelte er und rieb sich das Kinn. »Dann müssen wir zum praktischen Unterricht übergehen.«

»Zum praktischen Unterricht …«

»Ja«, sagte er und näherte sich ihr mit einem weiteren Stein in der Hand. »Das hast du jetzt davon, dass du bei meiner Erklärung nicht aufgepasst hast.«

»Was hast du vor?«, fragte Rebecca, als Kenzie sich genau hinter ihrem Rücken aufstellte.

»Willst du es nun lernen oder nicht?«

»Ja.«

»Wenn du die Erklärung nicht verstehst, spürst du ja vielleicht die Bewegung.«

Rebecca spürte den Druck seines Körpers in ihrem Rücken. Kenzie ergriff ihre linke Hand und schlang ihr von hinten den Arm um den Bauch. Er sog den Duft ein, den das schwarze Haar des Mädchens verströmte, und fühlte unterhalb seiner Taille ihren verführerischen Hintern. Rebecca spürte seine Kraft und Wärme und vergaß vor Aufregung fast das Atmen.

»Kenzie …«, murmelte sie.

»Schsch«, flüsterte er ihr ins Ohr. »Gib dich der Bewegung hin, so als wären wir ein einziger Körper.«

Mit der anderen Hand hielt er ihre rechte Hand fest und legte den Stein hinein. »Lass ihn los, wenn ich es sage«, murmelte er.

Rebecca nickte. Sie bekam kaum Luft und wollte nicht, dass er es merkte.

Kenzie packte sie fest um die Taille und führte ihren rechten Arm so nach hinten, dass er einen Winkel von nicht mehr als fünfundvierzig Grad beschrieb.

»Bereit?«

»Ja«, hauchte Rebecca.

»Jetzt!«

Kenzie schleuderte den Arm in Richtung Fluss, und Rebecca ließ den Stein los. Erwartungsvoll beobachteten die beiden, wie das Wurfgeschoss auf der Wasseroberfläche auftraf. Der Stein hüpfte einmal, dann ein zweites und noch ein drittes Mal, bevor er unterging.

Triumphierend riss Kenzie Rebeccas Arme hoch, und sie machte vor Freude einen Luftsprung, wobei sie sich zu ihm umdrehte. Kenzie zog sie an sich, hob sie hoch und wirbelte sie herum. Dann hielt er inne, ohne sie aus seiner Umarmung zu entlassen.

Rebeccas Hände lagen auf seinen Schultern, und sie versuchte sich zu befreien.

»Kenzie, bitte …«

»Ich weiß … es tut mir leid …«, entschuldigte er sich und ließ sie los.

Rebecca war atemlos. Es war die Euphorie des Moments gewesen, die zu der spontanen Reaktion geführt hatte

»Gibst du mir noch ein bisschen von dem Whisky?«, bat sie, ohne ihn anzusehen.

»Natürlich.«

Er holte die kleine Flasche aus der Gesäßtasche seiner Jeans, wo er sie einige Minuten zuvor verstaut hatte, und reichte sie ihr. Rebecca nahm sie ihm entschlossen ab, schraubte den Verschluss auf und trank einen Schluck. Einen allzu großen. Kenzie riss ihr die Flasche aus dem Mund. Der Schnaps lief ihr über das Kinn und durchnässte ihr Shirt. »Was soll denn das?«

»Es ist wegen der Kälte …«, sagte Rebecca. Der Alkohol ließ ihre Stimme gepresst klingen, und sie hustete.

»Willst du ins Koma fallen?«

»So viel war es doch auch wieder nicht.« Rebeccas Stimme klang immer noch erstickt.

»Das sehen wir ja dann in zehn Minuten. Komm, setz dich hin, ich glaube nicht, dass du im Moment stehen kannst.«

Sie setzten sich wieder auf den Stein, und Kenzie sah Rebecca stirnrunzelnd an. »Wenn du willst, entschuldige ich mich gerne ein zweites Mal, aber trink nicht noch einmal so.«

»Das ist nicht nötig«, beschwichtigte Rebecca ihn. »Freunde nehmen sich doch auch in den Arm. Das war ein spontaner Einfall, weil wir uns gefreut haben.«

Kenzie, der immer noch den Flachmann in der Hand hielt, nahm einen kleinen Schluck, dann sagte er: »Rebecca, ich will nicht dein Freund sein.«

Falls er vorgehabt hatte, sie durcheinanderzubringen, war ihm das perfekt gelungen. Lolas Worte hämmerten in Rebeccas Kopf. Vielleicht war es aber auch der Whisky.

Auf einmal wurde ihr schwindlig. Der Fluss, die Bäume

und sogar Kenzie verwandelten sich in ein wirbelndes Karussell, und ihr Magen hob sich.

»Oh Gott … ich fühle mich scheußlich … alles um mich herum dreht sich …«

»Du hast ein halbes Glas Whisky in einem Zug ausgetrunken. Bei jemandem, der Alkohol nicht gewohnt ist, ist das eine normale Reaktion.«

»Ich glaube, ich muss mich übergeben …«

Kenzie führte sie hastig zum Ufer und half ihr auf alle viere. Mit einem Arm stützte er sie, damit sie in ihrer halb über dem Wasser hängenden Haltung nicht in den Fluss fiel, mit der anderen Hand hielt er ihr die Stirn, während Rebeccas Magen sich zusammenzog.

»Na los, lass es raus«, murmelte er.

Rebecca erbrach die Flüssigkeit über das Wasser. Glücklicherweise war es nur der Alkohol, den ihr Magen loswerden wollte. Sie ließ sich nach hinten fallen und blieb ausgestreckt auf dem Stein liegen, das Gesicht nach oben gewandt, die Knie angezogen und die Hände auf dem Bauch. Kenzie beobachtete sie und achtete dabei auf sonstige Symptome. Rebeccas Nacken war schweißnass und ihr Gesicht unerträglich heiß.

»Ich werde nie wieder einen Tropfen Whisky anrühren.«

»Das glaube ich … aber für den Moment reicht es mir, wenn du die Augen zulässt.«

Die Augen zu schließen nützte Rebecca nicht viel. Dann drehte sich zwar ihre Umgebung nicht mehr um sie, doch das Schwindelgefühl blieb.

Nach einer Weile blickte sie zu Kenzies verschwommener Gestalt, die neben ihr saß, die Arme auf die angezogenen Knie gelehnt.

Rebecca griff sich mit beiden Händen an die Stirn.

»Mein Kopf … was mischt ihr nur in dieses Gesöff? Tote Ratten?«

»Der Whisky von Edradour gehört zu den besten, auf den lasse ich nichts kommen. Aber ich habe noch nie jemanden so trinken sehen, nicht einmal die härtesten Typen. Du kannst froh sein, dass du noch bei Bewusstsein bist.«

»Du hast recht, ich habe meine Lektion gelernt.« Sie gab ein ersticktes Stöhnen von sich. »Jetzt kann ich das Schaf Sally verstehen …«

»Sally verstand mehr vom Trinken als du. Jedenfalls hat sie langsam getrunken, und du weißt ja, wie die Sache ausgegangen ist.«

»Na gut, Schafe vertragen Whisky eben besser als ich«, meinte Rebecca und merkte, wie schwer ihre Zunge war. Sie hatte zunehmend Mühe, die Worte zu bilden, und sie war müde. Sie gähnte.

»Schlaf ja nicht ein, sonst kriege ich dich bis morgen nicht mehr wach, und ich will dich nicht bewusstlos zu deinen Freundinnen zurückbringen.«

»Was soll ich denn machen?«

»Erzähl mir von deiner Familie.«

Rebecca unterdrückte ein Lachen. »Da wüsste ich nicht, wo ich anfangen soll.«

»Vielleicht beim Anfang? Wir haben Zeit, bis du wieder in der Lage bist zu stehen.«

Wieder sah Rebecca zu ihm hinüber. Kenzie streckte eine Hand aus und strich ihr eine verirrte Haarsträhne aus dem rechten Auge, und Rebecca hielt seine Hand fest und versuchte, sie zu betrachten.

»Die Hand von dem Mann an der Trommel«, murmelte sie beinahe unverständlich. »Ganz schön groß.« Sie verglich ihre Hand mit seiner, indem sie die Handflächen aneinanderlegte. »Wie schaffst du es nur, mit sieben Fingern zu spielen?«

Kenzie lächelte. »Keine Sorge, es werden bald wieder fünf sein.«

»Wie beruhigend.« Sie schloss die Augen und legte Kenzies Hand mitten auf ihre Brust. Dann legte sie die eigenen Hände darauf und drückte sie.

Kenzie spürte die feste, warme Wölbung ihrer Brüste unter seiner Hand, die sich im Rhythmus ihres Atems hoben und senkten.

Widerstrebend zog er die Hand weg. Dann ergriff er ihr Kinn. Sie schien eingeschlafen zu sein. Er versetzte ihr ein paar leichte Schläge auf die Wangen, und sie schlug die Augen wieder auf.

»Du wolltest mir doch von deiner Familie erzählen.«

»Ja … also …«

Langsam und schläfrig begann sie zu sprechen. Ihre Worte klangen schwerfällig, und ihr spanischer Akzent wurde so stark, dass Kenzie sie nur mit Mühe verstehen konnte. Sie vermischte englische und spanische Wörter und lachte zwischendurch immer wieder laut los. Nur Betrunkene können über die traurigsten Lebensereignisse lachen, das wusste Kenzie sehr gut, der viele Besäufnisse seines Vaters miterlebt hatte, bevor er und seine Schwester nach Skye gezogen waren.

So erfuhr Kenzie alles über Rebeccas Leben, ein Leben, das beneidenswert hätte sein können. Doch die Geschichte ihres Bruders zeigte ihm eine intolerante, wenig liebevolle und dominante Mutter, die so weit ging, ihre eigene Tochter mitten im 21. Jahrhundert zu einer Vernunftehe zu drängen.

Mit einem Lächeln auf den Lippen hörte Rebecca auf zu sprechen. Sie fand das alles ungemein lustig und konnte nichts mit Kenzies ernster Miene anfangen. Er hat eben ein ernstes Gesicht, sagte sie sich, wie ein Porträt aus einer anderen Zeit. Ihr war schon aufgefallen, dass er sein Lächeln nicht gerade verschenkte, obwohl es ihm gut zu Gesicht stand. Sie stellte sich vor, wie er als Kind gewesen war, als er auf der Insel Skye herumgestromert war und stundenlang geangelt hatte. Sein

Vater hatte ihr erzählt, dass er manchmal sogar die Nacht im Freien verbracht hatte.

Ihre Euphorie wurde von einer plötzlichen Schwermut abgelöst, und während sie ihn ansah, überkam sie ein unwiderstehlicher Drang, ihn zu küssen. Von dem Impuls angetrieben, setzte sie sich auf. Sie brachte das aufkommende Schwindelgefühl unter Kontrolle, und als sie wieder einigermaßen klar sehen konnte, merkte sie, wie nah sie ihm war, so nah, dass sie seinen ruhigen, warmen Atem spürte. Er blickte sie schweigend an, ohne zu ahnen, was sie vorhatte. Rebecca näherte sich seinen Lippen. Einen Augenblick lang sah sie nicht den Mann, der vor ihr saß, sondern nur das Kind. Ein Kuss, um ihn zu trösten, dachte sie, nur ein Kuss.

Sie atmete seinen leichten Whiskyatem ein, dann küsste sie ihn.

Sein Mund war warm und weich. Sie schloss die Augen und neigte sich instinktiv zu ihm.

Der Moment, in dem ihre Lippen aufeinandertrafen, war so heftig, dass sie erschrak. Doch sie konnte sich nicht von seinem Mund lösen, im Gegenteil, sie hätte ihn am liebsten erforscht wie ein Dieb auf der Suche nach einem wunderbaren Schatz. Nie hätte sie sich träumen lassen, dass ein Kuss solche Gefühle in ihr auslösen könnte.

Als sich ihre Lippen wieder trennten, hielt sie die Augen weiter geschlossen. Nach und nach fand sie wieder zu sich selbst. Sie lächelte und blinzelte schwerfällig, als fiele es ihr schwer, wach zu bleiben. Ihre grünen Augen glichen zwei Smaragden und glänzten leicht vom Alkohol.

Kenzie legte seine Hand an ihre Wange, und Rebecca döste darin ein. »Rebecca«, flüsterte er.

Sie öffnete die Augen, sah ihn an und lächelte wieder. Es gefiel ihr, wie er sie ansah, denn im Augenblick hatte sie das Gefühl, die schönste Frau der Welt zu sein.

»Findest du meinen Körper schön?«, fragte sie. Es klang verwaschen.

Federleicht ließ Kenzie seinen Handrücken von ihrer Brust bis zu ihrer Hüfte gleiten. »Ich finde deinen Körper perfekt, *mo leannan*.«

Rebecca wiederholte die letzten Worte, und er lächelte.

»Das bedeutet ›mein Liebling‹.«

»›Mi cielo‹ sagen wir da, wo ich herkomme.«

»Das klingt hübsch.«

Wieder schloss Rebecca die Augen und döste ein, doch sie kam wieder zu sich, als Kenzie ihr den Arm um die Taille schlang. Den anderen Arm schob er unter ihre Knie und hob sie auf seinen Schoß. Rebecca streckte die Hand aus und vergrub sie in seinem Haar. Ihre Finger strichen durch die seidigen Strähnen. Jetzt war es Kenzie, der sie küsste. Doch sein Kuss war anders, fordernder, drängender. Sie erwiderte den Kuss mit ebensolcher Leidenschaft und schwebte dabei auf einer schläfrigen Wolke. Wie ein unerwünschtes Gespenst drängte sich das Bild von Mary, die rittlings auf Kenzies Schoß gesessen hatte, in ihr Bewusstsein. Doch sie schüttelte es rasch wieder ab, sie war so durcheinander und konnte an nichts anderes denken als an diesen Mund, der sie so zart biss, dass das Verlangen sie halb wahnsinnig machte. Noch nie hatte sie etwas Vergleichbares erlebt, noch nie hatte sie so heftig begehrt. Es kümmerte sie nicht einmal, ob er ihre Küsse genauso vergessen würde wie Marys. Sie konnte ihm nicht widerstehen. Schon vom allerersten Augenblick an, als sie ihn am Fluss mit einer anderen Frau gesehen hatte, hatte ihr Körper danach verlangt, in diesen Armen zu liegen. Jetzt hatte sie die Antwort auf ihre Frage, jetzt wusste sie, wie man sich fühlt, wenn einen jemand so küsst und im Arm hält, wie er es tat.

Nie würde sie das vergessen.

Zwischen zwei Küssen murmelte Kenzie leise Worte, die sie

nicht verstand, doch der Klang lullte sie ein wie ein Kind, das der Müdigkeit nicht widerstehen konnte. Und so schlief sie ein.

Nicht einmal ein paar leichte Schläge auf die Wangen konnten sie wecken, und Kenzie hielt sie über eine Stunde in seinen Armen.

Als Rebecca erwachte, war ihr Mund trocken, und sie spürte eine tröstliche Wärme. Sie hatte Durst. Sie öffnete die Augen, war wegen des grellen Lichtes jedoch gezwungen, sie gleich wieder zu schließen. Sie blinzelte mehrmals und stellte fest, dass zwei starke Arme sie hielten. Es dauerte eine Weile, bis sie wusste, wo sie war. Benommen kletterte sie von Kenzies Schoß und sah ihn besorgt an. Sie erinnerte sich an einen Kuss, an mehr als einen, wusste aber nicht, ob sie das vielleicht nur geträumt hatte.

»Ich muss los«, murmelte sie.

Er legte beim Gehen den Arm um sie. Sie war dankbar dafür, denn ihre Beine waren so schwer wie Blei. Sie konnte den Gedanken an die Küsse nicht abschütteln und fürchtete sich vor der Antwort auf die Frage, die sie gleich stellen würde, denn die Ungewissheit brachte sie um.

Sie nahm allen Mut zusammen und fragte: »Haben wir uns geküsst, oder war das nur ein Traum?«

»Wir haben uns geküsst.«

Rebecca atmete tief durch und griff sich an den Kopf. Einen Augenblick lang schloss sie die Augen und strauchelte. Kenzie hielt sie fest, damit sie nicht hinfiel, und beschwichtigte sie.

»Es waren nur ein paar Küsse.«

Seine Worte brachten sie nur noch mehr durcheinander. Sie beschleunigte ihren Schritt und kam durch ihre Eile erneut ins Stolpern. Kenzie lud sie ein, sich auf ihn zu stützen, aber sie wollte seinen Arm nicht. Den Rest des Weges war sie in Gedanken versunken und hörte nicht einmal zu, als er ihr einen

Papageitaucher zeigte, der am anderen Flussufer auf einem Felsen saß. An Orten wie diesem sehe man sie eher selten, sagte Kenzie, doch an der Steilküste von Skye könne man sie in Scharen bewundern.

Bei jeder anderen Gelegenheit hätte Rebecca den Anblick dieses seltenen Vogels zweifellos zu schätzen gewusst, aber ihr war immer noch schwindlig, und was geschehen war, verursachte ihr schreckliche Gewissensbisse. Im Moment wollte sie nur noch schlafen, bis sie wieder einen klaren Kopf hatte. Beim Haus angekommen, gab Kenzie ihr noch ein paar Ratschläge, damit es ihr am nächsten Tag nicht so schlecht ging.

»Du musst viel Wasser trinken, ein paar Gläser sollten es schon sein. Alkohol lässt den Körper dehydrieren. Der Spaziergang hat dir gutgetan, aber du musst Wasser trinken, vergiss das nicht.«

»Mach ich.«

Sie blieb neben der Holztür stehen und sah ihm nach, als er zu dem blauen Nissan ging, den er in der Nähe geparkt hatte. Auf ihren Lippen brannten noch seine Küsse, und mit leichtem Erstaunen wurde ihr bewusst, wie sehr ihr die Vorstellung von Kenzie, wie er Mary küsste, inzwischen missfiel.

Sie holte tief Luft und ging ins Haus, bereit, ihren Freundinnen gegenüberzutreten, die besorgt und mit alarmierten Gesichtern auf sie warteten.

»Endlich, Rebecca…«, sagte Berta, als sie durch die Tür trat. Beide waren zum Eingang gekommen. »Wir wussten schon gar nicht mehr, was wir noch denken sollten.«

Lola, die eine bessere Beobachterin als Berta war, registrierte das zerzauste Haar ihrer Freundin, das gerötete Gesicht und den abwesenden Blick. Und was noch schlimmer war: Rebecca stank nach Whisky.

»Was habt ihr denn gemacht?«

»Ich will ins Bett.«

»Du gehst nirgendwohin, bevor du uns erzählt hast, was passiert ist«, bestimmte Berta. Sie packte Rebecca am Arm und zog sie ins Wohnzimmer.

Die drei Mädchen setzten sich.

»Könntet ihr mir bitte ein Glas Wasser bringen?« Rebeccas Stimme zitterte.

Berta ging rasch in die Küche und kam kurz darauf mit dem Wasser zurück. Rebecca stürzte es hinunter und bat um ein zweites Glas. Sie hatte schrecklichen Durst. Sie erzählte, was passiert war, zumindest soweit sie sich erinnerte, wobei ihre Vorstellung der Wahrheit ziemlich nahe kam. Zwischendurch hielt sie immer wieder inne, um einen Schluck Wasser zu trinken. Bis zur letzten Sekunde hatte sie gezögert, den beiden alles zu erzählen, war jedoch zu dem Schluss gekommen, dass es so besser war. Sie verlor langsam die Kontrolle über sich.

»Wie konnte er nur zulassen, dass du dich betrinkst?«, fragte Berta.

»Er wird es wohl darauf angelegt haben«, meinte Lola. »Ganz offensichtlich gefällst du ihm.«

»Ich habe euch doch gerade erzählt, dass mich niemand zum Trinken gezwungen hat. Ich habe Kenzie gebeten, mir von dem Whisky zu geben. Ich hätte nicht gedacht, dass er eine solche Wirkung auf mich haben würde.«

»Na schön, jetzt lässt es sich sowieso nicht mehr ändern«, entschied Lola. »Und ein paar Küsse sind ja nicht weiter schlimm. Du bist dir doch sicher, dass es nur Küsse waren, oder?«

Rebecca nickte.

»Gott sei Dank«, sagte Berta leise. »Jetzt geh mal duschen und wasch dir diesen Gestank ab, und dann geh ins Bett. Du brauchst Schlaf.«

Die Dusche vertrieb die bleierne Wolke aus Rebeccas Kopf. Sie schlüpfte in ihren Pyjama und trank vor dem Schlafengehen noch ein Glas Wasser. Berta und Lola saßen im Wohnzimmer und sprachen leise miteinander. Als Rebecca zugedeckt war, kam Berta ins Schlafzimmer und setzte sich zu ihr ans Bett. Es gab da etwas, das sie Rebecca fragen wollte. Es war zwar Lola, die darauf gekommen war, die hatte jedoch nicht diejenige sein wollen, die es Rebecca vorschlug. Auf Berta hatte Rebecca schon immer mehr gehört.

»Rebecca«, flüsterte Berta. Rebecca öffnete die Augen und sah sie an. »Hör zu, meine Liebe, ich muss dir etwas sagen.«

»Dann mach schnell, Berta, ich sterbe vor Müdigkeit.«

»Sieh mal, Lola und ich haben uns besprochen, und ... wir sind zu dem Schluss gekommen: Wir können das Campingwochenende absagen. Wir müssen da nicht hin. Lass es uns abblasen und zusammen etwas unternehmen, nur wir drei. Lola ist einverstanden. Wir könnten nach Nairn fahren, um Delfine zu sehen ...«

»Lass gut sein, Berta. Es ist zu spät.«

»Zu spät? Was soll das heißen?«

»Das soll heißen, dass ich nichts mehr dagegen machen kann.«

»Ich verstehe nicht ...«

»Während ich neben ihm nach Hause gegangen bin, habe ich nachgedacht. Die ganze Zeit musste ich den Drang unterdrücken, ihn noch einmal zu küssen. Der erste Kuss kam vom Alkohol, das ist wohl wahr. Aber selbst jetzt würde ich alles geben, um es noch einmal zu tun.«

Berta begriff, dass die Sache schlimmer war, als sie und Lola gedacht hatten. Mit der für sie typischen geistigen Gewandtheit überlegte sie sich eine Alternative. »Nein, nein, Rebecca. Hör zu. Du schwärmst für ihn, das ist alles. Das kann jeder von uns passieren. Aber du darfst dich davon jetzt nicht hinreißen lassen. Der Zauber vergeht wieder, glaub mir. Wir können nach Hause fahren, du brauchst es nur zu sagen. Ich kann sofort die

Koffer packen, wenn du willst. Dann fahre ich gleich morgen mit dir nach Inverness, bis wir in einen Flieger nach Hause steigen können. Es gibt überhaupt keinen Grund, hierzubleiben. Das ist doch verrückt …«

»Du hast recht, es ist verrückt … Aber der Gedanke, nach Hause zu fahren und ihn nie mehr wiederzusehen … der zerreißt mir das Herz. Eigentlich wünschte ich mir, es wäre schon morgen, damit ich gleich wieder mit ihm zusammen sein kann.«

»Es ist nur eine vorübergehende Verliebtheit … du wirst es bereuen …«

»Enric hat mal zu mir gesagt, ich würde nie die wahre Liebe kennenlernen. Das hat ziemlich wehgetan und mich ins Grübeln gebracht. Wenn er gewusst hätte, welche Wirkung seine Worte auf mich haben würden, hätte er das nie zu mir gesagt. Oder vielleicht doch, ich weiß es nicht. Wenn ich an Mario denke, weiß ich, dass er der Mann ist, der mir das Leben geben kann, das ich mir wünsche. Aber was ich bei Kenzies Kuss gespürt habe …« Sie brach ab und atmete zitternd aus. »Das Schlimmste ist, dass ich von seinen Küssen nicht genug bekommen habe, ich wollte mehr davon … ich wollte ihn noch näher bei mir spüren, und ich hätte einfach alles getan, worum er mich gebeten hätte.«

»Zum Glück hat er das nicht getan …«

»Er hat mich gehalten, während ich geschlafen habe … In seinen Armen aufzuwachen war … wunderschön, das hatte mehr Gewicht als seine Küsse. Ich habe mir gewünscht, an jedem einzelnen Tag meines Lebens so aufzuwachen, verstehst du das nicht?«

»Doch, Rebecca«, flüsterte Berta bekümmert. »Jetzt verstehe ich es.«

KAPITEL 21

Loch Ness

Rebecca stand am nächsten Morgen als Letzte auf. Die Mädchen ließen sie ausschlafen und sorgten dafür, dass kein Lärm ihre Ruhe störte. Als sie aufwachte, war es schon nach zehn. Sie verließ das Schlafzimmer und ging in die Küche. Ihr klarer Kopf wunderte sie, denn beim Zubettgehen am Vorabend hatte sie befürchtet, mit einem heftigen Kater aufzuwachen, doch sie fühlte sich wie neu geboren. Ihr Mund war ein bisschen pelzig, doch ansonsten war da keine Spur von Unwohlsein. Berta und Lola hatten ein wenig sauber gemacht. Draußen war es bewölkt und regnerisch, sodass sie noch nicht draußen gewesen waren. Rebecca registrierte ihre verstohlenen Blicke, hatte jedoch keine Lust, sich von den beiden erneut in eine Diskussion über die Ereignisse des Vortags verwickeln zu lassen, auch wenn die Dinge bei Tage schon wieder anders aussahen, was sie mit Pessimismus erfüllte. Was in der Nacht wunderbar gewesen war, darauf warf das Morgenlicht unweigerlich das Licht der Vernunft.

Berta hatte sie noch ein zweites Mal daran erinnert, dass sie keineswegs fahren mussten. Ein Wort von ihr genüge, es sei immer noch zeitig genug, um abzusagen. Lola würde sich eine Ausrede einfallen lassen, um ihre Abwesenheit zu erklären. Am Ende wäre alles nur ein Traum gewesen.

Rebecca zögerte kurz, während sie zuhörte, aber die Vorstellung, sich einfach aus dem Staub zu machen, ging ihr gegen den Strich.

Nein, sie würde nicht weglaufen. Lola hielt den Mund,

von ihr kamen weder Vorwürfe noch Ratschläge, noch schräge Blicke. Die Beziehung zwischen Mario und Rebecca war ihr immer suspekt gewesen. Sie fand, dass man lernen müsse, sein eigenes Leben zu leben, und da gehörten Fehler eben dazu. In Lolas Augen war Kenzie so ein Fehler in Rebeccas Leben, aber Rebecca würde an der Sache reifen und begreifen, dass ihr geregeltes Leben ebenso wenig gefeit war wie das der anderen. Wenn Rebecca sich den Schotten in den Kopf gesetzt hatte, sollte sie den Augenblick genießen, alles andere würde sich zu gegebener Zeit schon finden.

Um Viertel vor sechs abends stapelten sich in Riverside Drive die Rucksäcke. Rory, der vor einer Stunde gekommen war, gab letzte Tipps. Es hatte aufgehört zu nieseln. Der Boden würde durchweicht sein, aber für Rory war das anscheinend kein Hinderungsgrund.

Um punkt sechs Uhr hielt Kenzies blauer Nissan vor dem Haus. Alle verstauten ihre Rucksäcke und Schlafsäcke. Mary saß auf dem Beifahrersitz und lächelte aufgesetzt. Während sie es sich hinten bequem machten, begrüßten sie sie höflich und ernteten einen aufgebrachten Blick. Rebecca spürte, wie ihr Puls sich beschleunigte. Nach den Ereignissen des Vortags ging ihr die Anwesenheit des Mädchens gehörig gegen den Strich. Wenn sie sich vorstellte, wie sie in Kenzies Armen gelegen hatte, wurde ihr flau im Magen. Sie beschloss, das Gefühl zu ignorieren, weil es sie zunehmend irritierte.

Während der Fahrt trafen sich ihre Blicke mehrmals im Rückspiegel. Kenzies blaue Augen sahen sie fragend an. Mary, die ihn nicht aus den Augen ließ, sagte dann immer irgendeinen Unsinn zu ihm. Manchmal waren ihre Bemerkungen so absurd, dass sie es selbst merkte, und schließlich beschränkte sie sich darauf, den Mund zu halten. In dem kleinen Raum herrschte eine angespannte Atmosphäre. Nur Sophie schien etwas gegen die schlechte Stimmung unternehmen zu wollen und begann über das Wetter zu sprechen. Laut Vorhersage sollte das Wetter in den nächsten Stunden deutlich besser werden, sagte sie, und das werde ja hoffentlich alle ein wenig aufmuntern. Denn es hatte gerade wieder zu nieseln begonnen. Niemand erwiderte etwas darauf.

Sophie spürte, dass irgendetwas vorgefallen war. Am Vorabend hatte sie zu Hause ein Gespräch mitgehört, das ihr Sorgen bereitete. Sie hatte zwar nicht alles verstanden, aber ein Satz war genug gewesen: »Sie wird abreisen und dir das Herz brechen, mein Sohn.« Das war alles. Ein aufschlussreicher Satz, der die angespannte Stimmung im Wagen erklärte. Zu allem Übel hatte sie nicht verhindern können, dass Mary mitkam. Sophie war es langsam leid, wie viel Energie ihre Freundin darauf verwendete, sich ihren Bruder zu angeln. Sie hatte schon bei mehr als einer Gelegenheit versucht, Mary die Sache auszureden. Kenzie war nicht an ihr interessiert, das hatte sie ihr auch gestern Abend wieder gesagt. Doch Mary hatte nur seltsam gelächelt. Sophie kannte ihre Pläne nicht und wusste auch nichts von der Begegnung am Fluss. Das Mädchen hatte beschlossen, Kenzie diesen Sommer zu erobern, und was am Fluss geschehen war, machte ihr Hoffnung, mehr als sie sich jemals hätte träumen lassen. Dass er die Sache bereute, hatte sie ihm nicht geglaubt. Seine Küsse waren für sie wie ein Luftzug für eine Flamme gewesen. Sie hatten das Feuer angefacht, das in ihr brannte, sobald sie in seiner Nähe war. Sie war schon lange in Kenzie verliebt, schon seit sie ein kleines Mädchen war, und sie war entschlossen, für ihre Liebe zu kämpfen. Sie verwünschte den Tag, an dem die Ausländerinnen gekommen waren. Kenzie mit Rebecca tanzen zu sehen war nicht das Schlimmste gewesen. Das Unerträglichste war die Art, wie er sie ansah. Das Verlangen in seinen Augen brachte sie um den Schlaf und erfüllte sie mit unbändiger Wut. Doch dann hatte sie erfahren, dass das Mädchen verlobt war, was sie wieder ein wenig beruhigt hatte. Sie musste nur warten, bis sie wieder abgereist war, hatte sie sich gesagt. Dann würde das Mädchen heiraten, und Mary hatte nichts zu befürchten. Und so lange würde sie in seiner Nähe bleiben und auf ihn aufpassen. Bis ihre Chance kam. Am Ende gewinnen immer die, die warten können.

Sie nahmen die A833, die sie zum Loch Ness bringen würde. Berta fand die Landschaft wunderschön. Riesige Bäume beschirmten die schmale Straße und wechselten mit endlosen Wiesen von einem tiefen Grün, das im Regen noch intensiver war. Hier und da ein kleines Häuschen. Nach einer halben Stunde wurde es ihr langweilig. Bäume, Wiesen, Schafe … die Reihenfolge wechselte, aber die Bestandteile waren immer die gleichen. Eine grüne Welt für kleine grüne Kobolde, befand sie.

Die A82, die zum See führte, war ein wenig erfreulicher, und das Dorf Drumnadrochit unterbrach die Monotonie. Bald tauchte der Ausläufer des Sees vor ihnen auf, und ein paar Minuten später ließ Sophie ihren Bruder anhalten, um ihren Freundinnen die Ruine von Schloss Urquhart zu zeigen. Die Überreste des Gebäudes lagen auf einer offenen Anhöhe am See.

Als sie schließlich am Ziel waren, parkten sie die Autos auf einer kleinen Fläche neben der Fahrbahn. Es hatte aufgehört zu regnen, sie würden die Zelte also aufbauen können, ohne nass zu werden. Sie verteilten das Gepäck und wanderten ein paar Minuten einen Pfad entlang, der durch das Grün hinunterführte. Sie ließen die Überreste einer Steinhütte hinter sich, von der nur noch drei Mauern und ein Teil des Daches übrig waren, und wanderten durch ein Wäldchen weiter bergab. Bald gelangten sie zu einer Art Kiesstrand direkt am See.

Ohne die Rucksäcke abzusetzen, gingen Berta und Rebecca ans Ufer. Lächelnd blickten sie einander an.

»Schön hier«, sagte Rebecca.

»Oh ja. Und hier bleiben wir zwei Tage!«

Sie konnten kaum glauben, dass sie sich an dem berühmten See befanden. Der Ort war derart sprichwörtlich, dass sie sich wie Hauptdarstellerinnen in einem Highlander-Film vorkamen. Es fehlte nur noch ein schottischer Dudelsack als Hintergrundmusik. Und auch den würden sie bekommen.

Von hier aus sah man, dass der See schmal und länglich war. Sanfte kieferbewachsene Hügel ergaben am anderen Ufer ein feinsinniges, in intensivem Grün gehaltenes Bild.

»Von oben sieht der See aus wie ein tiefer Riss«, kommentierte Berta.

In weniger als einer halben Stunde waren drei kleine Zelte aufgebaut, in denen sie die Rucksäcke unterbrachten und die Schlafsäcke auf den zwei Zentimeter dicken schmalen Matten ausbreiteten. Aus seinem großen Rucksack holte Kenzie einen eng zusammengefalteten Gegenstand, der sich, als er ihn auseinanderfaltete, als Kühlbehälter entpuppte und in dem sie den Proviant verstauten, um ihn vor Insekten und neugierigen Tieren zu schützen. Die lästigen Midges ließen nicht lange auf sich warten. Rebecca holte das Mückenschutzmittel heraus, und sie rieben sich einer nach dem anderen damit ein. Kenzie lehnte ab. Er sagte, ihm würden die Mücken nie zusetzen. Er holte aus seinem Rucksack ein paar Kerzen, die er an mehreren Stellen im Umkreis platzierte. Angezündet verströmten sie einen angenehmen Lavendelduft. Offenbar war der scharfe Geruch unangenehm für die Midges, und bald hörte das lästige Summen über ihren Köpfen auf.

Wenig später trafen die anderen ein, und bald verwandelte sich das kleine, ruhige Zeltlager in eine Art Heerlager. Zwei weitere Zelte wurden aufgestellt. Anschließend wurde es Zeit, Feuer zu machen. In mehreren Gruppen zogen sie los, um Holz zu sammeln. Berta und Rebecca machten sich zu einer Stelle auf, die dicht mit hohen Kiefern bewachsen war.

»Das war die unangenehmste Autofahrt meines ganzen Lebens«, meinte Berta und versuchte, einen morschen Ast abzureißen.

»Mir tut es wegen Sophie leid. Sie hat gemerkt, dass irgendetwas nicht stimmt, und hat sich Mühe gegeben, die Fahrt für alle erträglicher zu machen.«

»Hast du gesehen, wie Mary dich anschaut? Sogar ein Blinder würde merken, dass sie in Kenzie verliebt ist.«

»Eine eifersüchtige Schottin, die mich nicht aus den Augen lässt, hat mir gerade noch gefehlt.«

»Genieß es einfach, Rebecca, und denk dir nichts weiter.«

Berta bückte sich und hob drei offene Pinienzapfen vom Boden auf.

Rebecca fügte hinzu: »Außerdem braucht Mary sich keine Sorgen zu machen, wir sind ja bald weg.«

»Schon, aber ich fürchte, solange du hier bist, wird sie dich aufs Korn nehmen. Wenn Lola an deiner Stelle wäre, würde sie sich an Kenzie heranmachen, nur um sie zu ärgern.«

Rebecca lächelte flüchtig, schüttelte Zapfen von den Kiefern herunter und packte sie in die Basttasche, die Liam ihr geliehen hatte. »Ja, bestimmt würde sie das machen.«

»Ich will ja nicht sagen, dass ich Mitleid mit Mary habe, aber aus ihr und Kenzie wird nichts. Unabhängig davon, ob du da bist oder nicht.«

Rebecca schwieg und betrachtete das trockene Laub auf dem Boden.

Berta legte ihr die Hand auf die Schulter. »Grüble nicht so viel. Wenn wir wieder zu Hause sind, wirst du alles anders sehen, ganz bestimmt.«

Rebecca nickte und zeigte auf einen Ast zu ihren Füßen, der sich perfekt für das Feuer eignete.

»Liam hat gesagt, wir sollen keine Äste vom Boden aufheben, die sind zu feucht. Nur die trockenen Zweige an den

Bäumen. In das trockene Holz dringt die Feuchtigkeit offenbar nicht ein.«

»Also in meinen Augen kann man damit kein Feuer machen.«

Nach mehreren Touren hatten sie genug Brennholz für den Abend. Jetzt musste das Holz zerkleinert werden. Kenzie holte ein großes Messer heraus, das ihm als Axt diente. Er stellte die Äste senkrecht auf, schnitt oben eine Kerbe hinein und platzierte die Klinge darin. Dann ließ er einen anderen Ast auf das Ende der Klinge heruntersausen. Mühelos durchtrennte das Messer das Holz und teilte den Ast zuerst in zwei und dann in vier Stücke. Diese kleinen Scheite würden beim Anzünden helfen. Scott, der sein langes Haar zu einem Pferdeschwanz zusammengebunden hatte, schnitt von den Scheiten kleine Holzspäne ab, die beim Anfachen des Feuers nützlich sein würden, wenn es erst einmal brannte.

Der zwischen großen Steinen aufgeschichtete Holzhaufen brauchte nicht lange, um Feuer zu fangen. Sie löschten die Lavendelkerzen und überließen es den Flammen, die Midges zu verscheuchen. Dann versammelten sie sich zum Abendessen um das Feuer.

Der Himmel sah jetzt anders aus, und wo vorher nur eine dunkle graue Wolkendecke gewesen war, waren jetzt Fetzen von blauem Himmel zu sehen. Morgen würde bestimmt ein wunderschöner Tag werden.

Nach dem Essen holte Liam eine kleine Querflöte heraus und stimmte eine hübsche Melodie an. Der junge James begleitete ihn mit leisen Schlägen auf dem *bodhràn*. Vor dem Feuer und der traumhaften Kulisse des Sees zog der Klang der Flöte die drei Spanierinnen in Bann. Und als es so aussah, als wäre die zauberhafte Atmosphäre durch nichts zu steigern, begann Sophie ein langsames, getragenes Lied zu singen. Sie hatte eine wunderbare Stimme, und die hohen Töne machten ihr keine

Mühe. Sie sang auf Gälisch, weshalb die drei Mädchen nichts verstanden. Rebecca war von der Musik und der Stimme ihrer neuen Freundin wie verzaubert.

Vielleicht wegen des romantischen Liedes wanderte ihr Blick zu Kenzie, der ihr gegenübersaß. Er fing ihn auf und erwiderte ihn mit solcher Intensität, dass sie sich nicht mehr auf das Lied konzentrieren konnte. Wieder erfasste sie ein leichtes Schwindelgefühl. Als die Musik und Sophies Stimme verklangen, war der Zauber vorbei. Bier und kleine Whiskygläser wurden verteilt, nur Rebecca blieb lieber beim Wasser.

Lola fragte, worum es in dem Lied ging.

»Es heißt *Fear á Bhàta*«, antwortete Sophie.

Das Lied sei Ende des 18. Jahrhunderts geschrieben worden, erzählte sie, und stamme von einem Mädchen, das in einen Fischer verliebt gewesen war. Sie klagt darin über die langen Zeiten der Abwesenheit ihres Geliebten, in denen sie keine Nachricht von ihm hat. Jeden Tag steigt sie auf die höchsten Hügel hinauf, um nach ihm Ausschau zu halten, und fragt die Fischer, ob sie ihn gesehen haben und ob es ihm gut geht, aber die antworten nur, sie hätte ihm nicht ihre Liebe schenken sollen. Sie sagt den Männern, dass sie nichts bereut, dass ihre Liebe unvergänglich sei und bis zu ihrem Tod andauern werde. Die Freunde sagen ihr, sie solle ihn vergessen, doch sie hört nicht auf sie, denn die Erinnerung an ihn ist so lebendig wie die Gezeiten, die jeden Tag wiederkehren.

Es war still. Wieder schweifte Rebeccas Blick zu Kenzie hinüber, der auf den Boden starrte und mit ein paar Steinchen herumspielte. Je länger sie ihn ansah, desto klarer wurde ihr, dass es sich nicht nur um eine körperliche Anziehung handelte. Sie konnte es nicht erklären, nur fühlen.

Berta irrte sich. Sie würde ihn nicht vergessen.

In diesem Augenblick begriff sie, dass sie verliebt war in Kenzie MacLeod, geboren in den Highlands von Schottland, einem Ort, wo die Sonne mit den Wolken Verstecken spielt. Sie begriff es genau in diesem Moment, in dieser zauberhaft schönen Landschaft, und der See und die Bäume wurden Zeugen ihrer Gefühle. Kenzie sah vom Boden auf, als hätte er ihren Blick gespürt. Sie saßen zwei Meter voneinander entfernt, zu weit, um einander zu berühren, aber nah genug, um sich zu spüren, eng und untrennbar miteinander verbunden.

Lolas Stimme riss sie aus ihren Betrachtungen.

»Wie ist es ausgegangen?«

»Die Geschichte geht gut aus, und der junge Fischer kommt nach Hause zurück«, erwiderte Sophie unbekümmert.

»Ich mag Happy Ends«, gab Lola lächelnd zu.

KAPITEL 22

Schloss Urquhart

Berta wachte früh auf. Schon um sieben Uhr morgens war es unglaublich hell. Sie öffnete ihren Schlafsack und setzte sich auf. Sie musste ihre Blase entleeren, und die Aussicht, bis zum Ende des Grundstücks laufen zu müssen, deprimierte sie. Wenn sie keinen Lärm machte, konnte sie sich vielleicht hinter einen Baum schleichen, ohne dass es jemand merkte, dachte sie. Sie zog den Reißverschluss des Zeltes ein wenig hoch und warf einen Blick nach draußen. Alles war still. Über dem See lag noch leichter Nebel, durch den alle Umrisse verschwammen und aussahen, als befänden sie sich hinter einer Milchglasscheibe. Sie wollte gerade hinausschlüpfen, als sie Kenzie sah, der gerade mit einem kleinen Handtuch in der Hand auf das Ufer zuging. Sie beobachtete, wie er das Handtuch hinlegte und begann, seine Kleider abzulegen. In einem ersten Reflex wollte sie den Blick abwenden, doch ihre Neugier und der Schutz des Zeltes ließen sie weiter hinsehen. Kenzie war jetzt nackt. Ohne Hintergedanken bewunderte Berta, wie harmonisch sein männlicher Körper gebaut war. Ohne zu zaudern, ging er in den See hinein, und als ihm das Wasser bis zur Taille reichte, spritzte er sich Wasser auf Gesicht, Arme und Oberkörper. Berta schauderte schon bei dem Gedanken, um diese Uhrzeit auch nur einen Fuß in das kalte Wasser zu setzen.

Rebecca regte sich in ihrem Schlafsack, öffnete ein Auge und sah, dass ihre Freundin hinausschaute.

»Was ist los?«, flüsterte sie mit belegter Stimme.

Dass Rebecca Kenzie so sah, war wirklich das Letzte, das Berta wollte. Selbst sie fand, dass es ein erfreulicher Anblick war, und sie wollte nicht, dass Rebeccas Schwärmerei noch schlimmer wurde.

»Nichts, schlaf weiter. Es ist noch früh.«

»Warum sitzt du dann da, anstatt zu schlafen?«

»Ich muss in die B-Zone.«

»In die B-Zone?«

»Ja, ins Bad.«

»Und warum gehst du dann nicht? Willst du, dass ich mitkomme?«

»Nein, lass nur, ich geh schon allein.«

»Warte, ich komme mit. Ich hab gestern so viel Wasser getrunken, ich muss auch.«

Rebecca setzte sich auf, und Berta zog den Reißverschluss nach unten.

»Was machst du denn?«

»Wir gehen gleich raus, leg dich wieder hin.«

»Nein, ich gehe jetzt. Kommst du mit?«

»Geh nicht raus!«, flüsterte Berta, diesmal eindringlicher.

»Wieso nicht?« Rebecca verstand gar nichts.

Berta stieß einen Seufzer aus. »Kenzie ist da draußen, im See.«

Rebecca machte ein ungläubiges Gesicht. Sie öffnete den Reißverschluss ein wenig und schaute nach draußen.

Kenzie stand bis zur Taille im Wasser. Er ließ sich ins Wasser gleiten und verschwand spurlos unter der Wasseroberfläche. Einen Augenblick später tauchte er wieder auf, um Luft zu holen, dann strich er sich das Haar aus dem Gesicht und ging ans Ufer. Rebeccas Atem beschleunigte sich, als sie ihn ganz sah. Die Szene mit Prinzessin Nausikaa fiel ihr ein, als diese zum ersten Mal den Körper von Odysseus sah: »Selbst die Unsterblichen könnten nicht schöner sein«, hatte sie zu ihren

Zofen gesagt. Genau das dachte sie über den Mann, den sie gerade sah.

Er trocknete sich mit dem Handtuch ab. Seine Haut war schneeweiß und von der Kälte gerötet, seine Brust leicht behaart. Sie ließ ihren Blick über die Taille und weiter über den Bauch nach unten gleiten, auf dem ein schmaler Haarstreifen bis zum Schambereich verlief. Dort ließ sie den Blick auf seiner Männlichkeit ruhen. Kenzie rubbelte sich immer noch trocken, und Rebecca hatte Gelegenheit, ihn weiter zu betrachten, bevor er sich anzog. Sein wohlgeformtes Gesäß, die langen Beine… sie konnte sogar die Tätowierung an seinem linken Oberschenkel sehen.

Eine Minute später war er angezogen, und Berta betrachtete die Sache als beendet.

»Okay, das war's«, sagte sie. »Jetzt hast du alles gesehen. Lass uns rausgehen.«

»Rausgehen? Jetzt? Dann weiß er doch, dass wir ihn gesehen haben.«

»Mir ist es egal, was er denkt. Ich mach mir sonst in die Hose.«

Berta verließ das Zelt und begegnete Kenzie, der völlig ungerührt wirkte. Er unterhielt sich kurz mit ihr, bevor sie zwischen den Bäumen verschwand.

Nacheinander krochen alle aus ihren Zelten. Ein ungewöhnlich sonniger Tag war angebrochen. Jeder hatte sein eigenes Morgenritual. Einige gingen in Badekleidung ins Wasser, andere wuschen sich erst gar nicht und behaupteten, nach zwei Tagen würde man den Schmutz noch nicht sehen. Berta und Rebecca hatten Lust bekommen, das Wasser zu testen, und da sie sich vor die Wahl gestellt sahen, im legendären Loch Ness zu baden oder unverrichteter Dinge nach Hause zu fahren, entschieden sie sich für die erste Möglichkeit, mehr, um etwas zum Erzählen zu haben, als aus besonderer Lust darauf.

Sie beschlossen jedoch, bis zum Mittag zu warten, wenn die Sonne das Wasser etwas erwärmt haben würde.

Am Vormittag wiederholte sich das Ritual der Brennholzsuche. Sie hatten Feuer gemacht, um Tee zum Frühstück zu kochen, und hielten es weiter in Gang, um die Mücken zu vertreiben und das Mittagessen zuzubereiten. Berta half Sophie dabei, und Rebecca stapfte in ein Kiefernwäldchen und suchte trockene Zapfen am Boden. Die Sonne schien durch die Zweige und warf leuchtende Muster auf den Waldboden. Rebecca legte den Kopf zurück und ließ sich die Sonne ins Gesicht scheinen, es war so angenehm … in diesem Augenblick sah sie einen morschen Ast, der nur noch lose am Baum hing. Er befand sich in einiger Höhe über ihr, also holte sie einen Stock und versuchte erfolglos, den Ast damit herunterzuschlagen.

»Brauchst du Hilfe?«, fragte hinter ihr eine Stimme.

Sie drehte sich um und erblickte Kenzie in ein paar Metern Entfernung. In der Hand hielt er ein Bündel aus Zweigen, das er mit einer Schnur zusammengebunden hatte. Er legte es auf den Boden und kam näher. Sie erinnerte sich an die Umrisse seines nackten Körpers, an die scharfen Konturen seiner Muskeln, und ihr Gesicht fing an zu glühen.

»Er will einfach nicht herunterfallen«, sagte sie und zeigte auf den Ast.

Behände wie eine Bergkatze umklammerte Kenzie den Baumstamm und kletterte bis zu dem morschen Ast hinauf. Er trug Jeans und ein dunkelblaues T-Shirt, auf dessen Vorderseite in weißen Buchstaben der Name seiner Band stand. Auf der Rückseite prangte die schottische Flagge. Er trat nach dem Ast, der sich löste und zu Boden fiel. Als Kenzie wieder heruntergeklettert war, brach er ihn in zwei Stücke, um ihn leichter transportieren zu können.

»Danke«, murmelte Rebecca.

»'S e ur beatha«, sagte er lächelnd. »Nichts zu danken.«

»Eure Sprache klingt wirklich komisch.«

Er sah sie an, das Lächeln immer noch auf den Lippen. Er half ihr, das Holz zu bündeln, das sie gesammelt hatte, und band es mit einem Stück Schnur zusammen. »So lässt es sich leichter tragen.«

Rebecca bedankte sich und hob das Bündel auf.

Doch als sie gehen wollte, versperrte er ihr den Weg. »Wieso gehst du mir aus dem Weg?«

Rebecca erstarrte und wich seinem Blick aus. »Ich gehe dir nicht aus dem Weg.«

»Doch, das tust du. Du hast nicht *einmal* mit mir geredet.«

»Du auch nicht mit mir.«

Kenzie sah sich verwirrt um. »Weil ich dachte, dass du böse auf mich bist.«

Rebecca nahm das Bündel unter den Arm, um es besser tragen zu können. »Vergiss es einfach.«

Sie wollte um ihn herumgehen, doch er hielt sie am Arm fest.

»Ich unterhalte mich gern mit dir. Mir ist klar, dass ich deinen Zustand ausgenutzt habe, und …« Mit der anderen Hand massierte er sich den Nacken. »Na ja, ich kann nicht behaupten, dass es mir leidtut, aber ich … ich möchte mich entschuldigen.«

»Das ist nicht nötig, wirklich«, sagte Rebecca, machte einen Schritt vorwärts und schüttelte seine Hand ab.

Sie wollte ja mit ihm zusammen sein, sie hätte gern anders mit ihm gesprochen, doch die Jahre unter dem mütterlichen Joch hinderten sie daran. Sie schaffte es einfach nicht, irgendeine Initiative zu ergreifen. Trotzdem wagte sie es, ihm eine Frage zu stellen.

»Wieso willst du nicht mein Freund sein?«

Er kniff die Augen zusammen, dass sie nur noch zwei blaue Schlitze waren. »Freunde küssen sich nicht so wie wir.«

Rebecca legte das Bündel hin. Sie spürte, wie ihr Gesicht und ihr Hals warm wurden.

»Mary sieht das wahrscheinlich auch so.«

»Für mich hat das nichts bedeutet. Mit ihr war das etwas anderes …«

Sie wusste nicht, was sie dazu sagen sollte, und versuchte, das Gespräch auf ein anderes Thema zu lenken.

»Was bedeuten eigentlich diese Buchstabentattoos auf deinen Fingern?«

Er schwieg, irritiert über den plötzlichen Themawechsel, aber er wollte sie auch nicht unter Druck setzen. Er ballte die Hände zu Fäusten und hielt sie nebeneinander. Seine Fingerknöchel bildeten zwei Wörter: *Saor Alba.*

»Das bedeutet ›freies Schottland‹.«

»Ach so. Die Kämpfe von früher sind wohl nie ganz vorbei.«

»Und tiefe Wunden schließen sich nie.«

Rebecca ertrug seinen eindringlichen Blick. Einen Augenblick lang sah er sie so an, als wollte er sie am liebsten sofort in den Wald zerren, um dort mit ihr zu schlafen. Es dauerte nur kurz, doch sie merkte es daran, wie sich seine Brust hob und sein Kiefer sich spannte. Doch er wusste sich zu beherrschen, auch wenn sie sich in ihrem tiefsten Innern das Gegenteil gewünscht hätte.

Ein wenig benommen von dem Blickwechsel nahm sie ihr Holzbündel und kehrte zum Zeltplatz zurück.

Es war schon fast Mittag, als sie allen Mut zusammennahmen und die ruhigen Gewässer des Loch Ness erkundeten. Der See galt als ruhig, tief und ausgesprochen kalt. Sie zogen sich ihre Badesachen an und gingen zum Uferrand. Kenzie sah ihnen vom Feuer aus zu. Die Mädchen waren von der Sonne Barcelonas gebräunt, ein Umstand, um den sie von allen beneidet wurden, und Scott und James sparten nicht mit schmeichelhaften Kommentaren. Liam sagte, sie sollten nicht zu weit hineingehen, da der See rasch tiefer wurde. Mary und Lola sahen zu – Erstere mit gleichgültiger Miene, während die andere die Szene mit dem Fotoapparat festhielt.

»Gehst du nicht ins Wasser?«, fragte Berta.

»Nicht um alles Geld der Welt«, erwiderte Lola.

Die Kälte brachte ihre Haut zum Brennen und ließ sie taub werden. Um nicht als Feiglinge zu gelten, wuschen sie sich mit dem kalten Wasser ab und kamen dann steif und durchgefroren aus dem Wasser. Lola reichte ihnen die Handtücher, während Mary sich über ihr Zähneklappern zu amüsieren schien. Die beiden kamen zum Feuer und rührten sich dort nicht mehr weg, bis sie sich wieder aufgewärmt hatten.

»Nicht gerade das Mittelmeer, was?«, meinte James, der sich bestens unterhalten fühlte und gerade erfolgreich eine Haarsträhne von seinem linken Auge weggeblasen hatte.

Wortlos schüttelten die Mädchen den Kopf.

»Ihr hättet euch nicht die Haare nass machen sollen«, bemerkte Kenzie, der immer noch das Feuer hütete.

»Betrachte es als unsere schottische Taufe«, sagte Berta.

»Nicht alle Schotten wären dafür mutig genug, glaub mir.«

»Ich bin da noch nie reingegangen«, bestätigte James. »Aber es war lustig, euch zuzusehen.«

Die Sonne half, die eisige Kälte zu vertreiben. Nach dem Mittagessen packten sie alles zusammen und löschten das Feuer. Die Männer und Sophie legten ihre Tracht an. Sophie verwandelte sich in eine wunderschöne Highlanderin, deren rote Mähne ihr über das enge Mieder fiel. Rebecca nutzte die Gelegenheit, um ein Sommerkleid anzuziehen, das sie noch nicht hatte vorführen können. Es war cremefarben und schmeichelte ihr sehr. Die Wespentaille brachte ihre Brüste zur Geltung, und der Rock war weit und ließ ihre gebräunten Beine bis zu den Knien frei. Kenzie konnte den Blick nicht von ihr abwenden, so wunderschön sah sie aus. Mary hatte er so mit Sicherheit noch nie angesehen. Berta dagegen wählte Jeans und ein schlichtes T-Shirt.

Vor Schloss Urquhart wimmelte es von Touristen. Im *Visitor Centre*, das geschickt unter Pflanzen verborgen war, um die visuelle Beeinträchtigung zu minimieren, gab es eine Cafeteria und einen Laden, beides sehr auf Touristen ausgerichtet. Es waren viele archäologische Funde aus der Gegend ausgestellt, und mehrere Modelle zeigten die ursprüngliche Anlage der Festung. Die Ruinen waren alle gut genug erhalten, um als ehemaliges Schloss durchzugehen. Mit ihrem niedrigen Turm, bei dem noch ein Teil der ursprünglichen Baustruktur erhalten war, hatten die Ruinen von Urquhart in ihrer langen Geschichte viele Jahre und etliche Kriege überdauert.

Ohne Sophies Gesellschaft schloss Mary sich widerwillig Berta und Rebecca an, und die drei wanderten gemeinsam durch die Schlossruine. Berta versuchte das Eis zu brechen, indem sie Mary Fragen zum Schloss stellte, aber sie bekam keine interessanten Antworten, sodass sie es bald leid wurde. Die breiten, sauberen und gepflegten Wege führten den Besucher durch die Grünflächen. Im Turm herrschte jene eigenartige Atmosphäre, die die Menschen mit den vergangenen Epochen verbindet. Sie berührten die Steine und spürten anderen Spuren, anderen Händen, anderen Biografien nach, die in der Gegenwart immer noch nachhallten. Mary sah ihnen lustlos zu, als hielte sie sie für die dümmsten Touristinnen des Universums. Es waren doch schließlich nur Steine, dachte sie.

Die drei Mädchen kümmerten sich nicht um ihr albernes Benehmen und freuten sich weiterhin an den Ruinen. Sie streckten die Köpfe durch lange, enge Öffnungen, um das zu sehen, was frühere Augen jahrhundertelang gesehen hatten. Sie stellten sich gerade vor, wie ihr Leben in jener Epoche wohl verlaufen wäre, als der unverwechselbare Klang von Liams Dudelsack zu ihnen herüberdrang.

Eilig stiegen sie wieder nach unten. Berta ging voraus, Mary in der Mitte und Rebecca hinter ihr.

Plötzlich blieb Mary abrupt stehen und stellte sich Rebecca in den Weg, die überrascht stehen blieb. »Lass ihn in Ruhe«, warnte das Mädchen sie ohne weitere Einleitung.

»Von wem redest du?«

»Tu nicht so blöd. Ich meine Kenzie.«

Die Geringschätzung in der Stimme des Mädchens verletzte Rebecca.

»Da ist nichts zwischen uns, ich …«

»Ganz Beauly weiß Bescheid«, unterbrach Mary sie. »Glaubst du vielleicht, Kenzie ist der Einzige, der gerne angeln geht? Du spielst mit seinen Gefühlen.«

»Du weißt doch gar nichts über mich«, entgegnete Rebecca und errötete vor Zorn.

»Ich weiß genug. Ich weiß, dass du bald heiratest, aber du bist weit weg von zu Hause und nutzt die Gelegenheit, um dich ein bisschen zu amüsieren. Das ganze Dorf weiß, was das für eine Ausländerin ist, die mit Williams Sohn flirtet. Und weißt du auch, was böse Zungen behaupten? Dass Kenzie das gleiche Schicksal bevorsteht wie seinem Vater, der sich in eine Schlampe verliebt hat, die ihn dann mit den Kindern hat sitzen lassen. Vielleicht ist Kenzie ja nicht klar, worauf er sich da einlässt, aber er hat Freunde, die sich Sorgen um ihn machen.«

»Freunde wie dich?«, fragte Rebecca, die Mary nicht zeigen wollte, wie tief ihre Worte sie getroffen hatten.

»Ja, wie mich. Ich würde alles für ihn tun. Alles, außer ihn zu verletzen.«

»Ich will ihm ebenfalls nicht wehtun.«

»Dann halt dich von ihm fern«, zischte Mary. Dann drehte sie sich um und ging weiter.

Auf dem Weg nach unten stieß sie mit Berta zusammen, die umgekehrt war, um zu sehen, was mit den anderen beiden los war. Berta sah die Blondine an, die an ihr vorbeiging, ohne sie eines Blickes zu würdigen, und begriff, dass irgendetwas passiert war.

Sie traf auf Rebecca, die völlig aufgelöst und den Tränen nahe war.

»Was ist los? Was hat sie zu dir gesagt?«

»Das kannst du dir doch denken.«

Mit erstickter Stimme erzählte sie Berta, was passiert war. Am meisten tat ihr weh, dass nun alle schlecht von ihr dachten.

»Kümmere dich nicht darum, das war bestimmt gelogen, und sie hat es nur gesagt, um dich zu verletzen.«

»Nein, Berta, was sie gesagt hat, klingt total logisch. Irgendjemand muss uns am Fluss gesehen haben.«

»Zum Teufel mit dem, was die anderen denken!«

»Aber eigentlich stimmt es doch.«

»Das macht dich noch lange nicht zu einem schlechten Menschen, es macht dich nur menschlich. Sei nicht so ungerecht zu dir selbst, das hast du nicht verdient.«

»Ich weiß nicht, was ich tun soll …«

»Was sagt dir denn dein Herz?«

»Das sage ich dir lieber nicht.«

»Ach herrje«, sagte Berta und griff sich an die Stirn.

Sie seufzte tief. Von unten erklang eine Melodie.

»Lass den Dingen ihren Lauf, und erzwinge nichts. Keiner weiß, ob er das Gleiche für dich empfindet. Du gefällst ihm, das steht fest, aber das ist nicht genug, um sich in eine Affäre zu stürzen, von der niemand weiß, wie sie ausgeht, und die dein Leben zerstören kann. Rebecca, du musst vernünftig sein und dein Hirn einschalten. Es tut mir leid, dass ich so deutlich werden muss, aber so ist es nun einmal.«

KAPITEL 23

Ich werde dich nie verlassen

Nachdem der Plan, ein wenig Geld einzunehmen, in die Tat umgesetzt worden war, kehrten alle zum Zeltplatz zurück. Der Auftritt war ein Erfolg gewesen, und die Touristen hatten sich erkenntlich gezeigt.

Je niedergeschlagener Rebecca wirkte, desto munterer wurde Mary. Diesmal war es Berta, die sie grimmig ansah, als sie ihr über den Weg lief, doch Mary schien das nicht zu kümmern. Sie war sich sicher, ihr Ziel erreicht zu haben.

Sie machten Feuer und zündeten wieder die Lavendelkerzen gegen die Mücken an. Die Wärme des Tages, zusammen mit der Feuchtigkeit, hatte die gefräßigen Midges zu einer Plage werden lassen, die über ihren Köpfen schwebte. Die Mückenschutzmittel wurden herumgereicht, außer zu denen, die immun waren gegen diese biestigen Blutsauger, die mit ihrem Gesumme alle zum Wahnsinn trieben. Nur Kenzies und Scotts Blut schien die Mücken kalt zu lassen.

Beim Essen saßen sie um das Feuer herum, und danach wurde zu Ehren der ausländischen Gäste ein Wettkampf mit schottischen Spielen organisiert.

»Die Highland-Wettkämpfe«, erklärte Sophie, während sie alle möglichen Gegenstände für die Spiele zusammensuchten, »sind im Clansystem des alten Schottland entstanden. Die Clanchefs ermunterten damals die Männer zur Teilnahme, damit sie ihre Fähigkeiten im Kampf beweisen konnten.«

Zum Weitwurf diente ein dickes, schweres Holzscheit. Man fasste es mit beiden Händen an einem Ende, hob es senkrecht hoch, nahm kurz Anlauf, wobei man aufpassen musste, es nicht fallen zu lassen, und danach schleuderte man es weit weg, wobei man das Scheit zu drehen versuchte.

Der Weitwurfwettkampf begann. Wenn es nicht Holzscheite waren, nahmen sie irgendetwas anderes, das sich tragen, werfen oder zerren ließ.

Liam, den der Wettkampf anscheinend kalt ließ, untermalte das Ganze mit seinen Dudelsackmelodien. Im Rhythmus seiner Musik wurde ein Wettkampf abgehalten, der den echten Spielen in nichts nachstand, abgesehen von den unpassenden Einlagen des jungen James, wenn dieser verlor. Ob es nun ein Mangel an Erfahrung oder an Talent war, es geschah jedenfalls öfter, als ihm lieb war, und er präsentierte den anderen Teilnehmern dann jedes Mal die Freiluftversion seines blassen, knabenhaften Hinterns. Die anderen Teilnehmer und das Publikum ließen das kindische Spektakel über sich ergehen, er war nun mal ein schlechter Verlierer.

»Zieh dir was über deinen Babyarsch, bevor du dir noch einen Tritt von mir einfängst«, drohte Scott lachend.

Selbst der Blasebalg von Liams Dudelsack verlor Luft, weil der ständig lachen musste.

Man verzichtete darauf, die Ergebnisse zusammenzuzählen, damit James nicht wieder beleidigt seinen Kilt hob.

»Mir ist alles recht, solange wir nicht wieder seinen Allerwertesten sehen müssen«, verkündete Kenzie.

Nach der körperlichen Anstrengung zogen sie sich um und ruhten sich am Feuer aus. Sophie sang wieder ein paar gälische Lieder, und erneut verzauberte ihre Stimme die Atmosphäre. Die sanften Melodien und der Zungenschlag der alten schottischen Sprache entspannten die Runde und regten sie mit ihren Geschichten an, die entweder Sophie oder Kenzie jeweils vorher übersetzten. Die meisten handelten von unglücklicher Liebe, entweder weil der Geliebte im

Kampf gefallen war, oder schlicht, weil die Liebe nicht erwidert wurde.

Als die Nacht anbrach, kamen die Geschichten an die Reihe. Sie erzählten sich Sagen von Ungeheuern, die die Seen bevölkerten, und von den mythischen Kreaturen der Highlands. Die Lavendelkerzen und die Farben des knackenden Feuers bildeten den perfekten Rahmen für die Geschichten, zu denen guter Whisky getrunken wurde. Rebecca trank auch an diesem Abend nichts, trotz der enthusiastischen Versicherungen, es handele sich um einen der besten des Landes.

»Die Selkies«, erzählte Scott, »sind Seehunde, die die Gewässer verlassen, ihre Haut abwerfen und sich in Frauen verwandeln. Anschließend verführen sie die Männer mit ihrer Schönheit und zeugen Kinder mit ihnen, die allerdings mit Schwimmhäuten geboren werden. Es gibt auch männliche Selkies, die unglücklich verheiratete Frauen betören. Und die Legende besagt, dass eine Fischerfrau, die mit einem Selkie schlafen will, nur zum Meer gehen und dort sieben Tränen vergießen muss.«

»Das ist ja mal interessant«, unterbrach Lola ihn, die sich auf Rorys Schoß ausruhte und ihr Whiskyglas immer wieder zum Nachfüllen hinhielt.

»Ich bin dein Selkie«, sagte er und grunzte wie eine Robbe.

Alle lachten, und Witze über die vorgebliche Ähnlichkeit zwischen Rory und dem Meeressäuger wurden gerissen.

Dann kam Kenzie an die Reihe. Er erzählte von den *Will-ó-the-wisp*, eine Legende, die, wie er sagte, eine besondere Stellung in der keltischen Mythologie hatte.

»Es handelt sich um schwebende Lichter, die man nachts in Sümpfen und Mooren sieht. Als imaginäre Lagerfeuer bringen sie die Wanderer vom Weg ab, sodass sie sich verirren.«

Während er redete, schaute Rebecca auf den Boden, damit sie ihn nicht ansehen musste. Bis jetzt war es ihr gelungen, dem Drang zu widerstehen, aber das half kein bisschen. Der Klang seiner Stimme führte bei ihr jedes Mal zu einer Gefühlsaufwallung, die sie nicht ignorieren konnte.

»Hast du diese Lichter schon mal gesehen?«, fragte Berta.

»Nein«, erwiderte er lächelnd. »Und ich hoffe, ich werde sie auch nie sehen. Die *Will-ó-the-wisp* gelten als schlechtes Omen.«

James erzählte von dem Wulber, einem Wolfsmenschen mit behaartem Leib und dem Kopf eines Tieres.

»Solange man den Wulber nicht störte, war er nicht aggressiv. Er fing gern Fische und ließ seinen Fang manchmal vor den Türen der ärmsten Familien liegen.«

»Braves Wölfchen«, urteilte Mary gut gelaunt.

Unabsichtlich begegneten sich Rebeccas und Kenzies Blicke. Mary ertappte sie dabei, und ihre gute Laune war wie weggeblasen.

Jetzt kamen die Gäste an die Reihe. Außer Kenzie und Rory wussten die anderen kaum etwas über sie, sodass sie sie neugierig über ihr Leben in Barcelona ausfragten. Rebecca wollte nichts erzählen, und als sich Berta bereit erklärte, kam Lola ihr zuvor. Langsam setzte der Whisky ihr zu, sie stolperte über jedes Wort, und ihre Augen leuchteten wie zwei glühende Kohlen, aber die anderen hörten ihr trotzdem zu. Zu Rebeccas Ärger erzählte Lola von ihren Hochzeitsplänen. Sie hätte sich gewünscht, dass Lola dieses Detail nicht erwähnt hätte, aber sie wusste nicht, was sie dagegen hätte tun sollen. Am schlimmsten war Marys falsches Lächeln, als sie ihr zu der bevorstehenden Hochzeit gratulierte.

Von den drei Mädchen war Rebecca diejenige, die den konkretesten Plan hatte. Bei Berta hing es davon ab, wie viel Glück Albert bei den Prüfungen hatte, und Lola… nun, alle hielten es für gegeben, dass Lola Schottland nicht mehr verlassen würde.

»So ist es«, sagte sie. Ihre Stimme klang gefühlsduselig vom Alkohol. »Ich gehe nie wieder weg …« Sie hickste. »Ich habe meine … meine große Liebe gefunden …« Sie drehte sich zu Rory um und küsste ihn leidenschaftlich. »Ich bleibe bei ihm … er hat mich schon … gefragt.«

Mary lächelte, und Lolas Freundinnen machten verblüffte Gesichter.

»Ja, aber die Whiskyflaschen werde ich wohl unter Verschluss halten müssen«, flüsterte Rory ihr zu.

James unterdrückte einen Lachanfall. »Und noch besser wirfst du den Schlüssel ins Meer«, stichelte er.

Lola, die über die Bemerkung nicht verärgert war, lallte weiter: »Ich fahre nur zu … ihrer Hochzeit nach Hause«, fügte sie hinzu und zeigte dabei auf Rebecca. »Das heißt, falls … falls sie überhaupt heiratet …« Ein albernes, deplatziertes Lachen blubberte aus ihr heraus. »Diese I…idiotin hat sich nämlich in … in deinen Bruder verknallt«, sagte sie zu Sophie, die neben ihr saß.

Rebecca war wie vom Donner gerührt und schnappte vor Überraschung nach Luft. Alle waren bestürzt über diese Eröffnung, ganz besonders Mary.

»Lola, halt endlich die Klappe«, mahnte Rory.

»Warum? Stimmt es etwa nicht?«

»Das reicht jetzt, Lola!« Diesmal war es Berta, die dazwischenging.

Rebecca war anzusehen, wie weh es ihr tat, dass die Freundin sie vor allen bloßgestellt hatte. »Du bist betrunken und redest nur Blödsinn«, sagte sie mühsam.

»Stimmt, ich bin tatsächlich betrunken«, gab Lola zu und lachte auf. »Aber du kannst doch nicht abstreiten, dass du dich in ihn ver… verliebt hast.« Sie zeigte auf Kenzie, der genau wie alle anderen die Szene mit angespannter Miene verfolgte.

Rebecca konnte ihren Zorn nicht mehr zurückhalten und

sprang auf. »Du blöde Kuh!«, schrie sie Lola an. Dann lief sie davon.

Tränen strömten ihr über die Wangen und vernebelten ihr die Sicht. Sie war außer sich und dachte gar nicht nach, wo sie hinlief. Sie wollte einfach nur weg. Hinter sich hörte sie jemanden ihren Namen rufen. Es war Kenzie, der ihr nachlief. Sie beschleunigte ihren Schritt und rannte, so schnell sie konnte. Sie wollte ihn nicht sehen, sie hasste ihn sogar. Sie hasste ihn, Lola, Mary und dieses ganze Land, das im Begriff war, ihr Leben kaputtzumachen. Wieder hörte sie ihren Namen, es klang gebieterisch. Sie rannte, glitt aus, fiel hin, rappelte sich hoch und lief weiter. Die Nacht war nicht dunkel, man konnte gut sehen, und das rettete sie davor, gegen einen Baum zu laufen.

Schließlich gelangte sie zu dem verfallenen kleinen Haus. Erschöpft und außer Atem ließ sie sich an der verwitterten Mauer zu Boden sinken, lehnte sich an die kalten Steine und hoffte nur, dass Kenzie sie nicht fand.

Doch ihr Wunsch erfüllte sich nicht.

»Rebecca«, erklang es keuchend hinter ihr.

»Geh weg, bitte …«

»Ich gehe nicht.«

»Ich will nicht mit dir reden. Verschwinde!«

»Deine Freundin hat zu viel getrunken, nimm es dir nicht zu Herzen.«

»Ich hasse sie! Ich werde ihr nie verzeihen.«

»So schlimm ist es doch auch wieder nicht …«

»Doch! Sie hat mich vor allen gedemütigt. Und ich verdiene es auch nicht anders. Ich bin ein schrecklicher Mensch und hätte diese Reise niemals machen dürfen.«

»Stimmt, du bist ein schrecklicher Mensch …«

Es klang scherzhaft, und Rebecca wurde wütend. Sie drehte sich um und trat zornig zwei Schritte auf ihn zu.

»Falls du gekommen bist, um dich über mich lustig zu machen …«

»Ich habe nicht vor, mich über dich lustig zu machen. Aber zumindest habe ich es geschafft, dass du von dieser Wand weggehst, bevor es sich noch ein Stein auf deinem Kopf gemütlich macht.«

»Du machst dich ja schon wieder über mich lustig …«

»Ich versuche nur, dem Ganzen die Spitze zu nehmen.«

»Das funktioniert aber nicht!«

»Falls es dir hilft, ich habe ihr kein Wort geglaubt.«

Rebecca blickte ihn durch den Tränenschleier an. Sie sah ihn nur verschwommen.

»Mädchen wie du verlieben sich nicht in Typen wie mich.«

Brüsk wischte sich Rebecca die Tränen aus dem Gesicht. »Jedenfalls hätte sie das nicht sagen dürfen.«

»Wenn man zu viel trinkt, kann man schon mal die Kontrolle über sich verlieren, das müsstest du doch wissen.«

»Trotzdem …«

»Vergiss es einfach, okay?«, bat er. Dann sah er zum Himmel hinauf. »Es wird bald hell. Schau dir den Sternenhimmel an, so wie jetzt bekommst du ihn hierzulande womöglich nicht mehr zu sehen.«

Rebecca wischte sich auch die restlichen Tränen ab und legte lustlos den Kopf nach hinten, um das Firmament zu bewundern. Es war wunderschön. In Barcelona war der Nachthimmel fast immer wolkenlos, doch die Lichtverschmutzung verhinderte, dass man die Sterne sah.

»Wirklich schön.«

»Willst du zu den anderen zurückgehen?«

Energisch schüttelte sie den Kopf. »Ich könnte ihnen nicht in die Augen sehen.«

»Dann machen wir uns für den Sonnenaufgang über dem See bereit«, sagte Kenzie und setzte sich auf den Boden.

»Im Ernst?«

»Natürlich. Man sieht die Sonne zwar noch nicht«, er deutete nach vorne, »aber da drüben ist sie, hinter den Bäumen.«

Rebecca setzte sich neben ihn, und sie schwiegen eine Weile. Beiden war bewusst, wie nah sie einander waren. Sie spürte die Wärme seines Körper, ihr war ein wenig kalt, und seine Nähe war tröstlich. Kenzie hörte, wie schnell ihr Atem immer noch ging, und dachte an das, was ihre Freundin gesagt hatte. Er wünschte, es wäre wahr. Oh ja, er wünschte es sich so sehr, mit aller Kraft, mit besitzergreifender Begierde. Ihm war klar, dass Rebecca gerne mit ihm zusammen war, dass sie sich vielleicht sogar zu ihm hingezogen fühlte. Doch konnte er sich nicht vorstellen, dass sie sich in ihn verliebte.

Er streckte sich aus, legte die Beine übereinander und verschränkte die Hände im Nacken. Rebecca bemerkte ein auffälliges, winziges Lichtpünktchen etwa drei Meter links von ihnen.

»Was ist das, was da auf dem Boden leuchtet?«, fragte sie und zeigte auf die Stelle, wo der winzige Punkt im trockenen Laub glomm.

Kenzie drehte den Kopf, dann lächelte er. »Vielleicht ist ein Stern vom Himmel gefallen.«

»Sehr witzig.«

»Das ist ein Glühwürmchen, du Stadtpflanze.«

»Ein Glühwürmchen … als ich ein Kind war, hab ich mal eins gesehen, im Dorf meiner Mutter«, bemerkte Rebecca und machte Anstalten, aufzustehen und zu ihm hinzugehen.

»Erschrick es nicht, sonst geht es aus und findet heute Nacht keinen Liebsten mehr. Außerdem, so hübsch es auch aussieht, es sind ganz gewöhnliche Würmer.« Rebecca blieb sitzen und beobachtete weiter das winzige Licht. Dann blickte sie wieder zu den Sternen hinauf.

»Leg dich hin, sonst tut dir am Ende noch der Hals weh.«

Rebecca gehorchte, ließ sich nach hinten fallen und legte ihre Hände auf den Bauch. Doch sie schien sich nicht wohlzufühlen und rutschte nervös hin und her.

»Was ist los?«

»Da muss ein kleiner Zweig sein, er bohrt sich in meinen Rücken.«

»Lass mal sehen.«

Kenzie ließ Rebecca ein wenig zur Seite rutschen und tastete an der Stelle, wo sie gelegen hatte, mit der Hand. Dann entfernte er ein paar dünne Zweige und rupfte das dichte Unkraut aus.

»Das reicht, glaube ich.« Er zog sein Sweatshirt aus und breitete es auf dem Boden aus. »So liegst du besser. Ich brauche es nicht, es ist eine warme Nacht.«

Rebecca legte sich wieder hin. Das warme Kleidungsstück war tröstlich und behaglich. Um nicht daran denken zu müssen, wie nahe sie ihm war, blickte sie nach oben. Jetzt sah sie nur noch ein Stück Sternenhimmel und dicht belaubte Baumkronen. Sie wandte den Kopf und sah ihn an. Er hielt den Blick auf die Sterne gerichtet. Seine Augen wirkten jetzt dunkler und schmaler und funkelten wie die eines Luchses in der Nacht.

»Warum glaubst du, dass ein Mädchen wie ich sich nicht in dich verlieben könnte?«, fragte sie, ohne nachzudenken.

Er sah sie an, bevor er antwortete. »Weil du aus einer sehr traditionellen Familie kommst. Deiner Mutter wäre es wahrscheinlich lieber, du wärst tot als mit jemandem wie mir zusammen, der Religion für eine Erfindung hält, um Leute einzulullen, die dem Leben über den Tod hinaus einen Sinn geben wollen.«

»Du redest ja wie ein …«

»Wie ein Atheist, ja. Ich glaube an die Natur –«, er machte eine Geste, die den Wald einschloss, »– an das, was mir die Dinge um mich herum zeigen. Wenn es für jeden Tod, der durch die Jahrhunderte auf das Konto der Kirche ging, ein Sandkorn regnen würde, dann wäre die Welt eine große Wüste.«

»Dann bist du also ein Naturalist.«

»Das weiß ich nicht. Du bist die Lehrerin, ich habe mich nie damit aufgehalten, dem, was ich denke, einen Namen zu geben.«

»Naturalisten leugnen göttliche Interventionen in die Natur und reduzieren das Denken auf die Gefühle und den Willen auf den Instinkt. Sehr einfach und primitiv.«

»In den einfachen Dingen verbirgt sich die Wahrheit.«

»Also ich glaube, dass …«

Kenzie wirkte angespannt. »Lass gut sein, ja?«, unterbrach er sie. »Du hast mich in eine Schublade gesteckt, und so falsch liegst du damit nicht: Einfach und primitiv sind Begriffe, die mich ziemlich gut beschreiben.«

»Okay, tut mir leid, dass ich das gesagt habe. Es ist nur eine Hilfe, andere Menschen ein bisschen kennenzulernen.«

»Willst du mich kennenlernen, Rebecca? Willst du wissen, wer ich bin?« Er drehte sich auf die Seite und lag nun dicht neben ihr.

Rebeccas erster Reflex war, zurückzuweichen. Doch sie rührte sich nicht. Kenzies Gesicht war kaum eine Handbreit von ihrem entfernt. Sie versuchte sich nicht anmerken zu lassen, wie schnell ihr Atem ging, und antwortete flüsternd: »Ja.«

Er starrte sie an, durchdringend und unglaublich verführerisch. »Ich bin nur ein Mann.«

Rebeccas Magen machte einen kleinen Hüpfer. »Das ist mir schon klar …«, sagte sie und machte Anstalten, sich aufzurichten.

Doch mit einer geschmeidigen Bewegung hielt Kenzie sie fest. Ihre Arme lagen hinter dem Kopf, die Handgelenke wurden zu Boden gepresst. Die unerwartete Kraft in dieser Bewegung überrumpelt sie. Sein warmer Körper presste sie schwer zu Boden, und sie begann zu hyperventilieren. Marios Ring drückte gegen ihre Finger und wurde ihr lästig wie einem Sträfling die Ketten.

»Ich bin nur ein Mann, der in der Gegenwart lebt und sich von der Vergangenheit nicht irre machen lässt«, murmelte Kenzie mit tiefer Stimme, »der aus dem Instinkt heraus handelt, weil niemand ihm beigebracht hat, anders zu leben. Jemand, der nicht viel vom Leben verlangt, weil er nie etwas gehabt hat.«

»Bitte, lass mich los …«

Weit davon entfernt, ihrer Bitte nachzukommen, drückte Kenzie sie noch fester zu Boden.

»Ich wollte mich nicht verlieben. Die Vorstellung, dich zu lieben, ging mir gegen den Strich, weil ich wusste, dass du es nicht erwidern würdest. Aber als du zum Fluss gekommen bist … da war etwas an dir, bei dem ich dachte, vielleicht …«

Rebeccas Augen füllten sich mit Tränen. Das Geständnis erfüllte sie mit einer Mischung aus Dankbarkeit und Furcht. Sie wollte weglaufen, sie wollte bleiben, aber mehr als alles andere wollte sie, dass er aufhört zu reden, denn ihr Widerstand gegen die heftige Woge des Begehrens in ihr war schon schwach genug. Sie wusste, dass sie kurz davor war, nachzugeben. Ihre vernünftige Seite, die drauf und dran war, sich geschlagen zu geben, flehte sie an, sich zusammenzureißen, ihn zurückzustoßen und zu gehen.

Doch unter ihrer Kleidung bebte ihr Körper und verlangte nach Kenzies Zärtlichkeit.

Kenzie ließ ihre Handgelenke los und stützte sich auf einem Arm auf, sodass er sie ansehen konnte.

In ihren Augen sah er einen wahren Tumult aus Gefühlen.

Er wollte sich aufrichten.

»Nein, bitte«, sagte sie. Es war beinahe ein Schrei, und sie hielt ihn am Arm fest.

Wieder sah er sie an. Er hatte den Ausdruck ihrer Augen falsch gedeutet. Es war nicht Verwirrung, die darin lag, jetzt sah er es genau. Es war Verlangen, das gleiche, das auch ihn verzehrte.

Er ließ sich wieder auf sie herabsinken, doch diesmal lagen seine Hüften zwischen ihren Beinen. Sie spürte ihn, fest, hart, männlich. Sie wünschte, er würde sie küssen und ihre Ängste ersticken. Doch er sah sie nur an, als wollte er das Unvermeidliche hinauszögern, als würde er gerade erst merken, dass er vor einem Abgrund stand, einen Schritt weit vom Nichts entfernt. Er zögerte, sie las es in seinen Augen. Beide atmeten schwer vor Erregung, beide kosteten die köstliche Hitze, von der die Liebenden erfasst werden, jenes berauschende Gefühl, das das Vorspiel zur Liebe begleitet.

Kenzie befeuchtete sich die Lippen, sie waren heiß und trocken. Rebecca folgte der Bewegung mit den Augen und wünschte sich sehnlichst, er würde sie endlich küssen.

Als hätte er ihre Gedanken gelesen, näherte er sich langsam ihrem Mund.

Und sprang ins Nichts.

Ihre Lippen streiften sich, und sie küssten sich sanft, im vollen Bewusstsein, dass es jetzt kein Zurück mehr gab. Sein Mund war feucht und sinnlich, und sie vergrub die Hände in seinem lockigen Haar. Ihre Küsse wurden tiefer und mit ihnen das körperliche Verlangen. Rebecca zog ihn fester an sich und erschauerte bei der Berührung seiner warmen Hand, die unter dem Kleid ihren Schenkel streichelte. Die Liebkosungen setzten sich an ihrem Bein entlang nach oben fort, bis sie spürte, wie seine Finger den Saum ihres Slips streiften.

Kenzie näherte sich mit den Lippen ihrem Ohr. »Sag mir, dass ich aufhören soll«, flüsterte er.

Unfähig, auch nur ein Wort herauszubringen, schüttelte Rebecca den Kopf. Sie wollte nicht, dass er aufhörte, ganz im

Gegenteil – wenn er jetzt gegangen wäre, hätte sie geweint wie ein Kind.

Von dieser Möglichkeit beunruhigt, umfasste sie sein Gesicht mit den Händen und richtete sich ein wenig auf, um ihn zu küssen.

Ihr Kuss war so entschlossen, so endgültig, dass Kenzie alle Zurückhaltung fallen ließ. Er knöpfte ihr das Kleid auf, wobei er nicht aufhörte, sie zu küssen. Je weiter seine Hand hinunterglitt, desto schneller ging Rebeccas Atem, und als er ihr Kleid ganz geöffnet hatte, bot sie ihm ihren Körper dar, indem sie den Verschluss an ihrem BH öffnete und ihre vollen Brüste befreite. Kenzie wurde so erregt, dass er beinahe die Kontrolle über sich verloren hätte. Mit Mühe beherrschte er sich. Wie schön ihr Körper in der blauschwarzen Nacht aussah, dachte er. Er neigte den Kopf, lehnte ihn an ihre nackten Brüste und atmete ihren weiblichen Duft ein.

Rebecca hatte das Gefühl, den Verstand zu verlieren, als er ihre Brustwarzen küsste und sanft mit den Zähnen liebkoste. Sie hatten sich aufgerichtet und waren hart vor Erregung und von der kühlen Waldluft. Seine Hand glitt warm und entschlossen über ihren Bauch und zum unteren Teil ihres Rückens. Mit einer sanften Drehung ließ Kenzie sie in ihren Slip hineingleiten, umschloss ihre Pobacken, liebkoste und knetete die weiche Haut. Er zog das Kleidungsstück nach unten, das mühelos an ihren Beinen nach unten glitt. Rebecca tastete nach dem Saum seines T-Shirts und half ihm, es über den Kopf zu ziehen. Dann richtete er sich leicht auf und öffnete den Gürtel. Rebeccas Augen weiteten sich. Die Sehnsucht, ihn zu spüren, löschte alle anderen Wahrnehmungen aus.

Da war nur noch der Drang, das Verlangen nach ihm zu stillen.

Nichts hatte mehr Bedeutung, nichts war mit der Dringlichkeit ihres Begehrens vergleichbar, weder Mario noch ihre

Mutter, noch ihre Zukunft. Es gab nur noch sie beide und die vollständige, bedingungslose Hingabe ihrer Körper.

»Schau mich an«, bat er und umfasste mit den Händen ihr Gesicht.

Sie brauchte ein paar Sekunden, um wieder zu sich zu finden, und als sie ihn ansah, vergaß sie ein ganzes Leben voller Hemmungen.

»Ich brauche dich jetzt«, hörte sie sich sagen. Aber ihre Stimme klang merkwürdig, als würde ein anderer Mensch diese Worte sprechen.

»Schau mich an, Rebecca«, drängte er.

Sie gehorchte und verlor sich in seinen Augen, während er sanft und zugleich entschlossen in sie eindrang. Als sie ihn in sich spürte, bog sie den Rücken durch, und ein langer Seufzer drang aus ihrem Mund.

»Kenzie …«

Sie konnte nichts mehr sagen. Er verschloss ihre Lippen mit einem Kuss, der ihr erneutes Stöhnen erstickte, und presste sie noch fester an sich.

Sie liebten sich leise. Ihre heftige Atmung vermischte sich mit den Geräuschen aus dem Wald, es verlor sich in der Brise, die die höchsten Baumwipfel wiegte, und bildete ein Ganzes, in dem nichts fehlte, in dem nichts übrig blieb.

Irgendwann hielt er inne und sah sie an, seine Augen glühten und loderten. »Versprich mir, dass du mich nicht verlässt.«

Sie konnte nicht sprechen, sie konnte nur fühlen. Sie bebte vor Lust, während sie die Männlichkeit umklammerte, die sie ganz ausfüllte. Sein Geruch berauschte sie so sehr wie sein Körper. Kenzie roch nach Loch Ness, die Essenz des Sees war in seiner Haut, in seinen Haaren, sie spürte seinen Atem wie ihren eigenen, das heftige Hämmern seines Herzens wie ihren eigenen Herzschlag. Sie wollte ihm schwören, dass sie nie mehr weggehen würde, sie wollte ihren christlichen Gott als Zeugen anrufen und, wenn es nötig war, auch die keltischen Götter.

Aber sie wusste nicht, ob sie dieses Versprechen halten konnte.

»Versprich es mir«, drängte er, während er sich über ihr bewegte.

Rebecca schlang die Arme um Kenzie. Der Ring funkelte und glitzerte, als hätte sie einen neuen Stern an ihrem Finger.

»Ich werde dich nie verlassen.«

Kenzies Augen schimmerten in der Dunkelheit. Sein breiter Mund verzog sich zu einem zaghaften Lächeln.

* * *

Die tiefe Nacht begann zu verschwimmen, und mit jedem Augenblick wurden die Umrisse schärfer. Der Morgen dämmerte und machte Nebelfetzen sichtbar, die im Wald schwebten und sich über der Seeoberfläche zusammenballten.

Eng umschlungen lagen die beiden da und sahen der Dämmerung zu, und als der Tag über die Nacht gesiegt hatte, kehrten sie zum Zeltplatz zurück, traurig, sich trennen zu müssen.

Berta schlief in ihrem Zelt und fuhr hoch, als sie den Reißverschluss hörte. Sie war sofort hellwach und bombardierte Rebecca flüsternd mit Fragen, doch die war nicht in der Lage, zu antworten. Sie beruhigte ihre Freundin und kroch in den Schlafsack.

Aber sie fand keinen Schlaf, ihr Körper war noch viel zu berauscht von Lust und Zärtlichkeit.

Kenzies Stimme und sein Körper hallten in ihr nach wie das Echo seiner Trommel. Er war in ihren Knochen, kreiste in ihrem Blut und besänftigte ihren wehrlosen Geist. Beim Abschied hatte er gesagt: »Morgen fahre ich auf die Insel Skye. In Großvaters Haus muss einiges gemacht werden. Komm doch mit, lass uns deine letzten Tage hier gemeinsam verbringen.

Ich will dir die Black Cuillins in der Morgendämmerung zeigen, den Flug der Papageitaucher über den Steilküsten, die rauschenden Wellen über den Felsen am Strand …«

Wie eine liebevolle Mutter wiegte die Vorstellung Rebecca in den Schlaf.

Als der Morgen kam, fielen ihr langsam die Augen zu.

KAPITEL 24

Komm mit mir

Als sie aufwachte, war sie allein im Zelt. Die Erinnerungen an die vergangene Nacht schossen ihr ins Bewusstsein und riefen Schwindelgefühle in ihr hervor. Sie sehnte sich nach Kenzie, aber bei dem Gedanken an die anderen, vor allem an Mary, befiel sie tiefe Mutlosigkeit. Der Zeltplatz lag still da, außer dem fröhlichen Vogelgezwitscher war nichts zu hören. Sie nahm sich zusammen und verließ unbeholfen das Zelt, wo sie auf Berta, Lola und Rory stieß, die im Schneidersitz vor dem erloschenen Feuer saßen und ihr besorgt entgegensahen. Allen voran Lola, die sichtlich von Gewissensbissen geplagt wurde.

»Rebecca, ich …«, fing sie an.

Rebecca schüttelte den Kopf, ging zu der Gruppe und setzte sich zu ihnen. Sie griff sich an den Kopf, während die drei sie besorgt beobachteten. Der Schlafmangel würde heute seinen Tribut fordern.

»Es tut mir leid«, beharrte Lola. »Ich bin einfach eine Tratschtante, ich weiß gar nicht, was in mich gefahren ist. Rory hat es mir heute Morgen erzählt, ich erinnere mich kaum.«

»Stimmt, du bist wirklich eine Tratschtante, aber das hilft jetzt auch nichts mehr.«

»Ich werde mit ihm reden, ich sage ihm, dass ich mir alles ausgedacht habe. Ich tu alles, was du willst …«

»Vergiss es, Lola.«

»Nur wenn du mir verzeihst, bitte …«

Rebecca seufzte, sie konnte Lola nicht böse sein. Durch ihre Taktlosigkeit hatte sie die beste Nacht ihres Lebens verbracht, auch wenn sie nicht vergessen hatte, wie Lola sie vor allen anderen bloßgestellt hatte. Sie verdiente es, ein wenig zurückgesetzt zu werden.

»Du solltest besser aufpassen, was du sagst, irgendwann kriegst du sonst ernste Probleme.« Sie seufzte erneut. »Die anderen werden wer weiß was gedacht haben.«

»Na ja, Sophie wirkte heute Morgen ganz fröhlich«, platzte Lola heraus.

Berta stieß sie in die Rippen, und Rory fügte hastig hinzu: »Niemand verurteilt dich, Rebecca, falls du dir deswegen Sorgen machst.«

Rebecca rieb sich die Augen, dann fiel ihr auf, dass sie allein waren. »Wo sind denn die anderen?«

»Die sind heute früh zum Schloss gefahren«, erwiderte Berta. »Zum Mittagessen sind sie wieder zurück.«

Rebecca wurde ganz anders bei dem Gedanken an die Blicke der Jungs – an die von Mary … Im Geist ging sie rasch die möglichen Alternativen durch. Sie wollte Kenzie sehen, aber hier fühlte sie sich plötzlich nicht mehr wohl.

Sie sah Rory an, der ihr gegenübersaß. »Könntest du mich nach Beauly fahren?«

»Jetzt?«, protestierte Lola.

Rebecca brachte sie mit einem vernichtenden Blick zum Schweigen. »Das bist du mir schuldig!«

»Überhaupt kein Problem«, versicherte Rory. »Ich kann in eineinhalb Stunden wieder zurück sein und euch helfen, die Zelte abzubauen.«

»Ich komme mit«, sagte Berta.

»Kommt nicht infrage«, widersprach Rebecca. »Du bleibst hier und genießt das alles hier noch ein bisschen. Entschuldigt mich bitte bei den anderen, sagt ihnen, dass … sagt ihnen … sagt ihnen, was ihr wollt.«

»Also gut. Aber sobald ich zu Hause bin, erzählst du mir,

was gestern Abend in dem Wäldchen da hinten passiert ist.« Berta zeigte in die Richtung, in die Rebecca am Vorabend gelaufen war.

Lola sah Rory fragend an.

»Ich weiß gar nichts«, verteidigte er sich. »Ehrenwort. Sie… ist nach deiner Ansprache weggelaufen, und er ist ihr nachgegangen…«

Lola sah zu Berta hinüber. »Warum habt ihr mir das nicht erzählt?«

»Du hattest genug mit dir selbst zu tun.«

»Hat dir dieser Rohling etwas angetan?«, wollte Lola wissen.

»Kenzie ist kein Rohling«, rügte Rory sie. »Wäre es dir lieber, wenn Rebecca sich im Wald verlaufen hätte?«

»Eigentlich bin ich nur bis zu der verfallenen Hütte neben dem Pfad gekommen«, sagte Rebecca. Dann verlor sich ihr Blick über dem See. »Wir haben geredet, und er hat gesagt, er habe dir ohnehin nicht geglaubt.«

Lolas Gesicht hellte sich auf. »Schön, dann ist ja alles bestens. Sobald die anderen zurück sind, werde ich ihnen sagen, dass es nur der Alkohol war… dass du deinen Verlobten über alles liebst und dass…«

»Hör schon auf, Lola!« Rebecca presste die Hände an die Schläfen. Sie hatte das Gefühl, als müsste ihr der Kopf platzen.

Sie wollte nichts mehr hören, am allerwenigsten Marios Namen, und schon gar nicht, solange sie Kenzies Zärtlichkeiten noch auf der Haut spürte. Sie wollte nur noch weg.

»Wenn du gehst, werden alle denken, dass Lola die Wahrheit gesagt hat«, drängte Berta.

»Das ist mir auch schon egal.«

Auf der Rückfahrt nahmen sie die Landstraße und legten die fünfzehn Meilen bis Beauly zurück. Rebecca blickte geistesabwesend auf die Böschung am linken Ufer, ein natürlicher Bildschirm, der es ihr leichter machte, an gar nichts zu denken, obwohl Kenzies Worte immer noch in ihr nachhallten. Rory wollte sie nicht in ihren Gedanken stören. Schließlich war es Rebecca, die zu ihm herübersah. Aufmerksam betrachtete sie den scheuen jungen Mann, dem es gelungen war, das Herz ihrer verrückten Freundin zu erobern. Er spürte ihre Neugier, sah sie sekundenlang an und schaute dann wieder nach vorn, nachdem er ein wenig rot angelaufen war. Er schluckte, und Rebecca sah, wie sich sein Adamsapfel bewegte. Vielleicht war es ja diese Verletzlichkeit, die Lola so gerührt hatte, dachte sie.

»Was ist?«, fragte Rory sichtlich eingeschüchtert von den grünen Augen, die ihn analysierten. »Warum schaust du mich so an?«

»Ich habe an das gedacht, was Lola gestern Abend gesagt hat, das über euch. Ist das wahr?«

Er schluckte, das Blut war ihm in Gesicht, Hals und Ohren gestiegen.

»Ja, sie hat mir vorgeschlagen, in Edinburgh zusammenzuziehen.«

»Liebst du sie?«, fragte Rebecca. Sein offenes Lächeln verriet den jungen Mann. »Ja, du liebst sie«, beantwortete sie sich die Frage selbst mit einem Seufzer.

»Ich habe ihr sogar einen Heiratsantrag gemacht.«

Rebecca blieb die Luft weg. »Wirklich?«

»Ja, aber …«

»Moment, sag es nicht. Ich kenne sie, sie ist allergisch gegen die Ehe.«

»Stimmt, genauso hat sie sich ausgedrückt, aber sie hat gesagt, wenn ich einen Druiden auftreibe, heiratet sie mich in einer keltischen Zeremonie.«

»Das sieht ihr ähnlich. Und du, bist du Katholik?«

»Presbyterianer.«

»Ah.« Rebecca schwieg eine Weile nachdenklich. Dann fragte sie: »Wie sind denn keltische Hochzeiten so?«

»*Handfastings* war ein altes heidnisches Hochzeitsritual, das in Schottland bis ins Jahr 1939 gültig war.«

»Gibt es denn heutzutage noch Druiden?«

»Die wenigen, die es noch gibt, sind schon sehr alt, und ich persönlich habe kein großes Vertrauen in die neuen.«

Rebecca zog sich wieder in sich selbst zurück, und Rory versuchte sie mit seinem Geplauder aufzumuntern.

»Kenzie hat mir erzählt, dass er in Skye bei vielen keltischen Hochzeiten gewesen ist.«

Sie blickte unvermittelt zu ihm hinüber, als er Kenzies Namen aussprach.

»Der Druide, der sie geleitet hat, gehört zu den alten, von denen ich gesprochen habe. Wahrscheinlich lebt er heute gar nicht mehr. Laut Kenzie waren es sehr anrührende Trauungen. Er hat sich immer hinter einem Baum oder einem Busch versteckt, um zuzusehen.« Sofort merkte Rory, dass es keine gute Idee gewesen war, Kenzie zu erwähnen.

Das Mädchen blieb in sich gekehrt und sagte nichts mehr zu ihm, bis sie in Riverside Drive ankamen.

Zuallererst ließ Rebecca sich ein heißes Bad ein, ihre Kleider waren klamm von der feuchten Luft am Seeufer, und ihr war kalt. Sie ließ die Badewanne volllaufen, stieg hinein, und das warme Wasser zauberte ein wohliges Lächeln auf ihr Gesicht.

Das Bad dauerte eine Weile. Sie hatte keine Eile, sie war ja allein und hatte noch den ganzen Nachmittag vor sich.

In einem weißen Bademantel, ein kleines Handtuch um den Kopf gewickelt, verließ Rebecca das Bad. Sie machte sich ein Sandwich zu Mittag und föhnte sich das Haar, bevor sie es aß. Dann legte sie sich auf das Sofa. Sie war so durcheinander, dass sie bald einschlief. Sie musste eine gute Stunde geschlafen haben, als das Telefon sie weckte. Sie sprang vom Sofa hoch und kramte hastig ihr Handy heraus, das ganz unten in ihrem Rucksack lag. Sie nahm den Anruf an, ohne auf das Display zu schauen.

»Ja?«

»Ich bin's, Rebecca. Kennst du mich noch?«

»Mario!« Der Klang seiner Stimme weckte plötzliche Gewissensbisse in ihr. Sie nahm sich zusammen. »Na ja, ich wusste ja, dass du sehr beschäftigt bist …«

»Süße, das war nur ein Witz. Aber Fakt ist, die Woche war der reine Wahnsinn. Der Direktor von dieser angesehenen Schule, die dich eingestellt hat, liegt mit seinen Finanzberatern im Rechtsstreit. Wegen ein paar Fehlanlagen hat er viel Geld verloren und ist stinksauer. Dann sind da noch die Verhandlungen mit ein paar Anlegern aus Katar, die ein Fünfsternehotel in Barcelona kaufen wollen. Wenn die Sache gut läuft, könnte die Provision astronomisch sein. Ich will dich nicht mit den Einzelheiten langweilen, aber möglicherweise werden wir mehr als einmal nach Doha fliegen müssen, um mit der dort ansässigen nationalen Hotelgesellschaft über die Verkaufsbedingungen zu sprechen. Diese Araber sind stinkreich und wissen nicht, was sie mit ihrem Geld anfangen sollen.« Das Schweigen am anderen Ende der Leitung ließ Mario befürchten, dass die Verbindung unterbrochen worden war. »Rebecca, bist du noch da?«

»Ja, ich höre dich«, sagte sie zerstreut.

»Wir ertrinken in Arbeit. Bei solchen internationalen Projekten sind die Verhandlungen lang und zäh, aber man muss schnell reagieren und vorausschauend handeln. Ich habe deinen und meinen Vater gebeten, dass sie mich zum Rechtsbeistand des Hotels machen und ich direkt mit den arabischen Investoren verhandeln kann. Ich spreche schließlich besser Englisch als die beiden.«

»Enric spricht ebenfalls perfekt Englisch«, erinnerte sie ihn.

»Da hast du recht. Aber du musst zugeben, dass dein Bruder für geschäftliche Dinge kein gutes Händchen hat.«

»Vielleicht hatte er ja bisher nie Gelegenheit, zu beweisen, was in ihm steckt.«

»Hör zu, Süße, sei nicht genervt. Ich habe sehr gute Laune, obwohl ich am Wochenende arbeiten muss.«

Rebecca schwieg, und Mario setzte seinen Monolog über zukünftige Projekte im Bereich Telekommunikation und Infrastruktur vonseiten der Katarer in Spanien fort. Wenn dieser erste Auftrag gut lief, würde die Wirtschaftskanzlei Caralt & Bassols bei den Investoren im Persischen Golf möglicherweise die gesamte Rechtsberatung stellen, und das bedeutete ein beträchtliches internationales Prestige.

Irgendwann verlor Rebecca den Faden. Sie hatte noch nie viel vom Wirtschaftsrecht verstanden, und es interessierte sie auch nicht besonders. Ihr Vater und ihr Bruder redeten nie viel über die Arbeit, sie erzählten höchstens mal eine Anekdote, langweilten sie aber nie mit Details über die Rechtsberatung ihrer Mandanten. Mario dagegen ließ keine Gelegenheit aus, über die Fälle zu sprechen, an denen er arbeitete, vor allem, wenn er dort eine besondere Rolle spielte. Rebecca hatte ihm immer zugehört, so gut sie konnte, auch wenn sie sich meistens nicht lange konzentrieren konnte.

Als sie aufgelegt hatten, wurde ihr bewusst, dass er sie gar nicht nach ihrem Urlaub gefragt hatte. Es war eine Erleichterung, aber auch enttäuschend. Irgendwie interessierte er sich nie für das, was sie tat. Alles drehte sich um ihn, um sein Leben, um seine Arbeit. Sie war ein notwendiges Anhängsel, weiter nichts.

Sie wollte nicht an den Rückflug denken, und sie würde

es auch nicht tun, sonst musste sie noch losheulen. Ihre ungewisse Zukunft warf ihren Schatten voraus, und dieses Gefühl der Beklemmung schnürte ihr die Kehle zu, bis sie kaum noch Luft bekam.

Sie legte sich wieder aufs Sofa, um sich zu entspannen. Aber die Ruhe dauerte nicht lange. Es klingelte. Vor der Tür stand Mrs Munro, die ein besorgtes Gesicht machte. Sie hatte Rebecca kommen sehen und erkundigte sich, ob es ihr gut ging.

Ein paar Minuten später saßen die beiden bei Tee und Plätzchen im Wohnzimmer.

»Als ich gesehen habe, dass der junge Elliot dich nach Hause gebracht hat, dachte ich, es ginge dir vielleicht nicht gut«, sagte Mrs Munro, während sie einen gestrichenen Teelöffel Zucker in ihren Tee gab.

»Ich bin heimgefahren, weil …« Rebecca suchte nach einer Ausrede, die überzeugend klang. »Also, ich habe die Mücken nicht mehr ausgehalten.«

»Oh, diese verflixten Midges sind das Schlimmste in Schottland. Hat dir denn wenigstens der See gefallen?«

»Natürlich, er ist wunderschön, aber das Wasser ist eiskalt.«

»Seid ihr etwa baden gegangen!?« Die Frau schauderte.

»Nur ganz kurz.«

»Ihr werdet euch noch eine Lungenentzündung holen.«

»Gestern war ein wunderschöner Tag zum Baden.«

»Oh ja, es war wirklich ein herrlicher Tag.« Ein schelmisches Blitzen erhellte Mrs Munroes Gesicht. Sie beugte sich zu Rebecca hinüber, um dem Gespräch einen intimeren Anstrich zu geben, und tätschelte ihr den Oberschenkel. »Hör mal … Ist da etwas zwischen dir und Kenzie? Als ich euch beide neulich zusammen gesehen habe … da schien es mir …«

Die Frage überrumpelte Rebecca. Sie zögerte, fing an zu stammeln und wusste nicht mehr, was sie sagen wollte. Sie wollte die Alte jedoch nicht anlügen, das hatte sie nicht verdient.

»Ich weiß es nicht«, antwortete Rebecca ehrlich.

»Meine Liebe, siehst du die grauen Haare auf meinem Kopf? Es hat viele Jahre gedauert, bis sie sich durchgesetzt haben. Ihr jungen Hüpfer glaubt immer, wir Alten wären schon alt auf die Welt gekommen, und vergesst, dass wir auch einmal zwanzig waren und das Gleiche durchgemacht haben. Glaub mir, irgendwann wird dein Haar auch weiß sein, und während der letzten Etappe deines Lebens wird die schöne Jugendzeit wiederkehren und dir mit der Erinnerung die Tage versüßen.« Sie seufzte. »Ein starkes Gefühl vergisst man nicht so leicht, und wenn noch so viele Jahre vergehen. Ich habe gesehen, wie ihr beide einander anschaut, so wie auch deine Freundin und der junge Elliot. Mein Gott, Mädchen, ihr seid weit gereist, um euch zu verlieben.«

Mrs Munro ging, und Rebecca konnte sich endlich auf dem Sofa in die Decke kuscheln und ihren Gedanken freien Lauf lassen. Die Worte der Alten gingen ihr nicht aus dem Kopf, so wenig wie das frustrierende Gespräch mit Mario, doch vor allem konnte sie den Vorschlag nicht vergessen, den Kenzie ihr letzte Nacht gemacht hatte, bevor sie auseinandergegangen waren. Mit ihm ein paar Tage auf Skye zu verbringen kam ihr vor wie der Himmel auf Erden. Jede Stunde, jede Minute mit ihm zusammen zu sein, ihn ohne Schuldgefühle ansehen zu können, die sie so sehr peinigten. Ihr fiel nichts ein, was sie glücklicher gemacht hätte. Aber verdiente sie das denn? Könnte sie sich diesen Traum erfüllen, ohne ein schlechtes Gewissen zu haben?

Es dauerte nicht lange, bis Berta und Lola zurückkehrten. Als Rebecca sie hörte, sprang sie auf und lief ihnen entgegen. Durch die offene Haustür hielt sie nach Kenzies blauem Nissan Ausschau, aber sie sah nur Rorys rotes Auto, das zur Hauptstraße abbog.

Die drei Mädchen gingen in den Garten. Es war noch nicht dunkel, und die Temperatur war angenehm. Sie nahmen auf den alten Stühlen Platz und redeten über Lola und ihre Zukunftspläne mit Rory. Berta sah forschend zu Rebecca hinüber, als spürte sie, dass in der Nacht zuvor etwas Wichtiges geschehen war, das sie nicht erzählen wollte.

»Wir werden sehen, was passiert«, meinte Lola. »Manchmal ist ja auch Schluss mit der ganzen Romantik, wenn man zusammenzieht.«

»Und manchmal schweißt es einen noch stärker zusammen«, bemerkte Berta.

»Genau deswegen müssen wir es ja ausprobieren«, sagte Lola und richtete den Blick auf Rebecca, die immer noch in Gedanken verloren war und nicht richtig zuhörte. »Und aus diesem Grund habe ich beschlossen, Hare Krishna beizutreten, nach Indien zu fahren und Mantras zu rezitieren.«

Sie schwiegen. Berta verbiss sich das Lachen, und Rebecca merkte, dass beide sie ansahen.

»Was ist?«

»Genau das frage ich dich«, murrte Lola. »Was ist denn los? Irgendwie bist du gar nicht richtig da.«

Es klingelte an der Tür. Sie wechselten erstaunte Blicke und sahen auf die Uhr. Sie hatten keine Ahnung, wer das sein konnte; Mrs Munro besuchte sie nie um diese Zeit. Berta ging zur Tür und kam Sekunden später mit einen Zettel in der Hand zurück.

»Wer war das?«, fragte Lola gespannt.

»Niemand. Das heißt, es war niemand da, aber jemand muss diesen Zettel unter der Tür durchgeschoben haben.« Die beiden reckten die Hälse. »Da steht dein Name drauf«, fügte sie an Rebecca gewandt hinzu.

»Mein Name?«

Berta nickte und reichte ihr das quer zusammengefaltete Papier.

Rebecca nahm es, faltete es auseinander und las schweigend. Ihr Gesicht wurde feuerrot.

»Was steht denn da? Liest du es bitte laut vor? Wir sterben gleich vor Spannung«, protestierte Lola.

Rebecca biss sich zögernd auf die Lippen, faltete das Papier wieder zusammen und schwieg.

»Erzählst du es uns jetzt oder nicht?«, bohrte Lola.

Widerwillig reichte Rebecca ihnen den Zettel, damit die beiden selbst lesen konnten. Berta nahm in ihr aus der Hand.

»Komm mit, *mo leannan*, dann zeige ich dir den Ort, wo nachts die Glühwürmchen tanzen.«

»Ist der von Kenzie?«, fragte Lola, riss Berta den Zettel aus der Hand und las ihn. »Da steht auch eine Uhrzeit: sieben Uhr morgens. Holt er dich um sieben ab?«

»Ich weiß es nicht!«, explodierte Rebecca.

»Wo will er mit dir hin?«, fragte Berta.

»Nach Skye.«

»Falls das ein Ausflug ist, könnten wir mitfahren«, freute sich Lola. »Es soll eine sehr schöne Insel sein.«

Berta blickte sie an, legte den Kopf schief und kniff die Augen zu. »Wolltest du uns denn nach Nairn mitnehmen? Irgendwie hast du in letzter Zeit ein Positronengehirn, Lola.«

Lola zog entnervt eine Augenbraue hoch und beachtete Berta nicht. Doch ihre Synapsen feuerten schnell, schneller als bei Asimovs fiktivem Positronenstrom.

»Was ist gestern Nacht im Wald passiert?«, fragte sie hinterlistig und drehte sich zu Rebecca um. »Du hast uns nichts erzählt, und Berta hat gesagt, du bist erst in der Morgendämmerung zurückgekommen.«

Rebeccas Gesichtsausdruck verriet sie.

»Oh mein Gott …«, flüsterte Berta.

»Was meinst du mit ›Oh mein Gott‹?« Lolas flatterhaftes Gehirn brauchte drei Sekunden, um auf die Antwort zu kommen. Dann sah sie Rebecca mit aufgerissenen Augen an. »Du hast doch nicht etwa …?«

»Ich weiß nicht, wovon du redest.«

»Ich kann es nicht glauben! Du hast es mit ihm gemacht?«

»Das geht dich gar nichts an!«

Lola kam aus dem Staunen gar nicht mehr heraus. »Du hast es getan!« Sie brach in Gelächter aus. »Schau sich einer diese Nonne an! Lässt sich vor der Hochzeit von dem Schotten vernaschen!«

Rebecca wurde rot vor Wut, und Berta versuchte die Gemüter zu beruhigen. »Das reicht jetzt, Lola! Du bist ganz schön taktlos.«

Lola betrachtete Rebecca immer noch voller Verblüffung. »Gar nicht. Ich hätte nämlich genau das Gleiche getan«, sagte sie. »Wer könnte ihm schon widerstehen? Nur damit wir uns recht verstehen – ich meine natürlich, falls Mario mein Verlobter wäre. Puh, mir wird schon bei dem Gedanken schlecht.«

»Lola«, sagte Rebecca, »du bist eine blöde Kuh.« Dann lief sie ins Haus und in ihr Zimmer.

»Was zum Teufel bedeutet wohl *mo leannan*?«, wunderte sich Lola, wobei die beiden Wörter ihr nur schwer über die Lippen gingen. »Bestimmt irgendwas Unanständiges.«

Rebecca wollte mit niemandem mehr über das Thema reden, nicht einmal mit Berta, die zu ihr kam und fragte, ob sie sich aussprechen wollte. Sie war todmüde, körperlich und geistig erschöpft von der Anspannung der letzten Stunden. Es dauerte nicht lange, bis sie einschlief. Im Wohnzimmer versuchten ihre Freundinnen zu begreifen, was passiert war. Lola war der Meinung, dass die unschuldige Rebecca sich hatte verführen lassen, was in ihren Augen völlig verständlich war. Sie hatte gegenüber Männern immer Hemmungen gehabt und wollte vor ihrer Hochzeit noch ein paar Erfahrungen sammeln. Und wer eignete sich dafür besser als Kenzie? Sie machte ihr keinen Vorwurf, störte sich aber daran, wie ernst Rebecca das alles nahm. Für Lola war die Sache klar, es war ein Ausrutscher, und es war gut, dass es jetzt geschah und nicht nach fünf Jahren Ehe. Genau das passiert nämlich ihrer Meinung nach bei Duckmäuserinnen wie Rebecca, die irgendwann anfangen, sich zu fragen, wie es wohl mit einem anderen Mann wäre. In Bertas Augen dagegen war Kenzie kein Ausrutscher, es steckte mehr dahinter. Sie kannte ihre Freundin und wusste, dass sie nicht leicht entflammbar war. Aber aus irgendeinem Grund hatte das Schicksal sie mit diesem besonderen Gefühl konfrontiert. Sie konnte sich glücklich schätzen, oder vielleicht auch nicht. Zum ersten Mal war Berta sich bei der Antwort nicht ganz sicher.

KAPITEL 25

Nächtliche Leuchtkäfer

Ein trüber Schimmer schien durch das Fenster, als Berta von Geräuschen im Schlafzimmer geweckt wurde. Sie streckte die Hand zum Nachttisch aus und sah auf dem Handy nach der Uhrzeit. Erst fünf vor sieben. Als sie Rebecca erblickte, die gerade Kleidung in einen kleinen Rucksack stopfte, fuhr sie hoch. Ihre Müdigkeit war schlagartig verflogen, sie sprang aus dem Bett und lief zu Rebecca hinüber.

»Was machst du da?«

»Das siehst du doch.«

»Sag bitte nicht, dass du mitfahren willst.«

Rebecca bejahte mit einem Kopfnicken.

»Bist du verrückt geworden?«

»Ich muss, Berta.«

»Nein, du musst nicht!«

»Mein Herz sagt mir, dass ich es tun muss, sonst werde ich es bereuen …«

»Du wirst es bereuen, wenn du mitfährst!«

»Lieber etwas bereuen, als sich sein Leben lang danach zu sehnen.«

Ein vages Motorengeräusch unterbrach ihre Auseinandersetzung. Aufmerksam lauschten die beiden, ob das Fahrzeug vorbeifuhr oder vor dem Haus hielt.

»Es hat nicht gehalten«, behauptete Berta.

»Doch, hat es.«

»Ich glaube nicht.«

»Ich schon, Berta! Aber ich traue mich nicht nachzusehen!«

Berta schnaubte und verließ mit großen Schritten das Schlafzimmer. Einen Augenblick später kam sie zurück und machte ein bestimmtes Gesicht. »Er ist es!«

»Mein Gott …«

Rebecca griff nach ein paar weiteren Kleidungsstücken und verstaute sie im Rucksack, ohne richtig hinzusehen.

»Rebecca, bitte!«

»Ich muss mich beeilen. Kannst du mir den Kulturbeutel aus dem Bad holen?«

»Nein! Dabei helfe ich dir nicht! Mag ja sein, dass deine Gefühle sehr schön, sehr intensiv und wer weiß noch was sind, aber denk doch mal an Mario … an deine Mutter … an die Jungfrau Maria, wenn du willst …«

»Lass die Jungfrau aus dem Spiel …«

Berta fielen keine Argumente mehr ein, und sie gab auf. Rebecca kam auf sie zu und ergriff ihre Hände.

»Ich muss es tun, verstehst du das denn nicht? Ich fürchte mich davor, hier wegzufahren und nie mehr das zu fühlen, was ich bei ihm empfinde.«

Der Motor heulte auf. Es war ein Zeichen der Ungeduld, das wusste Rebecca.

»Er wird wegfahren! Bitte, hilf mir …«

Wieder stieß Berta einen Seufzer aus, aber schließlich rannte sie ins Badezimmer und stopfte Rebeccas Sachen in den Kulturbeutel. Als sie ins Schlafzimmer zurückkam, hatte ihre Freundin den Schlafanzug ausgezogen und streifte sich ein Kleid über den Kopf, das Outfit, dass sie am schnellsten anziehen konnte. Hastig schlüpfte sie in eine Jacke und Ballerinas, verstaute den Kulturbeutel im Rucksack und fegte aus dem Schlafzimmer. Lola steckte verschlafen den Kopf aus der Tür.

»Was ist denn bei euch los? Ihr rennt ja herum wie aufgescheuchte Hühner.«

»Rebecca fährt jetzt«, informierte Berta sie.

Rebecca umarmte sie. »Danke. Tut mir leid, dass ich dich hier alleine lassen muss.«

»Mach dir um mich keine Sorgen, ich habe ja Sophie, Lola und ihren Freund. Ich komme schon zurecht. Aber tu mir einen Gefallen, ja? Pass gut auf dich auf.«

»Mach ich«, versprach Rebecca und ging.

Als Lola und Berta hinaustraten, sahen sie gerade noch Kenzies Geländewagen um die Ecke biegen.

»Das wird ihr Leben ruinieren. Ich hätte sie nicht fahren lassen sollen«, jammerte Berta.

»Du hättest sie nicht daran hindern können.«

»Ich weiß, aber ich hätte es versuchen müssen.«

»Ich freue mich für sie. Niemand sollte sein ganzes Leben verbringen, ohne das zu empfinden, was sie jetzt empfindet. Und das wird Mario ihr niemals bieten können.«

Der blaue Nissan nahm Kurs nach Norden und durchbrach das diesige Licht, das einen neuen Tag, ein neues Leben ankündigte. Rebecca war mit sich im Reinen. Ob es nun eine gute Entscheidung war oder nicht, endlich bestimmte sie einmal selbst über ihr Schicksal. Und sie hatte beschlossen zu leben. Sie wusste, dass sie die richtige Entscheidung getroffen hatte, das flüsterte ihr Körper ihr zu, wenn Kenzie sie ansah und er ihr ein Lächeln schenkte. Sie stellte sich vor, wie es wäre, mit ihm zu leben, fern von allen Konventionen, die sie gewohnt war. Sie gab sich ihrem Traum hin und schloss einen Pakt mit ihrem inneren Richter: Er sollte still sein und ihr mit seinen Mahnungen nicht die bedeutsamsten Momente ihres Lebens verderben. Es gab nur sie beide und die schmale Landstraße, die sich zwischen Seen mit unaussprechlichen Namen und Landschaften dahinschlängelte, die von der Sonne beschienen und von den Wolken verdunkelt wurden.

Aus dem Radio klang die ruhige Melodie von *Bonnie Port-*

more, und Loreena McKennits Stimme führte ihre Hände zusammen.

Es war ein wunderschöner Sommermorgen.

* * *

Kenzie sollte jedes Einzelne seiner Versprechen einlösen. Er zeigte Rebecca den Sonnenaufgang in den Black Cuillins, die Wellen, die sich über den Felsen brachen, und den Flug der Papageitaucher über den Steilküsten. An seiner Seite erlebte Rebecca ihren Traum zwischen Liebesschwüren und dem Wunsch nach einer gemeinsamen Zukunft. Doch etwas fehlte noch. Rebecca wusste es nicht mehr, doch Kenzie vergaß niemals ein Versprechen.

An diesem Abend überraschte er sie in der typisch schottischen Tracht. Die Sachen schienen viele Jahre alt zu sein, denn das Hemd, das einmal weiß gewesen war, sah verwaschen aus und verströmte einen Geruch nach Kampfer. Der Kilt war kaum besser, seine Farben wirkten alt und verblichen. Auf Rebecca machte Kenzie schon seit dem Vortag einen etwas geistesabwesenden Eindruck. Stundenlang war er weggeblieben unter dem Vorwand, einen alten Freund zu besuchen, und hatte bei seiner Rückkehr eine rätselhafte Miene gemacht. Sie schob es auf die Tatsache, dass ihre gemeinsame Zeit sich dem Ende zuneigte. Um die Wahrheit zu sagen, war auch ihr eigenartig wehmütig zumute. Noch war sie hier, noch konnte sie ihn sehen, spüren, doch der Abschied warf seinen Schatten über sie wie ein Unglücksrabe.

»Die Sachen haben meinem Großvater gehört«, sagte Kenzie. »Sie sind mir ein bisschen zu klein, aber sie werden ihren Zweck erfüllen.«

»Was für einen Zweck?«

»Warte kurz.«

Mit großen Schritten verließ er das Haus, wobei der Rock hin und her schwang. Seine Sachen mochten zwar alt sein und nach Kampfer riechen, aber er war sehr attraktiv. Die Wirkung wurde noch dadurch verstärkt, dass er sich seiner verführerischen Erscheinung nicht bewusst war.

Ein paar Minuten später kehrte er zurück, einen mittelgroßen Karton in den Händen.

»Ich hätte gern, dass du das anziehst. Es ist das Einzige, was ich finden konnte. Ich glaube, es müsste dir passen.«

Rebecca nahm ihm den Karton aus den Händen und öffnete ihn. Darin lag zusammengefaltet ein Kleidungsstück aus weichem cremefarbenem Samt. Sie stellte den Karton auf den Tisch und hob das Kleid heraus. Beim Auseinanderfalten sah sie, dass es mit dezenten goldenen Motiven geschmückt war. Der glänzende Samt blendete sie. Er fühlte sich so weich an, als sie ihn an die Wange hielt.

»Gehen wir auf ein Fest?«, fragte sie entzückt.

»Noch viel besser. Heute Abend findet im Wald eine keltische Hochzeit statt.«

Rebecca machte vor Freude einen Luftsprung und lief ins Schlafzimmer, um sich umzuziehen.

Sie brauchte kaum zehn Minuten, um das Kleid anzulegen, und fand es noch schöner als das, das sie auf dem Festival getragen hatte. Es spannte ein bisschen um die Brust, ohne unbequem zu sein.

Kenzies Gesicht spiegelte seine Freude, als sie herauskam.

»Hilfst du mir, es hinten zuzumachen?«, bat sie ihn und drehte sich um.

Er strich ihr das Haar aus dem Nacken, und nachdem er sie noch einmal geküsst hatte, knöpfte er ihr langsam das Kleid zu.

»Du siehst wunderschön aus.«

Seine Bewunderung war echt, das sah sie in seinen Augen, als er sie umdrehte und sie ansah. Aber da war noch etwas in seinem Gesicht, von dem sie nicht wusste, was es war und warum er es nicht preisgab. Sie wollte ihn gerade danach fragen, als er sie auf die Lippen küsste. Es war nur ein flüchtiger Kuss, und als sie ihn vertiefen wollte, hinderte er sie daran und legte den Finger an die Lippen.

»Jetzt nicht«, sagte er. Und küsste sie auf die Nasenspitze.

Sie fuhren etliche Kilometer bis zu einer hoch gelegenen, weiten Landschaft, wo Kenzie den Nissan parkte. Die Dunkelheit war vollkommen, doch in der Ferne konnte Rebecca unzählige Lichter erkennen.

Ihre Miene erhellte sich.

Kenzie lächelte. »Das sind Lampions, sie markieren den Weg zu dem Ort, wo die Trauung stattfindet.«

Beim Aussteigen spähte Rebecca in die Dunkelheit und stellte fest, dass sie nicht allein waren. Sie nahm noch andere Menschen wahr, die sich auf die Lichter zubewegten. Es waren nicht sehr viele Leute, aber doch mehr, als sie gedacht hatte.

Als sie ihre Augen ein wenig anstrengte, sah sie, dass alle ähnlich gekleidet waren. Die Männer trugen den typischen schottischen Tartan und die Frauen lange, mittelalterlich geschnittene Kleider. Sie hängte sich bei Kenzie ein und spürte seine Muskeln, die hart wie Stahl waren. Sie sah zu ihm hinüber, um herauszufinden, warum er so angespannt war, aber es war zu dunkel, um sein Gesicht zu sehen. Mit der anderen Hand hob sie das Kleid leicht an, um nicht darauf zu treten, und über den Pfad mit den brennenden Lampions, die die Umgebung in einen unwirklichen Schein tauchten, gingen sie in den Wald.

Rebecca glaubte zu schweben, wie in einem Traum, und ein tiefes Gefühl von Glück ergriff sie. Sie war sich ganz sicher, dass sie diese Nacht ihr Leben lang nicht vergessen würde. Sie versuchte sich jedes Detail einzuprägen, atmete den durchdringenden frischen Waldduft ein und ließ sich führen.

Wenige Minuten später kamen sie zu einer weiten Lichtung, wo sich eine kleine Gemeinschaft um einen Kreis aus Steinen, Zweigen und Blumen versammelt hatte. In der Mitte lag ein großer, flacher Stein.

»Wie aufregend«, sagte Rebecca.

Kenzie blickte sie durchdringend an. »Allerdings.«

»Und wo ist das Brautpaar? Und der Druide?«

»Den wirst du gleich sehen. Er kommt immer zu Fuß, obwohl er sehr alt ist. Er lebt nicht sehr weit vom Wald entfernt, deswegen braucht er nicht so lange.«

»Kennst du ihn?«

»Ja … ich war gestern bei ihm.«

»Ach, daher wusstest du von der Hochzeit …«

Kenzie nickte.

»Warst du die ganze Zeit bei ihm?«

Wieder nickte er. »Als kleiner Junge war ich oft bei ihm.«

»Wirklich?«

»Er hat mich eines Tages schlafend in seinem Stall vorgefunden. Danach habe ich ihn oft besucht. Ich war gern bei ihm, er redete nur, wenn er etwas zu sagen hatte. Ich habe viel von ihm gelernt. Die Liebe zur Natur, und welche Dinge wirklich wichtig sind. Als kleiner Junge habe ich keine Trauung verpasst, die er vollzogen hat.« Er zeigte auf einen nahen Baum. »Ich bin immer auf diesen Baum geklettert, um besser sehen zu können, und jedes Mal hat er mir gesagt, wenn ich irgendwann eine Frau finden würde, würde er mich mit ihr vereinen. Die Kelten glauben, dass zwei Seelen sich vereinigen, um ihre Stärken zu verdoppeln und ihre Schwächen durch die Hilfe und Anleitung des anderen auszugleichen.«

»Manchmal habe ich das Gefühl, dass ich dich schon länger als ein Leben kenne«, sagte Rebecca leise.

Kenzie nahm ihre Hand und drückte sie.

Zwischen den Leuten tauchte ein alter Mann auf und grüßte mit einer flüchtigen Geste, während er den Kreis betrat. Er hatte schneeweißes Haar, einen ebenso weißen kurzen Bart und schien sehr alt zu sein. Er trug eine verblichene weiße Tunika und legte sich beim Gehen ein mehrmals gefaltetes Tuch in derselben Farbe über den Kopf, das ihm zu beiden Seiten über die Schultern fiel und bis zur Taille reichte. Der Anblick des alten Mannes machte auf Rebecca einen ebenso tiefen Eindruck wie jeder andere Priester bei einer religiösen Zeremonie. Während der Druide den Kreis abschritt, begann er zu sprechen, doch Rebecca verstand kein Wort.

»Was sagt er?«, fragte sie.

»Er segnet und weiht den Kreis, das Symbol der Ewigkeit.«

»Bestimmt kennst du die Zeremonie schon auswendig.«

»Ja«, sagte Kenzie und sah sie ausdruckslos an.

Der Druide näherte sich einer Frau, die ein schönes Kleid aus blauem Samt trug und ihm zwei hübsche Kränze reichte. Der eine bestand aus Blättern, der andere aus Blumen. Mit dem Kopfschmuck in den Händen ging der Alte weiter durch den Kreis, verließ ihn dann wieder und kam auf Kenzie und Rebecca zu. Kenzie bückte sich, damit der Alte ihm den Blätterkranz aufsetzen konnte, worauf dieser die Arme des jungen Mannes liebevoll drückte. Rebecca betrachtete ihn fasziniert. Aus der Nähe hatte der Alte eines der heitersten Gesichter, die sie je gesehen hatte. Sie blickte zu Kenzie hinüber, der sie mit einer Geste ermunterte, den Kopf zu neigen.

Kleine weiße Blumen schmückten nun Rebeccas schwarzes Haar. Der Druide kehrte wieder zu seinem Platz im Kreis zurück und begann mit einer Rede, die sie ebenfalls nicht verstand.

Kenzie sah sie eindringlich an. »Rebecca, ich weiß, dass ich dir nicht viel bieten kann, nur meinen Körper, um dich zu lieben, und meine Hände, um zu arbeiten.«

»Kenzie …«

»Ich kann dir vielleicht nicht alles geben, was du verdienst, aber solange du mit mir zusammen bist, werde ich nie aufhören, dich zu lieben, das schwöre ich. Ich liebe dich, Rebecca, und … ich will dich heiraten.«

Rebeccas Augen glänzten in der Dunkelheit.

»Um Gottes willen, Kenzie«, flüsterte sie atemlos. »Und danach?«

»Ich weiß es nicht.«

Sie atmete tief ein und ließ die Luft dann langsam entweichen. Eigentlich hatte sie keinen Zweifel. Sie hätte alles getan, worum er sie bat. Sie war vollkommen und über beide Ohren verliebt in diesen Mann, den ihr das Schicksal geschickt hatte. Für ihn wäre sie auch über glühende Kohlen gegangen oder auf einer Sternschnuppe geritten. Sie hätte jegliche Verrücktheit begangen, die ihm nur einfiel.

»Ja«, flüsterte sie und spürte, wie ihr Herz heftig klopfte. »Ich will dich heiraten.«

Er bot ihr den Arm.

»Lass die Natur Zeugin unserer Liebe sein. Um mehr geht es nicht, du brauchst dich vor nichts zu fürchten.«

An Kenzies Arm betrat Rebecca den Kreis und spürte dabei unter dem Hemd die tröstliche Wärme seiner Haut.

Vor dem Druiden blieben die beiden stehen.

Die Trauung begann. Jetzt sprach der Alte Englisch mit einem seltsamen Akzent. Rebecca schwebte mitten in dieser Fantasiewelt aus leuchtenden Lampions und Kerzen in dem nächtlichen feuchten Wald. Nur Kenzies Berührung milderte das Gefühl der Unwirklichkeit, das sie erfüllte. Anfangs konnte sie vor Aufregung die Schönheit der Zeremonie nicht würdigen. Sie hörte nichts, konnte keinen Gedanken fassen und ließ sich treiben wie ein Papierschiffchen auf einem Teich. Doch dann veränderte sich etwas in ihr. Sie suchte Kenzies Blick, der sich keinen Augenblick von ihrem Gesicht gelöst hatte, und fand dort, was sie suchte. Ihre Hände vereinigten sich auf die gleiche Weise, wie dieses Ritual sie beide für immer vereinen würde. Sie löste sich aus ihrer Existenz und gab sich der Zeremonie rückhaltlos hin, ohne Zweifel und mit der Klarsicht, die einem nur einmal im Leben geschenkt wird.

Der Mann schritt durch den Kreis und blieb vor einem Stein stehen, der etwas kleiner war als der in der Mitte. Kenzie ermunterte Rebecca, ihm zu folgen. Als sie an der Stelle angekommen waren, hob der Alte leicht die Arme.

»Geister des Ostens, Geister der Luft, lasst uns euren Atem spüren! Werdet ihr euch auch in Zeiten der Ungewissheit, und wenn der Wind der Veränderung sich erhebt, weiterhin lieben und ehren?«

»Ja, das werde ich«, flüsterte Kenzie und drückte Rebeccas Hände, damit sie die Worte wiederholte.

»Ja … das werde ich«, sagte sie leise.

»Dann seid gesegnet von den Mächten des Ostens! Möge euch beiden die Freiheit des Fluges durch die reine Bergluft geschenkt werden, möge eure Liebe bei jedem Tagesanbruch neu geboren werden.«

Wieder ging der Druide weiter, mit ruhigen, gelassenen Schritten, bis er an einer weiteren Stelle stehen blieb, die von einem ähnlichen Stein markiert wurde. Rebecca und Kenzie folgten ihm.

»Geister des Südens, Geister des Feuers, lasst uns eure Macht spüren! Werdet ihr euch durch die Flammen der Leidenschaft, und auch wenn diese schwächer werden, weiterhin lieben und ehren?«

»Ja, das werde ich«, antworteten die beiden.

»Dann seid gesegnet von den Mächten des Südens. Möget ihr beide stets auf dem Weg des Mutes und der Lebenslust tanzen. Möge euer Haus voller Wärme sein.«

Wieder ging der Druide weiter, und Rebecca kam zu dem Schluss, dass sie sich auf ihrem Weg an den vier Himmelsrichtungen orientierten.

»Geister des Westens, Geister des Wassers, lasst uns eure Energie spüren, die in den wilden Gewässern und durch die tiefen, heiteren Brunnen der Freude fließt! Werdet ihr euch auch dann noch lieben und ehren?«

»Ja, das werde ich«, antworteten sie erneut.

»Dann seid gesegnet von den Mächten des Westens. Mögen eure Wünsche sich vereinen und wie die Gezeiten des Ozeans dahinströmen. Möge euer gemeinsames Leben sich mit Liebe füllen.«

Ein letztes Mal gingen sie weiter, und Rebecca spürte, wie der Nordwind ihr von hinten in die Haare fuhr. Der frische Windstoß klärte ihren Kopf.

»Geister des Nordens, lasst uns eure Gewissheit spüren! Werdet ihr euch auch in den kühlen Zeiten der Beschränkung, wenn die Probleme unüberwindbar scheinen, weiterhin lieben und ehren?«

»Ja, das werde ich.«

»Dann seid gesegnet von den Mächten der Erde. Möget ihr euch in der süßen, fruchtbaren Erde verwurzeln, damit eure Verbindung gedeihen möge.«

Sie kehrten zur Mitte des Kreises zurück. Rebecca umklammerte Kenzies Arm so fest, dass sie einen Augenblick lang fürchtete, ihm weh zu tun, auch wenn seine Armmuskeln so hart waren, dass sie schon Finger aus Stahl gebraucht hätte, um ihm Schaden zuzufügen. Trotzdem lockerte sie den Druck ein wenig, und um sich zu entspannen, richtete sie den Blick auf den alten Mann, während dieser seinen Platz einnahm.

»Verbindet jetzt eure Hände miteinander.«

Kenzie nahm Rebeccas rechte Hand, hob sie hoch, und sie legten ihre Unterarme aneinander. Mit der freien Hand holte Kenzie irgendwo aus seiner Kleidung ein Band, das aus dem gleichen Stoff wie sein Kilt gefertigt war. Er reichte es dem Druiden, und dieser band ihre Hände damit zusammen.

»An heiligen Orten und in günstigen Augenblicken haben unsere Ahnen sich die Hand zur Hochzeit gereicht, und eine solche Vereinigung der Hände, von den Göttern und der Gemeinschaft bezeugt, war legal, wahr und verpflichtend, als würde ein Herz sich mit dem anderen verbinden. Seid ihr bereit, den Schwur zu leisten, der Seele mit Seele, Herz mit Herz vereinen wird, der das Blut eurer Ahnen und eurer Nachfahren zusammenführen wird, bezeugt von denen, die sich heute hier versammelt haben, im Geiste und im Leib dieses heiligen Kreises?«

»Ja, das bin ich«, erwiderten sie.

»In der Natur ist alles ein Kreislauf. Die Nacht wird zum Tag, der Tag führt wieder zur Nacht, die sich erneut in den Tag verwandelt. Der Mond nimmt zu und ab und danach wieder zu. Es gibt den Frühling, den Sommer, den Herbst und den Winter, und darauf folgt wieder der Frühling. Das ist der lebendige Rhythmus im Kreis des Daseins, doch in der Mitte des Zirkels liegt strahlend und ewig die Stille der *Quelle*. Habt ihr am heutigen Tag eure Symbole für dieses Mysterium des Lebens mitgebracht?«

Irgendwo aus seiner Kleidung holte Kenzie zwei Ringe, die mit einem roten Band verbunden waren. Der Druide nahm sie entgegen und legte sie, nachdem er sie gesegnet hatte, auf den Stein. Es waren zwei schlichte Silberringe.

»Diese Ringe sind ein äußeres Zeichen und eine heilige Erinnerung des Versprechens, das heute hier bezeugt wurde. Schwört ihr, das Licht der Liebe und der Glückseligkeit in diese

Verbindung zu bringen, so wie Sonne und Mond der Erde das Licht bringen? Schwört ihr außerdem, einander zu ehren, so wie ihr ehrt, was euch am heiligsten ist?«

»Ich schwöre es«, sagte Kenzie, und Rebecca tat es ihm nach.

Der Druide löste ihre Hände voneinander und legte das Band auf den Altar. Dann gab er einen der Ringe Kenzie, der ihn Rebecca an den Ringfinger ihrer linken Hand steckte. Anschließend war sie an der Reihe.

Ihre Hände zitterten.

»Möge die Erde Zeugin sein, dass dieses Paar sich in Liebe, Glückseligkeit und Freiheit vereint. So soll es sein! Ein Kuss wird eure Schwüre besiegeln.«

In der Dunkelheit trat Kenzie auf Rebecca zu und blickte in ihre grünen Augen, die voller Tränen waren.

»Weine nicht, *mo graidh*, du gehörst jetzt mir, und ich gehöre dir, für immer«, sagte er, bevor er sie küsste.

Blütenblätter regneten auf die beiden herab. Nur gedämpft drangen die Worte des Alten durch die Empfindungen, von denen sie erfüllt waren.

»Möge mein Segen und der Segen aller hier Versammelten mit euch sein. Möge der Segen eurer Götter und der Götter eurer Vorfahren mit euch sein. Mit euch und mit allem, was aus eurer Verbindung erwächst. So soll es sein!«

Die Trauung war zu Ende. Vage nahm Rebecca schottische Ausrufe der Begeisterung und Ermunterung war, aber eigentlich spürte sie nur die warme Kraft, die sie in diesem heiligen Zirkel festhielt.

Alle kamen, um ihnen zu gratulieren. Rebecca lächelte und nickte zu den Glückwünschen. Dann machten sich nach und nach alle auf den Weg. Der Druide sprach kurz mit Kenzie, doch Rebecca war zu weit weg, um ihr Gespräch zu verstehen, da eine Frau mit ihrer Tochter gerade mit ihr redete, und sie musste sich damit begnügen, ihre Handbewegungen zu beobachten.

Bevor der Druide sich entfernte, kam er zu ihr, während Kenzie von ein paar Männern in Beschlag genommen wurde.

»Mein liebes Mädchen, Kenzie bekommt eine schöne Frau, aber die äußere Schönheit reicht nicht aus, um einen Mann glücklich zu machen. Ich habe lange mit ihm gesprochen, und er hat mir von eurer Situation erzählt.«

»Und trotzdem haben Sie eingewilligt, die Trauung durchzuführen?«

»Ich kenne Kenzie schon, seit er so klein war.« Mit der Hand deutete er die Körpergröße an. »Als ich ihn kennenlernte, war er voller Zorn und Groll gegen alles und jeden. Von der Mutter verlassen zu werden kann einem Kind großen Schaden zufügen. Anfangs hat er nicht darüber gesprochen, aber mit der Zeit hat er sein Herz geöffnet, und schließlich vermochte er diese Gefühle auf etwas Positives zu richten. Jetzt ist er ein Mann, und er verdient es, geliebt zu werden. Ich fürchte für euch beide … Aber er hat mir gesagt, was er für dich empfindet, und ich weiß, dass er der Mann nur einer Frau ist, so wie es auch sein Vater war. Schon viel zu lange sehnt er sich danach, jemandem seine Liebe zu schenken, auch wenn ich nicht glaube, dass er sich dessen bewusst ist. Er hat dich erwählt, und niemand kann daran etwas ändern. Deswegen habe ich es getan, alles andere liegt nicht mehr in meiner Hand. Ihr habt meinen Segen, euch allen Hindernissen zu stellen, die euren Weg kreuzen. Wenn ihr es gemeinsam tut, als ein Körper, als eine Seele, wird euch gelingen, was ihr euch vorgenommen habt. Andernfalls, mein liebes Mädchen, werdet ihr scheitern. Ich werde jeden Tag an euch denken.«

Mit diesen Worten küsste der Alte sie auf die Stirn und ging so still und langsam davon, wie er gekommen war, als würde seine Gestalt mit der Umgebung verschmelzen.

Alle machten sich auf den Weg, langsam und feierlich wie eine Waldelfenprozession im Düsterwald.

Kenzie sah Rebecca die Unsicherheit an.

»Hab keine Angst«, sagte er und nahm ihr Gesicht zwischen seine Hände. »Jetzt bin ich ein Teil von dir. Nun ja«, korrigierte er sich, »noch nicht ganz, etwas fehlt noch.«

»Was denn?«

»Sei nicht naiv, Rebecca, so wie jede andere ist auch diese Ehe erst gültig, nachdem sie vollzogen wurde.«

Besorgt blickte sie ihn an.

»Ganz ruhig«, flüsterte er ihr ins Ohr und umarmte sie, »wir haben den Segen von allem, was von Bedeutung ist.«

Er nahm sie bei der Hand, und sie betraten den Wald.

»Wohin gehen wir?«

»Ein Versprechen einlösen.«

Sie kamen nur mit Mühe voran. Hier gab es keine Lampions mehr, die ihren Weg erhellten, nur das Mondlicht schien hin und wieder durch die Wolken. Aber Kenzie wusste, wohin sie ihre Füße setzen mussten, um nicht zu stolpern. Er kannte den Wald wie seine Westentasche, sagte sich Rebecca, vielleicht sogar noch besser.

Es dauerte nicht lange, bis er abrupt stehen blieb. Nach dem beschwerlichen Weg atmete Rebecca schwer. Von irgendwo holte Kenzie das Stoffband hervor, das ihre Hände während der Trauung vereint hatte, und machte sich daran, ihr die Augen zu verbinden.

»Wieso bindest du mir die Augen zu? Ich sehe so oder so nichts.«

Sie hörte ihn lachen. »Vertrau mir.«

Er hob sie hoch und nahm sie auf die Arme.

Rebecca stieß einen kleinen Schrei aus, dann lachte sie auf. »So komme ich viel besser voran, weißt du?« An ihrer Wange, die auf seiner breiten Schulter ruhte, spürte sie sein Lachen.

»Aber dir zuliebe hoffe ich, dass wir nicht weit gehen. Ich wiege ziemlich viel.«

»Du bist klein und leicht wie eine Qualle.«

»Ich bin weder klein noch leicht, und von Quallen bekommt man Ausschlag.«

Wieder ließ sein Lachen ihre Wange vibrieren. »Verglichen mit mir schon. Ich könnte dich die ganze Nacht tragen.«

Davon war sie überzeugt, Kenzie atmete nicht einmal schwer.

»Was bedeutet *mo graidh*?«

»Habe ich das gesagt?«

Sie schlug leicht mit der Faust nach ihm, und Kenzie lachte erneut. »Deine Aussprache ist gut, ihr Spanier kommt mit dem R gut zurecht.«

»Ja und?«

»Es bedeutet ›meine Liebste‹.«

Rebecca streichelte seinen Nacken. »Ich mag es, deine Liebste zu sein.«

»Nach heute Abend bist du nicht mehr nur meine Liebste, sondern auch meine Frau«, sagte er und küsste sie.

Ohne den Kuss zu unterbrechen, ließ er sie herab, und als ihre Lippen sich voneinander lösten, entfernte er ihr die Augenbinde.

Rebecca blinzelte mehrmals, um wieder klar sehen zu können. Und dann sah sie es.

Unzählige hell glänzende Punkte bildeten leuchtende Kreise in der Dunkelheit. Hunderte von Glühwürmchen schwebten hier durch die Nacht und vollzogen ihr eigenes Werbungsritual.

»Oh Gott, das ist ja wunderschön«, sagte Rebecca ergriffen.

Die strahlenden Lichtpunkte stoben vor ihren Füßen auseinander. Sie drehte sich um sich selbst, tanzte mit ausgestreckten Armen und bemühte sich erfolglos darum, dass eines sich auf ihrer Hand niederließ. Kenzie beobachtete sie gerührt. Ihm war, als müsste ihm vor Freude das Herz zerspringen.

Er ging auf sie zu und nahm sie bei der Hand. »Gehen wir.«

Durch den leuchtenden Schein gingen sie bis zu einer Stelle, wo der Boden frei von Zweigen und trockenen Blättern schien. Rebecca wusste es, weil ihre Füße an kein Hindernis stießen, so als läge ein Grasteppich vor ihnen ausgebreitet. Ein einsames Glühwürmchen schwebte in der Luft, und für einen Augenblick erschien der Mond zwischen den Wolken und warf sein sanftes Licht auf ihre Gesichter.

Kenzie legte ihr den Arm um die Taille und zog sie an sich. »Tanz mit mir.«

Sie ergriff seine Hand und lehnte sich an ihn. Langsam tanzten sie, ohne sich viel zu bewegen. Dennoch spürte Rebecca Kenzies feste Muskeln unter dem dünnen Baumwollhemd. Sie presste die Finger fester um seine große Hand. Sie wollte sich davon überzeugen, dass er echt war, und den Moment anhalten. Wieder flüsterte er ihr ins Ohr, ohne zu wissen, welche Wirkung es auf sie hatte, wenn er so zu ihr sprach und sein warmer Atem über ihr Ohr strich.

»An dem Abend, an dem wir uns kennengelernt haben, habe ich mich in deine Augen verliebt«, flüsterte er und küsste ihre geschlossenen Lieder. »In dein Haar, und in deine …« Er sprach es nicht aus, strich jedoch mit dem Handrücken über eine ihrer Brüste. »Du hast mit mir getanzt, aber du hast dich dabei nicht wohlgefühlt. Ich wusste, dass es wegen meines Aussehens war. Da habe ich mir zum ersten Mal gewünscht, jemand anders zu sein, jemand von deinem Schlag, wie dieser Verlobte von dir, der in einer fernen Stadt auf dich wartet. Und schau uns jetzt an, Rebecca, wie wir mitten in der Nacht mit den Glühwürmchen tanzen. Hast du dir so etwas je träumen lassen?«

»Nein«, sagte sie leise.

»Ich auch nicht … Aber jetzt bin ich glücklich.«

Rebecca betrachtete ihn voller Bewunderung. Kenzie hatte einen breiten, sehr sinnlichen Mund, und wenn er lächelte, wurde sein Gesicht sanft wie das eines Kindes. Seine schmalen Augen lächelten immer mit und übermittelten seine Gefühle, als wären es eindeutige, unmissverständliche Worte. In ihnen zeigte sich Zorn, Enttäuschung oder auch ein freudiges Lächeln. Und jetzt lächelten sein Mund und seine Augen und spiegelten tiefe Glückseligkeit.

Über Rebeccas Gesicht legte sich Traurigkeit, und ihr Ehemann, unter den Augen der alten keltischen Götter, merkte es.

»Was ist los?«

»Ich will dir nicht wehtun …«

»Das wirst du nicht.«

»Woher willst du das wissen? Nicht einmal ich bin mir da sicher.«

»Das sagt mir dein Körper, wenn ich dich berühre.«

»Ich möchte für immer bei dir bleiben.«

Kenzie begann ein Lied zu summen, um ihren Tanz zu begleiten. Er sang leise, um die Kreaturen des nächtlichen Waldes nicht zu stören: *»Alles, was ich bin, alles, was ich je war, liegt hier in deinen perfekten Augen …«*

Er drückte sie fester an sich und beugte sich leicht vor, um ihren Hals zu küssen. Dann sang er weiter: *»Vergiss, was sie uns beigebracht haben, bevor wir zu alt sind. Zeig mir einen Garten, der von Leben überquillt …«*

Rebecca versuchte, ihn zu küssen, doch er wich ihren Lippen aus, sah ihr in die Augen und sang flüsternd die letzte Strophe: *»Wenn ich mich hier hinlege, wenn ich mich einfach hier hinlege, wirst du dich dann zu mir legen und die Welt vergessen?«*

Rebecca war eigenartig zumute, und wieder hatte sie das Gefühl zu träumen. Vielleicht gehörte sie ja zu diesen Klarträumern, die in der Lage sind, ihre Träume zu kontrollieren?

Ihre Verwirrung dauerte nur einen Augenblick an. »Ich werde die Welt vergessen.«

Geschickt löste er das Band, das ihr Kleid über der Brust zusammenhielt, dann drehte er sie um und hakte das Kleid hinten auf. Er ließ eine Hand unter den Stoff gleiten und liebkoste ihre Haut. Rebeccas Atem beschleunigte sich, als er ihren BH öffnete und die Träger über die Schulter nach unten gleiten ließ, bis sie von selbst herabfielen. Von hinten streichelte Kenzie den Bauch der jungen Frau, und sie ließ sich von der Sinnlichkeit der Berührungen und den geflüsterten Worten an ihrem Ohr forttragen.

Seine Leidenschaft nahm ihr den Atem, und sie stöhnte unwillkürlich auf, als er sie streichelte und ihre Brüste an sich drückte. Sie spürte seine Lippen, die über ihr Haar und ihre Schultern strichen, und sehnte sich danach, ihm in die Augen zu sehen und ihn zu küssen.

Sie drehte sich zu ihm um.

Sie vergrub die Hand in seinem langen Haar und liebkoste es. Kenzie zog sich das altmodische Hemd über den Kopf, dann fiel sein Haar wieder herab. In dem silbrigen Licht schimmerte seine Haut. Langsam strich Rebecca mit den Händen über seine Brust und den weichen Flaum, der sie bedeckte. Er stand ganz ruhig da und ließ sich berühren, nur seine Hand bewegte sich. Er griff nach dem Gürtel, der seinen alten Kilt hielt, und das Kleidungsstück fiel zu Boden. Jetzt waren beide nackt. Sie sahen einander an.

Dann breitete Kenzie den Rock auf dem Boden aus, damit sie sich hinlegen konnte. Bewundernd betrachtete Rebecca seine nackte Gestalt und den dunkleren Schatten seines Geschlechts, hart und bereit, sie zu lieben. Kenzie ließ sich neben ihr nieder, legte sich über sie und bedeckte ihren Körper mit Küssen, während Koseworte in der Sprache seiner Vorfahren über seine Lippen kamen.

Als kein Zentimeter ihres Körpers mehr ungeküsst war, kam er wieder zu Rebecca hoch und drang in sie ein.

Ihr Atem ging schneller, als sie ihn ansah, voller Verlangen, mit seinem Körper zu verschmelzen wie das Meer, das die Klippen umspült, sanft und voller Hingabe.

Und alle ihre Sehnsüchte wurden in dieser Nacht gestillt.

KAPITEL 26

Die Rückkehr

Auf dem Rückflug nach Hause hatte Rebecca immer noch Kenzies Stimme im Ohr: »Bis du wieder hier bist, werde ich dich in meinen Träumen besuchen«, hatte er ihr auf der Brücke von Schloss Eilean Donan gesagt, ihrem letzten Halt, bevor sie nach Beauly zurückgekehrt waren.

Sie flog nach Hause und hatte doch das Gefühl, einem ungewissen Ziel entgegenzugehen. Unwillkürlich empfand sie eine tiefe Leere, wenn sie an Kenzie dachte, an den Abschied am Flughafen, an sein sorgenvolles Gesicht, seine Unsicherheit.

Sie hatte versucht, ihm Mut zu machen, doch es war ihr nicht gelungen, ihn aufzumuntern. Es war, als würden ihre Versprechungen zu Staub zerfallen, kaum dass sie sie aussprach.

Sie hatte sich mit schmerzlicher Intensität in Kenzie verliebt, und die Versprechungen für die Zukunft gingen ihr von der Zunge, ohne dass sie etwas dagegen tun konnte, ohne dass sie wirklich begriff, wie anders alles enden könnte. Als sie sich in den Black Cuillins zum letzten Mal geliebt hatten und die Sonne einen neuen Tag anbrechen ließ, hatte sie ihm geschworen, zurückzukehren. Ihr Körper war nicht ganz, wenn sie nicht bei ihm war, und in jener Nacht im Wald, als sie sich mit dem Segen der irdischen Mächte verbunden hatten, waren sie eins geworden, zu einem Körper, der zerteilt wurde, als Rebecca ins Flugzeug stieg und noch einmal versprach, dass sie wiederkommen würde.

Berta überließ sie ihren Gedanken. Sie wusste, was für ein Durcheinander in ihrem Kopf herrschte. Die Mitteilung, dass sie ihre Verlobung mit Mario lösen würde, hatte sie nicht überrascht. Sie kannte Rebecca und wusste, dass sie sich wegen eines flüchtigen Abenteuers nie in eine so leidenschaftliche Affäre gestürzt hätte. Rebecca war sich sicher, Kenzie zu lieben, und hatte begriffen, dass es zwischen ihr und Mario nicht mehr gab als oberflächliche Zuneigung und ein großes Bestreben, ihre Familien zufriedenzustellen.

Doch sie fürchtete, dass sie nicht in der Lage sein würde, es wirklich durchzuziehen.

Lola flog nicht mit, sie blieb noch ein paar Tage bei Rory. Schon bald würden die beiden gemeinsam nach Barcelona reisen und sich danach endgültig in Edinburgh niederlassen.

Am späten Nachmittag landete das Flugzeug im Flughafen El Prat. Enric holte sie zusammen mit Pablo ab.

Rebecca fühlte sich seltsam und erkannte den hochgewachsenen jungen Mann mit dem braunen Haar, der ihren Bruder begleitete, kaum wieder. Unterwegs plauderte Enric ununterbrochen und erkundigte sich nach ihrem Aufenthalt in Schottland. Berta ergriff die Initiative und beantwortete fast alle Fragen, um ihre Freundin zu schützen.

Sie setzten Berta zu Hause ab, dann konnte Enric sich nicht mehr zurückhalten.

»Was ist los mit dir? Du bist so still. Ist dir im Flugzeug schlecht geworden?«

Rebecca hätte sich gern mit Enric ausgesprochen, doch sie brachte nicht den Mut dazu auf, nicht heute. Außerdem war da noch Pablo, sie kannte ihn nicht und konnte in seiner Gegenwart nichts sagen.

»Ja, ich fühle mich nicht so gut«, redete sie sich heraus.

Enric insistierte nicht weiter und stürzte sich in ein Gespräch mit Pablo. Rebecca, der alles fremd war, blickte abwesend aus dem Wagenfenster und fragte sich, was jetzt werden sollte und wie sie mit der neuen Situation am besten umging.

Sie schloss die Augen, und in ihrem Innern erschien klar und deutlich das Bild von Kenzie.

Sie seufzte tief.

Als sie in Pedralbes ausstiegen, bohrte Enric erneut nach. »Willst du mir nicht sagen, was mit dir los ist? Mir kannst du nichts vormachen. Wenn du reingehst und dieses Gesicht machst, merken Mama und Papa sofort, dass etwas nicht stimmt.«

»Ich komme morgen zu dir, wenn du aus dem Büro kommst. Dann können wir reden, aber jetzt ist mir ein bisschen flau im Magen.«

Diesmal stimmte es, vor Nervosität drehte sich ihr der Magen um.

»Warum übernachtest du morgen nicht bei mir und erzählst mir alles über dein schottisches Abenteuer? Ich habe das Gästezimmer hergerichtet. Außerdem habe ich dir auch einiges zu erzählen«, sagte er und blickte zum Auto hinüber, wo Pablo wartete.

»Okay.« Sie versuchte zu lachen, doch das Lächeln reichte nicht bis zu ihren Augen. »Aber zuerst muss ich zu Mario …«

»Das hatte ich mir schon gedacht. Er arbeitet wie ein Verrückter an dieser Sache mit den Arabern und hat nichts anderes mehr im Kopf; du kennst ihn ja.« Enric holte ihre beiden Reisetaschen aus dem Kofferraum und fügte hinzu: »Und jetzt setz eine andere Miene auf, bevor du hineingehst, sonst denkt Mama noch, du hättest dich mit einem Schotten eingelassen.«

Rebecca wurde fast schlecht bei dieser Bemerkung, und langsam ging ihr auf, wie weit Kenzie von ihrer Welt entfernt war. Er war die andere Seite der Medaille, der Gegenpol zu ihrem Leben. Mehr und mehr wurde ihr klar, welche Schwierigkeiten ihr bevorstanden.

Beim Abendessen aß sie nur wenig. Ständig stieg ihr das Blut ins Gesicht. Nicht einmal ihre Bräune vermochte die Röte zu verbergen, denn die drei Wochen in Schottland hatten den Goldton ihrer Haut größtenteils verschwinden lassen. Ihre Röte nahm zu, je mehr ihre Mutter sie beobachtete. Sie hatte schon immer vermutet, dass ihre Mutter irgendwelche intuitiven Fähigkeiten besaß, ähnlich denen einer Hexe. Sie war sich sicher, dass ihre Mutter Gedanken lesen konnte.

Geduldig beantwortete sie die Fragen, die ihr Vater und Inès ihr über den Urlaub in Schottland stellten. Ihre Mutter jedoch, die keinerlei Interesse an der schottischen Geschichte und Kultur hatte, lenkte das Gespräch bald auf das, was ihr am wichtigsten war: die Hochzeit. Wobei sie hervorhob, wie viel Mühe Rebeccas zukünftige Schwiegermutter und sie selbst sich gegeben hatten, damit alles rechtzeitig fertig wurde.

Still lag Rebecca im Bett und betrachtete das Foto, das Sophie ihr geschenkt hatte, bis ihr bewusst wurde, dass sie den Atem anhielt. Sie ließ die Luft entweichen und versuchte, normal zu atmen, dann betrachtete sie wieder das Bild. Kenzie und sie tanzten darauf auf dem keltischen Festival. Sie wirkte so zurückhaltend in seinen Armen, dass niemand vermutet hätte, dass sie sich am Ende in ihn verlieben würde. Doch Kenzie hatte genau in diesem Moment erkannt, dass er sie für immer lieben würde.

Sie seufzte. Wie sollte sie ihrer Mutter nur beibringen, dass es keine Hochzeit geben würde? Sie hatte Rebecca ziemlich merkwürdig angesehen. Hatte sie womöglich schon etwas gerochen?

Rebeccas Entschlossenheit bröckelte ein wenig in dieser Nacht. Alles fühlte sich fremd an, ihr Zimmer und das, was sie bei dem Gedanken an Mario empfand. Zum Glück würde das alles bald ein Ende haben. Aber wie sollte sie es anstellen?

»Wenn du nicht weißt, was du tun sollst, meine Kleine, dann tu gar nichts«, pflegte Baudelia oft zu sagen. Doch das kam in diesem Fall nicht infrage. Auf der Universität hatte sie gelernt, sich zu organisieren, ganz egal, ob es dabei um einen Studienplan oder um ein alltägliches Problem ging. Alles hat einen Anfang. Was war ihrer? Zweifellos musste sie zuerst mit Mario sprechen. Es würde ihn hart treffen, doch sie war überzeugt, dass seine Gefühle für sie nicht einzigartig waren. Irgendwann würde er eine andere finden, vielleicht eine, die auch vom Alter her besser zu ihm passte, und am Ende würden sich alle damit abfinden.

Zumindest hoffte Rebecca das.

KAPITEL 27

Geständnisse

Am späten Nachmittag des nächsten Tages ging Rebecca in die Kanzlei ihres Vaters. Sie wusste, dass Mario noch dort war. Im letzten Monat war er immer der Erste gewesen, der im Büro erschien, und der Letzte, der nach Hause ging. Als sie kam, raffte er gerade die Unterlagen auf seinem Schreibtisch zusammen und verstaute sie in seiner Umhängetasche.

Mario sah auf, als er sie hörte, und ein halbes Lächeln glitt über sein Gesicht.

Sie sah ihm in die Augen, und ein Schauder erfasste sie.

»Rebecca, du bist ja schon da! Ich bin hier gleich fertig.«

Beim Klang seiner Stimme fühlte sie gar nichts, nicht die leiseste Regung.

»Hallo, Mario.«

»Wie geht's? Hast du die Sonne vermisst?«

Er war wie ein Fremder für sie, ein Unbekannter. Als er gelassen auf sie zukam und sie umarmte, war ihr erster Impuls, zurückzuweichen. Da war nicht das kleinste Gefühl von Verbundenheit, nicht ein Fünkchen Erotik. Ihr Herz sagte ihr, was ihr Kopf bereits wusste: Sie liebte ihn nicht.

»Ja«, erwiderte sie leise. »Ich habe die Sonne vermisst, aber kalt war mir nicht.«

»Schön, du kannst mir alles beim Abendessen erzählen«, sagte er und fasste sie am Ellbogen.

Sie waren schon auf dem Weg nach draußen, als Rebecca stehen blieb.

»Warte«, fing sie an. »Es gibt da etwas, das ich dir sagen muss.«

»Süße, ich sterbe vor Hunger. Kannst du nicht warten, bis wir im Restaurant sind?«

»Nein, es muss jetzt sein.«

»Ist es wichtig?«, forschte er.

»Ja.«

Er nahm die Schultertasche ab und stellte sie auf Angus' Tisch. Dann lehnte er sich dagegen und verschränkte die Arme über der Brust.

Nervös knetete Rebecca ihre Hände.

»Ist es wegen der Hochzeit?«, kam er ihr zuvor. »Ich weiß, dass es ein wenig übereilt war, aber Schatz, ich will wirklich nicht mehr länger warten.«

»Hast du eigentlich mal daran gedacht, was ich will?«

»Na ja, ich dachte, du wärst einverstanden, und deine Familie scheint so glücklich zu sein …«

»Ich habe es langsam satt, immer nach der Pfeife der anderen zu tanzen.«

Der kleine Ausbruch überraschte ihn. Noch nie hatte Rebecca ihm widersprochen. Jetzt sah er ihr zum ersten Mal ins Gesicht und begriff, dass etwas Ernstes im Gange war.

»Wenn du willst, können wir die Hochzeit um ein paar Monate verschieben«, sagte er vorsichtig. »Unsere Mütter werden zwar nicht erfreut sein, nach allem, was sie geleistet haben, aber …«

»Mario, ich glaube, das mit uns ist ein Fehler.«

Im Gesicht ihres Verlobten spiegelte sich die Wirkung ihrer Worte. Er richtete sich abrupt auf. »Ein Fehler? Was meinst du?«

»Es ist noch genügend Zeit …«

»Was ist denn los mit dir, Rebecca? Ich erkenne dich gar nicht wieder.«

»Es tut mir leid, dass ich es dir auf diese Weise sagen muss, aber ich weiß nicht, wie ich es sonst tun soll.«

Mario stemmte eine Hand in die Taille und richtete sich zu seiner vollen Größe auf. Doch er sagte nichts und sah sie nur ungläubig an. Schließlich holte er tief Luft und fragte: »Wann ist dir das klar geworden?«

»Nun ja ... in den letzten Wochen ...«

Ihre Stimme klang unsicher.

»In Schottland?«, unterbrach er sie, hob die Arme und ließ sie abrupt wieder sinken.

»Wir lieben uns nicht ...«

»Ich liebe dich sehr wohl!«

»Auf deine Weise, ja, aber das reicht nicht, um den Rest unseres Lebens miteinander zu verbringen.«

Sie erhielt keine Antwort. Mario strich mit beiden Händen reflexhaft sein Haar nach hinten, überlegte einen Augenblick und sagte dann völlig perplex: »Ich verstehe das nicht. Als du weggefahren bist, war alles perfekt, und jetzt kommst du zurück und willst unsere Verlobung lösen. Ich begreife das nicht, Rebecca!«

»Ich hatte viel Zeit, um über alles nachzudenken ...«

Sie beobachtete ihn, wie er zu der großen Glasscheibe hinüberging, die eine Wand des Büros ausmachte und einen großartigen Blick auf die Stadt bot.

»Hast du jemanden kennengelernt?«

Rebecca hatte diese Frage erwartet. Mario war sehr scharfsinnig und außerdem ein guter Anwalt. Sie entschied sich dafür, ehrlich zu sein.

»Ja«, flüsterte sie, und ihr Herz begann zu hämmern.

Mario ließ sich mit keiner Bewegung anmerken, welche Wirkung das auf ihn hatte. Er verschränkte lediglich die Hände hinter dem Nacken und sah weiter nach draußen.

»Hast du mit ihm geschlafen?«

»Wie …?« Mit dieser Frage hatte sie nicht gerechnet.

»Ob du mit ihm geschlafen hast!«, rief er und drehte den Kopf zu ihr um. »Das ist doch eine einfache Frage, auf die es eine einfache Antwort gibt.«

Rebecca wagte nicht, die Frage zu bejahen, und sie spürte, dass er immer wütender wurde.

»Lass nur, du brauchst nicht mehr zu antworten, du hast es bereits getan.«

Die Hände in die Hüften gestützt, lief Mario im Zimmer auf und ab. Das nach hinten zurückgeschlagene Jackett ließ reichlich von dem tadellos weißen Hemd frei, das er zu dem dunkelgrauen Anzug, der blauen Krawatte und dem Gürtel mit der glänzenden Schnalle trug.

Noch nie hatte sie von ihrem Vater gehört, dass Mario bei einem Mandanten die Beherrschung verloren hätte, nicht einmal in den schwierigsten Situationen. Doch als sie ihn jetzt wieder ansah, war da ein Ausdruck in seinen Augen, den sie bislang noch nicht kannte.

»Seit wir unsere Verlobung bekannt gegeben haben, werde ich ständig beglückwünscht. Alle sind begeistert. Man hält uns nicht nur für das perfekte Paar, auch die Kanzlei wird von unserer Ehe profitieren.« Er drehte sich um und sah sie an. »Ja, Rebecca, die Kanzlei, die dir die Privatschulen, die Auslandsreisen, die Hütte und den Skiunterricht in der Baqueira Beret finanziert hat, den ganzen Plunder, den deine Mutter trägt, und das große Haus in Pedralbes. Das alles verdankst du der Kanzlei meines Vaters, zu der auch dein Vater gehört. Uns hat niemand etwas geschenkt.«

»Es tut mir sehr leid, Mario. Aber zum Wohl der Kanzlei zu heiraten würde doch keinem von uns gerecht werden.« Rebecca zögerte. »Du wirst eine … andere finden, die dich wirklich liebt …«

Mit festen Schritten kam Mario auf sie zu. Sein Gesicht

war nur eine Handbreit von ihrem entfernt, sein Mund bildete einen dünnen Strich.

»Die mich wirklich liebt?!«, erwiderte er, ohne seinen Zorn zu unterdrücken. »Glaubst du immer noch daran?! Reichen dir die Scheidungsstatistiken nicht, um zu begreifen, dass niemand wirklich liebt? Ich glaube nur an die Liebe zwischen Eltern und Kind, alles andere sind nur Leute, die zusammenleben. Wir Menschen sind von Natur aus egoistisch, bedingungslose Liebe gibt es nur gegenüber den eigenen Kindern, alles andere ist Täuschung, ein Bedürfnis der zu kurz Gekommenen. Aber bei dir und mir ist es anders. Wir sind vielleicht nicht verrückt nacheinander, aber unsere Verbindung festigt eine Stellung, das Ansehen unserer Familien, letzten Endes die Quelle des Wohlstands, in dem du aufgewachsen bist. Das ist es, was auf lange Sicht zählt, Rebecca. Überlass die Romantik der Kunst und der Kultur, im praktischen Leben verursacht sie mehr emotionale Verwüstungen als ein Krieg.«

Rebecca bekam kaum noch Luft. Mario schaffte es immer, sie mit seinem Gerede einzuwickeln. Er beherrschte sie und erstickte jeden Versuch von ihrer Seite, sich Gehör zu verschaffen, im Keim. Jedes Mal schaffte er es, dass ihr Standpunkt ihr lächerlich, ja, beinahe kindisch vorkam. Aber diesmal würde ihm das nicht gelingen.

Er trat einen Schritt zurück und durchquerte langsam das Büro, wobei er sich die Hände rieb.

»Wenn ich diese Art Liebe nicht kennengelernt hätte, dann vielleicht …«, wisperte Rebecca. »Aber ich glaube nicht, dass ich jetzt noch anders leben kann. Hast du dich denn noch nie verliebt?«

»Verliebtheit bewirkt eine absurde Abhängigkeit von einem anderen Menschen.« Er lehnte sich an Angus' Tisch und verschränkte die Arme über der Brust. Nun, da er den ersten Schock überwunden hatte, sprach er wieder gefasst, so als würde es sich um einen einfachen Fall handeln, den er zu lösen hätte. »So etwas hält natürlich nur eine Weile an. Danach bleiben nur noch Zuneigung und ein paar gemeinsame Interessen. Und das ist es, was wir miteinander haben. Wir sind aus der ersten Phase heraus, aber das Fundament, damit unsere Ehe funktioniert, ist da. Siehst du das nicht?«

»Nein, Mario, ich sehe es nicht.«

In dem Gesicht des Anwalts zeichnete sich ein gewisser Überdruss ab. Immer unüberlegter, immer impulsiver wurden seine Handbewegungen.

»Aber was ist denn auf einmal so anders? Ist es wegen dieses Schotten? Ich nehme mal an, er lebt von der Schafzucht. Willst du das? Nach Schottland ziehen und Schafe züchten?«

»Kenzie züchtet keine Schafe ...«

Mario kräuselte die Lippen.

»Kenzie ...«, wiederholte er mit leisem Lachen. »Komm schon, Rebecca! Hast du den Verstand verloren?« Mit zwei großen Schritten war er bei ihr und packte ihr Gesicht. Rebeccas Herz hämmerte. »Hör zu, es ist mir egal, ich bin bereit, dir zu verzeihen. Es war ein Urlaubsflirt, mehr nicht, du wirst es bald vergessen. Ich war noch nie der eifersüchtige Typ ...«

»Aber ich liebe ihn, ich kann daran nichts ändern.«

Mario ließ sie los, seine Stimme wurde schneidend. »Glaubst du etwa, ich hätte keine Gelegenheiten gehabt? Glaubst du etwa, an mich würden sich keine Frauen mit unglaublichen Körpern und engelsgleichen Gesichtern heranmachen? Aber ich bin nicht so gewöhnlich. Ich weiß, was ich will.«

»Ich weiß ebenfalls, was ich will ...«

»Was kannst du schon wissen!« Sein Tonfall wurde immer härter. »Wenn du es wüsstest, hättest du dich nicht dem ersten dahergelaufenen Mann in die Arme geworfen.«

Mit jedem Einzelnen von Marios Worten bröckelte Rebeccas Entschlossenheit. Sie musste sich anstrengen, um nicht unterzugehen und sich von seinen Worten nicht überwältigen zu lassen. Vor ihrem inneren Auge beschwor sie Kenzies Bild und sein bekümmertes Gesicht: »Bis du wieder zurückkommst, werde ich dich in meinen Träumen besuchen.« Das genügte, um ihr neuen Mut einzuflößen.

»Ich werde dich nicht heiraten.«

Sein ungläubiger Gesichtsausdruck verwandelte sich in Verachtung.

»Was hat dir dieser Kenzie denn nur gegeben …? Hat er einen riesigen Schwanz oder was?«

Seine ordinäre Ausdrucksweise überraschte sie. »Rede nicht so mit mir.«

»Und wie soll ich bitte mit dir reden!?«, schrie er sie an.

Rebecca hielt sich die Ohren zu, und ihre Augen füllten sich mit Tränen, doch Mario hielt ihre Hände fest, damit sie hörte, was er ihr jetzt sagen würde.

Er sprach mit zusammengebissenen Zähnen, ließ die fruchtlosen Überredungskünste beiseite und griff stattdessen zu Drohungen. »Glaubst du, ich werde zulassen, dass du mich in der ganzen Stadt zum Gespött machst? Hast du gedacht, ich würde dich jetzt umarmen und dir alles Gute wünschen? Wenn du die Hochzeit absagst, werde ich persönlich dafür sorgen, dass die ganze Stadt erfährt, dass die Sprösslinge der Familie Bassols Huren und Schwuchteln sind. Ich sorge dafür, dass dein Vater die Kanzlei verlassen muss und dein Bruder in seinem ganzen verdammten Leben nie mehr als Anwalt arbeiten kann. Bevor du mich in die Scheiße reitest, werde ich das mit euch machen. Hast du das verstanden?«

Zum letzten Mal sah er ihr in die Augen. Sein Gesicht machte ihr Angst. Dann nahm er seine Tasche und verließ das Büro.

Rebecca stand da, reglos, wie versteinert von seinen Drohungen. Wo hatte Mario in all den Jahren nur diesen abstoßenden Charakter versteckt?

Niedergeschlagen lief sie durch die wenigen Straßen, die zwischen der Kanzlei und Enrics Wohnung lagen. Marios Drohungen begleiteten sie wie eine schwarze Wolke, die über ihrem Kopf hing. Er war imstande, die Drohungen wahr zu machen, das wusste sie. Wenn er es wollte, konnte er ihre ganze Familie ins Verderben stürzen. Sie dachte an ihre Mutter und hatte das Gefühl, ersticken zu müssen, und bei dem Gedanken an ihren Vater war es ihr, als würde eine unsichtbare Hand ihr das Herz zusammenquetschen. Enric, Inès … sie konnte nicht glauben, dass Mario so grausam war, aber sein Zorn ließ sie begreifen, dass er dazu fähig war.

Am liebsten wäre sie zu ihrem Bruder gegangen und hätte ihm alles erzählt. Enric könnte sie ihr Herz ausschütten, und vielleicht würde ihnen gemeinsam eine Lösung einfallen. Doch je näher sie seiner Wohnung kam, desto klarer wurde ihr, dass es nichts nützen würde, ihm die Wahrheit zu erzählen, ganz im Gegenteil, womöglich würde das der letzte Auslöser sein, der die Situation eskalieren ließ.

Enric empfing sie mit einem Lächeln, das sofort verschwand, als er ihr gequältes Gesicht sah. Rebecca versuchte ihren Kummer zu verbergen, doch sie hatte sich noch nie gut verstellen können. Angesichts der bohrenden Fragen ihres Bruders war sie gezwungen, ihren Zustand irgendwie zu erklären. Ihr war schwindlig, und ein lästiges Pfeifen im Ohr setzte ihr zu. Sie nahm sich mit aller Kraft zusammen.

Aber sie konnte Enric nicht die Wahrheit erzählen.

»Es ist nichts weiter, ich habe mich nur mit Mario gestritten.«

»Wegen eines Streits bist du in diesem Zustand?«

»Ich habe mich bei Mario darüber beschwert, dass er sich nie für meine Angelegenheiten interessiert.«

»Ich weiß, bei ihm dreht sich alles nur um ihn selbst.«

Rebecca rang sich ein Lächeln ab. »Na ja, du weißt ja, wie die Kanzlei einen in Anspruch nehmen kann.«

»Aber um einen geliebten Menschen zu fragen, wie es ihm geht, ist immer genug Zeit.« Er sah, wie sie den Kopf senkte und nervös die Hände knetete. »Ach, Schwesterchen, ich verstehe einfach nicht, warum du so scharf darauf bist, diesen Trottel zu heiraten. Mir wird jedes Mal schlecht, wenn ich daran denke, dass ich der Onkel seiner Kinder sein werde.«

Rebecca stieß einen zitternden Seufzer aus. »Rede nicht so.« Um nicht in Tränen auszubrechen, wechselte sie das Thema. »Erzähl mir von Pablo«, bat sie. »Er sieht sehr gut aus.«

Enrics Gesicht erhellte sich, und sein Mund verzog sich zu einem Lächeln. »Er ist ein ganz besonderer Mensch, ich weiß gar nicht, womit ich so viel Glück verdient habe.«

Er erzählte Rebecca, dass sie sich während der letzten Wochen kaum getrennt hatten. Er sei sein Seelenverwandter, sagte er, und egal, wie lange er lebte, so einen werde er nie wieder finden.

Rebecca freute sich über den Glanz in seinen Augen, über die Freude in seinen Worten. Enrics einziger Kummer war, dass er Pablo vor der Familie geheimhalten musste, aber er wollte unbedingt, dass sie ihn akzeptierten. Er würde ein wenig abwarten und dann jedem die Stirn bieten, um sein Glück zu verteidigen.

Rebecca war es, als würde sich eine kalte Hand um ihren Hals legen. Sie hatte noch nicht einmal die Möglichkeit zu kämpfen, sie war besiegt, noch ehe der Kampf begann. Sie konnte ihrem Bruder nicht erzählen, dass auch sie die wahre Liebe gefunden hatte. Sie konnte ihm nicht erzählen, wie unglaublich Kenzies Augen aussahen, wenn das Licht sich in ihnen spiegelte, oder wie sein rötliches Haar leuchtete, wenn die Sonne darauf schien. Die zurückgehaltenen Emotionen, die sie nicht herauslassen durfte, schnitten ihr die Luft ab. Bitter fragte sie sich, warum eine Liebe wie ihre geheim bleiben musste.

»Weil es Untreue ist«, murmelte eine leise Stimme in ihrem Inneren.

KAPITEL 28

Komplott

Am frühen Morgen saß Mario unruhig in seinem Büro. Er hatte immer noch keine Antwort von Rebecca, und das machte ihn nervös. Inzwischen war es drei Tage her, und er würde nicht weiter darauf warten, dass sie eine Entscheidung traf. Rebecca war zwar eigentlich fügsam, aber womöglich würde sie rebellieren und ihn sitzen lassen.

Leicht würde er ihr das nicht machen.

Er nahm den Hörer ab und wählte die Nummer des Hauses in Pedralbes. Elvira nahm ab. Sie war bestürzt, als Mario sagte, er müsse sie dringend persönlich sprechen. Aus ihrer anfänglichen Überraschung wurde Besorgnis, als Mario darauf bestand, dass Rebecca bei diesem Gespräch nicht anwesend sein sollte. Erfolglos versuchte sie ihm zu entlocken, was denn so wichtig sei, doch er sagte, die Sache sei zu heikel, um sie am Telefon zu besprechen. Bei Elvira erwachte der Argwohn, sie sagte jedoch, Rebecca werde mittags mit Inès in den Park gehen und erst zum Essen wieder zu Hause sein.

Nachdem sie aufgelegt hatte, ging Elvira zu ihrer Tochter. Mario mochte ihr zwar nicht erzählen, was los war, aber vielleicht konnte sie von ihr etwas erfahren, bevor er kam. Sie mochte keine Überraschungen und wollte vorbereitet sein, worum auch immer es sich handeln mochte. Sie ging hinauf in Rebeccas Zimmer, die auf ihrem noch ungemachten Bett lag. Normalerweise klopfte Elvira an, bevor sie die Zimmer der älteren Kinder betrat, doch diesmal war sie so aufgewühlt, dass sie es vergaß. Sie sah, wie Rebecca zusammenfuhr und etwas unter das Kissen schob, tat jedoch so, als hätte sie es nicht bemerkt.

»Mama«, sagte Rebecca erstaunt. »Ist etwas passiert?«

»Wieso? Kann ich denn nicht mehr zu dir ins Zimmer kommen?«

»Ja, aber so plötzlich … es wirkt irgendwie so, als müsstest du mir dringend etwas sagen.«

»Nein, gar nicht … Ich war nur auf der Suche nach deiner Schwester und dachte, sie wäre vielleicht bei dir.«

»Sie ist im Garten.«

»Schön … und du, wie geht es dir?«

Rebecca setzte sich im Bett auf. »Wieso fragst du?«

»Du bist in letzter Zeit ein bisschen merkwürdig.«

Bis zu diesem Augenblick hatte Elvira noch nicht darauf geachtet, aber jetzt, nachdem sie es ausgesprochen hatte, wurde ihr bewusst, dass es genau so war. Rebecca wirkte abwesend, sie redete nicht mehr bei den Mahlzeiten, wie sie es früher getan hatte, und zog sich viel zu oft in ihr Zimmer zurück.

Entschlossen, ihr auf den Zahn zu fühlen, trat Elvira ans Bett und setzte sich neben Rebecca.

»Du freust dich doch auf die Hochzeit, oder?«

Rebecca schwieg. Es wäre eine gute Gelegenheit gewesen, ihrer Mutter alles zu erzählen. Sie hatte die Antwort an Mario hinausgezögert. Sie war sich ganz sicher, dass sie ihn nicht heiraten wollte, aber sie durfte seine Drohungen nicht ignorieren. Die letzten Tage waren schrecklich gewesen, und sie fühlte sich, als würde sie in einem Tunnel mit zwei Ausgängen sitzen, die beide Leid versprachen. Egal, in welche Richtung sie ging, es würde jemand Schaden nehmen. Ihr Glück gegen das ihrer Familie, so sah es aus. Irgendwie hoffte sie, es würde etwas passieren, jemand würde in den Tunnel hineinleuchten und sie retten. Aber wie sollte das geschehen, wenn sie nicht um Hilfe bitten konnte? In ein paar Tagen würde Kenzie sie anrufen.

Vor ihrer Abreise hatten sie ausgemacht, eine Woche zu warten, damit sie ihr Leben ordnen und alle Ereignisse verarbeiten konnte.

Aber nichts hatte sich so entwickelt, wie sie es gehofft hatte. Sie hatte nicht damit gerechnet, dass Mario ein so boshafter Mensch ist.

Sie beschloss, erst einmal nichts zu sagen. »Ich bin ein bisschen gestresst, das ist alles.«

»Du siehst Mario in letzter Zeit selten, scheint mir.«

»Er ist mit diesen Arabern beschäftigt, das weißt du doch.«

»Aber es ist nur noch so wenig Zeit bis zur Hochzeit … du hast noch nicht einmal die Geschenke ausgepackt, die angekommen sind.«

Rebecca senkte den Kopf. Wenn ihre Mutter noch lange so weiterbohrte, würde sie in Tränen ausbrechen. Sie stieg aus dem Bett und ging auf die Badezimmertür zu. »Ich geh mal duschen.«

Auch Elvira erhob sich. »In Ordnung. Es sind wohl die Nerven, das ist normal. In dieser Phase sind alle Bräute reizbar. Da kann man schon mal Zweifel bekommen … Aber du verstehst sicher, das kommt nur von dem Druck.«

»Ja, Mama«, erwiderte Rebecca müde.

Sie ging ins Bad und machte die Tür hinter sich zu, froh, den Augen ihrer Mutter zu entkommen, die ihr Inneres wie zwei Suchscheinwerfer abtasteten.

In höchster Sorge verließ Elvira das Zimmer. Irgendetwas stimmte nicht, aber sie wusste nicht, wie schlimm es war. Sie wollte gerade wieder hinuntergehen, als ihr einfiel, dass Rebecca etwas heimlich unter das Kopfkissen geschoben hatte. Nervös legte sie die Hände gegeneinander und ging zurück zu Rebeccas Zimmer. Sie öffnete behutsam die Tür und hörte das Wasser in der Dusche rauschen. Vorsichtig schlich sie zum Bett, schob die Hand unter das Kopfkissen und tastete herum.

Was hatte Rebecca dort versteckt? Ihre Finger streiften etwas. Sie zog es heraus, es war ein Foto.

Einen Moment lang setzte ihr Herz aus. Auf der Nahaufnahme tanzte ihre Tochter mit einem Mann. Sie ließ das Foto aufs Bett fallen, als wäre es glühend heiß, und presste die Hand vor den Mund, um einen Ausruf zu dämpfen. Das konnte doch nicht sein! Sie nahm das Foto wieder zur Hand und musste sich auf die Matratze setzen, weil ihre Knie unter ihr nachgaben. Der Mann hatte ihrer Tochter den Arm eng um die Taille gelegt und sah sie an. Seine äußere Erscheinung erregte in ihr tiefen Abscheu. Das lange Haar, das ordinäre Achselshirt, diese schrecklichen Tätowierungen … Sie konnte den Blick nicht von dem Foto lösen. Wer war das? Hatte Rebecca sich etwa mit diesem Individuum eingelassen, während sie in Schottland war? Hatte Mario davon erfahren, und war es das, worüber er mit ihr sprechen wollte?

Sie ließ die Fotografie, wo sie war, und verließ das Zimmer. Sie fühlte sich krank, so sehr, dass sie Baudelia bat, sich um Inès zu kümmern, bis ihre Schwester mit ihr in den Park gehen würde. Dann schloss sie sich in ihrem Zimmer ein. Beklemmung schnürte ihr die Kehle zu. Erst Enric und nun Rebecca. Bestimmt kam Mario, um die Hochzeit abzusagen. Bei der Hälfte ihrer Freundinnen hatte sich die Sache mit Enric bereits herumgesprochen, und jetzt das. Sie schluchzte hilflos, und es kam ihr so vor, als hätte ihr Leben jeglichen Sinn verloren.

Sie war eingeschlafen, als eine Hand sie wachrüttelte.

»Gnädige Frau«, flüsterte Baudelia, um sie nicht zu erschrecken, »gnädige Frau, Herr Mario wartet im Salon auf Sie.«

Elvira brauchte einen Augenblick, um zu sich zu kommen, doch dann fiel es ihr wieder ein, und sie spritzte sich etwas kaltes Wasser ins Gesicht. Sie war blass. Sie schminkte sich flüchtig die Lippen, tupfte ein wenig von dem Lippenstift auf ihre

Wangen und verwischte dann die Farbe mit den Fingern. Sie war zwar vielleicht in Schwierigkeiten, aber sie würde sich vor niemandem ungepflegt zeigen, nicht einmal vor ihrem zukünftigen Schwiegersohn. Dann stieg sie zögernd die Treppe hinunter.

Sie begrüßte Mario höflich, wobei sie ihre Unruhe verbarg, und bat ihn in das Arbeitszimmer ihres Mannes. Dieser Ort eignete sich am besten für ein Gespräch unter vier Augen.

Ohne Zeit zu verschwenden, informierte Mario Elvira über die Situation. Er tat es ohne Einleitung, ohne Rücksicht, und er ließ kein Detail aus, nur die Drohungen gegenüber Rebecca behielt er für sich – nicht aus Reue, denn seine künftige Schwiegermutter hätte das bestimmt verstanden, sondern weil er nicht wollte, dass sein Verhalten unnötig die Runde machte und am Ende auf ihn zurückfiel.

Während Mario erzählte, veränderte sich Elviras Gesichtsausdruck. Mario fasste es als Überraschung auf, doch es war nur die Reaktion auf einen Verdacht, der sich bestätigt hatte.

»Ich habe Victor ja gewarnt, ich habe ihm gesagt, Mädchen in diesem Alter, drei Wochen ganz allein … Aber er hat nicht auf mich gehört …«

Mario beugte sich über den schimmernden Mahagonischreibtisch nach vorn. »Elvira, ich …«

»Du willst die Hochzeit absagen, nicht wahr? Oh mein Gott! Alles ist vorbereitet! Was machen wir denn jetzt …?«

»Ich will die Hochzeit nicht absagen«, sagte Mario.

Sprachlos blickte sie ihn an. »Ach nein?«

»Und mich in der halben Stadt zur Zielscheibe des Gespötts machen?«

»Aber …«

»Täusch dich nicht, Elvira. Wenn ich die Hochzeit noch will, dann nur aus Eigennutz. Ich mache mir wegen des Skandals genauso viele Sorgen wie du, deswegen bin ich hier. Deine

Tochter will mich nicht heiraten und hat vor, mit diesem Schotten durchzubrennen.«

»Hat sie den Verstand verloren?«

»Ich bin mir sicher, dass du sie in ihrer Entscheidung beeinflussen kannst. Wir wissen doch beide, dass sie immer getan hat, was du wolltest. Aber offenbar sind unserer kleinen Rebecca Flügel gewachsen. Ich wusste, dass sie nicht in mich verliebt war. Trotzdem hielt ich sie für die perfekte Ehefrau. Wir wissen beide, dass es sich bei dieser Ehe eher um einen Geschäftsvertrag als um eine Liebesverbindung handelt. Ich war noch nie ein leidenschaftlicher Mann, und Tatsache ist, dass ich geglaubt hatte, sie sei genauso, aber ich habe mich geirrt. Trotzdem werde ich sie heiraten, um meinen Ruf zu retten. Ich bin bereit, alles zu vergessen. Im Grunde glaube ich, dass sie einem Gauner aufgesessen ist, der sie verführt hat, um ein bisschen Spaß zu haben.«

»Du hast ihn nicht gesehen, Mario, du hast nicht gesehen, wie er aussieht. Ich schwöre dir, ich kann nicht begreifen, wie sie sich in so einen Menschen verlieben konnte.«

»Wovon redest du? Hast du ihn gesehen?«

»Ich habe ein Foto gefunden, erst heute Morgen, gleich nach deinem Anruf. Es ist ein Individuum mit Tätowierungen und langen Haaren. Er sieht aus wie ein Wüstling, wie ein gefährliches Subjekt. Ich stehe immer noch unter Schock.«

Beide schwiegen und malten sich Rebeccas Schäferstündchen mit einem solchen Menschen aus.

Elvira schien als Erste aus ihren Überlegungen zu erwachen und fragte: »Was machen wir jetzt?«

»Du musst sie überzeugen, mich zu heiraten. Auf dich hört sie.«

»Und wenn mir das nicht gelingt?«

»Dann rede ich mit meinem Vater, und ich muss dich wohl nicht daran erinnern, dass es in unserer Anwaltskanzlei nur drei Partner gibt. Enric ist noch kein Teilhaber. Ich weiß nicht, ob du mich verstehst.«

Elvira blickte ihn an. »Ich verstehe dich sehr wohl, ich bin ja nicht dumm.«

»Gut.«

»Ich rede heute Abend mit ihr, und morgen bekommst du deine Antwort.«

Mario ging. Elvira blieb im Arbeitszimmer, lief nervös auf und ab und dachte fieberhaft nach. Sie fand es normal, dass Mario gekränkt war, doch seine subtile Drohung überraschte sie.

Mit zusammengebissenen Zähnen verließ sie das Arbeitszimmer und ging nach oben in das Zimmer ihrer Tochter. Alles war ordentlich, das Bett gemacht. Sie hob die Tagesdecke hoch, die über dem Kissen lag, nahm das Foto und betrachtete es. Das Bild versetzte sie in solche Wut, dass sie es in tausend Stücke zerriss. Dann verstreute sie die Fetzen über dem Bett.

* * *

Als es Zeit zum Mittagessen war, versammelte sich die ganze Familie. Sogar Enric kam auf Bitten seines Vaters vorbei, weil Inès ihn angeblich vermisste. Und das stimmte auch, die Kleine freute sich sehr, als sie ihren Bruder sah. Rebecca bemerkte die angespannte Miene ihrer Mutter, im Grunde entging sie niemandem. Elvira schob starke Kopfschmerzen vor. Es war kein sehr häufiges Leiden bei ihr, doch alle wussten, dass man sie dann am besten in Ruhe ließ.

Elvira war überrascht, ihren Sohn zu sehen. »Hallo, Enric, willst du mir denn keinen Kuss geben?«

»Natürlich, Mama«, sagte der junge Mann und ging zu ihr hinüber, um ihr einen Kuss auf die Wange zu drücken.

»Aber meine Liebe, heute Morgen ging es dir doch noch gut, bevor ich zur Arbeit gegangen bin«, meinte Victor.

»Ja«, erwiderte Elvira und wich dem Blick ihres Mannes aus, »es kam ganz plötzlich. Du weißt ja, wenn es passiert, passiert es eben.«

Inès nutzte die Gelegenheit, um ihrem Bruder von ihren letzten Abenteuern zu berichten.

»Vergiss nicht, ihm das von dem Wurm zu erzählen, meine Kleine«, mahnte Baudelia, während sie den Salat servierte.

»Was für ein Wurm?«, wollte Enric wissen.

»Ach, Herr Enric, einer, der sich einfach so in mein Kleid hineingeschmuggelt hat«, antwortete Baudelia mit einem anklagenden Blick zu Inès. »Ich bin vor Schreck fast umgefallen. Er war dick und ekelhaft. Wenn ich daran denke, stehen mir jedes Mal die Haare zu Berge.«

»Das reicht jetzt, Baudelia, du musst nicht so deutlich werden, wenn wir gerade beim Essen sind«, rügte Elvira sie und blickte ihre kleine Tochter dann streng an.

»Ich hab doch gar nichts gemacht«, verteidigte sich die Kleine. »Es war der Wurm, der ist auf ihr Kleid gesprungen.«

Ihre Mutter ergriff die Stoffserviette, die sie auf ihren Schoß gelegt hatte, und knallte sie auf den Tisch.

»Um Himmels willen, Inès, Würmer springen doch nicht! Kannst du dich denn nicht benehmen?!«

»Es ist doch nicht so schlimm«, versuchte Victor zu vermitteln, »das war doch nur ein Streich.«

»Ja, gnädige Frau«, beeilte Baudelia sich zu sagen, »es war nicht so schlimm … nur ein kleiner Schreck.«

Elvira stand auf und griff sich an die Stirn. »Bitte entschuldigt mich, mir geht es heute nicht gut. Esst weiter, ich gehe auf mein Zimmer.«

»Möchten Sie, dass ich Ihnen das Essen hinaufbringe, gnädige Frau?«

»Nein, Baudelia, ich habe keinen Hunger.«

Mit geschlossenen Augen lag Elvira da und horchte auf die gedämpften Laute aus dem Esszimmer. Der Schmerz war abgeklungen. Sie wusste, dass die Beschwerden auf die Anspannung der letzten Stunden zurückgingen. Die Schmerzen begannen immer unten im Nacken und weiteten sich bis zum linken Auge hinaus. An diesem Punkt wurden sie dann unerträglich, und die einzige Erleichterung bestand darin, Licht zu meiden und nicht mehr zu denken.

Sie erwachte, weil sie ganz in der Nähe Stimmen hörte, spitzte die Ohren und erkannte ihre Töchter, die fröhlich plauderten. Wenn Rebecca in ihr Zimmer ging, würde sie das zerrissene Foto auf dem Bett sehen. Elvira blickte auf die Uhr, es war halb vier. Victor und Enric würden wohl schon ins Büro gegangen sein. Hastig stand sie auf und ertrug stoisch den stechenden Schmerz in ihrem Kopf, der durch die abrupte Bewegung gekommen war. Dann trat sie auf den Flur und sah, wie Inès und Rebecca gerade im Zimmer verschwanden.

Sie ging ihnen nach und trat unvermittelt ein. Ihre ältere Tochter kniete aufgelöst auf dem Fußboden und sammelte die Schnipsel ein, die überall auf Bett und Fußboden verstreut lagen. Inès half ihr dabei, ohne den plötzlichen Kummer ihrer Schwester zu begreifen.

»Wieso hast du dieses Foto zerrissen?«, fragte sie Rebecca. »Soll ich dir helfen, es zusammenzukleben?«

Aus dem Augenwinkel bemerkte Rebecca ihre Mutter. Sie drehte sich zur Tür um, und die beiden blickten einander bestürzt an.

»Baudelia!«, schrie Elvira.

Diese tauchte sofort am Fuß der Treppe auf. Das Geschrei hatte sie bereits alarmiert.

»Ja, gnädige Frau?«

»Nimm bitte Inès mit.«

»Sofort, gnädige Frau«, erwiderte Baudelia, während sie die Treppe hinaufeilte. »Na komm, meine Kleine, wir beide gehen jetzt ein bisschen spielen.«

»Aber warum denn? Ich will bei Rebecca bleiben und ihr helfen, das Foto zusammenzukleben.«

»Tu, was ich dir sage!«, schrie ihre Mutter.

Das Mädchen hörte auf zu protestieren und umklammerte die Hand von Baudelia, die ihr tröstend über das Haar strich.

Elvira trat ins Zimmer und schloss die Tür hinter sich. »Mario war heute Morgen hier«, sagte sie und starrte Rebecca böse an.

Langsam stand Rebecca vom Boden auf und begegnete dem durchdringenden Blick ihrer Mutter.

Wütend kam Elvira auf sie zu und trat dabei auf die Schnipsel. »Wenn ich dieses verfluchte Foto nicht gesehen hätte, hätte ich geglaubt, dass Mario mir einen Bären aufbindet.«

»Dann weißt du es ja schon«, sagte Rebecca ruhig.

Sie sah den Schlag nicht kommen und konnte nicht mehr reagieren. Die heftige Ohrfeige schleuderte sie auf das Bett.

»Wie konntest du nur!?«, schrie Elvira sie an. »Wie konntest du dich wie eine Nutte aufführen!?«

Rebecca schluchzte, nicht so sehr aus Schmerz, sondern wegen der unerwarteten Reaktion ihrer Mutter. Sie hatte zwar kein Verständnis von ihr erwartet, aber auch keine Gewalt. Sie hätte sich gern verteidigt, ihrer Mutter erklärt, dass sie sich verliebt hatte, ohne es zu wollen, dass es niemals ihre Absicht gewesen war, dass sie Kenzie jedoch von ganzem Herzen liebe und nie mehr einen anderen lieben werde. Doch sie wusste, dass ihr dieses Argument nichts nützte. Für ihre Mutter war die Liebe nicht das Wichtigste.

»Ich kann Mario nicht heiraten, Mama«, brachte sie schluchzend heraus. »Du kennst ihn nicht richtig. Er hat mir gedroht, die Familie zu ruinieren, wenn ich ihn nicht heirate.«

»Ja, glaubst du denn, er wäre nicht dazu imstande!? Josep und Mario können sich gegen deinen Vater zusammenschließen! Sie können ihn aus der Kanzlei werfen!«

»Das wird er nicht wagen.«

»Natürlich wird er das! Als er heute Morgen hier war, habe ich es ihm angesehen. Er ist sehr verletzt. Er wird nicht zulassen, dass du ihn vor der ganzen Welt lächerlich machst. Wenn wir die Hochzeit absagen, wird es das Verhältnis zwischen den beiden Familien zerstören, das weißt du.«

»Er ist erbärmlich, ich will so einen Mann nicht heiraten.«

»Mag sein, dass Mario erbärmlich ist, aber was du getan hast, bringt dich in keine bessere Position. Man muss im Leben die Konsequenzen für seine Handlungen übernehmen, das habe ich dir und deinem Bruder von klein auf beigebracht. Aber es hat nichts genützt, wie ich sehe.«

»Mario wird mein Leben zerstören.«

»Glaubst du denn wirklich, du könntest mit diesem Mann weglaufen? Komm herunter von deiner Wolke, Rebecca.« Sie rieb sich die Stirn, um einen plötzlichen stechenden Schmerz zu unterdrücken. »Herr im Himmel, hast du ihn dir einmal richtig angesehen?«

Wenn Rebecca sich wirklich vor etwas fürchtete, war das ein Gespräch mit ihrer Mutter. Durch ihre angeborene Überzeugungsgabe schaffte sie es immer, Rebeccas Willen mit ihrem Wortschwall zu unterminieren und sich mit ihrer Meinung durchzusetzen.

»Du glaubst vielleicht, du hättest dich verliebt«, fuhr sie fort, während sie erregt im Zimmer auf und ab ging, »aber lass dir gesagt sein, das ist etwas Flüchtiges. Mit dem Wissen, dass du deine Familie verraten hast, wird diese Liebe nicht einmal ein Jahr überleben. Und dann wirst du dich selbst hassen und am Ende auch ihn. Du wirst dir wünschen, es rückgängig machen zu können, aber das wird nicht möglich sein. Glaubst du, du bist die Einzige, die so etwas erlebt? Allen passiert das, Herr im Himmel, die ganze Zeit, aber es gibt da ein paar Begriffe, die du vielleicht nicht kennst: Loyalität und Verpflichtung. Es wird immer jemanden geben, der dir gefällt, aber das bedeutet nicht, dass man sich bei jedem gehen lässt, den man anziehend findet. Das wäre doch Wahnsinn. Mit der Zeit wirst du das begreifen und dich dafür schämen, dass du dich so unverantwortlich verhalten hast.«

Elvira verließ das Zimmer, doch ihre Worte ließ sie da. Immer noch lag Rebecca auf dem Bett, zusammengerollt und vor Ohnmacht zitternd. Sie merkte nicht einmal, wie ihre Wange brannte. Ihr Schmerz ging tiefer. Ihr war klar geworden, dass sie es nicht schaffen würde. Dass ihr Traum, zu Kenzie zurückzukehren, nichts als ein Hirngespinst war.

Sie wusste nicht, wie lange sie dort gelegen hatte, doch durch ihren Tränenschleier sah sie Baudelias freundliches und besorgtes Gesicht. Die Frau setzte sich auf das Bett und streichelte sie tröstend.

»Was ist denn, meine Kleine? Du bist in letzter Zeit so seltsam.«

»Ach, Baudelia!«, schluchzte Rebecca. »Ich würde am liebsten sterben.«

Die Frau bekreuzigte sich. »Heilige Jungfrau von Guadalupe! Rede nicht so, meine Kleine, das ist eine Todsünde.« Sie strich Rebecca über das Haar und seufzte tief, als das Schluchzen nicht nachlassen wollte. »Aber was ist denn, mein Liebes? Erzähl es Baudelia. Deine Mama ist sehr wütend, aber du kennst sie doch, das geht bald vorbei. Komm, weine nicht mehr.«

»Diesmal nicht, Baudelia, diesmal habe ich etwas Schreckliches getan.«

»Es wird schon nicht so schlimm sein, mein Mädchen.«

Rebecca wischte sich die Tränen ab, richtete sich ein wenig auf und legte den Kopf in den Schoß der Frau, die jahrelang ihr Kindermädchen gewesen war. Nach und nach und unter Schluchzen erzählte sie ihr die ganze Geschichte. Manchmal machte sie eine Pause und begann zu weinen. Dann tröstete Baudelia sie und wiegte sie wie ein Baby. Das Mädchen und ihre Geschwister hatten bei der Frau den Platz der Kinder eingenommen, die sie nie bekommen hatte, und sie waren ihr gegenüber großherzig und vergalten Baudelia ihr Verständnis und ihre Zärtlichkeit mit Zuneigung.

Die beiden schwiegen.

Auch Baudelia weinte, versuchte es jedoch vor Rebecca zu verbergen.

»Sagst du denn gar nichts, Baudelia? Denkst du jetzt auch so schlecht von mir?«

»Nein, meine Kleine, warum glaubst du das? Ich habe über das nachgedacht, was du mir gerade erzählt hast. Was für eine Geschichte …«

»Aber Mario wird mich nie gehen lassen, und ich werde Kenzie sagen müssen, dass ich nie mehr zurückkomme. Ich kann das nicht, Baudelia … ich habe es ihm geschworen, ich habe versprochen, dass ich zurückkommen würde …«

»Dieser erbärmliche Halsabschneider, dieser Widerling … Herr Mario hat mir als Mann für dich noch nie gefallen, meine Kleine. Dieser feige Lump … möge deine Mutter mir verzeihen, aber es ist nicht gut, dass sie dich zwingt, diesen einfältigen Blutsauger zu heiraten.« Baudelia sann einen Augenblick nach und sagte dann: »Rede mit deinem Papa, mein Mädchen. Er ist nicht wie die gnädige Frau, er wird es verstehen …«

»Ich kann nicht, Baudelia. Wenn ich Mario nicht heirate,

wird mein Vater seine Stellung in der Kanzlei verlieren, und ich …«

Wieder begann sie zu weinen und durchnässte Baudelias weiße Schürze.

Die Frau biss die Zähne zusammen und wischte sich die Augen.

KAPITEL 29

Aus der Traum

Mario kam vormittags vorbei, um sie abzuholen. Rebecca wusste, dass ihre Mutter ihm versichert hatte, dass die Hochzeit stattfinden würde. Sie war niedergeschlagen und fühlte sich doppelt schuldig. Weil sie Mario bloßgestellt hatte und weil …

Kenzie … sie konnte nicht einmal an ihn denken, ohne dass es sie heiß durchzuckte. Morgen würde eine Woche seit ihrer Rückkehr vergangen sein. Was sollte sie ihm sagen? Unaufhörlich wurde sie von den Worten ihrer Mutter gequält, Worte, die wie Aasgeier über ihr kreisten und ihr jede Hoffnung nahmen.

Sie hatte etwas Wunderschönes erlebt, aber es war nicht für sie bestimmt gewesen.

Und jetzt kam die Stunde der Abrechnung.

Gegen alle Erwartungen empfing Mario sie hinter dem Lenkrad seines brandneuen dunkelblauen Audi mit einem Lächeln, auch wenn die gut gelaunte Fassade die dunklen Ringe unter seinen Augen nicht verbergen konnte.

Anhand der Fahrtrichtung wusste Rebecca, dass sie zu ihm nach Hause fuhren. Sie blieb die ganze Fahrt über reglos sitzen, ohne ihn auch nur einmal anzusehen. Er gab sich alle Mühe, aufgeräumt zu wirken, als wäre nichts geschehen, als hätte er niemals jene schrecklichen Drohungen gegen ihre Familie ausgesprochen. Doch er forcierte das Gespräch auch nicht, er war intelligent genug, um zu wissen, wann es besser ist zu schweigen.

Schon bald waren sie am Paseo de Gracia. Sie parkten den Wagen in der Nähe und gingen zu Fuß zu dem Haus, das die Familie Caralt schon seit Generationen bewohnte. Es war Ende des 19. Jahrhunderts im Jugendstil erbaut worden, von einem Architekten, dessen Namen Rebecca ständig vergaß, sooft Mario ihn ihr auch wiederholte. Er erzählte ihr gern lange Geschichten über seinen Urgroßvater, Donat Caralt, der das Haus 1895 bei seiner Rückkehr aus Havanna hatte erbauen lassen, nach dem letzten Aufstand der Kubaner gegen die Herrschaft der Spanier.

Mario war sehr stolz auf seine Wurzeln. Seine Vorfahren hatten zu den ersten Siedlern auf der Karibikinsel gehört, die zunächst durch den Sklavenhandel und später beim Zuckerrohranbau reich geworden waren. Die häusliche Bibliothek enthielt Unmengen privater Unterlagen und Tagebücher aus jener Epoche, und als Mario ihr einmal einen Abschnitt über die Bedingungen vorgelesen hatte, unter denen die Überfahrt von Afrika nach Kuba stattgefunden hatte, hatte Rebecca ihre Abneigung am ganzen Körper gespürt. In diesen Schriftstücken war von Menschen als »afrikanischer Ware« die Rede, die achtzig Tage lang eingepfercht unterwegs war. Bei den Zuständen der Reise stach »das Gedränge der Negerinnen« heraus, die alles Mögliche erdulden mussten: zu wenig Essen, zu wenig frische Luft, Urin, Exkremente, Seuchen … und wenn die Situation auf dem Segelschiff ungünstig war, wurde die menschliche Fracht einfach über Bord geworfen, und man ließ die Unglücklichen ertrinken.

Rebecca hätte auf eine solche Abstammung niemals stolz sein können, und sie verstand nicht, wieso er so viel Gefallen daran fand, ihr diese Dinge zu zeigen.

Mario schloss die Haustür auf, und die beiden gingen durch die weitläufige Eingangshalle bis zu einem Zimmer, das bisher ein im Barockstil eingerichteter großer Salon gewesen war.

»Wie gefällt es dir?«, fragte er erwartungsvoll, blieb in der Mitte des großen Raumes stehen und vollführte mit beiden Armen eine ausladende Geste, die den ganzen Raum einschloss. »Als du weggefahren bist, habe ich es renovieren lassen, um dich zu überraschen. Ich wusste ja, dass du die alten Möbel nicht magst, und ich wollte, dass du dich wohlfühlst, wenn wir verheiratet sind.«

Rebecca betrachtete die neuen Wände, die von der prunkvollen Holzverkleidung befreit und in hellen, leuchtenden Farben gestrichen worden waren. Die Möbel waren modern, und durchsichtige weiße Gardinen hatten die schweren dunkelroten Samtvorhänge ersetzt. An den Wänden hingen neue Drucke in fröhlichen Farben. Der Raum war völlig verändert. Als Mario ihre verblüffte Miene sah, nahm er ihre Hand und führte Rebecca über eine breite Treppe mit schmiedeeisernem Geländer und hölzernen Handläufen nach oben.

Bei jedem Schritt drohten ihre Kräfte sie im Stich zu lassen. Ihr Herz schlug so heftig, dass sie das Gefühl hatte, sich setzen zu müssen, als sie oben ankamen. Und das tat sie auch auf einer hübschen weiß gestrichenen Holzbank, die in dem geräumigen Durchgangszimmer stand und auf der Kissen in warmen Farbtönen lagen.

»Geht es dir gut?«

»Ja, ich bin nur ein bisschen überrascht, das ist alles.«

»Du hast mir noch nicht gesagt, ob es dir gefällt.«

»Es ist unglaublich«, murmelte sie. »Du hast dir sehr viel Arbeit gemacht.«

Sie gingen wieder hinunter, und Mario bot ihr etwas zu trinken an. Rebecca bedankte sich und setzte sich auf das moderne Sofa. Ihr Puls hatte sich immer noch nicht beruhigt, und sie fühlte sich erschöpft, verschwitzt und atmete schwer.

Während Rebecca sich erholte, begann Mario mit einer neuen Ansprache, die nichts mit den Drohungen der vorigen

Woche zu tun hatte. Nervös ging er im Zimmer auf und ab, eine Hand in der Hosentasche, die andere am Kinn.

Sosehr Rebecca die Vorträge ihrer Mutter fürchtete, Marios Rhetorik war nicht weniger wirkungsvoll. Beide waren wortgewandt, und Rebecca war immer im Nachteil.

»Sieh mal, Rebecca, ich weiß, dass ich bei deiner Rückkehr nicht besonders nett zu dir war. Aber ich will nicht, dass du mich verurteilst. Versteh mich doch, ich war sehr wütend, und ich wollte dich nicht verlieren. Andererseits bin ich überzeugt, dass diese Sache nur ein Abenteuer war und … Ich habe ein gewisses Verständnis für dich … wir sind ja alle nur Menschen und machen Fehler. Du bist so jung und unerfahren, da ist das alles nicht so ungewöhnlich. Aber weißt du, wenn Menschen wie du sich blenden lassen und von etwas besessen werden, so sehr, dass sie jegliche Orientierung verlieren, dann brauchen sie jemanden mit einem kühlen Kopf, der sie wieder auf die richtige Spur bringt. Deine Mutter und ich, wir machen uns beide große Sorgen. Du warst bei deiner Rückkehr sehr verändert, du warst nicht du selbst, und wir haben die Pflicht, alles zu tun, damit du wieder zu dir findest. Du bist jung, das ist wahr, aber du bist kein Teenager mehr. Verhalte dich wie eine Frau, und sei konsequent. Ich für meinen Teil bitte dich, dass du mir, wenn möglich, verzeihst und mein niederträchtiges Verhalten vergisst, das nur die Folge von starkem innerem Stress war.«

Rebecca hörte ihm stumm zu, nur ihr mühsames Schlucken verriet ihre Nervosität. Doch Mario war so wortgewandt, dass Rebecca Vertrauen fasste und ihm seine Entschuldigung abnahm. Vielleicht hatte sie ihn zu hart verurteilt. Einen Augenblick lang hatte sie Verständnis für seine Wut, als sie ihm den Betrug gestanden hatte.

»Ich weiß, dass ich dir wehgetan habe …«, flüsterte sie.

Mario kam auf sie zu, kniete sich hin und ergriff ihre Hände.

»Du brauchst nichts zu sagen, Süße. Wir werden einfach nicht mehr über die Sache sprechen.«

Er zog ihre Hände zu sich heran und drückte sie zärtlich.

Rebecca schloss die Augen. Zwischen ihren Fingern spürte sie die Ringe, den goldenen und darüber den silbernen. Zwei Symbole der Vereinigung, zwei Flussbetten für denselben Strom.

Am selben Nachmittag traf Rebecca sich mit Berta am Olympiahafen. Sie saßen unter einem großen Sonnenschirm und tranken Eistee. Berta brannte darauf, zu erfahren, wie es gelaufen war, und machte einen sehr überraschten Eindruck, als Rebecca erklärte, die Hochzeit werde stattfinden. Sie begriff nicht, wieso ihre Freundin so verändert war. Kaum drei Tage zuvor war sie sich ihrer Liebe zu Kenzie noch sicher gewesen, und jetzt war sie bereit, Mario zu heiraten. Berta konnte sie nicht verstehen. Angesichts ihrer Verwirrung beschloss Rebecca, ihr die Wahrheit zu sagen.

Berta war zutiefst betroffen. »Dieser Scheißkerl!«

»Mit allem werde ich fertig, Berta, mit meiner Mutter, mit dem, was die anderen denken, aber ich kann nicht zulassen, dass meine Familie daran kaputtgeht. Das ist zu viel für mich.«

»Aber es muss doch irgendeine Möglichkeit geben ...«

Rebecca schüttelte den Kopf. »Hast du es sonst noch jemandem erzählt?«

Wieder schüttelte Rebecca den Kopf. Sie hatte einen dicken Kloß im Hals.

»Das tut mir sehr leid. Ich dachte immer, Liebe könne alle Hindernisse überwinden.« Sie schwieg kurz und ließ ihren Blick zum Horizont schweifen. »Warum muss alles so kompliziert sein?«

Rebecca seufzte tief. Ihre Augen waren trocken. Sie hatte sämtliche Tränen schon vor zwei Tagen vergossen, nach dem entscheidenden Gespräch mit ihrer Mutter.

»Weißt du noch, welches mein Lieblingsbuch ist?«, fragte sie ihre Freundin.

»Natürlich. *Die Brücken am Fluss.*«

»Weißt du, was mich bei dieser Geschichte am meisten bewegt?« Berta schüttelte den Kopf. »Als Francescas Liebe zu Robert Kincaid die Oberhand gewinnt und sie die Koffer packt, entschlossen, mit ihm wegzugehen, ihre Familie zu verlassen und ihrem Traum zu folgen.«

»Aber sie tut es nicht.«

»Nein, sie tut es nicht, weil sie nicht glücklich werden würde. Ihr wird klar, dass sie ihre Familie nicht verlassen kann, trotz der großen Liebe, die zwischen den beiden ist. Und er versteht es und geht.« Ihre Stimme brach. »Sie wissen, dass sie einander nie wiedersehen und den Rest ihres Lebens unter dieser Entscheidung leiden werden, aber sie wissen auch, dass es die richtige Entscheidung war.«

Berta stieß einen Seufzer aus und drückte Rebeccas Arm. »Am schlimmsten finde ich, dass auf jeden Fall einer leiden wird, ganz egal, was du tust.«

* * *

Rebeccas Telefon klingelte pünktlich. Ihr Herz klopfte wie wild, und ihr ganzer Körper kribbelte. Der Moment, den sie am meisten fürchtete, war gekommen. Sie wusste nicht, ob sie es durchstehen würde. Mit müden Beinen ging sie in ihr geräumiges Badezimmer und schloss die Tür hinter sich ab, damit niemand sie störte. Dann setzte sie sich auf einen mit rosafarbenem Samt bezogenen Stuhl. Das Telefon klingelte ungeduldig weiter, bis sie schließlich abhob.

Kenzies Stimme wirkte angespannt, als hätte er den Atem angehalten. »Rebecca …«

Beim Klang seiner Stimme kehrten ihre Lebensgeister zurück. Ihre Sinne wurden schärfer, und es war, als wäre ihr Körper eine Blume, die sich zur Sonne hin wendet. Sie verging fast vor Sehnsucht, als sie ihn hörte. Ihr letzter Rest Gefasstheit war mit einem Mal dahin. Ein dicker Kloß in ihrer Kehle hinderte sie am Sprechen, und trotz aller Vorsätze begann sie zu schluchzen, wobei sie die Hand vor den Mund hielt. Kenzie hörte es trotzdem, und aus seiner anfänglichen Anspannung wurde Angst. Je mehr er Rebecca anflehte, mit ihm zu reden, desto heftiger wurde ihr Weinen. Bis sie sich endlich zusammennahm und ein paar Worte herausbrachte.

»Ich kann es nicht tun, Kenzie …«, flüsterte sie abgehackt.

Es kam keine Antwort. Am anderen Ende der Telefonleitung bewahrheiteten sich Kenzies schlimmste Befürchtungen. Als er sich wieder erholt hatte, sagte er, er werde ein Flugzeug nehmen, und sie würden darüber reden, sie solle nichts überstürzen. Doch als sie sich vehement weigerte, schwand seine Zuversicht. Er bettelte, flehte und sagte, vor einer endgültigen Entscheidung müssten sie sich sehen. Sie würden reden, und anschließend würde sie sich frei entscheiden können. Kenzie wusste, dass Gefühle mit der Entfernung nachlassen können, und wollte zu ihr. Doch als sie rundheraus ablehnte, fühlte er sich machtlos. Er war zutiefst verletzt, umso mehr, als sie behauptete, Mario sei alles, was sie zu ihrem Glück brauche. Wie konnte sie ihre Versprechungen nur so schnell vergessen? Wie konnte sie innerhalb eines Augenblicks all die Liebe wegwerfen, die sie miteinander erlebt hatten, all die Momente glückseliger Zweisamkeit?

Rebecca konnte kaum sprechen, sie blickte nur auf ihren Ring, den sie in der linken Hand hielt. Sie spürte, wie Kenzie aufgab. Das tat weh. Sie hatte gehofft, er würde ein wenig länger kämpfen und sich von ihren Argumenten nicht so leicht überzeugen lassen. Sie verstand nicht, wieso er ihren Schmerz nicht spürte, wieso er nicht sah, dass sie innerlich starb, während sie für immer von ihm Abschied nahm.

Sie musste Gleichgültigkeit und Härte vortäuschen, wo es doch nur Hingabe und Zärtlichkeit gab. Als nur noch Schweigen herrschte, flüsterte Rebecca einen Abschiedsgruß und legte auf.

KAPITEL 30

Das Wiedersehen

Lola kam zusammen mit Rory nach Barcelona zurück. Sie wollten zwei Wochen bleiben, genug Zeit, damit er ihre Mutter kennenlernen konnte und um alles für den Umzug nach Edinburgh vorzubereiten, wo das Schuljahr und damit Rorys Arbeit bald wieder losging.

An diesem Nachmittag trafen sich die drei Freundinnen am Strand. Lola musste unbedingt ein Sonnenbad nehmen, bevor sie wieder nach Schottland zurückkehrte.

Sofort erzählte sie den beiden von ihren Plänen, ohne verbergen zu können, wie verliebt sie in Rory war. Rebecca hörte schweigend zu, sie war geistesabwesend und wirkte traurig, und Berta ließ Lola reden, ohne ihren glücklichen Redeschwall zu unterbrechen. Berta selbst hatte nicht viel zu erzählen. Albert büffelte immer noch wie ein Wahnsinniger, die Prüfungen waren in einem Monat, und sie kamen kaum dazu, gemeinsam etwas zu unternehmen. Aber Berta war überzeugt, dass er bestehen würde. Albert bereitete sich schließlich schon lange auf die Prüfungen vor.

Als Lola ihren fröhlichen Bericht beendet hatte, fiel ihr Rebeccas abwesender Gesichtsausdruck auf. Sie schürzte die Lippen. Sie hatte Rory zwar versprochen, sich nicht einzumischen, und Gott, oder wer auch immer es war, der ihrer aller Geschicke lenkte, wusste, dass sie den festen Vorsatz hatte, nichts zu sagen. Aber in ihr kribbelte es, und sie schaffte es zwar, der Versuchung ein paar Minuten zu widerstehen, doch wie erwartet machte ihr Mundwerk sich schließlich selbstständig, ohne sich um die Anweisungen ihres Gehirns zu kümmern.

»Und du?«, fragte sie und heftete den Blick auf ihre Freundin. »Hast du mal wieder einem Mann das Leben zerstört?«

»Lola, bitte!«, ging Berta dazwischen.

Rebecca biss die Zähne zusammen.

»Du hast kein Recht, so mit mir zu reden. Du weißt gar nichts.«

»Ich weiß genug: Du verliebst dich in einen anderen Mann, während du verlobt bist, schwörst dem zweiten ewige Treue und beschließt dann, den ersten zu heiraten. Ungemein logisch.«

»Ich habe meine Gründe.«

»Und warum erklärst du sie mir dann nicht? Oder besser gesagt, warum erklärst du sie Kenzie nicht? Dann wäre er vielleicht nicht so sehr am Boden zerstört.«

»Du hast ihn gesehen?«, fuhr Rebecca auf.

Lola merkte, dass sie sich verplappert hatte.

»Antworte!«

»Nein! Beruhigst du dich erst mal?«

»Ja.«

Doch Lola hatte nicht vor, den Mund zu halten. Sie holte Luft und erzählte, was sie wusste.

»Es war Rory, der ihn gesehen hat ...«

Ungeduldig durchbohrte Rebecca sie mit Blicken.

»Sprich schon weiter!«

»Sein Vater hat sich große Sorgen gemacht und ihn an dem Abend angerufen, als ihr das letzte Mal miteinander telefoniert habt. Offenbar hatte Kenzie zu viel getrunken und sich mit einer Flasche Whisky in seinem Zimmer eingeschlossen. Er wollte mit niemandem reden ...«

»Lola«, unterbrach Berta sie, »ich glaube nicht, dass du ihr das erzählen darfst. Das bringt doch nichts.«

»Doch! Bitte erzähl weiter ...«, drängte Rebecca sie.

»Als Rory bei ihm ankam, war William verzweifelt. Keiner wusste, was in jenem Zimmer los war, aber es gab ein Riesengepolter, so als würde jemand alles kurz und klein schlagen. Es nützte nichts, dass seine Schwester weinte und sein Vater ihn anflehte, die Tür zu öffnen. Schließlich brachen sie die Tür auf, weil sie Angst hatten, er würde eine Dummheit begehen.«

Williams Worte fielen ihr ein und quälten sie: » Ich wünsche mir nur, dass er eines Tages die Familie bekommt, die er verdient, seine eigene Familie, die weder seine Mutter noch ich ihm geben konnten « Er hatte als einziger vorausgesehen, was passieren würde, und jetzt blieb es an ihm hängen, die Scherben einzusammeln und Kenzie wieder aufzurichten.

»Als sie ihn fanden, lag er auf dem Fußboden«, fuhr Lola fort, »über seiner Trommel. Er hatte sie zertrümmert. Rory hat gesagt, dass er wie ein Kind weinte, als er sich neben ihn hockte. Rory war so erschüttert, dass er die ganze Nacht nicht schlafen konnte.«

Rebecca ertrug es nicht mehr länger und brach in Tränen aus. Berta versuchte sie zu trösten, und Lola bereute langsam, das alles erzählt zu haben, obwohl sie eigentlich fand, dass Rebecca es erfahren sollte. Sie begriff immer noch nicht, warum sie sich so tief hatte einlassen müssen. Ein lockeres Abenteuer war eine Sache, jemandem zu versprechen, dass man wiederkam, um mit ihm zu leben, eine ganz andere. Das hätte Rebecca nicht tun dürfen. Sie hätte eine Grenze ziehen müssen und ihren Spaß mit dem Schotten haben sollen, ohne sich zu verlieben.

Schluchzend erklärte Rebecca ihrer Freundin, weshalb sie gezwungen gewesen war, auf Kenzie zu verzichten. Das Geständnis bestätigte Lola lediglich in dem, was sie von Mario hielt: Er war ein skrupelloses Schwein, das Rebecca nach seiner Pfeife tanzen ließ, wie es ihm beliebte, genau wie ihre Mutter. Wie hatte Rebecca nur glauben können, dass sie imstande sein würde, ihnen die Stirn zu bieten und nach Beauly zurückzufliegen? Niemals würden sie das zulassen.

* * *

Während der letzten Woche hatten Mario und Rebecca sich jeden Tag gesehen. Er war der Meinung, dass sie besser nicht allein sein sollte, weil er fürchtete, sie würde es sich sonst anders überlegen. Selbst als die Verhandlungen mit den Investoren aus Katar fast seine ganze Zeit in Anspruch nahmen, bemühte er sich, Zeit mit ihr zu verbringen. Dennoch wurde Rebecca immer niedergeschlagener, nachdem Lola ihr von Kenzie erzählt hatte. Sie war jähzornig und hatte kleine Anfälle von Aufsässigkeit, die Mario mehr beunruhigten als Elvira. Diese beschwichtigte ihren Schwiegersohn, als er ihr erzählte, Rebecca sei ständig abwesend und mit den Gedanken woanders. Elvira riet ihm, ihr Zeit zu lassen, es sei eine normale Reaktion. Sie versuchten, Rebecca mit den Geschenken auf Trab zu halten, und ließen sie entscheiden, was davon brauchbar war und welche man lieber gegen etwas anderes umtauschte.

Die Situation besserte sich, als Rebecca ihr Vorstellungsgespräch bei dem Schuldirektor hatte. Er informierte sie darüber, dass sie als Hilfslehrerin in einer Klasse mit fünfjährigen Kindern anfangen würde. Es handelte sich um eine Probezeit, die alle Lehrkräfte durchliefen, bevor sie endgültig in das Kollegium aufgenommen wurden. Aber das kümmerte sie nicht. Es war ein kleiner Hoffnungsschimmer in dem verzweifelten Szenario, das aus ihrem Leben geworden war.

Trotzdem reichte das nicht, um ihre Stimmung wirklich zu verbessern. Selbst ihr Vater merkte, dass etwas nicht stimmte. Eines Abends klopfte er vor dem Zubettgehen bei seiner Tochter.

»Komm rein, Papa«, sagte sie, als sie ihn sah.

Rebecca lag im Bett, in der Hand ein Buch über Didaktik. Ihr Vater trat an den Bildrand und setzte sich neben sie. »Freust du dich auf die neue Arbeit?«, fragte er.

»Sehr«, erwiderte sie leise.

Er nahm ihr das Buch aus den Händen und klappte es zu.

»Du würdest es mir doch sagen, wenn es ein Problem gibt, oder?«

Rebecca spürte einen Kloß im Hals und musste sich gewaltig Mühe geben, damit ihre Worte überzeugend klangen. Sie setzte ein Lächeln auf.

»Natürlich.«

»Du kommst mir sehr niedergeschlagen vor, Liebes, und ich mache mir Sorgen um dich.«

Rebecca suchte fieberhaft nach einer Antwort.

»Es ist nur … als Lola aus Schottland zurückgekommen ist, hat sie uns erzählt, dass es jemandem, den wir aus Beauly kennen, sehr schlecht geht, und …, Na ja, das macht mich sehr traurig, das ist alles.«

»Etwas schlimmes?«

»Sie hat sich in den Falschen verliebt, und jetzt müssen sich ihre Wege trennen.«

»Nun, dann gräm dich nicht so sehr. So etwas machen wir alle mal durch. Aber in eurem Alter vergisst man das schnell.«

»Und wenn sie es nicht vergisst? Und wenn der Schmerz das ganze Leben lang bleibt?«

»Das wird nicht geschehen, Liebes, sei nicht traurig.«

»Ist dir das irgendwann mal passiert?«

Victor zog die Brauen zusammen und blickte sinnend vor sich hin.

»Als ich neunzehn war, habe ich mich in eine Studienkollegin verliebt. Sie hieß Alicia, und wir sind ein paar Monate miteinander ausgegangen. Dann hat sie mich verlassen.«

»Sie weiß ja nicht, was sie verpasst hat«, murmelte Rebecca.

Ihr Vater lächelte sie an. »Tatsache ist, ich hatte ein schlimmes Studienjahr. Und ich musste mitansehen, wie sie sich mit einem Freund von mir verlobte.«

»Haben sie geheiratet?«

»Nein, er hat sie wegen eines anderen Mädchens verlassen.« Er lächelte verhalten. »Nachdem sie sich getrennt hatten, ging es mir besser, und bald hatte ich sie vergessen. Wenn ich jetzt daran zurückdenke, kommt mir die Sache lachhaft vor, aber damals habe ich alles sehr intensiv erlebt. In deinem Alter kann ein Betrug eine Tragödie sein. Aber mit der Zeit werden die Gefühle schwächer, und man sieht die Dinge aus einer anderen Perspektive. Um dorthin zu kommen, muss man so etwas aber erst einmal durchgestanden haben. Verstehst du? In der Liebe nützen Ratschläge nicht viel. Man muss durch jede Etappe hindurch.«

KAPITEL 31

Hochzeitsglocken

Barcelona, 7. Oktober 2006

Es war der Morgen eines wolkenlosen Tages in Barcelona. Wieder einmal würde die Sonne die Stadt mit der für den Herbst typischen Kraft wärmen und die Jahreszeit in eine angenehme Übergangsperiode zum Winter hin verwandeln.

Rebecca betrachtete das Kleid, das in ihrem Zimmer an einem Bügel hing, und ihr Magen krampfte sich nervös zusammen.

Bevor ihre Mutter und Baudelia hereinplatzten, um ihr beim Ankleiden zu helfen, nahm sie ein Blatt, das sie ein paar Stunden zuvor auf ihren Tisch gelegt hatte, faltete es und steckte es in einen Umschlag. Sie war die ganze Nacht auf gewesen und hatte einen Brief geschrieben, den sie jetzt auf den Weg zu seinem Empfänger bringen musste.

Sie blickte zu dem Papierkorb neben dem Bett und seufzte tief. Er war voller zusammengeknüllter Blätter, dem Ergebnis der Unsicherheit, die sie vor dem leeren Blatt überkommen hatte. Es waren die schwierigsten Worte, die sie je geschrieben hatte, und sie waren ihr von Herzen gekommen, in der Hoffnung, den Menschen zu versöhnen, den sie am meisten liebte.

Die Herz-Jesu-Kirche empfing sie hoch oben auf dem Berg Tibidabo. Ihr Vater half ihr aus dem Wagen. Die Gäste, die ihren besten Sonntagsstaat trugen, nahmen ihre Plätze in der Kirche ein. Am Arm ihres Vaters stieg Rebecca die mit einem roten Teppich ausgelegte Treppe hinauf, während der Wind ihren Schleier hartnäckig in Richtung Himmel wehte. Sie fröstelte beim Betreten der Kirche, und es roch zart nach Weihrauch. Sie schritt durch den Gang und erwiderte dabei zurückhaltend das Lächeln der Verwandten, Freunde und Unbekannten. Vor ihr ging Inès, die in einem elegant geschmückten Körbchen das Brautgeld trug. Am Altar wartete Mario.

Sie blickte sich suchend nach ihrem Bruder um, nach ihren Freundinnen, nach ihrer Mutter. Im Gesicht ihres Bruders fand sie Ernst, Besorgnis in den Gesichtern ihrer Freundinnen, Glückseligkeit in dem ihrer Mutter und Trauer in Baudelias Augen.

Die Trauung verlief perfekt, wenngleich Rory mit seiner festlichen schottischen Tracht Elviras und Marios Einverständnis störte. Ohne Zweifel war er eine Erinnerung an die Geschehnisse dieses Sommers, die sie um jeden Preis vergessen wollten. Rebecca konnte nicht umhin, Rory mit einer leichten Wehmut zu betrachten. Als sie vor Pater Arnau stand, der sie vor Gott mit Mario vereinen würde, streichelte sie unablässig ihren Silberring, als wäre die Verbindung, die dieser symbolisierte, die einzig legitime. Die Mächte der Erde hatten sie gesegnet, und jetzt würde sie sich mit einem anderen Mann vereinigen. Ihr war übel, und das Kleid störte sie immer mehr. Am liebsten hätte sie es sich vom Leib gerissen, um Luft zu bekommen. Mario sah sie nervös an, als befürchtete er jeden Moment, dass sie ohnmächtig wurde. Obwohl es nicht korrekt war, ergriff er ihre Hände. Rebecca sah ihm in die Augen, und ihr wurde eiskalt. Die Kirche begann sich um sie zu drehen. Im Geist hörte sie die Worte des alten Druiden, klar und deutlich, und sie ersetzten Pater Arnaus Traurede: »In der Natur sind alle Dinge ein Kreislauf. Die Nacht wird zum Tag, der Tag führt wieder zur Nacht, die sich erneut in den Tag verwandelt. Der Mond nimmt zu und ab und danach wieder zu. Es gibt den Frühling, den Sommer, den Herbst und den Winter, und darauf folgt wieder der Frühling. Das ist der lebendige Rhythmus im Kreis des Daseins, doch in der Mitte des Zirkels liegt strahlend und ewig die Stille der *Quelle.*«

»Die Stille der *Quelle*, die Stille der *Quelle*, die Stille der *Quelle* …« Die Worte kreisten in ihrem Kopf, als könnten sie sie mit ihrer Bedeutung anstecken.

Ihr war, als würde sie von der Zeit verschluckt werden. Sie erinnerte sich später kaum daran, wie sie *Ja, ich will* gesagt hatte, überwältigt versank sie in einer tiefen Leere, in der sie sich kaum noch der eigenen Realität bewusst war.

Der einzige Augenblick, in dem ihr Geist in ihren Körper zurückkehrte, war, als sie während des Festmahls Rory suchte. Sie wollte ihn allein sprechen. Es war nötig, denn sie musste ihm etwas geben. Lola war nicht begeistert, als sie ihn zum Tanzen aufforderte, und ließ durchblicken, dass sie ihn einem ausführlichen Verhör unterziehen würde.

»Du ziehst mehr Blicke auf dich als die Braut«, sagte Rebecca, als sie sich im Walzerrhythmus auf der Tanzfläche zu drehen begannen.

»Ich hätte mich nicht von Lola überreden lassen dürfen. Sie hat mir zugeredet, einen Kilt zu tragen, und …«

»Lass nur, mir gefällt es, dich so zu sehen, es ruft schöne Erinnerungen wach.«

»Schon«, meinte er leise, »aber dein Ehemann schaut mich an, als würde er mir am liebsten den Hals umdrehen.«

»Beachte ihn gar nicht, ich bin sehr froh, dass du hier bist.«

Traurigkeit überschattete Rebeccas Gesicht. Sie biss sich auf die Lippen, weil sie nicht sicher war, ob sie die Antwort auf die Frage hören wollte, die sie Rory gleich stellen würde.

»Wie geht es ihm? Es ist beinahe zwei Monate her, seit …«

Rory wandte den Blick ab. Er wollte nicht darüber sprechen, es schien ihm nicht angemessen. Auf dieser Hochzeit fühlte er sich nicht wohl, und er war nur mitgekommen, weil es wichtig für Lola war. Er konnte nicht gerade behaupten, dass er sich für das Paar freute, denn er konnte nicht vergessen, was dieses Ereignis für seinen Freund bedeutete.

Als er schwieg, fügte Rebecca hinzu: »Lola hat es mir erzählt …«

Er verzog das Gesicht. »Das hätte sie nicht tun sollen.«

»Egal. Rory, ich muss wissen, wie es ihm geht.«

»Es wird dir nicht helfen, es zu erfahren.«

»Bitte …«

Der junge Schotte stieß einen Seufzer aus. »Er ist nach Skye gefahren und nicht mehr zurückgekommen. Seither habe ich nicht mehr von ihm gehört. Ich kann dir also gar nichts erzählen.«

»Und seine Arbeit? Und die Band?«

»Er hat alles aufgegeben.«

»Oh Gott, nein …«

»Ich habe mit William geredet, ich weiß, dass er und Sophie ihn besucht haben, aber sie haben mir gesagt, dass er niemanden sehen will.«

Sie merkten nicht, dass das Musikstück zu Ende war, bis Lola kam, um Rory zu befreien.

»Das reicht jetzt, Rebecca, siehst du nicht, wie unwohl der Ärmste sich fühlt?«

»Vielleicht liegt es ja daran, dass du ihn gezwungen hast, sich so anzuziehen.«

»Ich weiß schon«, sagte sie und ergriff den Arm des jungen Mannes. »Aber sag nicht, dass er nicht süß aussieht.«

»Rory«, sagte Rebecca hastig, »ich möchte, dass du ihm diesen Brief gibst. Wirst du das tun?«

Rory blickte auf den kleinen weißen Umschlag in Rebeccas Hand. Er wusste nicht, wo aus ihrem Kleid sie ihn herausgezogen hatte, und machte ein missmutiges Gesicht.

»Genug jetzt, Rebecca!«, rief Lola. »Willst du die Dinge

wohl so lassen, wie sie sind? Du wirst ihm nur noch mehr wehtun.«

»Bitte«, sagte sie, ohne ihrer Freundin Beachtung zu schenken, und sah Rory an.

»Lass ihn doch vergessen, Herrgott noch mal!«, rief Lola.

Rebecca sah Rory flehend an, und schließlich schob der junge Mann den Brief in seinen *sporran*.

»Ich weiß nicht, wann ich ihm den Brief werde geben können …«

»Danke«, sagte Rebecca schnell, die merkte, dass immer mehr Leute zu ihnen herübersahen.

Ein wenig atemlos nach dem Gespräch mit Rory lehnte sie höflich ab, als ein unbekannter Gast sie zum Tanz aufforderte. Sie ging hinaus in den Garten und nutzte die Gelegenheit aus, weil gerade alle damit beschäftigt waren, die Krawatten williger Opfer in Stücke zu schneiden, um diese anschließend zu versteigern und den Erlös für einen wohltätigen Zweck zu spenden.

Sie merkte nicht, dass ihr Bruder ihr gefolgt war.

»Geht es dir gut?«

Rebecca fuhr überrascht zusammen. »Ja, ich wollte nur ein bisschen frische Luft schnappen.«

»Was hattest du da in der Hand, als du mit dem schottischen Freund deiner Freundin geredet hast?«

»Ich …? Nichts.«

»Komm, sag schon …«

»Ich habe ihm einen Brief für einen besonderen Freund in Schottland gegeben. Er und seine Schwester waren sehr nett zu uns.«

»Für einen besonderen Freund …«, wiederholte Enric. Nachdenklich schwieg er, dann sagte er: »Wenn du nicht du wärst, würde ich glauben, dass du eine Affäre hattest.«

Sie wurde rot und wich seinem Blick aus.

»Du hattest eine Affäre mit einem Schotten!?«, rief er und dämpfte sogleich seine Stimme.

»Das habe ich nicht gesagt, Enric.«

»Aber ich lese es in deinem Gesicht.«

Rebecca wusste nicht, was sie sagen sollte. In jedem Fall hatte sie weder Lust noch die Kraft, es abzustreiten. »Es hätte nie passieren dürfen, aber …«

»Weiß Mario es?«

Sie nickte.

»Deshalb warst du so merkwürdig, als du zurückgekommen bist.« Enric schien nachzudenken. »Wenn unsere Mutter das herausfindet …«

»Sie weiß es ebenfalls.«

»Nein!«

»Du bist in letzter Zeit nicht so oft zu Hause, deswegen hast du es nicht mitbekommen, aber sie war eine ganze Weile hysterisch.«

»Erzähl mir von ihm. Bestimmt würde er mir gefallen. Ehrlich gesagt, wäre es mir lieber gewesen, du hättest einen Jahrmarktsschimpansen geheiratet als Mario.«

»Ja, er würde dir gefallen, aber ich will jetzt nicht über ihn reden. Schließlich habe ich gerade geheiratet.«

»Vielleicht, wenn wir zwei irgendwann zahnlose Alte sind und uns an die Dramen unserer Jugend erinnern.«

»Ja, dann erzähle ich dir alles.«

Rebecca versank in Schweigen. Dann fiel ihr ein, dass Enric allein auf die Hochzeit gekommen war.

»Es tut mir sehr leid, dass du Pablo nicht mitbringen konntest.«

»Mir auch. Aber vorerst ist es besser so. Trotzdem schwöre ich dir, eines Tages pflanze ich mich in Pedralbes auf und stelle ihn Mama vor. Papa kennt ihn bereits.«

»Tatsächlich?«

»Ja, und sie verstehen sich prächtig.«

»Wenn Mama es nur verstehen könnte …«

Enric nahm ihre Hand und drückte sie fest. »Ich hoffe, du wirst glücklich, Schwesterchen.«

Rebecca nahm seinen Arm, und zusammen gingen sie wieder hinein.

KAPITEL 32

Der Brief

Insel Skye, 2. Dezember 2006

Rory parkte den Wagen vor dem Haus des alten Craig MacLeod und sah sich mit einer gewissen Wehmut um. Er hatte einige Male den Sommer auf Skye verbracht, nachdem Kenzie zu seinem Großvater gezogen war. Es waren die besten Sommerferien seiner Jugend gewesen. Großvater MacLeod überwachte ihre Streifzüge kaum, und die beiden Jungen konnten sich auf der Insel bewegen, wie es ihnen beliebte. Er erinnerte sich noch an jeden Einzelnen dieser Ausflüge. Er hatte sich gern vorgestellt, dass sie auf einer verlassenen Insel wie der geheimnisvollen Lincolninsel von Jules Verne gestrandet waren und dass ihnen unerklärliche Ereignisse bevorstanden, was dem Ausflug einen unwirklichen Zauber verlieh.

Es waren schöne Zeiten gewesen, jedenfalls in seiner Erinnerung. In jener Zeit hatte Rory sich nicht mit den familiären Problemen befasst, die seinem Freund das Leben schwermachten. Wie jeder Dreizehnjährige interessierte er sich nur dafür, möglichst viel Zeit im Freien zu verbringen, und wenn er es jetzt bedachte, schien es damals auch Kenzie nicht besonders zu kümmern. Ja, er war zurückhaltender geworden, und das Verhältnis zu seinem Großvater war immer ein wenig schwierig gewesen, aber sie hatten nie über all das gesprochen. Rory hatte nicht den Mut zu fragen, und er war sich sicher, dass Kenzie auch nicht daran gelegen war, die Sache zu erwähnen, also hatten sie einfach nur eine gute Zeit gehabt. Er wusste noch, wie die kleine Sophie um sie herumgesprungen war und sie überreden wollte, sie auf eins ihrer Abenteuer mitzunehmen. Aber in dieser Hinsicht war Großvater MacLeod unnachgiebig, und er hatte das Mädchen nie mitgehen lassen.

Während der ganzen Fahrt von Edinburgh bis hierher hatte es geregnet, was für die Jahreszeit nicht ungewöhnlich war. Es war zwar ein weiter Weg, aber er hatte die Sache nicht länger hinauszögern wollen. Seit der Hochzeit waren schon fast zwei Monate vergangen, und jedes Mal, wenn er diesen Brief berührte, versengte er ihm die Finger, als würde der Brief selbst fürchten, in irgendeiner Ecke vergessen zu werden und seinen Empfänger niemals zu erreichen. Rory wusste, dass er es nicht länger aufschieben durfte, aber ob es nun an der Arbeit lag oder daran, dass er der Meinung war, der Brief würde seinem Freund nicht guttun – Tatsache war, er hatte die Sache vor sich her geschoben.

Eine Rauchsäule, die aus dem Schornstein aufstieg, verriet ihm, dass Kenzie zu Hause war. Außerdem sah er den Geländewagen unter einer improvisierten Holzgarage stehen, die das Fahrzeug vor Regen und Wind schützen sollte. Der kalte Wind schmirgelte ihm die Wangen, kaum dass er ausgestiegen war. Er zog eine Wollmütze auf und ging zögernd auf die Tür zu. Intuitiv spürte er, dass das, was er mitbrachte, den relativen Frieden, den Kenzie auf der Insel gefunden hatte, wieder stören würde.

Er klopfte an die Tür und wartete. Dann hörte er hinter dem Haus Geräusche und ging dorthin, während der Nieselregen ihm das Gesicht nässte. Der Schuppen stand offen. Kenzie stand dort und schichtete Brennholz vor einer Wand. Er bemerkte Rory nicht, bis dieser ihn ansprach.

»Hallo, mein Freund.«

Kenzie drehte sich abrupt um und sah ihn überrascht an.

»Was machst du denn hier?«

»Ich war gerade in der Nähe…«

»Breugach …«

Rory konnte kein Gälisch, aber er kannte die Ausdrücke, die sein Freund ihm gegenüber schon seit seiner Kindheit gebrauchte.

»Ich bin kein Lügner.«

»Hat dich mein Vater mal wieder angerufen?«

»Nein, das ist es nicht.«

Kenzie wischte sich mit dem Unterarm über die feuchte Stirn. Rory vermutete, dass er gerade den ganzen Haufen Holz gehackt hatte, der dort lag und den er jetzt ordentlich stapelte, um in dem kleinen Schuppen Platz zu sparen.

»Ist etwas passiert?«, fragte er und klang ein wenig alarmiert.

»Nein, keine Sorge«, erwiderte Rory hastig. »Ich bin nur hier, um dir etwas zu geben.«

»Okay«, sagte Kenzie. »Möchtest du einen Tee?«

»Ja, gern.«

Kenzie zog sich die Handschuhe aus und schlüpfte in eine Jacke, bevor er hinaustrat, denn trotz der Kälte hatte er nur ein kurzärmliges Shirt an. Als sie im Haus waren, legte er ein paar Scheite in den Kamin und machte Tee.

Während das Wasser kochte, erinnerten sie sich an frühere Abenteuer auf der Insel, lachten und redeten sehnsüchtig über jene sorglosen Tage ohne Verpflichtungen und ohne dass jemand ihre Abenteuer eingeschränkt hätte.

Sie setzten sich mit dem dampfenden Tee ans Feuer, und Rory zog ohne weitere Einleitung den Brief aus seiner Jackentasche. Der Umschlag war zerknittert, so als hätte er schon sehr lange dort gesteckt.

Er reichte Kenzie den Umschlag und sah seine Verwirrung.

»Was ist das?«

»Ein Brief … Rebecca hat ihn mir gegeben, am Tag ihrer … ihrer Hochzeit.«

Kenzies gelassener Gesichtsausdruck verschwand, und sein Unterkiefer spannte sich. Unwillkürlich biss er die Zähne zusammen, als er den Namen der Frau hörte, die ihm so wehgetan hatte, und er begriff nicht, was dieser Brief jetzt sollte.

»Ich werde ihn nicht lesen«, sagte er und stand auf, um das Feuer anzufachen.

»Ich habe ihr versprochen, ihn dir zu geben …«

»Nun gut, das hast du jetzt getan«, unterbrach Kenzie ihn. »Aber ich will ihn nicht. Du kannst ihn zerreißen, ihn zurückgeben oder damit machen, was du für richtig hältst.«

Rory drang nicht in ihn. Er wusste, dass Kenzies Entschluss unverrückbar war, und wollte keinen Streit anzetteln.

Schweigend tranken die beiden ihren Tee aus. Dann sprachen sie über das Wetter, über das, was im Haus gemacht werden musste, und über unzählige Belanglosigkeiten. Sie aßen eine Kleinigkeit zu Mittag, und dann machte Rory sich wieder auf den Weg.

Kenzie begleitete ihn hinaus. Der Regen hatte aufgehört, aber der Wind wehte noch, wie immer auf Skye. Während er zusah, wie das Auto in der Entfernung immer kleiner wurde, wanderten seine Gedanken wieder zu dem Brief. Wieso schrieb Rebecca ihm jetzt? Was hatte sie ihm zu sagen? In den letzten Wochen hatte der Schmerz nachgelassen, den er fühlte, seit er mit ihr zum letzten Mal gesprochen hatte. Trotz der Erinnerungen war es ihm gelungen, auf der Insel so weit zur Vernunft zu kommen, dass er nicht in ein schwarzes Loch fiel, in dem Zorn und Groll ihn zugrunde richteten.

Er konnte Rebecca nicht hassen, dafür hatte er sie zu sehr geliebt. Aber den Brief zu lesen hätte den stechenden Schmerz zurückkommen lassen, den gleichen, der ihn jede Nacht heimsuchte, die einzige Tageszeit, zu der er sich von den Erinnerungen fortreißen ließ.

Er hatte gut daran getan, ihn nicht anzunehmen. Trotzdem hatte sein Herz unwillkürlich einen Sprung gemacht, als er ihren Namen hörte. Er verabscheute diese Schwäche. Am liebsten hätte er Rory den Brief aus den Händen gerissen, um ihr noch einmal nahe zu sein, wenn auch nur durch ein paar Worte auf einem Stück Papier. Doch er hatte es nicht getan, und langsam ging ihm auf, dass die Qualen, die er litt, weil er den Brief abgelehnt hatte, schlimmer sein würden als die, die er beim Lesen empfunden hätte.

Aber jetzt war es zu spät.

Wie betäubt und über seinen idiotischen Stolz fluchend ging er ins Haus. Er trug die Teetassen in die Küche, spülte sie in Gedanken versunken und grämte sich, zugelassen zu haben, dass der Groll die Oberhand über seine Gefühle gewonnen hatte.

Er wollte gerade die Tassen in das alte Küchenbord stellen, als er auf dem Regalbrett einen Umschlag sah. Er erkannte ihn sofort, er lehnte an einer leeren kleinen Blumenvase. Auf der Vorderseite stand ein Name: *Kenzie*. Unschlüssig nahm er ihn, während er seinem Freund stillschweigend dafür dankte, nicht auf ihn gehört zu haben. Er ging ins Wohnzimmer, setzte sich ans Feuer und riss ungeduldig den Umschlag auf.

Er zog ein blassgelbes Blatt Papier heraus, entfaltete es und begann zu lesen.

Lieber Kenzie,

ich möchte Dir so viel sagen und weiß nicht, wo ich anfangen soll. Die ganze Nacht bin ich schon wach und versuche Worte zu finden, die Dein Herz besänftigen und meine Schuld lindern können.

In ein paar Stunden werde ich Mario heiraten, und mein Innerstes lehnt sich dagegen auf, weil ich spüre, dass ich dabei bin, Dich zu verraten. Der Eid, den wir in jener Nacht geleistet haben, ist immer noch lebendig in mir und pocht unter mei-

ner Haut. Aber obwohl ich so gerne bei dir wäre, habe ich begriffen, dass wir nicht Herr über unser Schicksal sind. Wir könnten es sein, wenn niemand uns daran hindern würde, aber dann wäre ich eine andere als die, die Du kennengelernt hast, und dann hättest Du Dich vielleicht nicht in mich verliebt.

Als ich mich entschieden habe, Mario zu heiraten, musste ich mich damit abfinden, ein Opfer zu bringen. Ich weiß, dass ich etwas Wunderschönes opfere, und mir ist klar, dass sich irgendwann eine andere das nehmen wird, was ich zurücklasse.

Mein Liebster, Du sollst wissen, dass ich Dich von ganzem Herzen liebe und dass die Tage an Deiner Seite die glücklichsten meines Lebens waren. So sehr sehne ich mich danach, bei Dir zu sein, dass ich an nichts anderes denken kann, als wieder in Deine Augen zu sehen und an Deinen Lippen Deinen Namen zu flüstern.

Ich werde jeden Tag an Dich denken, bis das Alter meine Erinnerungen ausgelöscht hat. Ich werde mich an Deine Stimme erinnern, an Dein Lächeln, an den Geschmack Deiner Küsse, an die Wärme deiner Umarmung. Und ich schwöre Dir, die Erinnerung an Dich schmerzt so sehr, als würden sich tausend Nadeln in mein Herz bohren, aber lieber will ich mich an jeden Moment erinnern als in einer sinnlosen Leere ohne Gefühle leben.

Glaubst Du mir, wenn ich Dir sage, dass ich Dir nie wehtun wollte? Dass mein Versprechen, Dich immer zu lieben, aufrichtig war?

Ich hoffe, Du kannst mir verzeihen und ein neues Leben beginnen mit jemandem, der Dich verdient.

Ich will nicht leugnen, dass schreckliche Eifersucht mich quält, wenn ich mir vorstelle, wie Du einen anderen Körper umarmst, der nicht meiner ist. Sie macht meine Seele krank, als würde mir jemand ein Gift einflößen, für das es kein Gegenmittel gibt. Aber ich darf nicht so egoistisch sein. Mehr als alles andere wünsche ich Dir Glück.

Mein Herz ist voll. Du wirst immer ein Teil von mir sein, Du bist ein wunderbarer Mensch, durch den jemand wie ich, die nicht zum intensiven Lieben geboren war, mit solcher Tiefe geliebt hat, dass mein Leben dank dem, was ich mit Dir erlebt habe, viel erfüllter ist.

Ganz gleich, was mir die Zukunft bringt, Du wirst immer meine große Liebe sein, die ich einmal hatte und dann verloren habe, die ich jedoch für immer unversehrt in meinem Herzen bewahren werde.

Rebecca

Kenzies Augen waren feucht, als er den Brief zu Ende gelesen hatte, die letzten Worte waren vor seinen Augen verschwommen. Er bemühte sich, seine Gefühle zu beherrschen. Mit dem Brief in der Hand stand er auf und schenkte sich etwas Whisky ein. Er wollte sich nicht betrinken, aber er brauchte die Wärme, die die Flüssigkeit in seinem Körper bewirkte. Er setzte sich wieder und starrte in den Kamin. Das Feuer flackerte in einem Tanz zuckender Farben. Langsam las er den Brief noch einmal und stellte sich vor, wie Rebecca den Kugelschreiber gehalten und in der Nacht vor ihrer Hochzeit eine ungeheure Anstrengung auf sich genommen hatte, um ihm diese Worte zu schreiben. Dann knüllte er ihn zu einem Ball zusammen. Eigentlich wollte er ihn nicht wegwerfen, aber er wusste, wenn er ihn behielt, würde er ihn jeden Tag lesen, und er wollte kein Sklave von Gefühlen sein, für die es keinen Adressaten gab. Wenn er sie nicht haben konnte, nützte seine Liebe ihm gar nichts.

Er warf den Brief in die Flammen und sah zu, wie er rasch verbrannte. Das Feuer tilgte Rebeccas Worte, aber nicht den Schmerz, der ihn für immer begleiten würde. Genau wie bei seinem Vater. Dieser Gedanke versetzte ihn in Rage. Er biss die Zähne zusammen und schleuderte das Whiskyglas ins Feuer.

Eine Stichflamme beleuchtete sein Gesicht, als sich der grelle Schein in ihm widerspiegelte.

2007

Es gibt eine Zeit, um zu lieben

2008

Eine Zeit, um zu leben

2009

Eine Zeit, um zu träumen

2010

Es gibt eine Zeit, um zu vergessen

2011

Und eine Zeit, um wieder neu zu entflammen

KAPITEL 33

Das Ende eines Weges

Barcelona, 12. Juli 2012

Rebecca ließ eine Hand über den beschlagenen Spiegel gleiten. Die ungleichmäßige Oberfläche warf eine Gestalt zurück, die in dem warmen Wasserdampf immer deutlicher wurde. Im Nebel vermeinte sie die Umrisse von Händen zu sehen, die mit vertrauter Zärtlichkeit über ihre Schultern strichen. »Es ist eine Illusion«, sagte sie sich, »nichts als Trugbilder.« Jede Nacht kamen sie zu ihr, aus unbestimmten Landschaften und fernen Träumen. Dennoch ließ sie sich von ihnen liebkosen und gab sich einem Moment hin, der nur ihr allein gehörte. Denn wenn das vorkam, wenn ein Windstoß an ihr vorbeiglitt und über ihre Haut strich, hatte Rebecca das Gefühl, dass er es war, der sie berührte.

Sie steckte das Handtuch um ihren Körper fest und widmete sich mit hochgestecktem Haar eine ganze Weile der Aufgabe, ihr Gesicht mit einer Nachtcreme einzucremen. Sie ließ sich Zeit. Sie war nicht in Eile, ganz im Gegenteil, sie trödelte oft so herum, um den Augenblick des Zubettgehens hinauszuzögern. Sie wollte einfach nicht, dass Mario noch wach war, wenn sie unter die Decke schlüpfte.

An jedem einzelnen Abend vollführte sie das gleiche Ritual, und an jedem Abend verwirrte sie der Anblick im Spiegel, als sei es ein anderer Mensch, der ihren Körper besetzt hatte.

Mechanisch löste sie ihr Haar und bürstete es langsam, während vor langer Zeit gesagte Worte in ihr aufstiegen: »Bis du zurückkommst, werde ich dich in meinen Träumen besuchen.«

Sie verbrachte eine Weile damit, sich an den tiefen, warmen

Klang jener Stimme zu erinnern, die alte Melodie an einem beinahe vergessenen Ort zum Klingen brachte. Eine Stimme, die von ihr Besitz ergriffen hatte, als in der Nacht die Glühwürmchen getanzt hatten, in einer Nacht vor langer Zeit, die mit der Zeit verblasst war.

Sie beendete ihr Abendritual und blickte auf die Armbanduhr; es war fast eins. Bevor sie sich schlafen legte, ging sie in das Zimmer ihrer Tochter. Trotz der Dunkelheit hatte sie keine Schwierigkeiten, zu ihrem Bett zu finden und sich davor hinzuknien. Ein Nachtlicht an dem hölzernen Kopfende beleuchtete das schlafende Mädchen. Rebecca strich ihr über das braune Haar, und auf dem Gesicht der Kleinen zeigte sich der Anflug eines Lächelns.

Rebecca kehrte in den Flur zurück, ging bis zum Ende des Ganges und betrat das Schlafzimmer. Sie lauschte auf Marios ruhigen Atem und schlüpfte so leise unter die Laken, als wäre sie körperlos. Sie streichelte ihren silbernen Ring und überließ sich dann ihren Träumen von einem Ort unter den Wolken.

* * *

»Mama, schau mal«, sagte die kleine Sofia, die mit ihren Sandformen gerade ein paar Seesternsandkuchen buk.

»Sehr hübsch, mein Liebling. Warum machst du nicht mal einen mit der Tintenfischform?«

»Die gehen immer kaputt.«

Rebecca beobachtete ihre Schwester Inès, die gerade tropfnass zu ihnen herüberkam und sich die Haare auswrang. Ihr Körper erinnerte Rebecca an ihren eigenen, als sie in Inès' Alter gewesen war, auch wenn Inès ein bisschen größer war. Mit ihren dreizehn Jahren sah sie bereits aus wie eine Frau, abgesehen von ihren kindlichen Gesichtszügen.

»Das Wasser ist toll«, sagte sie, während sie sich auf ihrem

Handtuch niederließ. »Willst du nicht schwimmen gehen? Ich kann bei der Kleinen bleiben.«

»Gerade ist mir nicht danach, es sei denn, Sofi will ins Wasser.«

Die Kleine schüttelte den Kopf, ohne den Blick von ihrer Tätigkeit zu lösen. Sie versuchte gerade mit höchster Konzentration, die Tintenfischform hochzuheben, die sie auf dem Sand gestürzt hatte.

»Wieder kaputt«, sagte sie enttäuscht.

»Du brauchst feuchteren Sand«, riet ihr Inès. »Der hier ist fast trocken, deswegen klappt es nicht.«

Die beiden machten sich gerade ans Werk, als in Rebeccas Strandtasche das Handy klingelte.

Sie sah auf das Display. Es war Lola. Gespannt nahm sie den Anruf an, denn sie hatten seit dem letzten Weihnachtsfest nicht mehr miteinander gesprochen.

»Wie geht's dir, Lola?«

Während Rebecca mit ihrer Freundin telefonierte, grub Inès im Sandkasten ein Loch auf der Suche nach feuchtem Sand, mit dem die Sandkuchen nicht mehr kaputtgingen. Sofia ließ sich keine ihrer Bewegungen entgehen und machte ihr alles nach.

»Siehst du?«, sagte Inès zu ihr. »Perfekt.«

»Toll!«, rief das kleine Mädchen und klatschte. »Jetzt ich.«

Ihre Tante überließ sie sich selbst und legte sich wieder in die Sonne.

»Lola und Rory kommen nach Barcelona«, sagte Rebecca, nachdem sie den Anruf beendet hatte.

»Seit wann habt ihr euch nicht mehr gesehen?«

»Seit einem Jahr. Seit ihre Mutter nach Madrid gezogen ist. Es gibt keinen Grund mehr für sie, nach Barcelona zu kommen.«

»Sie hat noch eine Freundin hier, findest du das wenig?«

Rebecca lächelte schwach.

»Es wäre toll, wenn Berta auch kommen könnte. Valencia ist ja nicht so weit weg, aber sie wird wohl viel Arbeit mit den Zwillingen haben.«

»Ja, es ist wirklich nervig, wenn man die Kinder im Doppelpack kriegt«, fand Inès. »Ich werde bestimmt nie Kinder bekommen.«

»Du wirst deine Meinung schon noch ändern«, erwiderte ihre Schwester augenzwinkernd.

»Gibst du mir Geld für ein Eis?«

»Na klar.«

»Sofi und ich gehen jetzt ein riesiges Eis essen, nicht wahr, du Zwerg?«

»Ein riesiges Eis!«, wiederholte das kleine Mädchen, sprang aus dem Sand hoch und zog ihre rosafarbenen Crocs an.

Rebecca gab ihnen ein paar Münzen für das Eis und richtete, als sie allein war, den Blick auf das Meer. Die Wasserfläche verschwamm vor ihren Augen und schloss sie in ihren Grübeleien ein. Wie jung Inès war. Wie mochte ihre Zukunft wohl aussehen? Trotz ihres jungen Alters hatte ihre Schwester eine starke Persönlichkeit, die schwer zu lenken war. Diese Charaktereigenschaften bereiteten ihrer Mutter schon Kopfzerbrechen, seit sie zehn Jahre alt war.

Rebecca wäre gern wie sie gewesen. Aber sie hatte mit der Zeit begriffen, dass jeder so war, wie er eben war, und dass es sinnlos war, seine Energie damit zu verschwenden, anders sein zu wollen. In den letzten Jahren hatte sie das Gefühl gehabt, dass die Welt auf einer anderen Umlaufbahn kreiste als sie selbst, dass sie sich auf einem anderen Planeten befand, die Erde von oben sah und zusah, wie das Leben der anderen in rasendem Tempo verstrich, während ihr eigenes stillstand. Manche Menschen strebten danach, die Vergangenheit zu bewahren, andere flohen vor ihr. Rebecca klammerte sich so sehr daran fest, dass sie fürchtete, in einer Paralleldimension zu erstarren, deren Linien sich niemals trafen. Sofias Geburt hatte dieses Gefühl abgemildert, und manchmal konnte sie nicht umhin zu denken, dass das Kind sie davor bewahrt hatte, vor Sehnsucht krank zu werden. Durch sie berührten ihre Füße noch den Boden, wenn auch nur mit den Zehenspitzen.

Rebecca hätte sich keinen besseren Namen für sie ausdenken können. Sie hatte sie Sofia genannt, zu Ehren ihrer fernen rothaarigen Freundin. Sie hatte Sophie so viel zu verdanken. Wenn sie sie in jenem Sommer nicht kennengelernt hatte, hätte sie nie die Liebe erlebt, an die sie sich für alle Zeit erinnern würde.

Aber das war so lange her, dass ihre Erinnerungen langsam zu verschwimmen begannen.

Wenn sie ehrlich war, war die Ehe mit Mario keine Hölle. Manchmal glaubte sie sogar, ihn zu lieben. Aber es war nur eine Fata Morgana, eine Vorspiegelung ihres Unterbewusstseins, um die schreckliche Leere zu mildern, die sie an seiner Seite empfand.

Sie merkte, dass sie sich im Wasser abkühlen musste, stand von ihrem Handtuch auf und ging ans Ufer. Das lauwarme Wasser linderte die unerträgliche Hitze. Rebecca schwamm bis zu einer Stelle, wo keine anderen Menschen waren, und ließ sich dann auf dem Rücken treiben. Sie liebte das Gefühl der Schwerelosigkeit im Wasser, das ihren Körper sanft schaukeln ließ und so den hartnäckigen Schmerz ihrer Erinnerungen linderte. Sie schloss die Augen. Weihnachten vor drei Jahren fiel ihr ein, als Lola ihr in mehreren Anläufen und nach zwei Flaschen Sekt erzählt hatte, dass Kenzie geheiratet hatte. Sie erinnerte sich noch an jedes einzelne Gefühl, das diese Eröffnung ihr beschert hatte, und obwohl sie nicht das Recht hatte, Schmerz zu empfinden, hatte sie der Stich, den ihr die Nachricht versetzte, fast umgebracht. Jetzt wusste sie, dass sie ihn für immer verloren hatte. Davor hatte sie noch gehofft, dass das Leben sie vielleicht noch einmal zusammenführen würde. Sie wusste zwar weder wie noch wann, aber die Tage waren erträglicher, wenn sie daran dachte und jede Nacht davon träumte. Ein Jahr lang hatte sie sich permanent gefragt, wie wohl die Frau war, in die Kenzie sich verliebt hatte. Sie versuchte sie sich vorzustellen, sie im Geist zusammenzubasteln. Sie hätte gern gewusst, ob sie blond oder dunkelhaarig, groß oder klein, distanziert oder liebevoll war. Gern hätte sie alles erfahren, und je länger sie keine Antwort bekam, desto wichtiger wurden die Fragen für sie. Erst beim nächsten Weihnachtsfest hatte sie ihre Neugier stillen können. Sie hatte Lola gefragt, die es ihr einfach sagen musste, wenn sie eine wirkliche Freundin war. Denn die Ungewissheit brachte sie um den Verstand und verhinderte, dass ihre Wunde sich schloss. Anfangs hatte Lola sich gesträubt und gesagt, es würde ihr nur noch mehr wehtun, doch Rebecca hatte so lange gebohrt, bis Lola sie zwar nicht beschrieb, aber ihren Namen nannte.

»Er hat Mary geheiratet«, hatte sie leise gesagt, und ihr war klar gewesen, welche Wirkung ihre Worte haben würden.

Und sie hatte sich nicht geirrt. Ihre Wirkung war die eines tödlichen Giftes. Rebecca hatte sie eine Lügnerin genannt. Es konnte nicht sein, niemals hätte er Mary geheiratet. Bestimmt hatte Lola sich geirrt, vielleicht sah seine Frau ja nur aus wie Mary, aber niemals konnte sie es sein.

Sie hatte eine ganze Weile gebraucht, um sich mit der Wahrheit abzufinden. Doch anstatt die Wunde zu schließen, hatte sie sie verschlimmert. Eine tiefe Niedergeschlagenheit ergriff von Rebecca Besitz, und beinahe wäre sie in eine ernsthafte Depression abgerutscht. Sie konnte nächtelang nicht schlafen, und tagsüber benahm sie sich wie eine Schlafwandlerin. Nur Sofis Gesellschaft konnte ihren Kummer lindern, und sogar bei der Arbeit hatte man ihr nahegelegt, eine Auszeit zu nehmen. Stattdessen hatte Rebecca noch mehr gearbeitet als sonst, denn das Nichtstun hätte sie umgebracht. Und jetzt, da ein kleiner Mensch von ihrem psychischen Wohlbefinden abhängig war, konnte sie es sich nicht erlauben, der Melancholie nachzugeben.

Vor sechs Jahren, kurz vor jenem schottischen Sommer, hatte sie geglaubt, sie würde mit Mario eine Familie gründen, zwei oder drei Kinder bekommen und eine treue und verständnisvolle Ehefrau zu sein, die gerne schmackhafte Gerichte für die Familie zubereitete. Sie würden in einem hübschen Viertel wohnen, und sie würde als Lehrerin in einer Schule arbeiten.

Alles würde perfekt sein.

Bis die Liebe in ihr Leben eingebrochen war.

Sie hatte einen Lebenstraum mit den Fingerspitzen gestreift.

Rebecca tauchte zu ein paar Felsen hinunter. Ein paar Fische schwammen an ihr vorbei, und sie streckte die Hand aus, um sie zu berühren. Elegant wichen sie ihr aus und schwammen weiter. Wenn sie nur schwimmen könnte wie sie, dachte Rebecca. Aber wohin? Weder sah sie einen Weg vor sich, noch wusste sie, wohin sie wollte. Ihr Weg hatte auf halbem Weg geendet, irgendwo zwischen Wolken und Hochebenen, zwischen Volksweisen und dem Duft nach gutem Whisky.

An ebenjenem Nachmittag wurde in der Anwaltskanzlei Caralt & Bassols ein außerplanmäßiges Meeting abgehalten. Mario kam spät nach Hause. Rebecca machte sich gerade bettfertig, als er ins Schlafzimmer kam. Sie hatte sich an das Auf und Ab der Kanzleigeschäfte gewöhnt und fragte daher nie. Ihre Leben verliefen so getrennt voneinander, wie es zu erwarten gewesen war, und sie besprachen nur die Haushaltsangelegenheiten zusammen sowie alles, was mit Sofia zusammenhing.

Er lockerte seine Krawatte und öffnete die obersten Hemdknöpfe. Sie hatte ihn schon lange nicht mehr richtig angesehen. Inzwischen ging er auf die vierzig zu, sein Haar begann sich zu lichten, und seine Stirn war wegen des schütteren Haares auf unvorteilhafte Weise höher geworden. Um die Taille herum hatte er zugenommen, sodass sich sein Hemd über dem Bauch spannte. Er verwandelte sich allmählich in die schlechte Kopie seines Vaters, denn trotz der Jahre, die zwischen ihnen lagen, hatte jener sich immer noch einen Hauch von Eleganz bewahrt.

Heute aber war irgendetwas anders an Mario, sodass sie nachfragte.

»Dein Vater hat gedroht, die Kanzlei zu verlassen, falls Enric nicht Partner wird«, sagte er, während er sich brüsk die Schuhe auszog.

»Du hast doch nicht etwa geglaubt, er würde sein ganzes Leben lang Juniorpartner bleiben?«

»Sein Image ist nicht gut für die Kanzlei.«

»Komm mir nicht damit. Heutzutage interessiert sich doch kein Mensch mehr für die sexuelle Orientierung eines Anwalts.«

»Wenn deine wichtigsten Mandanten vom Persischen Golf sind, dann schon.«

»Hör auf zu flunkern, Mario, ich weiß doch, dass die Sache mit den Katarern schon lange vorbei ist. Enric hat genauso ein Recht darauf, Partner zu werden, wie du. Und ehrlich gesagt hat er die Situation schon lange genug hingenommen.«

»Es bahnen sich ein paar neue Verhandlungen an …«

»Daran arbeitest du schon vier Jahre, und du hast nichts erreicht.«

»Das werde ich, solange ich keinen schwulen Partner habe, der ihnen das Vertrauen in unsere Kanzlei nimmt.«

Voller Widerwillen sah Rebecca ihn an. Er hielt ihrem Blick kurz stand, dann ging er zum Duschen ins Bad.

Am nächsten Tag war Rebecca zum Mittagessen in Pedralbes. Alle außer Mario trafen sich dort, sogar Pablo. Vor fünf Jahren hatte Enric den Mut aufgebracht, ihn seiner Mutter vorzustellen. Leicht war es nicht gewesen. Elvira hatte sich so steif und abweisend verhalten, dass Enric Pablo gut zureden musste, damit er bereit war, wiederzukommen. Mit der Zeit hatte sich ihre Beziehung etwas entspannt, wenngleich Elvira mit Pablo nie mehr als einen knappen Gruß wechselte. Alle wussten, dass Elvira Brañanova ihren Sohn lieber einarmig gesehen hätte als in einer Beziehung mit einem Mann.

Während der Mahlzeit nutzte Rebecca eine Gesprächspause, um selbst das Wort zu ergreifen. Und sie tat es leise, als hätte sie die Worte eher gedacht, anstatt sie auszusprechen.

»Ich werde mich von Mario trennen.«

Ihre Mutter verschluckte sich beinahe an ihrem Bissen, und ihr Vater, der gerade die Gabel zum Mund führte, hielt inne.

»Seid ihr denn alle verrückt geworden?«, rief Elvira. »Erst verlasst ihr die Kanzlei, und jetzt das.«

Rebecca blickte ihren Vater an. »Wie bitte?«, fragte sie mit unvermitteltem Interesse.

»Enric und ich haben beschlossen, unsere eigene Kanzlei zu gründen, bei der natürlich auch Pablo mitmachen wird.«

Rebecca blickte zu ihrem Bruder hinüber und sah einen ganz besonderen Glanz in seinen Augen. Pablo, der neben ihm saß, aß ruhig weiter, obwohl er sichtlich angespannt war.

»Das hört sich nach einer tollen Idee an, Papa«, bemerkte sie.

Aber es war auch eine Ironie des Schicksals, dachte sie. Sie hatte auf ihr Glück mit Kenzie verzichtet, um die Familieninteressen zu schützen. Jetzt brach auf einmal alles auseinander, und es war gar nicht weiter schlimm. Die Auflösung der Anwaltskanzlei war gar keine so dramatische Angelegenheit, wie ihre Mutter es ihr vor Jahren dargestellt hatte. Was damals als unüberwindbares Hindernis erschien, war jetzt nicht mehr als ein vorübergehendes Ärgernis.

»Ein vorübergehendes Ärgernis«, dachte sie. Ihr Vater verfügte über genügend Mittel, um seine eigene Kanzlei zu gründen und einen Neuanfang zu machen.

Eine langsame, tiefe Röte stieg Rebecca ins Gesicht. Sie hatte Kenzie umsonst aufgegeben.

Sie schaute zu ihrer Mutter hinüber, um sie mit dem Zorn zu überschütten, der ihr in den Augen brannte.

Doch sie schaffte es nicht. Ihre Mutter zerbröckelte vor ihren Augen wie eine Burg im Kanonenfeuer.

Und Rebecca empfand Bedauern.

Am liebsten hätte sie geschrien: »War es das wert, Mama, war es das wirklich wert?«

Doch sie sagte nichts.

Sie sah Sofi an und beantwortete sich die Frage selbst.

»Sie war es wert.«

Die Stimme ihres Vaters holte sie in die Gegenwart zurück.

»Liebes, dass es die Kanzlei nicht mehr gibt, heißt nicht, dass du deine Ehe beenden musst«, sagte er besorgt zu ihr.

Rebecca spürte die Tränen, die in ihren Augen brannten, doch sie hielt sie zurück; die Anstrengung schnürte ihr die Kehle zu.

»Wir haben nichts mehr gemeinsam«, murmelte sie.

»Ihr habt eine Tochter«, widersprach ihre Mutter.

»Ich ertrage ihn einfach nicht mehr«, sagte sie leise durch die Zähne. Sofi sollte sie nicht hören.

Elvira schwieg. Noch nie hatte sie Rebecca so entschlossen gesehen, und sie wollte Schlimmeres verhindern.

»Die Entscheidung liegt bei dir«, sagte ihr Vater. »Du wirst hier immer dein Zuhause haben, das weißt du. Aber überleg es dir gut. Und sobald du dir sicher bist, werden wir dir helfen.

Falls du dich zu diesem Schritt entschließt, denk daran, dass du zuerst die gerichtliche Scheidung einreichst, das erspart dir Probleme beim Sorgerecht für Sofi.«

»Danke, Papa, ich werde daran denken.«

»Und je früher du es tust, desto besser«, meinte Enric. »Lass Mario keine Zeit, einen Plan auszuhecken, um dir zu schaden. Wir wissen ja, dass er über seine eigenen Mittel verfügt. Wir werden dir einen vertrauenswürdigen Anwalt suchen.«

»Enric, bitte!«, rief ihre Mutter. »Ihr scheint ja alle zu wollen, dass sie zum Gericht rennt.«

»Wenn du es sagst, werde ich es nicht abstreiten.«

Rebecca blickte ihn an und schenkte ihm ein Lächeln, das ihre Augen nicht ganz erreichte. Er nickte ihr leicht zu, um sie in ihrer Entscheidung zu bestärken.

»Die Ehe ist ein heiliger Bund … die beiden sollten sich Zeit lassen und darüber nachdenken«, sagte Elvira.

Victor schlug mit der Hand auf den Tisch, und die kleine Sofi fuhr zusammen. Dann stand er auf. »Entschuldigt mich, mir ist der Appetit vergangen«, sagte er und verließ das Esszimmer.

Rebecca ging hinter ihm her. Sie traf ihn im Garten hinter dem Haus an, wo er auf und ab ging.

»Papa, es tut mir leid«, sagte sie, als sie näher kam.

Er legte ihr einen Arm um die Schultern, und sie gingen nebeneinander her.

»Nein, Liebes, ich bin es, der sich entschuldigen muss. All die Jahre habe ich mich in meiner Arbeit vergraben, ohne zu merken, was bei dir los war. Bei Enric war es etwas anderes, wir haben zusammengearbeitet und oft miteinander geredet. Aber du …« Er atmete tief ein und aus. »Seit zwei Jahren denke ich schon, dass in deiner Ehe etwas schiefläuft, aber deine Mutter hat immer abgewiegelt, und ich habe mich überzeugen lassen. Vielleicht, weil ich es nicht glauben wollte. Vor ein paar

Wochen habe ich nachgebohrt und ihr gesagt, dass ich mit dir reden wolle, falls sie es nicht tun würde. Da hat sie mir etwas erzählt, das …«

»Was hat sie dir erzählt?«, fragte Rebecca nervös.

»Nun ja, Liebes, es wühlt mich ein wenig auf, dir das zu sagen …« Er hielt inne, um Luft zu holen. »Sie hat mir gesagt, dass du vor deiner Hochzeit eine Affäre mit einem anderen Mann hattest, in Schottland, und dass Mario davon gewusst habe. Sie sagte, wenn es in deiner Ehe nicht zum Besten stünde, liege es daran, dass du Marios Vertrauen missbraucht hättest und jetzt die Konsequenzen für dieses Verhalten tragen müsstest. Ich wollte es nicht glauben, sondern habe darauf bestanden, mit dir zu sprechen. Um ehrlich zu sein, ich habe schon gefürchtet, es wäre wahr.«

Rebecca blieb vor ihrem Vater stehen, ihr Gesicht war schuldbewusst und bekümmert. »Es stimmt, was sie dir erzählt hat, Papa.« Er senkte den Blick. »Aber ich kann nicht bereuen, was ich getan habe, weil ich mich so verliebt habe, wie ich es nie für möglich gehalten hätte.«

»Warum hast du Mario dann geheiratet?«

»Er hat mir gedroht, euch aus der Kanzlei zu werfen, wenn ich ihn verlasse.«

Er sah, dass sie versuchte, die Tränen wegzublinzeln, und umarmte sie. »Du hättest es mir sagen sollen.«

»Ich hatte Angst.«

»Wir hätten es in Ordnung bringen können, Liebes. Es gibt für alles in der Welt eine Lösung, außer für den Tod.«

»Nein, Papa«, sagte sie schluchzend. »Manche Dinge kommen nie mehr in Ordnung. Ich habe ihn für immer verloren.«

»Das tut mir sehr leid. Es tut mir leid, was du durchgemacht hast, und noch mehr, dass ich nicht in der Lage war, es zu sehen.«

Als sie die Küche betrat, um sich ein Glas Wasser zu holen, sah Baudelia sie bekümmert an.

»Ach, meine Kleine, ist es denn wahr, dass du Herrn Mario verlassen wirst? Verzeih, dass ich gelauscht habe, aber ich bin so traurig wegen meines kleinen Mädchens, auch wenn ich mich ein bisschen für dich freue, wenn ich ehrlich bin.«

»Mach dir keine Sorgen, Baudelia.«

Rasch ging Baudelia in eine Ecke des Raumes und holte etwas aus ihrer Tasche, die an einem Haken hing.

»Schau, mein Mädchen, das sind die Schlüssel zu einer Wohnung in der Stadt, die mir gehört. Sie ist sehr klein, und es gibt nicht viel Luxus, aber wenn du mit der Kleinen eine Zeit lang allein sein willst, nimm einfach die Schlüssel. Du kannst so lange dortbleiben, wie es nötig ist.«

Rebecca nahm Baudelias Angebot an. Sie wollte mit Mario nicht länger unter demselben Dach wohnen, als erforderlich war, und sie fühlte sich auch in Pedralbes nicht mehr wohl, wo sie dem Einfluss ihrer Mutter ausgesetzt war. Nach den ersten anstrengenden Tagen würde sie Zeit haben, ein gemütliches Plätzchen für Sofi und sich selbst zu suchen.

Sie gab Baudelia einen Kuss und schob die Schlüssel in ihre Hosentasche. Dann ging sie wieder in den Garten.

Inès und Sofi kühlten sich gerade im Pool ab, und Enric und Pablo sahen ihnen lachend dabei zu. Ihre Mutter hatte sich im Schlafzimmer eingeschlossen, und ihr Vater versuchte vermutlich, sie zur Vernunft zu bringen.

Rebecca ging zu ihrem Bruder hinüber. »Wie ist denn das gekommen? Das mit der Kanzlei, meine ich.«

»In den Firmenstatuten gibt es eine Klausel, die das Aufhebungsrecht gewährt.«

»Das Aufhebungsrecht?«

»Es bedeutet«, mischte Pablo sich ein, »dass, wenn ein Partner geht, alle gehen müssen, und die Firma wird aufgelöst.«

»Deswegen war Mario gestern Abend also so nervös.«

»Ich bin froh, dass du diesen Volltrottel endlich verlässt«, meinte ihr Bruder.

Rebecca schlug ihm mit der Hand auf die Schulter, und ein leichtes Lächeln erschien auf ihren geschürzten Lippen.

KAPITEL 34

Bestandsaufnahme

Dieser Sommer war anders. Endlich bewegte sich etwas. Seit Rebecca mit ihrem Vater gesprochen und lange Jahre der Frustration vor ihm ausgebreitet hatte, fühlte sie sich besser, innerlich und äußerlich erneuert. Im Rückblick erkannte sie, in welchem Abgrund der Verzweiflung sie versunken war, aber jetzt ging es in die richtige Richtung. Ihre Schritte waren noch klein und zögerlich, aber ihr Selbstvertrauen nahm zu.

Doch vor allem war es das Wiedersehen mit ihren Freundinnen, das sie wirklich froh machte. Es wurde immer schwieriger, einen Zeitpunkt für ein Treffen zu dritt zu finden. Mit einer Freude, die sie seit langer Zeit nicht mehr empfunden hatte, mietete Rebecca für ein paar Tage ein geräumiges Haus in Arbúcies, ganz in der Nähe des Montseny-Naturparks, das einen perfekten Rahmen für ein Treffen alter Freunde bildete.

Bertas Zwillinge waren ein Wirbelwind aus zwei winzigen Personen, die gerade erst laufen gelernt hatten. Sie besaßen den für Kinder ihres Alters typischen Forscherdrang und mussten ständig beaufsichtigt werden. Zum Glück war Inès mitgekommen, die sich gern mit den kleinen Rabauken beschäftigte. Sofi ihrerseits war begeistert von den Zwillingen, weil sie endlich einmal nicht die Kleinste in der Gruppe war.

Es waren denkwürdige Tage. Wenn die Kinder Mittagsschlaf hielten, nutzten die Freundinnen die Zeit, um in der Umgebung des Dorfes spazieren zu gehen. Der Ort war sehr hübsch. Es war glühend heiß, aber Lola war so entzückt von der Sonne wie eine Eidechse, die sich darin wärmt.

»Wunderbar«, sagte sie und hielt ihr Gesicht in die Sonne.

»Lola, wir haben mindestens achtunddreißig Grad im Schatten«, erinnerte Rebecca sie. »Du wirst einen Sonnenbrand bekommen.«

»Ich bleibe ja nur ganz kurz in der Sonne. Außerdem ist mein Sonnenschutz zäh wie Butter, es müsste schon ein sehr energischer Sonnenstrahl sein, der da durchkommt.«

»Wie läuft es denn in Edinburgh?«, fragte Berta. »Vermisst du Barcelona nicht?«

Lola atmete tief ein. »Ich wusste schon immer, dass ich weggehen würde, und manchmal denke ich, dass Schottland nicht meine letzte Station sein wird.«

Rebecca sah sie neugierig an, während sie sich gleichzeitig bemühte, im Schatten zu bleiben, den die Bäume am Wegrand warfen. »Was meinst du damit?«

»Edinburgh ist eine kleine Stadt, und meine Aufträge sind genauso klein. Ich habe meinen Lebenslauf an ein paar internationale Zeitungen geschickt.«

»Und hat man dir einen Job angeboten?«, wollte Berta wissen.

»Wie ein Falke werde ich meine Flügel ausbreiten.« Sie breitete die Arme aus, als wären sie Flügel.

»Du machst Witze«, sagte Rebecca. »Und was ist mit Rory?«

»Ich hoffe, dass er mitkommt.«

Berta runzelte die Stirn. »Soll er etwa alles für dich aufgeben und dir rund um den Erdball folgen?«

»Das habe ich für ihn ja auch getan.«

»Das war etwas anderes.«

»Ich weiß gar nicht, wozu ich euch von meinen Plänen erzähle, wenn ihr überall nur Probleme seht.«

Einen Moment lang schwiegen sie und genossen den Spaziergang. Nach ein paar Minuten stieß Rebecca einen langen Seufzer aus, der den beiden anderen nicht entging.

»Hattet ihr euch euer Leben so vorgestellt?«, fragte sie. »Meines ist ja komplett gescheitert, aber was ist mit euch? Seid ihr glücklich?«

Berta nahm ihren Arm und drückte ihn sanft. »Du bist nicht gescheitert. Du hast Sofi, eine gute Arbeit… nur weil deine Ehe zu Ende ist, muss dein Leben es noch lange nicht sein. Und außerdem, sieh dir mal deine Hand an.«

Rebecca verstand nicht.

»Dieser Silberring, den du immer noch trägst, schreit es geradezu hinaus, dass du etwas Wunderbares erlebt hast, etwas, das viele Menschen niemals kennenlernen.«

»Aber ich habe es verloren.«

»Herr im Himmel! Kopf hoch«, pflichtete Lola ihr bei. »Und außerdem bist du noch nicht mal dreißig. Du kannst dich noch zehn Mal verlieben, heiraten und scheiden lassen.«

»Sehr witzig.«

»Es stimmt aber.«

Sie verfielen in Schweigen.

Lola war gezwungen, vor der Sonne in den Schatten zu flüchten. Ihre Wangen glühten schon feuerrot.

»Mir geht es gut«, erzählte Berta. »Ich habe keine Arbeit, und ich werde mir wohl auch keine suchen, bis die Kinder ein bisschen größer sind, aber ich bin glücklich.«

Lola trat zwischen die beiden und legte ihnen die Arme um die Schultern.

»Also, ich hatte immer geglaubt, mit dreißig würde ich eine große Reporterin sein, die auf der Suche nach großen Storys in der halben Welt herumgekommen ist. Ein wöchentlicher Artikel in einer Zeitung mit niedriger Auflage entspricht nicht gerade dem, was ich mir erhofft hatte, um ehrlich zu sein.«

»Aber du hast doch Rory«, erinnerte Rebecca sie.

»Ja, ich habe Rory, aber in letzter Zeit bin ich wegen dieser Sache echt schlecht drauf. Außerdem redet er dauernd von einem Kind, und mir graut es allein schon bei dem Gedanken.«

Die drei blieben unvermittelt stehen.

Lola zuckte mit den Schultern, als sie sich beobachtet fühlte.

»Aber das ist doch normal, dass er ein Kind will«, meinte Rebecca.

»Wieso? Wieso ist es normal, zu heiraten und Kinder zu kriegen? Ist man etwa unnormal, wenn man dieses Bedürfnis nicht hat? Ich kann mir im Moment einfach nicht vorstellen, Kinder zu bekommen. Außerdem habe ich Rory gesagt, dass mein Mutterinstinkt so schwach ausgeprägt ist, dass ich eher Schafe züchten würde.«

Die anderen beiden unterdrückten ein Lachen. Es waren nicht Lolas Worte, die so lustig waren, sondern die Art, wie sie redete, und die übertriebenen Gesten, mit denen sie ein Schaf nachahmte.

»Na, bis du fünfundvierzig bist«, schloss Berta, »kannst du locker noch zehn Kinder kriegen.«

»Wie schön«, sagte Lola und verzog angewidert das Gesicht.

KAPITEL 35

Matt

Rebecca ordnete die Unterlagen auf ihrem Schreibtisch. Zwischendurch fand sie die eine oder andere lustige Bastelarbeit für die »weltbeste Lehrerin« und ein paar Familienfotos. Während der letzten Stunde hatte sie den Unterricht für den nächsten Tag vorbereitet. Sie war keine konventionelle Lehrerin. Zum Beispiel unterstützte sie in ihrer Klasse gemeinschaftliches Lernen. In ihren Augen war das eine gute Methode, um solidarisches Verhalten zu fördern. Sie gab die Themen vor, die sich am Lehrplan orientierten, und ihre Schüler bearbeiteten sie in Gruppen. Bis jetzt hatte sie damit gute Ergebnisse erzielt, und der Direktor lobte ihre Vorgehensweise, die auf dem persönlichen Einsatz und der Motivation der Schüler basierte. Es war ein Aspekt ihres Lebens, auf den sie stolz war.

Den ganzen Nachmittag hatte eine Nachricht sie beschäftigt, die sie im Radio gehört hatte. Der schottische Ministerpräsident Alex Salmond hatte für den 18. September 2014 ein Referendum über die Unabhängigkeit seines Landes vom Vereinigten Königreich angekündigt. Rebecca war froh, dass die Menschen darüber abstimmen konnten. Sie dachte an Kenzie. Wahrscheinlich freute er sich ebenfalls. War das vielleicht der Anfang vom Ende der Einheit? Sie würde es erst in anderthalb Jahren erfahren.

Sie blickte auf die Uhr. Sofia würde gleich aus dem Schwimmunterricht kommen. Sie verließ das Gebäude und lief das kurze Stück zum Pavillon, wo die außerschulischen Aktivitäten stattfanden. Unterwegs traf sie Matt, einen der Englischlehrer. Er war vor einem Jahr nach Barcelona gekommen, weil er als Lehrer arbeiten wollte, und er hatte keine Schwierigkeiten gehabt, die Stelle zu bekommen. Er stammte aus London, hatte mehrere Masterabschlüsse und besaß das gewisse Etwas, das die Frauen anzog. Er war gern mit Rebecca zusammen, weil er sich mit ihr in seiner Muttersprache unterhalten konnte. Aber sie hatte den Verdacht, dass sein Interesse über die Sprache hinausging, und daher war sie nicht überrascht, als er sie fragte, ob sie mit ihm ausgehen wolle.

An einem Tisch im Restaurant Sant Pau hörte Rebecca der angenehmen Konversation ihres Begleiters zu. Es war ihre erste Verabredung seit der Trennung, und obwohl sie zunächst gezögert hatte, sich auf die Freundschaft mit einem Mann einzulassen, war der Abend perfekt. Matt war freundlich, sympathisch und sah gut aus. Das zerzauste braune Haar reichte ihm bis in den Nacken, und er hatte diese leichte Nachlässigkeit, die ihr so gut gefiel. Er war ein wenig unbeholfen in seinen Bewegungen und pflegte über das kleinste Hindernis zu stolpern, doch er glich diesen Mangel an Gleichgewichtssinn mit viel Sinn für Humor aus. Nachdem er ihr einen Witz über die Iren erzählt hatte, wurde er auf einmal ernst.

»Du hast sehr schöne Augen.«

»Danke«, sagte sie, und ein Schatten glitt über ihr Gesicht, als sie sich erinnerte, dass ihr jemand an einem anderen Ort und zu einer anderen Zeit einmal das Gleiche gesagt hatte.

»Ich wollte dich schon seit Monaten um eine Verabredung bitten, aber ich dachte, du würdest ablehnen.«

»Vor ein paar Monaten hätte ich vielleicht Nein gesagt.«

»Und was hat sich jetzt verändert?«

»Ich.«

»Dann trinke ich auf diese Veränderung.«

Matt hob sein Weinglas, und Rebecca tat es ihm nach. Sie stießen an, und der helle, lange Klang, der einem kleinen Glöckchen ähnelte, markierte einen Neuanfang.

Nach diesem Tag ging sie öfter mit Matt aus. Sie hatten Spaß miteinander und verbrachten die Tage mit Gesprächen, Spaziergängen und Kino- oder Restaurantbesuchen. Eines Abends lud er sie zu sich in die Wohnung ein. Und sie nahm die Einladung an. Sie mochte Matt, und es war so lange her, seit sie nichts mehr fühlte, dass das Bedürfnis nach einem Mann, der sie streichelte und mit ihr schlief, inzwischen fast schmerzte. Seit der Trennung war ein Jahr vergangen, aber es war drei Jahre her, seit sie das letzte Mal mit einem Mann zusammengewesen war. Ein Jahr, bevor sie Mario verlassen hatte, hatte sie erfahren, dass er eine Geliebte hatte. Es machte ihr nichts aus, ganz im Gegenteil, so gab es keine unerwünschten Annäherungsversuche.

In Matts Armen wurde sie körperlich wieder frei, und in den Monaten nach dem ersten Zusammensein fühlte sie sich seltsam fröhlich und voller Heiterkeit und begann zu glauben, dass sie ihn liebte

Bis zu diesem Abend.

Matt prahlte damit, ein ausgezeichneter Koch zu sein, und hatte ihr das beste Abendessen aller Zeiten versprochen. Als Rebecca an seiner Wohnungstür klingelte, begrüßte er sie mit breitem Lächeln, einer schwarzen Schürze über der lässigen Kleidung und zerzaustem Haar, das nach gebratenen Zwiebeln roch.

Sie sah ihm zu, während er letzte Hand an das Essen legte, dessen erster Gang in einem riesigen Brathähnchen bestand. Matt füllte den Vogel mit Kastanienpüree und gehacktem Salbei und bestrich ihn dann mit Butter – unter den resignierten Blicken von Rebecca, die seufzte, als ihr klar wurde, dass sie auf das gesunde Olivenöl würde verzichten müssen.

Während das Abendessen sich im Ofen drehte, duschte Matt und zog sich um. Rebecca schenkte sich ein Glas Wein ein, einen roten Chapoutier. Ein Ribera del Duero oder ein guter Toro wäre ihr lieber gewesen, doch beim ersten Schluck musste sie zugeben, dass die Franzosen ebenfalls etwas vom Weinanbau verstanden.

Sie wanderte durch das Wohnzimmer und stellte das Radio in der Musikanlage an.

Rebecca fühlte sich wohl und entspannt. Matt hatte die starken Strahler im Wohnzimmer durch zwei Lampen und mehrere Kerzen ersetzt, die ein angenehm warmes Licht verbreiteten. Sie stöberte zwischen den Büchern in den Regalen herum und fand heraus, dass Matt ein großer Bewunderer der Werke von Conan Doyle und Wilkie Collins war. Sie nahm einen Band des letzteren Autors und blätterte darin. *Die Frau in Weiß* war der Titel des Werkes, eine gut erhaltene Ausgabe von 1964. Sie überflog die Handlung, die sich um unglückliche Liebe, grenzenlosen Ehrgeiz, Betrug und Verrat drehte.

»Das Übliche«, dachte sie.

Sie trank einen Schluck Wein und ließ sich von den ersten Akkorden einer Gitarre einlullen, die aus der Musikanlage drangen.

Ein Foto erregte ihre Aufmerksamkeit. Es war gerahmt und hatte einen besonderen Platz im Regal. Es war ein Bild von ihr und Matt. Rebecca erinnerte sich noch, wie Matt es mit dem Handy geschossen hatte. Sie lächelte. Daneben stand eine andere Fotografie, Matt als Abenteurer, der vor einer Pagode irgendwo in Asien posierte.

Sie wandte sich von den Regalen ab, und während sie auf den Tisch zuging, der mit kluger Eleganz gedeckt war, nahm sie das Lied wahr, das gerade gespielt wurde. »Hübsch«, dachte sie und wiegte sich zum Klang der Musik, »wie gemacht für Liebesnächte.«

Dann sang der Sänger einen Text, den Rebecca wiedererkannte.

»Wenn ich mich hier hinlege, wenn ich mich einfach hier hinlege, wirst du dich dann zu mir legen und die Welt vergessen?«

Beinahe wäre ihr das Weinglas aus der Hand geglitten. Matt kam ins Wohnzimmer, und Rebecca drehte sich erschrocken zu ihm um. Sie registrierte nicht einmal, wie attraktiv er aussah. Matt trug ein funkelnagelneues weißes Hemd und eine ziemlich elegante schwarze Hose.

Er merkte, dass etwas nicht stimmte. »Was ist los?«

Sie legte den Finger an die Lippen.

Das Lied klang durch die stille Wohnung.

»Vergiss, was sie uns beigebracht haben, bevor wir zu alt sind. Zeig mir einen Garten, der von Leben überquillt.«

»Magst du dieses Lied?«, forschte Matt.

Sie schüttelte den Kopf, aber in ihrem Gesicht spiegelte sich tiefe Traurigkeit.

»Hat es eine besondere Bedeutung für dich?«

»Ja, aber das ist lange her.«

»Alles was ich bin, alles, was ich je war, liegt hier in deinen perfekten Augen.«

»Snow Patrol«, sagte Matt leise. »Das ist eine schottische Gruppe. *Chasing Cars* war vor Jahren einer ihrer größten Hits.«

Es war nicht seine Schuld und auch nicht ihre, aber danach konnte Rebecca einfach nicht mehr weitermachen wie bisher. Eine Zeit lang versuchte Matt erfolglos, die Beziehung wieder zum Laufen zu bringen. Er wusste, dass Rebecca von etwas in ihrer Vergangenheit gequält wurde.

Mehr als einmal hatte er sie gebeten, es ihm zu erzählen, doch sie weigerte sich stets mit der Begründung, es sei etwas, dass nur sie selbst lösen könne.

Schließlich gab Matt sich geschlagen. Er konnte nicht gegen Gespenster ankämpfen, die er nicht kannte. Eines

Abends sagte er ihr, dass er eine andere Frau kennengelernt hatte. Rebecca fühlte keinen Schmerz, ganz im Gegenteil, sie wünschte ihm Glück, und ihre Wege trennten sich endgültig.

Am meisten ängstigte sie der Gedanke, dass sie sich nie mehr verlieben würde. Matt war ein aufmerksamer, liebevoller und sympathischer Mann. Aber trotzdem hatte die Erinnerung an ein paar schlichte Textzeilen ausgereicht, um alles umzuwerfen.

Wie lange würde sie noch die Sklavin ihrer Erinnerung sein?

* * *

Der Dezember war ein seltsamer Monat. Mario bat sie um ein Treffen wegen einer Angelegenheit, die Sofi betraf. Ein wenig nervös empfing Rebecca ihn bei sich zu Hause. Sie hatte Enric und Pablo dazu gebeten, denn sie wollte nicht mit Mario allein sein, umso weniger, falls er irgendwelche rechtlichen Dinge besprechen wollte, die die Kleine betrafen.

Mario machte einen verkrampften Eindruck, doch als Sofi mit der für sie typischen Fröhlichkeit auf ihn zu lief, entspannte sich seine Miene. Enrics und Pablos Anwesenheit brachte seine Steifheit jedoch sofort zurück, und er bat darum, mit Rebecca alleine zu sprechen. Die Angelegenheit, die ihn herführte, bedürfe nicht der Anwesenheit zweier Juristen, sagte er. Rebecca war einverstanden, bat die beiden jedoch, nicht ganz zu gehen. Sie traute Mario nicht über den Weg und wollte sie in der Nähe haben. Also warteten die beiden im Kinderzimmer mit Sofi, die begeistert war, ihre beiden Onkel für sich alleine zu haben.

Rebecca führte Mario ins Wohnzimmer und bot ihm einen Platz auf dem Sofa an. Sie nahm ihm gegenüber in sicherem Abstand Platz und hörte zu.

Die Angelegenheit entpuppte sich als beunruhigender als gedacht. Ihr Exmann hatte ein Jobangebot in einer Anwaltskanzlei in Brüssel angenommen. Er würde in die belgische Hauptstadt ziehen, was bedeutete, dass Sofi würde reisen müssen, um die Weihnachtsfeiertage bei ihm in seinem neuen Zuhause zu verbringen.

Es war das Letzte, was sie erwartet hatte.

Unbehagen machte sich in ihr breit. Sie kannte Marios Recht auf Umgang mit seiner Tochter, doch die Vorstellung, so weit von ihr entfernt zu sein, bedrückte sie. Sie vereinbarten neue Besuchstermine, die mit den Schulferien der Kleinen vereinbar waren, und die Anspannung zwischen ihnen ließ nach.

Bevor er ging, warnte Mario sie vor, dass er nicht alleine nach Brüssel ziehen würde.

»Ich bin schon lange mit einer Frau zusammen«, sagte er.

Rebecca war überrascht, doch sie ließ sich nichts anmerken, sondern tat so, als hätte sie damit gerechnet, obwohl das nicht stimmte.

»Ist es dieselbe, die du schon hattest, als wir noch zusammen waren?« Mario sah sie verblüfft an. »Komm schon, sag nicht, du hättest geglaubt, dass ich das nicht wusste.«

Er machte eine abgezirkelte Bewegung mit jenen eleganten Händen, die wie dafür geschaffen waren, um Gesagtes zu unterstreichen, antwortete jedoch nicht auf ihre Frage. Stattdessen sagte er: »Ich will nur, dass du es Sofi erklärst. Julia wird bei mir wohnen.«

»Einverstanden«, erwiderte Rebecca knapp.

»Ich … werde sie heiraten.«

Rebecca zuckte mit den Schultern. »Es ist dein Leben, du musst mir nichts erklären.«

»Nun … Julia möchte eine katholische Hochzeit.«

»Du kannst nicht noch einmal kirchlich heiraten!«, rief Rebecca.

»Ich werde beim Kirchengericht die Annullierung unserer Ehe beantragen.«

Diesmal konnte sie ihre Betroffenheit nicht verhehlen. »Und welchen Grund willst du vorbringen? Dass ich dich gezwungen habe, mich zu heiraten? Wirklich, Mario …«

»Welchen auch immer. Die Gründe, aus denen die Kirche die Ehe für nichtig erklärt, sind ein bunter Gemischtwarenladen des geltenden Rechts. Und keine Sorge, ich werde deine Familie nicht hineinziehen, ich übernehme allein die Verantwortung.«

Sie lachte ironisch. »Du musst ja sehr verliebt sein.«

»Das stimmt.«

»Und wie fühlt sich das an, Mario?«

»Was meinst du?«

»Ich meine die Liebe, die du für sie empfindest.«

Er blieb zwar beherrscht, aber seine Mundwinkel verzogen sich zu einem schwachen Lächeln. »Es ist etwas Besonderes.«

»Du hast ja lange gebraucht, um dich zu verlieben. Ich war auch mal verliebt, weißt du noch?«

Marios Gesicht verdunkelte sich. »Fang nicht davon an. Du weißt, dass wir die richtige Entscheidung getroffen haben.«

»Richtig für wen?«

»Für uns beide.«

»Ich weiß, dass das jetzt nichts mehr nützt, aber du sollst eins wissen. Nie hätte ich mir träumen lassen, dass ich jemanden so lieben würde, wie ich ihn geliebt habe. Und ich hätte mir nie vorstellen können, ihn zu verlieren. In all den Jahren unserer Ehe habe ich nie aufgehört, an ihn zu denken. Sogar wenn wir miteinander geschlafen haben, habe ich mir vorgestellt, es wären seine Hände, die mich berührten, und sein Mund, der mich küsste. Nur so konnte ich es ertragen.«

»Halt den Mund! Und wenn es nur unserer Tochter zuliebe ist.«

Rebecca seufzte, und ihre Augen füllten sich mit Tränen.

»Gerade ihr zuliebe solltest du dir besser überlegen, was du tust.«

»Ich habe mich schon entschieden. Ich bin nicht gekommen, um dich zu fragen.«

»Mach, was du willst.«

Sie erhob sich von ihrem Sessel und gab ihm mit einem Kopfnicken zu verstehen, dass er gehen solle.

»Er hat recht«, sagte Enric etwas später bei einer Schale Suppe. »Auch wenn es mir schwerfällt, das zuzugeben.«

»Schön, die Ehe war eine Farce, aber dank ihr wurde Sofi geboren, und sie ist keine Farce, sie ist ein Mensch, empfangen in einer Ehe, die gesegnet wurde von …«

»Ach, Schwesterchen, hör schon auf. Du hast geheiratet, weil Mama es wollte und weil dieser Idiot dich erpresst hat. Jetzt kannst du die Ehe auflösen und Gott die Verantwortung dafür entziehen, dass ihr *per saecula saeculorum* miteinander vereint seid.«

»Wir regeln das«, mischte Pablo sich ein. »Du kümmerst dich um nichts. Ich kenne einen guten Kirchenrechtler mit langjähriger Erfahrung. Wenn Mario vor Gericht gehen will, solltest du vielleicht selbst Gründe nennen. Das Verfahren kann einseitig geführt werden, das heißt, es ist nicht nötig, dass du in dem Prozess auftrittst, aber es wäre auf jeden Fall von Vorteil. Außerdem läuft das alles verschwiegen und vertraulich, die Öffentlichkeit hat keinen Zutritt, und normalerweise ist die Sache nach zwei Jahren erledigt.«

»Glaubt ihr, dass es eine Chance gibt, die Annullierung zu erreichen?«

»Aus Druck, Einschüchterung oder Zwang zu heiraten sind übliche Gründe, um eine kirchliche Ehe aufzulösen«, erwiderte Enric.

Rebecca holte tief Luft.

»Also gut, ich werde es tun. Wenn es sein muss, sage ich aus.«

In dem zweiten merkwürdigen Ereignis dieses Monats spielte Lola die Hauptrolle. Sechs Monate zuvor hatte sie eine Anstellung bei einer spanischen Tageszeitung in Boston bekommen und war in die amerikanische Stadt gezogen, um sich ihren Traum vom Reporterinnenleben zu erfüllen. Rebecca überraschte die Entscheidung ihrer Freundin nicht. Nach den letzten Gesprächen war das abzusehen gewesen. Sie fand es auch nicht merkwürdig, dass Rory häufig in die Vereinigten Staaten flog, wenn er ein paar Tage freischaufeln konnte. Die Situation war nicht besonders angenehm, aber auch nicht untragbar.

An Weihnachten, ein paar Tage, bevor sie nach Brüssel fuhr, um Sofia zu ihrem Vater zu bringen, erhielt Rebecca einen Anruf.

Es war Berta. »Lola hat Rory verlassen«, teilte sie Rebecca mit.

»Was?«

»Sie hat mich gestern um drei Uhr in der Nacht angerufen, ohne die Zeitverschiebung einzukalkulieren. Du weißt ja, wie sie ist. Sie hat mich gebeten, es dir zu erzählen, sie wollte dich nicht mit ihren Angelegenheiten belasten. Sie meinte, du hättest schon genug eigene Probleme.«

»Ich habe keine Probleme«, protestierte Rebecca.

»Für ihn tut es mir leid. Vier Monate lang ist er über den Ozean geflogen, um sie zu sehen, und jetzt hat die dumme Nuss etwas mit ihrem Chefredakteur angefangen.«

Rebecca konnte es nicht glauben. »Ernsthaft?«

»Sie sagt, sie hätte sich in ihn verliebt. Ein Argentinier von zweifelhaftem Ruf. Das hat sie mir zwar nicht gesagt, aber man kann es sich ja leicht zusammenreimen. Er ist zehn Jahre älter, war dreimal verheiratet und hat vier Kinder von seinen drei Frauen.«

»Oh Gott, der arme Rory.«

»Ansonsten ist sie begeistert von ihrer neuen Arbeit. Sie hat ein Ressort, das es ihr erlaubt, durch das Land zu reisen auf der Suche nach Nachrichten, die mit der lateinamerikanischen Gemeinde zu tun haben.«

»Hoffentlich war das die Sache wert.«

»Rory hat es nicht verdient, aber so ist das Leben. Die Schotten verlieren anscheinend immer.«

»Berta!«

»Ach, es tut mir leid, Lolas Anruf hat mich durcheinandergebracht. Ich weiß, dass es bei dir etwas anderes war.«

»Etwas ganz anderes!«

»Noch mal, es tut mir leid.«

»Okay.«

»Und du, wie geht's dir? Wir haben schon ewig nicht mehr telefoniert.«

»Matt und ich haben Schluss gemacht, Mario ist wegen seiner Arbeit nach Brüssel gezogen, weshalb ich Sofi über Weihnachten zu ihm bringen muss, und um dem Ganzen die Krone aufzusetzen, hat der Blödmann mich um die Annullierung der Ehe gebeten.«

Berta konnte nicht mehr folgen und unterbrach sie. »Moment, Moment. Fang bitte noch mal ganz von vorne an. Puh, wir sollten öfter telefonieren. Natürlich, da ich ja nie etwas zu erzählen habe …«

Am nächsten Tag brach Sofi in Begleitung ihrer Mutter nach Brüssel auf. Sie wollten sich drei Tage lang die Stadt ansehen, bevor Rebecca nach Barcelona zurückkehrte. Es waren drei Tage nur für sie beide. Die elegante Stadt mit dem betont pariserischen Anstrich empfing sie mit kühlem Wind und niedrigen Temperaturen. Trotz der Kälte nutzten die beiden jede Minute und klapperten alle Museen ab, die Rebecca sich vorgenommen hatte: das Comicmuseum, das Schokoladenmuseum, das Spielzeugmuseum …

Am verabredeten Tag erschien Mario Hand in Hand mit einer Frau. Entgegen aller Voraussicht empfand Rebecca sofort eine Woge der Sympathie für sie, obwohl sie nicht vergessen hatte, dass sie die Geliebte ihres Mannes gewesen war. Doch sie hegte keinerlei Groll deswegen. Ihr Eheleben hatte damals ohnehin schon nicht mehr existiert. Julia schien auf die vierzig zuzugehen, sie war blond, nicht besonders groß, aber sehr schlank. Ihre braunen Augen wirkten immer fröhlich, und ihr Mund bog sich beständig zu einem Lächeln. Wenn die Frau auch nur halb so nett war, wie sie aussah, war Mario ein Glückspilz, urteilte Rebecca. Julias liebevoller Umgang mit ihrer Tochter genügte, um sie unbesorgt Abschied nehmen zu lassen.

KAPITEL 36

Eine unerwartete Nachricht

Barcelona, 19. Februar 2014

Schularbeiten zu korrigieren war der langweiligste Teil ihres Berufs. Es war monoton, gleichförmig, und ihrer Meinung nach taugte es nicht als Methode, um die Kenntnisse der Schüler zu bewerten. Dabei konnte sie sich eigentlich nicht beschweren, sie liebte ihre Arbeit, aber jetzt gerade musste sie ihre Augen ausruhen. Das Klingeln des Telefons war das willkommene Signal, um eine Pause zu machen.

Auf dem Handydisplay sah sie die Nummer ihres Vaters.

»Hallo, Papa«, sagte sie.

»Wie geht es dir, Liebes?«

»Ich bin zu Hause und korrigiere gerade einen Berg Schularbeiten, und du?«

»Ich muss dich sprechen. Kannst du in die Kanzlei kommen?«

»Ist etwas passiert?«

Ihr Vater schwieg einen Moment, und Rebecca dachte schon, die Verbindung sei abgebrochen.

»Papa, bist du noch da?«

»Ja, ja, ich bin hier. Kannst du denn herkommen?«

»Ich muss in einer Stunde Sofi abholen. Sie ist bei einer Freundin.«

»Schön, dann hol sie ab und komm her.«

»Willst du mir nicht sagen, worum es geht?«

»Sei nicht so ungeduldig.«

»In Ordnung, wir sehen uns dann.«

Sofis Gesicht war in leuchtenden Glitzerfarben geschminkt, als ihre Mutter sie am Treffpunkt abholte.

»Wo gehen wir hin?«, fragte das kleine Mädchen, als sie merkte, dass sie nicht auf dem üblichen Weg nach Hause gingen.

»Zu Großvaters Büro. Freust du dich?«

»Ja. Sind Onkel Enric und Onkel Pablo auch da?«

»Vielleicht, aber ich werde ihnen nicht erlauben, dir auch nur ein einziges Gummibärchen zu geben. Sie verwöhnen dich viel zu sehr.«

Sofi runzelte die Stirn, verschränkte die Arme über der Brust und marschierte in dieser Haltung bis zu dem Gebäude, in dem sich die Kanzlei ihres Großvaters befand.

Enric machte ihnen die Tür auf. Er hob Sofi hoch und wirbelte sie durch die Luft, und sie gab ihm einen Kuss, den man in der ganzen Wohnung hörte.

»Du hast mir das Gesicht mit Glitzer vollgeschmiert«, protestierte ihr Onkel. Das kleine Mädchen lachte. »Schau mal, was ich hier in der Tasche habe.«

Verstohlen blickte Sofi zu ihrer Mutter.

»Keine Süßigkeiten!«

Victor kam zusammen mit Pablo aus seinem Büro.

»Könntet ihr wohl mit der Kleinen rausgehen und ein paar Leckereien kaufen?«, fragte er. Er ging zu Enric, nahm das kleine Mädchen in die Arme und gab ihr einen Kuss. Als er sah, dass ihr Gesicht voller Glitzerstaub war, gab er ihr einen Kuss auf den Scheitel.

»Du also auch, Papa? In ein paar Jahren müsst ihr mir alle den Zahnarzt bezahlen.«

»Nur heute«, warnte der Großvater seine Enkelin. »Und denk daran, dass du dir gut deine kleinen Mäusezähnchen putzt.«

»Ich habe keine Mäusezähnchen«, beschwerte sich Sofi.

Bevor die drei gingen, warf Rebecca ihrem Bruder einen fragenden Blick zu, der jedoch die Schultern zuckte und keine Ahnung zu haben schien. Sie war sehr gespannt.

»Was ist los, Papa?«, fragte sie, als sie mit ihrem Vater alleine war.

»Komm, gehen wir in mein Arbeitszimmer.«

Das neue Arbeitszimmer ihres Vaters war gemütlicher als das vorherige. Bei aller Vornehmheit war es sehr schlicht, doch man fühlte sich darin sofort wohl.

Seit der Gründung der neuen Kanzlei lief es sehr gut. Die internationalen Verhandlungen im großen Stil waren für ihn zwar nicht mehr erreichbar, aber er brauchte sie auch nicht. Victor Bassols hatte sich selbst einen Namen gemacht, und es war ihm gelungen, den Namen Caralt auf würdige Weise abzuschütteln, ohne dass sein Ansehen dadurch Schaden genommen hatte. In der Geschäftswelt galt er als fairer Mann mit einem guten Riecher für alles, was mit Finanzen zu tun hatte.

Er nahm einen Umschlag aus einer Schublade und legte ihn auf den Schreibtisch.

»Setz dich.«

»Willst du etwa, dass ich mein Testament mache oder was?«, fragte Rebecca belustigt.

»Nein, aber es wäre auch nicht schlecht, wenn das geregelt wäre. Unabhängig von deinem Alter wird dir ein guter Anwalt immer raten, deinen Letzten Willen festzulegen.«

»Es macht mir eine Gänsehaut, wenn du über diese Dinge redest.«

»Nun, entspann dich«, sagte er und griff in den Umschlag. »Darum geht es nicht.«

»Worum dann?«

»Rebecca, wie heißt der junge Mann, den du in Schottland kennengelernt hast?«

Rebecca stockte der Atem. »Warum fragst du mich das?«

»Antworte, Liebes.«

»Kenzie.«

»Kenzie, und weiter?«

»MacLeod.«

»Ist er das?«, fragte er und hielt ihr ein Foto hin.

Verwirrt blickte Rebecca ihren Vater an, auf einmal hatte sie einen Kloß im Hals. Victor ermunterte sie mit einer Geste, das Foto anzusehen. Mit angehaltenem Atem nahm sie es ihm ab und betrachtete es. Es war Kenzie. Sein Haar war kürzer, und er trug Winterkleidung, aber sie erkannte ihn sofort. Das Foto war in Beauly aufgenommen worden, neben der Bank von Schottland.

Sie lehnte sich zurück. »Ja«, flüsterte sie. »Er ist es. Woher hast du es?«

»Das ist nicht wichtig.«

»Für mich schon.«

Victor ignorierte ihre Bemerkung und nahm einen Bogen Papier aus dem Umschlag. Dann begann er zu lesen: »Kenzie Connor MacLeod, Eltern: William MacLeod und Elisabeth Hay, geboren in Inverness am 16. September 1980. Eheschließung mit Mary Margareth Campbell am 6. November 2009. Keine Kinder.«

Rebecca stand auf und riss ihm das Blatt aus der Hand. »Wie bist du da rangekommen?«

»Ich bin Anwalt, weißt du noch?«

Sie setzte sich wieder hin, ihre Beine zitterten.

Ihr Vater fasste erneut in den Umschlag und zog noch ein Blatt heraus.

»Papa ... ich will nichts mehr wissen, ich weiß nicht, wozu das alles gut sein soll.«

»Vielleicht interessiert dich ja das hier«, sagte er und entfaltete das Blatt in der Luft.

Rebecca nahm es. Sie betrachtete es kurz, sah dann hoch und schaute ihren Vater an, zwischen Verwirrung und Ungläubigkeit schwankend.

»Ist das ein Scheidungsantrag?«

»Eine Fotokopie, und frag mich nicht, wie ich daran gekommen bin.«

»Er ist geschieden?«

»Zumindest hat er vor sechs Monaten den Antrag gestellt, den Antrag auf ein strittiges Verfahren, um genau zu sein.«

»Was heißt das?«

»Dass eine der Parteien nicht einverstanden ist, vermutlich die Partei, die den Antrag nicht gestellt hat. Hier habe ich einige Berichte von Anwälten und Prozessvertretern, aber ein Urteil gibt es noch nicht. Auch wenn es, nach diesen Berichten zu urteilen, nur eine Frage der Zeit ist.«

Sie schwiegen.

In Rebeccas Kopf überschlugen sich die Fragen.

Ihr Vater sah, wie verwirrt sie war, und fügte hinzu: »Sieh mal, Liebes, seit deiner Trennung von Mario habe ich mich immer mitverantwortlich gefühlt für das, was du durchgemacht hast. Vielleicht, wenn ich aufmerksamer gewesen wäre … nun gut, die Sache ist die, vor ein paar Monaten habe ich die Initiative ergriffen und Nachforschungen angestellt. Ich wusste zwar nicht, was ich suchte, aber das hier habe ich gefunden, und du hast das Recht, davon zu erfahren. Von jetzt an liegt es bei dir, was du tun willst.«

Sofi saß in der Badewanne, spielte mit dem Badeschwamm und plapperte unaufhörlich über den Nachmittag bei ihrer Freundin Anne. Aber ihre Mutter war unfähig, sich auf das Gespräch zu konzentrieren. Sie konnte nur an den Umschlag denken, der inmitten eines Stapels korrigierter Schularbeiten auf dem Bett lag.

Nach dem Bad bereitete Rebecca das Abendessen zu, während Sofi mit ihren Wachsmalkreiden ein leeres Blatt verzierte. Aus der Musikanlage drangen die Kinderlieder, die Sofi so gerne mochte. Die beiden konnten sie auswendig und sangen sie während des Tischdeckens.

Als Sofi schlief, kehrte Rebecca in die Küche zurück und räumte scheinbar gelassen den Tisch ab, obwohl ihr Herz ungeduldig pochte. Dann ging sie in ihr Schlafzimmer und sammelte die Schularbeiten ein, die auf dem Bett herumlagen. Die Kinder würden wohl noch einen Tag länger warten müssen, bevor sie ihre Noten erfuhren.

Als Erstes zog sie das Foto von Kenzie heraus. Jetzt konnte sie es sich in aller Ruhe ansehen und Zentimeter für Zentimeter analysieren. Sie betrachtete ihn mit brennendem Interesse und zeichnete die Umrisse mit den Fingerspitzen nach. Das Gesicht war nicht besonders scharf, und sie sehnte sich danach, seinen Mund und den Ausdruck in seinen Augen deutlich zu sehen. Sie konnte immer noch nicht fassen, dass sie nach beinahe acht Jahren dieses Foto in den Händen hielt.

Kenzies jugendliche Erscheinung war der eines Mannes gewichen. Und wo sie ihn zuvor nur gerne angesehen hatte, fühlte sie sich jetzt geradezu unerträglich zu ihm hingezogen. Ihre Gefühle für ihn hatten nicht gelitten, nichts hatte sich verändert. Seit ihrer Rückkehr aus Schottland hatte sie sie die ganze Zeit unter Verschluss gehalten, um nicht an ihnen zugrunde zu gehen, aber sie liebte Kenzie noch genauso sehr wie in jenen Jugendjahren.

»Kenzie Connor«, sagte sie laut. Sie hatte nicht einmal gewusst, dass er einen zweiten Vornamen hatte, aber der Klang gefiel ihr.

Sie schluckte mehrmals, um den Kloß in ihrem Hals loszuwerden, erreichte jedoch nur, dass sich das Unwohlsein in ihre Brust verlagerte.

Sie versuchte sich wieder zu beruhigen und lenkte sich mit Gedanken an ihr eigenes Aussehen ab. Sie hatte sich stärker verändert als er. Sie trieb wenig Sport und war die Pfunde, die sie in der Schwangerschaft zugelegt hatte, immer noch nicht losgeworden. Sie fragte sich, was er wohl denken würde, wenn er sie sah.

Sie schob den Gedanken beiseite, der ihr einen Schauer über den Rücken jagte, und nahm die Papiere heraus. Es waren zwei Blätter. Auf dem einen standen die Fakten, die ihr Vater ihr vorgelesen hatte, einschließlich der aktuellen Adresse: Croyard Road. Auf dem anderen standen das Datum des Scheidungsantrags und die Namen der beiden Zeugen.

Sie hatte das Gefühl, in seine Intimsphäre einzudringen, was ihr ein schlechtes Gewissen bescherte, aber keine irdische Macht hätte sie daran hindern können, und wenn es nur geschah, um sich ihm nahe zu fühlen.

Dann öffnete sie ihre Nachttischschublade und zog ein dünnes Buch heraus: *Die Brücken am Fluss*. Sie schlug es dort auf, wo ein anderes geheimes Foto steckte. Sie hatte es lange nicht mehr angesehen. Dazu hatte sie sich selbst verpflichtet. Das Bild war in schlechtem Zustand, es war in Stücke gerissen und auf dünnem Karton wieder zusammengeklebt worden. Sie dachte an den Tanz, bei dem ihre Blicke sich zum ersten Mal getroffen hatten, beschwor die Gefühle herauf, die allein sein Anblick bei ihr verursacht hatte, und ihre Haut kribbelte, als sie sich an die ersten Berührungen ihrer Körper erinnerte.

Sie nahm das neue Foto und legte es zu dem anderen in das Buch. Dann ging sie zu Bett und streichelte beim Einschlafen ihren Silberring.

Während der nächsten Tage war sie unfähig, sich auf irgendetwas zu konzentrieren. Die Schultage dehnten sich ins Unendliche, und sie musste sich alle Mühe geben, um nicht völlig benommen und distanziert zu wirken. Sie kam sich vor wie Sisyphus, dazu verdammt, auf einem steilen Abhang einen Stein hinaufzurollen, und immer, wenn er fast oben war, rollte der Stein den Abhang wieder hinunter, und sie musste wieder von vorne anfangen.

* * *

»Seit wann weißt du es schon?«, fragte Enric.

»Seit zwei Wochen.«

»Das war es also, was ihr da ausgeheckt habt. Und du sagst, dass er dir diese Informationen gegeben hat?«

»Merkwürdig, oder?«

»Nun, er hat wohl gewusst, dass es wichtig für dich ist, sonst hätte er das nie getan.«

In der anderen Zimmerecke beschäftigte Pablo gerade Sofi, indem er eine Runde Hippo Flipp mit ihr spielte. Rebecca hatte ihn und Enric zum Essen eingeladen. Sie hielt es keinen Tag länger aus, ohne mit jemandem darüber zu reden, was ihr Vater herausgefunden hatte. Sie musste sich aussprechen. Sie wollte es aber nicht am Telefon mit ihren Freundinnen tun. Eigentlich wollte sie ihnen im Augenblick überhaupt nichts davon erzählen.

»Ich hätte nie gedacht, dass dir deine schottische Affäre so viel bedeutet hat.« Er trank einen Schluck von seinem Kaffee. »Warum hast du es mir nie erzählt?«

»Es hätte nicht viel gebracht, und wahrscheinlich hätte sich deine Abneigung gegen Mario dann bis ins Unendliche gesteigert.«

»Das stimmt zwar, aber ich bin mir sicher, dass wir irgendetwas hätten tun können.«

Rebecca strich sich das Haar hinter die Ohren und sah ihren Bruder unwillig an. »Ich will nicht über die Vergangenheit reden, Enric. Inzwischen weiß ich, dass man die Dinge anders hätte lösen können, aber ich will endlich in die Zukunft blicken, ohne den Ballast der Vergangenheit.«

»Du hast recht, es regt mich nur auf, wenn ich daran denke, dass Mario …«

»Hör schon auf, die Zeit lässt sich nicht zurückdrehen.«

»Also gut, denken wir an die Gegenwart.« Er trank seinen Kaffee aus. »Und jetzt?«

»Ich weiß es nicht.«

»Du musst hinfahren«, sagte Pablo aus seiner Ecke und bewies damit, dass er in der Lage war, mit Sofi zu spielen und gleichzeitig ihrem Gespräch zu folgen.

»Hinfahren? Nach Schottland?«

»Liebst du ihn noch?«

Ein kurzes Schweigen entstand. Schließlich nickte sie.

»Worauf wartest du dann noch?«

»Und wenn er …?«

»Wenn er nicht mehr an dir interessiert ist?«, fragte Enric.

»Ja.«

»Was würdest du verlieren?«

Rebecca verschränkte die Arme über der Brust und unterdrückte einen Kälteschauder.

»Die schönen Erinnerungen.«

»Willst du für den Rest deines Lebens von Erinnerungen leben?«

Sie seufzte und schüttelte den Kopf. »Aber vielleicht trägt er es mir ja sehr nach, vielleicht hasst er mich, vielleicht …«

»Vielleicht, vielleicht … Wenn du nicht hinfährst, wirst du es nie erfahren.«

Sie stellte sich vor, nach Beauly zu fahren, und ihr Herz klopfte wie wild. Dann dachte sie an die Arbeit, sie konnte nicht einfach mitten im Schuljahr wegfahren.

»Selbst wenn ich fahren wollte«, sagte sie und bemühte sich, ihren inneren Aufruhr in den Griff zu bekommen, »müsste ich warten, bis das Schuljahr zu Ende ist.«

»Bis dahin sind es noch drei Monate«, erinnerte Enric sie. »Wer weiß, was in dieser Zeit passiert. Nach dem Foto, das du mir gezeigt hast, scheint er ein gut aussehender Typ zu sein, er hat sich gerade getrennt, hat keine Kinder, ist jung… wahrscheinlich gibt es mehr als eine, die bereits um ihn herumstreicht. Ich an deiner Stelle würde ihnen keine Chance lassen.«

»Gott, ich weiß nicht, was ich tun soll… und Sofi…«

»Mach dir um sie keine Sorgen. Sie bleibt bei uns«, schlug Pablo vor und sah aus dem Augenwinkel zu Enric hinüber, der seine Worte mit einem Lächeln unterstrich.

»Wir können uns abwechseln«, fügte er hinzu, »Papa kann sich ein paar Tage lang mit einem von uns begnügen.«

Rebecca biss sich auf die Lippen, und Enric legte ihr einen Arm um die Schultern, um ihr Mut einzuflößen.

»Wenn du wirklich an diesem Mann interessiert bist, dann fahr hin, rede mit ihm. Falls er deine Gefühle nicht mehr erwidert oder so verletzt ist, dass er nichts mehr von dir wissen will, wirst du zumindest Frieden finden und einen Schlussstrich ziehen können.«

Sie brauchte nur eine Woche für die Entscheidung. Enrics Worte hatten ihr den nötigen Anstoß gegeben, um das Flugticket zu kaufen. Wenn sie es jetzt nicht tat, wenn sie nicht zu ihm fuhr, würde sie es ihr ganzes Leben bereuen. Sie konnte nicht mit ihrem sicheren Dasein weitermachen wie ein Baum, der im Boden verwurzelt ist, während das Leben an ihr vorüberzog und sie versuchte, die Erinnerungen zu überwinden.

Sie sagte es ihren Eltern. Im Gesicht ihres Vaters spiegelte sich seine bedingungslose Unterstützung, in dem ihrer Mutter die anfängliche Bestürzung. Obwohl Elvira schwieg und die ganze Zeit die Lippen aufeinanderpresste, sah man ihr die Missbilligung deutlich an.

Doch Rebecca wusste, dass sie nicht einfach so zusehen würde. Und sie irrte sich nicht. Zwei Tage später erschien ihre Mutter in ihrer Wohnung.

»Ich kann nicht glauben, dass du immer noch an diesen Mann denkst«, warf sie Rebecca an den Kopf, kaum dass sie durch die Tür war.

»Schsch, leise«, mahnte Rebecca. »Sofi macht gerade Mittagsschlaf.«

»Wie kommst du nur auf die Idee, nach so langer Zeit loszufahren und diesen Mann zu besuchen?«, fragte ihre Mutter etwas leiser.

»Nach acht Jahren, um genau zu sein. Du führst vielleicht nicht Buch, ich aber schon.«

»Liebes, seit damals glaube ich manchmal, du hast jeglichen gesunden Menschenverstand verloren.«

Während sie sprach, ging sie durch den Flur und betrat die Küche, damit Sofi nicht wach wurde. Rebecca folgte ihr und machte die Tür hinter sich zu.

»Und du, Mama? Findest du dich denn vernünftig? In all den Jahren habe ich nämlich nur von dir gelernt, dass Prestige und der äußere Anschein wichtiger sind als alles andere. Wichtiger als Prinzipien, wichtiger als Treue, wichtiger als Liebe.«

»Wage es ja nicht, mir etwas über Treue zu erzählen!«, sagte ihre Mutter, während sie ihren Mantel ablegte.

Rebecca wandte ihr den Rücken zu und strich sich das Haar aus der Stirn. Ihre Stimme war tonlos.

»Ja … ich weiß, dass mein Verhalten nicht richtig war …«

»Wenigstens gibst du es zu.«

»Ich gebe meinen Fehler zu, aber du hast nie begriffen, dass ich mich verliebt hatte.«

»Das war keine Liebe, und das weißt du.«

»Doch, Mama, es war Liebe … es war Liebe! Und inzwischen ist mir das klarer denn je. Vielleicht, wenn ich mich nicht hätte überreden lassen …«

»Du weißt doch, was Mario getan hätte, wenn wir die Hochzeit abgesagt hätten.«

»Das ist dein Problem. Es war nicht seine Hochzeit, es war nicht unsere Hochzeit, es war meine Hochzeit. Du hast genau wie ich mitbekommen, wie gemein Mario sein konnte, und trotzdem hast du keinen Finger gerührt, um die Heirat zu verhindern.«

»Und ich würde es wieder so machen, ehe ich zulasse, dass du davonläufst und dich mit einem Kerl wie diesem zusammentust. Herrgott, Liebes! Ich habe es zu deinem eigenen Besten getan!«

»Du hast es nicht für mich getan, sondern für dich. Du hast getan, als würde *dein* Leben deswegen kaputtgehen, nicht meines. Du hattest schreckliche Angst, allen sagen zu müssen, dass es keine Hochzeit geben würde, weil deine Tochter sich in einen anderen Mann verliebt hatte und mit ihm davongelaufen war.«

»Und das findest du so unbegreiflich?«

»Glaubst du denn, mir wäre das leichtgefallen? Aber du hast mir keine Gelegenheit gegeben, es dir zu erklären … Trotzdem, ich bin genauso schuld wie du, weil ich dachte, die Heirat mit Mario wäre das Beste für alle.«

»Sei nicht unfair, Rebecca. Als du nach Schottland gefahren bist, hast du Mario geliebt. Drei Wochen später hast du dann einen anderen Mann geliebt. So unbeständig kann man doch nicht sein.«

»Ich habe Mario nie geliebt, das habe ich später begriffen. Ich habe deinem Urteil so sehr vertraut, dass ich dachte, ich würde ihn lieben. Aber dafür habe ich schon bezahlt. Und jetzt wird keiner, weder du noch sonst jemand, mich an dieser Reise hindern.«

»Höchstwahrscheinlich wird er sich nicht einmal an dich erinnern. Mach dich doch nicht lächerlich, Rebecca.«

»Da irrst du dich. Er wird sich ganz bestimmt an mich erinnern, jedenfalls hat er das eine Zeit lang getan, und wenn auch nur, um mich zu verfluchen. Ich habe ihm viel zu wehgetan. Und auf die Frage, ob ich mich lächerlich mache: Es ist mir egal. Mario hat mich oft genug gedemütigt, und du tust es auch oft. Aber ich bin nicht mehr wie früher. Ich werde nie wieder zulassen, dass jemand über mein Leben bestimmt.«

»Sprich nicht so mit mir, ich habe immer nur das Beste für euch gewollt.«

»Kann sein, auf deine Art. Eigentlich kannst du gar nicht anders. Du hast unser Schicksal auf die hinterhältigste Weise kontrolliert, indem du uns deine Sicht der Welt aufgedrückt hast, ohne uns die Gelegenheit zu geben, unsere eigenen Fehler zu machen.«

»Weißt du was? Mach doch, was du willst, aber komm dann nicht zurück und beschwer dich.«

»Denkst du wirklich, ich würde zu dir kommen, wenn ich Trost brauche? Glaubst du denn, ich hätte in all den Jahren gar nichts gelernt?«

Elviras Gesicht lief rot an. Sie war entschlossen gewesen, ihrer Tochter den Fehler auszureden, den sie im Begriff war zu begehen, doch als sie ihr in die Augen sah, las sie darin eiserne Entschlossenheit.

Ihr war klar, dass Rebecca ihre Meinung nicht ändern würde. Sie zog den Mantel an, nahm ihre geliebte Ferragamo-Tasche, die sie auf den Tisch gestellt hatte, und klemmte sie sich unter den Arm.

»Mehr kann ich wirklich nicht tun. Du bist eine erwachsene Frau.«

»Dann lass mich doch in Ruhe mein Leben leben!«, murmelte Rebecca gepresst.

Es machte ihr keinen Spaß, so mit ihrer Mutter zu sprechen, ganz im Gegenteil, es zerriss ihr das Herz. Sie hätte ihr die schrecklichsten Dinge ins Gesicht schreien können, und möglicherweise hätte ihre Mutter es sogar verdient, aber sie tat es nicht und würde es auch nicht tun. Sie wollte nicht nachtragend sein, und sie wollte es ihr nicht mit Worten heimzahlen, die sie hinterher vielleicht bereut hätte.

Und außerdem war sie trotz allem immer noch ihre Mutter, die sie liebte.

KAPITEL 37

Begegnung mit der Vergangenheit

Inverness, 18. März 2014

Das Flugzeug landete in der Hauptstadt der Highlands. Rebeccas anfängliche Nervosität wich einer unterdrückten Erregung. Sie hatte sich alles genau überlegt und kein Hotelzimmer reserviert. Zu dieser Jahreszeit würde es kein schwieriges Unterfangen sein, eine Unterkunft in Beauly zu finden, weshalb sie beschlossen hatte, zuerst zu Mrs Munro zu gehen. Sie hoffte, dass es der Frau gut ging, wenn ihr auch klar war, dass acht Jahre mit siebzig nicht mehr das Gleiche waren wie mit zwanzig. Sie selbst wurde dieses Jahr dreißig und Kenzie vierunddreißig. Sie hatte keine Ahnung, was ihr bevorstand. Vor acht Jahren hatte sie praktisch einen Knaben zurückgelassen, und jetzt würde sie auf einen erwachsenen Mann treffen, der sie nicht erwartete. Doch auch sie war kein unerfahrenes Mädchen mehr, sie war eine Frau geworden. Trotzdem fragte sie sich unablässig, ob das, was sie vorhatte, besonders vernünftig war. Strebte sie nicht vielleicht nach dem Unmöglichen?

Ob zum Guten oder zum Schlechten, bald würden die Zweifel ein Ende haben.

Es war schon dunkel, als sie in das Taxi stieg. Der Taxifahrer hörte gerade Radio. Er drehte die Musik leiser und erkundigte sich, wohin es gehen solllte.

Ihre Erinnerungen wurden lebendig. Mit jeder Meile, die sie zurücklegten, kam ihr die Landschaft vertrauter vor. Der Gedanke, dass Kenzie über sich denselben Himmel sehen konnte, den sie gerade betrachtete, löste einen wahren Gefühlssturm in ihr aus. Es regnete nicht, aber die Straße war feucht, und in den höchsten Baumwipfeln schwankten die Zweige hin und her. Im Radio setzte ein neues Lied ein, und der Fahrer drehte die Musik wieder lauter.

»Stört Sie die Musik, Miss?«, fragte er mit starkem schottischem Akzent.

»Nein, alles gut.«

Sie mochte diesen alten Song, der zu ihrer Stimmung und zu der Umgebung passte. Die ersten Verse von *Raindrops Keep Fallin' On My Head* erklangen. Es war eines dieser zeitlosen Lieder, die, obwohl sie uralt waren, immer wieder gespielt wurden. Erst kürzlich hatte sie einen Werbespot eines großen Herstellers gesehen, in dem die berühmte Melodie von Billy Joe Thomas verwendet worden war.

Als hätten sich Himmel und Musik aufeinander eingeschworen, begann es zu regnen. Rebecca war nicht überrascht, doch der Taxifahrer begegnete ihrem Blick im Rückspiegel, und sie mussten beide lachen.

»Zum Glück regnet es nicht auf unsere Köpfe«, meinte er.

Da es nichts anderes zu tun gab und sie keine Lust hatte, sich das Hirn zu zermartern, lehnte Rebecca den Kopf an die Fensterscheibe und beobachtete die Wassertropfen, die an der Scheibe herunterliefen. Sie ließ sich von dem Songtext verführen. *»Regentropfen fallen auf mich herab … die Traurigkeit, die man mir schickt, wird mich nicht besiegen, das Glück wird mir schon bald wieder lachen.«*

Sie war sich sicher, dass Billy Joe das Lied gerade nur für sie sang.

Das Taxi hielt im Riverside Drive vor Mrs Munros Haus. Durch die Beifahrerscheibe sah sie, dass im Haus Licht brannte. Ein gutes Zeichen. Erleichtert seufzte sie auf, bezahlte den Taxifahrer und stieg aus.

Glücklicherweise regnete es nicht mehr. Der Mann hievte ihren Koffer aus dem Kofferraum, wünschte ihr einen guten Aufenthalt in Beauly und fuhr davon.

Der Wind trieb ein paar letzte Regentropfen heran. Rebecca hob das Gesicht zum Himmel und ließ sich das Gesicht benetzen. Sie fühlte sich ein wenig benommen, und die kalten Tropfen linderten dieses Gefühl.

Sie ging auf das kleine Holzgatter zu und durchquerte den Vorgarten. Dabei fielen ihr ein paar Sträucher auf, die übermäßig gewachsen waren. Sie hatte sie klein und gedrungen in Erinnerung, und jetzt waren sie größer als sie.

Sie stellte den Koffer ab und klingelte, die Finger klamm und steif von der Kälte.

Niemand öffnete, doch von innen hörte sie den unaufhörlichen Redeschwall eines Fernsehsenders. Es war genau die Zeit, zu der das frühe britische Abendessen eingenommen wurde. Sie drückte noch zweimal auf die Klingel, diesmal etwas energischer.

Einen Augenblick später öffnete ihr Mrs Munro die Tür. Äußerlich hatte sie sich nicht sonderlich verändert, nur ihr Haar war etwas weißer und ihre Figur etwas rundlicher, doch es schien ihr gut zu gehen.

»Sie wünschen?«, fragte sie freundlich und kniff die Augen zusammen, um sie besser sehen zu können.

»Hallo, Mrs Munro.« Die Frau erkannte sie nicht, und Rebecca begann sich fehl am Platz zu fühlen. »Ich bin … Rebecca«, sagte sie zaghaft.

»Rebecca …«, wiederholte die alte Frau nachdenklich. »Oh, warten Sie, Liebes.« Sie ging zu einem Tischchen im Eingangsbereich und griff nach einer Brille. »Ohne meine Brille sehe ich gar nichts.«

Sie setzte sie sich auf die Nase und betrachtete Rebecca erneut.

»Erinnern Sie sich jetzt an mich?«

Mrs Munro brauchte noch einen Augenblick, bis sie sie erkannte, aber dann riss sie die Augen so weit auf, dass es beinahe komisch aussah. Sie hob die Arme und klatschte lautstark in die Hände.

»Mein liebes Mädchen!«

Rebecca konnte nicht widerstehen und fiel ihr um den Hals. Die Alte erwiderte die Umarmung, indem sie ihr ein paarmal auf den Rücken klopfte.

»Komm herein, meine Liebe, das ist kein Wetter, um draußen stehen zu bleiben.«

Mrs Munro nahm ihr den Mantel ab und führte sie in die Küche, wo sie gerade zu Abend gegessen hatte. Sie schaltete den Fernseher aus, der ungewöhnlich laut war, und bot Rebecca etwas Suppe und Rührei an, das sie gerne annahm. Der Temperaturunterschied und die Feuchtigkeit setzten ihr zu, und obwohl ihr Magen seit Tagen gegen alle Nahrung rebellierte, dachte sie keine Sekunde daran, einen guten Teller heiße Suppe abzulehnen.

Während sie schweigend aßen, wunderte sich Rebecca darüber, dass Mrs Munro ihr gar keine Fragen stellte. Sie hatte sie als überaus neugierigen Menschen in Erinnerung, und ihr mangelndes Interesse verwirrte sie.

»Ich dachte«, begann Rebecca, »ich könnte ein paar Tage Ihr Haus mieten.«

»Ach nein, das kommt nicht infrage, du bleibst als mein Gast bei mir.«

Sie beendeten die Mahlzeit und räumten zu zweit die Küche auf. Danach setzten sie sich ins Wohnzimmer.

Sie unterhielten sich über belanglose Dinge, über das Wetter in Beauly, über das Wetter in Barcelona … bis Rebecca sich vorwagte und fragte: »Wollen Sie mich denn gar nicht fragen, was ich hier mache?«

Die alte Frau auf dem geblümten Sofa streckte die Hand aus und legte sie Rebecca auf den Arm.

»Ich bin sehr alt, Liebes, und ich sehe vielleicht nicht mehr so gut, aber mein Kopf funktioniert noch. Du bist wegen Kenzie hier, wozu hättest du auch sonst alleine herkommen sollen? Und vorhin habe ich nur nichts gesagt, um dich nicht beim Essen zu stören. Gefühlsaufwallungen sind der Nahrungsaufnahme nicht zuträglich.«

»Und was denken Sie?«

»Ist das von Bedeutung?« Mrs Munro sann einen Augenblick vor sich hin und musterte das Gesicht der jungen Frau aufmerksam. Schließlich sagte sie: »Hör zu, meine Liebe, ich weiß ja nicht, was zwischen euch passiert ist. Aber wenn du mich fragst, hat dieser Junge genauso viel Pech gehabt wie sein Vater. Er hätte Mary Campbell niemals heiraten dürfen. Sie war nicht gut für ihn.« Sie wedelte mit der Hand. »Zu eifersüchtig. Ich wusste, dass diese Ehe kein gutes Ende nehmen würde.«

»Was meinen Sie damit?«

»Nun ja, alle Welt weiß, dass die beiden geheiratet haben, weil sie schwanger wurde. Und ich werde sie deswegen nicht verurteilen, oh nein, er hatte schließlich auch seinen Anteil daran, meinst du nicht?« Rebecca senkte den Blick. »Ach, Liebes, es tut mir leid, aber so war es nun mal. Als der Junge aus Skye zurückkehrte, wich sie nicht von seiner Seite. Er fühlte sich wohl einsam, und er ist nun mal ein Mann. Mary wollte ihn unbedingt haben, und sie hat es geschafft. Als klar wurde, dass sie schwanger war, haben sie geheiratet. Eine schnelle standesamtliche Trauung, nur mit der Familie, wissen Sie. William war wohl der Einzige, für den bei dieser Hochzeit etwas Gutes herauskam.«

Rebecca blickte sie verständnislos an, und die alte Frau fügte hinzu: »Weißt du es denn nicht? Elisabeth und er haben sich nach langer Zeit wiedergesehen, und wie es aussieht, haben sie sich nicht mehr getrennt. Seither leben sie gemeinsam in Skye.«

Rebeccas Augen weiteten sich vor Überraschung. »Tatsächlich? Das ist … das ist ja wunderbar.«

»Zu viele Jahre, der Arme. Hoffentlich ist dieses neue Glück von Dauer.«

Beide schwiegen einen Augenblick. Dann begann Rebecca zu reden. Sie wollte erklären, was sie an der Rückkehr gehindert hatte, doch Mrs Munro hob die Hand und bat sie, einen Augenblick zu warten. Sie erhob sich vom Sofa und ging zu einem Büfettschrank, holte eine Flasche heraus und kehrte zu ihrem Platz auf dem Sofa zurück.

»Diese Flasche habe ich für eine besondere Gelegenheit aufbewahrt, aber meine Kinder weigern sich, mich zur Großmutter zu machen. Ich will nicht sterben, bevor ich diesen ausgezeichneten vierundsiebziger Dalmore verkostet habe – ein hervorragender Malzwhisky. Dr. Johnson behauptet, er sei nicht gut für meinen Blutdruck, aber ein kleiner Schluck wird mich schon nicht umbringen. Außerdem«, sagte sie augenzwinkernd, »führt auch das gesunde Leben unweigerlich zum Tod.«

Rebecca betrachtete die mahagonifarbene Flüssigkeit, die in dem künstlichen Licht golden schimmerte. Offenbar konnte man keinen Fuß auf schottischen Boden setzen, ohne einen Whisky angeboten zu bekommen, also protestierte sie erst gar nicht. Ihr fiel der Hirschkopf auf, der die Flasche zierte und der aussah wie ein Diamantencollier am Hals einer Frau.

»Im Jahr 1263«, begann Mrs Munro, »rettete ein Mitglied des Mackenzie-Clans König Alexander III. vor dem Angriff eines Hirsches. Als Zeichen seiner Dankbarkeit gewährte der Monarch dem Clan das Wappen eines Zwölfenderhirschkopfs.« Sie hielt nachdenklich inne und fügte dann hinzu: »Liebes, würdest du bitte zwei Gläser oben aus dem Schrank holen?«

Rebecca folgte der Aufforderung und nahm zwei tulpenförmige Gläser, die für den Anlass wie geschaffen schienen. Andächtig öffnete die Frau die Flasche, als wäre jede Bewegung Teil eines Rituals. Dann schenkte sie in jedes der Gläser etwas von dem Whisky ein.

»Noch nicht trinken. Sieh dir zuerst die Farbe an. Er hat die Farbe von Bernstein, mit einem Hauch von dunkler Schokolade.« Rebecca tat es ihr nach und hob das Glas gegen das Licht der Lampe. »Jetzt schwenke die Flüssigkeit ein wenig und nähere dich mit der Nase dem Glas. Atme langsam ein und lass den Duft in dein Näschen strömen.«

Rebecca folgte den Anweisungen auf den Punkt, doch sie atmete zu stark ein, und der scharfe Geruch brachte sie zum Husten.

»Langsam, meine Liebe, du schnupperst da an einem Wässerchen mit vierzig Prozent Alkohol. Also, was hast du gerochen?«

Rebecca zuckte mit den Schultern.

»Na los«, ermunterte die Alte sie, »versuch es.«

»Ich weiß nicht … Haselnüsse?«

»Sonst noch etwas?«

»Orange.«

»Genau. Ich rieche außerdem ein wenig Muskat, Karamell und natürlich das unverwechselbare Eichenaroma.«

»Wow, so viel?«

»Jetzt koste, ein Schluck wird genügen.«

Rebecca nippte an ihrem Glas und konnte einen weiteren Hustenanfall nicht vermeiden. Es war zu lange her, dass sie Whisky getrunken hatte.

»Es wird wohl besser sein, wenn wir ein bisschen Wasser hinzufügen«, bemerkte Mrs Munro. Einen Augenblick später kam sie mit einer kleinen Glaskaraffe zurück. Sie verdünnte den Inhalt ihres Glases mit einem Schuss Wasser und wiederholte das Gleiche bei Rebecca. Dann machte sie es sich auf dem Sofa bequem, nahm einen kleinen Schluck, kostete ihn mit geschlossenen Augen und blickte dann zu ihrem Gast.

»Also dann, meine Liebe, erzähl mir deine Geschichte.«

Am Morgen erwachte Rebecca mit trockenem Mund. »Der Whisky«, dachte sie und trank nach dem Aufstehen als Erstes ein Glas Wasser. Erneut war ein winterlicher Tag in Schottland angebrochen. Regen und Wind wechselten sich mit vergleichsweise ruhigen Phasen ab.

Sie half Mrs Munro im Haushalt, was ihr eine Beschäftigung gab und ihre Unruhe linderte. Nach einem frühen Mittagessen setzten sich die beiden Frauen mit einer Tasse Tee auf das Sofa. Dann erzählte Mrs Munro, was sich in den letzten Jahren im Dorf zugetragen hatte. Rebecca erfuhr zu ihrer Überraschung, dass Kenzie die Autowerkstatt gekauft hatte, in der er arbeitete. Der Laden hatte den Cameron-Brüdern gehört, deren Söhne sie nicht hatten übernehmen wollen, als ihre Väter in den Ruhestand gegangen waren. Kenzie hatte ein Angebot gemacht, und die Brüder hatten es angenommen. Er besaß also jetzt seine eigene Autowerkstatt und beschäftigte ein paar Angestellte.

Rebecca war froh, dass es ihm zumindest in dieser Hinsicht gut ging.

Was Sophie anging, so wusste Mrs Munro nur, dass sie in Edinburgh lebte, zusammen mit ihrem Freund, einem jungen Mann, der in der Registerabteilung der Scottish National Gallery arbeitete, wo auch Sophie beschäftigt war.

Nachdem Rebecca die Alternativen durchgegangen war, hatte sie beschlossen, Kenzie zu Hause zu besuchen, sobald er aus der Werkstatt kam. Mrs Munro hatte ihr dazu geraten. So hätten sie ausreichend Privatsphäre und würden sich ungestört unterhalten können.

»Du solltest ihn nicht vorab wissen lassen, dass du hier bist«, hatte sie gesagt. »Damit er keine Zeit hat, Gefühle aufleben zu lassen, von denen wir nicht wollen, dass sie plötzlich hochkochen, nicht wahr?«

»Aber einfach so vor der Tür zu stehen, nach so langer Zeit …«

»Glaub mir, Liebes«, sagte die Alte und tätschelte ihr sanft die Hand, »so ist es am besten. Auch er hat viel gelitten. Seit du gegangen bist, war sein Leben sehr unruhig. Zuerst ist er nach Skye gegangen, und als er wieder zurückkam, hat dieses Mädchen sich wie eine Klette an ihn gehängt. Dann ihre Schwangerschaft, die erzwungene Hochzeit, die Fehlgeburt … ich weiß nicht, Liebes, dein Leben mag ja nicht leicht gewesen sein, aber er hat das alles ganz allein durchgestanden. Die Eifersucht des Mädchens hat die Ehe dann schließlich zerstört. Ich weiß nicht, ob er sie geliebt hat, aber ich weiß, dass er ein Mann ist, der seine Versprechen hält. Wenn er sich von Mary getrennt hat, wird er mit Sicherheit gute Gründe dafür haben.«

Rebeccas Augen schimmerten vor Bewegung.

»Hätte ich nur genug Mut aufgebracht, um zurückzukommen«, murmelte sie und starrte vor sich hin.

»Mit der Zeit sieht man die Dinge anders, Liebes. Mach dir keine Vorwürfe. Ich versuche dir nur zu sagen, dass du nicht erwarten solltest, den Jungen wiederzutreffen, den du einmal gekannt hast. Nein, Liebes, er ist nicht mehr derselbe, er ist ein in sich gekehrter, abweisender Mann geworden. Wenn es dir nicht gelingt, seinen Groll zu besänftigen, wirst du ihn nicht bekommen. Und wir Schotten, möge der Herr uns vergeben, sind ein nachtragendes Volk. Es fällt uns schwer, eine Niederlage zu vergessen und den Schmerz loszulassen.«

Der Mut hatte Rebecca fast vollständig verlassen, als sie am frühen Abend in das Taxi stieg, das vor Mrs Munros Haus hielt. Die Dämmerung war hereingebrochen, die ihre eigenen Regeln mit sich brachte. Rebecca erinnerte sich, dass Pater Arnau sie vor der Nacht gewarnt hatte. Denn wenn es etwas gebe, das den menschlichen Geist verraten könne, hatte er gesagt, dann sei es zweifellos die Dunkelheit, die die Streitlust anstachele und die Gefahr erhöhe, schändlichen Gelüsten zu erliegen.

Das Wetter war furchtbar, und es war schwierig gewesen, sich hübsch anzuziehen. Sie hatte eindeutig zu viel mitgenommen. Am Ende entschied sie sich für ein weißes T-Shirt, einen dünnen dunkelroten Pullover, der ihrer Figur schmeichelte und die Pfunde, die sie in den letzten Jahren angesammelt hatte, am besten kaschierte, sowie hohe Stiefel über einer schwarzen Leggings, die ihre Beine schlanker machten. Sie hatte sich in Mrs Munros Schlafzimmerspiegel betrachtet und verschiedene Frisuren ausprobiert. Doch bei dem Wind und Regen hatte es keinen Sinn, sich herauszuputzen, also ließ sie das Haar offen und schminkte sich sorgfältig, aber nur so, dass es nicht zu sehr auffiel. Sie wollte zwar schön für ihn sein, aber sie wollte auch nicht verzweifelt wirken. Ein Regenschirm, ein Trenchcoat und die besten Wünsche von Mrs Munro hatten sie zu dem Taxi begleitet, dass jetzt mit ihr auf die Hauptstraße abbog.

Es war halb sieben Uhr abends, und hinter der angelaufenen Scheibe sah sie die vertrauten Straßen von Beauly unter einem feinen Regenschleier. Von Zeit zu Zeit schien der Wind plötzlich durchzugehen. Dann peitschte er wahre Sturzbäche gegen die Fensterscheiben und rüttelte an dem Wagen wie ein Bär an einem Bienenstock. Rebecca war eigentlich nicht abergläubisch und vertraute auf den gesunden Menschenverstand, doch langsam gewann sie den Eindruck, dass eine übernatürliche Macht es verbissen darauf anlegte, sie aus diesem Taxi herauszuschütteln und auf einem Windstoß direkt zurück nach Hause zu schicken.

Der Taxifahrer riss sie aus ihren Betrachtungen. »Kein guter Tag, um auszugehen«, befand er.

»Ist es den ganzen Winter über so?«

»Das nicht, aber es ist auch nicht ungewöhnlich.«

Sie bogen in die Croyard Road ein, und der Sturm schien sogar noch stärker zu werden. Die Bäume zu beiden Seiten der schmalen Straße bogen sich hin und her, als wollten sie sich selbst entwurzeln und davonmachen. Laubreste wirbelten durch die Luft, die im grellen Scheinwerferlicht sichtbar wurden.

Bald kamen sie zu dem Kiesweg, der zum Haus führte. Rebecca sah, dass alles dunkel war.

Auch der Taxifahrer bemerkte es. »Anscheinend ist niemand zu Hause«, stellte er fest. »Soll ich Sie zum Riverside Drive zurückbringen?«

Rasch ging Rebecca die Möglichkeiten durch. Etwas drängte sie dazu, hierzubleiben. Sie war endlich angekommen, vor Kenzies Haus, und sie wollte nicht wieder von hier weg.

»Danke, ich werde einfach hierbleiben und warten.«

Dem Mann gefiel das gar nicht, aber er verkniff sich jede weitere Bemerkung.

Als Rebecca aus dem Wagen stieg, wurde sie vom Wind durchgerüttelt wie eine ausgestopfte Puppe.

»Ich kann einen Moment warten, wenn Sie wollen«, bot der Taxifahrer an, der die Scheibe gerade so weit heruntergelassen hatte, dass sie ihn hören konnte. »Ich würde Ihnen die Zeit nicht berechnen.«

Rebecca lächelte leichtfertig und schüttelte den Kopf.

Der Mann verzog das Gesicht und fuhr los, ganz langsam, für den Fall, dass sie es sich anders überlegte. Er fragte sich, was diese Fremde wohl bei den MacLeods wollte. Beim Wegfahren kramte er in seinem Gedächtnis nach einer Geschichte, die er vor längerer Zeit gehört hatte, an die er sich jedoch nicht mehr genau erinnerte.

Rebecca verknotete den Gürtel ihres Trenchcoats und blieb stehen – in vollkommener Dunkelheit, während der Nieselregen ihre Kleidung durchnässte.

Sie ging ein paar Schritte auf die Tür zu, die einen knappen Meter hinter der Außenmauer lag. Hier würde sie wenigstens vor dem Regen geschützt sein, dachte sie. Und ohne den heftigen Wind wäre das auch so gewesen. Sie klingelte, nur um sich davon zu überzeugen, dass wirklich niemand zu Hause war.

Es war tatsächlich so.

Sie atmete tief durch, machte sich auf eine längere Wartezeit gefasst und hielt Ausschau nach einem Platz, wo sie vor dem Unwetter Schutz suchen konnte. Mit ihrem Handy leuchtete sie sich den Weg bis zu dem Schuppen hinter dem Haus und schob den einfachen Riegel zurück, der die Tür verschlossen hielt. Bevor sie eintrat, warf sie kurz einen Blick hinein. Der Schein des Displays war nicht sehr stark, aber der Schuppen war klein, und es gab kaum Platz für etwas anderes als das aufgestapelte Brennholz. Sie ging hinein und schloss die Tür hinter sich. Der Wind drang durch die Ritzen im Holz und pfiff bedrohlich. Jedenfalls war es besser, als draußen zu bleiben.

Sie stand da und wusste nicht recht, was sie tun sollte. Im Lichtschein des Handys sah sie ein paar Werkzeuge, die offensichtlich nicht mehr in Gebrauch waren, und haufenweise Brennholz, das einigermaßen ordentlich aufgeschichtet war. Sie streckte die Hand aus und strich über die Holzscheite. Er hatte sie gehackt und aufgestapelt, mit seinen eigenen Händen. Das Gefühl, ihm ganz nah zu sein, stieg plötzlich in ihr auf. Es war süß und vielversprechend und voller Wehmut.

Die Zeit verging langsam, und Rebecca verlor sich in ihren Gedanken. Als sie wieder auf die Uhr sah, war es schon halb acht. Jetzt wartete sie schon eine Stunde. Sie hatte sich auf den Fußboden gesetzt und mit dem Rücken an die Tür gelehnt. Trotz des tosenden Windes, der die nahen Bäume durchrüttelte, wurde sie es nicht müde, auf mögliche Geräusche zu lauschen, die von draußen kamen.

Der Akku ihres Handys zeigte allmählich Zeichen der Erschöpfung. Sie hatte das Licht zu lange angelassen und musste jetzt mit der Energie haushalten, sonst konnte sie nicht einmal mehr einen Anruf tätigen, wenn es nötig war. Doch in der Dunkelheit wurde sie von negativen Gedanken gequält und stellte sich tausend Möglichkeiten vor, die Kenzie womöglich von zu Hause fernhielten. Überstunden, ein Plausch mit einem Freund in einer Bar, womöglich mit einer Frau ... dann schaltete sie das Licht jedes Mal wieder ein und versuchte sich abzulenken, indem sie im Schuppen herumleuchtete.

So entdeckte sie ein Hemd, das an einem Nagel an der Wand hing. Sie sprang vom Boden auf und ging näher heran. Es sah genauso aus wie das Hemd, das Kenzie an jenem ersten Tag am Fluss getragen hatte. Es wirkte sehr verschlissen, aber es war das Hemd, eindeutig. Viele Male hatte sie sich an jenen Augenblick erinnert, und sie verwahrte die Einzelheiten sorgfältig in ihrem Gedächtnis.

Sie strich über das Kleidungsstück, als wäre es seine Haut, nahm es zwischen die Hände und presste es so fest gegen ihre Brust, dass sie spürte, wie ihr Herz gegen ihre kältesteifen Finger klopfte. Dann drückte sie ihre Nase hinein auf der Suche nach dem Duft, der sie an ihn erinnern würde. Doch der Stoff verströmte nur einen intensiven Geruch nach trockenem Holz. Zwischen den Fingern fühlte sie das Sägemehl, das in den Stofffalten hängen geblieben war. Die winzigen Partikel kitzelten sie in der Nase. Sie nieste zweimal und hängte das Kleidungsstück dann wieder an seinen Platz.

Sie schwenkte das Handydisplay nach rechts und erblickte

ein paar Handschuhe auf einem Regal. Sie strich mit den Fingern darüber und untersuchte unzählige Gegenstände. Dann sah sie ein unförmiges Gebilde unter einer Decke. Sie hob eine Ecke des Stoffes an, um zu sehen, was darunter lag. Das schwache Licht fiel auf eine zerbrochene Trommel.

Rebecca erschrak.

Lolas Bericht über die Ereignisse jenes Tages hallte mit erschreckender Klarheit in ihr nach. Sie stellte sich vor, wie er getobt und die Trommel zerstört hatte, wenige Stunden, nachdem sie ihm gesagt hatte, dass sie nicht zurückkehren würde. Sie dachte an den Augenblick, in dem sie sich hatte verstellen müssen, so als wäre ihr sein Schmerz gleichgültig. Ein Schauer lief durch ihren Körper. Aber anders hätte sie es nicht geschafft, anders wäre sie nie in der Lage gewesen, sich für immer von ihm zu verabschieden.

Die Trommel war ein trauriger Anblick, und besorgt dachte sie daran, dass der Zorn, der sich gegenüber dem Instrument entladen hatte, womöglich noch nicht verebbt war.

Höchstwahrscheinlich hasste Kenzie sie aus tiefster Seele. Dieser Gedanke verfolgte sie wie ein Insekt, das ins Licht strebte.

Sie sah auf die Uhr, es war nach halb neun. Der Gedanke, dem sie sich anfangs verweigert hatte, gewann allmählich an Gewicht. Vielleicht waren alle diese Dinge Zeichen des Schicksals: der Regen, der Wind, das leere Haus, die Trommel … alles schien darauf hinzudeuten, dass ihre Anwesenheit hier nicht erwünscht war. Sie hätte auf den Taxifahrer hören und wieder mit ihm zurückfahren sollen.

Einem plötzlichen Impuls folgend, stolperte sie aus dem Schuppen hinaus und tappte vorsichtig bis zum Kiesweg. Sie schaltete das Handy ein, aber sie hatte kaum ein paar Ziffern gewählt, als es mit einem Piepsen ausging, das der Wind verschluckte. Sie öffnete den Regenschirm und trat auf die Straße.

Sie ging zügig, ein plötzliches Gefühl der Beklemmung trieb sie an. Sie atmete schnell und kämpfte mit dem Regenschirm, den der Wind beständig hin und her schleuderte.

Das Tosen der vom Wind gepeitschten Bäume ängstigte sie, und sie fürchtete, ein Ast könnte sich lösen und ihr auf den Kopf fallen. Eine starke Windböe stülpte ihren Regenschirm um. Sie mühte sich damit ab, ihn wieder herzurichten, während sie spürte, wie der Regen ihre Kleider durchnässte. Sie war so mit dem Regenschirm beschäftigt, dass sie gar nicht merkte, dass ihr ein Fahrzeug entgegenkam. Erst als die Scheinwerfer sie blendeten, nahm sie das Auto wahr.

Und hoffte, dass es nicht er war.

KAPITEL 38

Kenzies Erlösung

Sie war völlig durchnässt und kämpfte mit dem verdammten Regenschirm, als das Fahrzeug an ihr vorbeifuhr und wenige Meter weiter am Straßenrand hielt. Ihr Herz setzte aus, als sie in der Dunkelheit den alten Nissan erkannte. Mrs Munro hatte ihr bestätigt, dass er ihn immer noch hatte.

Während sie sich weiter gegen den Wind stemmte, hätte sie am liebsten geweint. Sie hörte eine Wagentür zuschlagen, und ihr Herz klopfte wie wild.

Eine Gestalt kam durch die Dunkelheit auf sie zu.

»Brauchen Sie Hilfe? Ich kann Sie ins Dorf fahren.«

Seine Stimme war das Einzige, was sie hörte. Sonst nichts. Weder das laute Rauschen der Bäume noch das Heulen des Windes über den Wiesen, noch das unablässige Prasseln des Regens.

Nur seine Stimme.

Sie wusste, dass er sie erkennen würde, sobald sie etwas sagte, doch das ließ sich jetzt nicht mehr vermeiden.

Und sie wollte es auch nicht vermeiden.

»Ja, ich brauche Hilfe, ich habe diesen verdammten Regenschirm nicht im Griff.«

Ihr Akzent verriet sie, und er blieb wie erstarrt im Regen stehen.

Rebecca schaffte es, den Regenschirm so zu halten, dass er sich wieder in seine ursprüngliche Form zurückstülpte. Dann klappte sie ihn zusammen. Unter diesen Umständen war er sowieso nutzlos.

Er kam ein paar Schritte näher. Es war so dunkel, dass sie nur eine große Gestalt wahrnahm, die sich auf sie zu bewegte.

»Rebecca?« Seine Stimme war so leise, dass sie sich im Heulen des Windes verlor.

Sie atmete tief ein und strich sich mit der Hand über das Gesicht, um den Regen abzuwischen. »Ja, ich bin es.«

Kenzie regte sich nicht, wie versteinert stand er da. Die junge Frau ging ein paar Schritte auf ihn zu, bis sie sein Gesicht sehen konnte. Er trug eine Wollmütze und einen Mantel aus dem gleichen Stoff, genau wie auf dem Foto, das ihr Vater ihr gegeben hatte.

»Was … was machst du hier?«

»Das würde ich dir ja gerne erklären, aber ich wäre dir dankbar, wenn ich es an einem trockenen Ort tun könnte.«

Sein Blick haftete auf ihr, als könnte er immer noch nicht glauben, dass sie vor ihm stand. Sie hätte alles dafür gegeben, zu erfahren, was ihm gerade durch den Kopf ging.

Endlich reagierte er. »Steig ein«, sagte er und ging zu dem Wagen zurück, dessen Motor immer noch lief.

Sie folgte ihm und ging an ihm vorbei, als er ihr die Tür öffnete, damit sie Platz nehmen konnte. Sie wagte es nicht, den Blick zu heben und ihn anzusehen, spürte aber, dass er sie beobachtete.

Im Wagen wurde ihr nach der Kälte, die draußen herrschte, sofort warm. Als er auf der anderen Seite Platz nahm, setzte das Licht im Wagen sie den Blicken des anderen aus. Doch keiner der beiden sah den anderen an. Er, weil er immer noch erschüttert war, sie, weil sie Angst hatte, seine Gedanken zu erraten. Nach ein paar Sekunden fuhr er los und legte die wenigen Meter bis zum Haus zurück. Rebecca hörte den Kies unter den Rädern knirschen und versuchte heimlich, ihr Haar zu ordnen. Sie konnte sich gut vorstellen, wie schrecklich sie aussah.

Sie hielten vor der Haustür. Kenzie sprang sofort aus dem

Wagen. Sie suchte nach dem Türgriff, doch ihre Hände waren steif und gefühllos, sodass er es war, der ihr von außen die Tür öffnete und ihr herunterhalf. Er hielt sie am Arm fest, eine kaum wahrnehmbare Berührung. Dann ging er auf die Tür zu, öffnete sie und trat ein, ohne auf sie zu warten.

Sie folgte ihm, ein wenig verwirrt von seiner Gleichgültigkeit. Sie trat ein und schloss die Tür hinter sich, mit Nachdruck wegen des Windes, der in der Wohnung vor seinem eigenen Zorn Zuflucht zu suchen schien. Sie war noch nie in diesem Haus gewesen, und als das Licht anging, war ihr erster Gedanke, dass es dem Haus auf Skye ähnelte. Rustikale Möbel und eine einfache, praktische Einrichtung.

Sie stand am Eingang und wusste nicht recht, was sie tun sollte, während er in ein Zimmer ging. Sie beschloss, ihm bis zur Tür zu folgen. Dort blieb sie stehen, während er zu einem Kamin ging und einen Kiefernzapfen aus einem Korb nahm. Er zündete ihn mit einem Feuerzeug an und legte ihn in die Mitte des Ofens. Anschließend legte er feine Holzspäne über die Flammen und obenauf ein paar dickere Scheite.

Er hatte Mantel und Mütze ausgezogen, und sein zerwühltes kupferfarbenes Haar warf im gelblichen Licht der Lampe starke Reflexe. Der kürzere Haarschnitt ließ ihn reifer aussehen, fand sie. Sein Körper dagegen war unverändert. Er hatte sich die athletische Gestalt und die für ihn charakteristische Leichtigkeit der Bewegungen bewahrt. Kenzie bewegte sich elegant wie ein Luchs, anmutig und selbstsicher, als hätte er sein ganzes Leben lang nichts anderes getan, als die Fortbewegung durch die Welt zu üben.

Unter der Kleidung waren seine Muskeln angespannt. Angesichts seines ernsten Gesichtsausdrucks begriff Rebecca, dass er sich nicht freute, sie zu sehen. Sie kam sich unglaublich naiv vor, weil sie etwas anderes angenommen hatte, und die Gespenster, die sie bis jetzt hatte im Zaum halten können, flüsterten ihr zu: »Wir haben dich ja gewarnt. Kenzie will dich nicht sehen, er hasst dich.«

Doch es war zu spät. Es gab kein Zurück mehr.

Anfangs knisterte das Feuer nur, doch bald gewann es an Kraft und begann Wärme zu verbreiten.

Kenzie schob einen Sessel vor den Kamin.

»Komm her«, sagte er.

Sie zog den nassen Trenchcoat aus, an dem immer noch die Tropfen herunterliefen, und legte ihn zusammen mit der Tasche auf einen Holzstuhl, der an der Wand stand. Sie durchquerte das Wohnzimmer, überrascht von dem Blick, den er schamlos über ihren Körper gleiten ließ.

Es stimmte, er beobachtete sie. Er betrachtete ihr nasses Haar und die Regentropfen, die ihr über das Gesicht liefen. Sie sah anders aus, fraulicher. Die Kleidung betonte ihre Figur und ließ vollere Brüste und breitere Hüften erkennen als die, an die er sich erinnerte. Er fand sie noch genauso attraktiv wie vor acht Jahren und spürte, wie seine männliche Anatomie auf ihren Anblick reagierte. Aber er war nicht mehr derselbe. Er kam nur schwer damit klar, dass sie hier war. Viele Male hatte er sich ausgemalt, dass sie zurückkam. Es war ein Traum, dem er sich oft hingegeben hatte. Trotzdem hatte er vor langer Zeit begonnen, sie zu vergessen. Sie war nichts, woran er sich erinnern wollte. Sie hier zu sehen, nur ein paar Schritte von ihm entfernt, weckte Gefühle in ihm, die mit der Zeit eingeschlafen waren.

Und nicht alle davon waren gut.

Er ging zu einem Schrank und holte zwei Gläser und eine Flasche heraus.

»Bitte, ich möchte keinen Whisky«, sagte sie. Sie war den Schnaps ein wenig leid und konnte immer noch nichts mit dieser schottischen Neigung anfangen, alle Probleme mit Whisky lösen zu wollen.

Kenzie schenkte sich ein wenig ein und trank einen Schluck.

Er betrachtete die Flasche, und ohne sie anzusehen, fragte er erneut: »Was machst du hier?«

Es war nicht die Frage, die sie erschreckte, sondern sein Tonfall oder vielmehr das Fehlen eines Tonfalls. Seiner Stimme fehlte die Schwingung. Sie war teilnahmslos, stumpf, und Mrs Munros Worte fielen ihr wieder ein.

»Muss ich dir das sagen?«

Sie folgte ihm mit Blicken und wartete auf seine Antwort. Langsam ging er durch den Raum, er wirkte nicht nervös, aber eindeutig angespannt.

»Ja.«

Sie beschloss, nicht um den heißen Brei herumzureden. Seine Ablehnung machte ihr zu schaffen. Er hatte sie zwar nicht mit Worten ausgedrückt, doch jede Bewegung seines Körpers und jeder Blick schrien sie ihr ins Gesicht.

Sie starrte auf den Fußboden.

»Ich wollte dich sehen.« Sie machte eine Pause und atmete tief ein. »Ich … habe erfahren, dass … also … ich wusste, dass du Mary geheiratet hattest, und …«

»Du hast erfahren, dass ich nicht mehr mit ihr zusammen bin.«

»Ja«, flüsterte sie und sah zu ihm auf.

Kenzie trat wieder ans Feuer und warf ein paar Scheite in die Glut. Er kehrte Rebecca den Rücken zu, während er das Brennholz so anordnete, dass es die heiße Luft umgab und die Flammen kräftiger wurden.

»Du bist ja gut über mein Leben informiert.« Er schwieg einen Moment und fügte dann hinzu: »Ich wusste auch über dich Bescheid.«

Das überraschte sie.

»Was … was genau weißt du denn?«

»Ich weiß, dass du eine Tochter hast und dass du als Lehrerin arbeitest.« Er drehte sich zu ihr um. Seine Augen waren forschend, eindringlich. »Dass du seit zwei Jahren getrennt lebst …«

»Das wusstest du?«

»Du vergisst wohl, dass wir gemeinsame Freunde haben«, sagte er und wandte sich wieder dem Feuer zu. »Darüber hättest du nachdenken sollen, bevor du diese Reise angetreten hast. Dann wärst du vielleicht von allein zu einem Schluss gekommen.«

Rebecca rutschte auf ihrem Stuhl hin und her. Eine plötzliche Kälte ließ sie erschaudern. »Zu welchem Schluss denn?«

Kenzie nahm sich Zeit für seine Antwort, als wollte er die Frage eigentlich nicht beantworten. Schließlich sagte er: »Wenn ich dich hätte wiederhaben wollen, wäre ich zu dir gekommen.«

Rebeccas schlimmste Befürchtungen hatte sich bewahrheitet, und die Gespenster um sie herum applaudierten. Er hatte recht. Nachdem Lola sie über sein Leben auf dem Laufenden gehalten hatte, konnte sie ohne Weiteres davon ausgehen, dass Rory das Gleiche getan hatte. Warum war sie nicht von selbst darauf gekommen?

Heftige Niedergeschlagenheit überkam sie, und sie wusste nichts zu sagen. Nach einer solchen Erklärung gab es für sie nichts mehr zu tun, als sich zu entschuldigen und für immer zu verschwinden. Anschließend würde sie immer noch Zeit haben, sich zu bedauern.

Aber sie wollte nicht gehen.

Er richtete sich auf und blieb am Kamin stehen, mit dem Rücken zu ihr, die Hände an der Taille, den Blick auf die Flammen gerichtet. Sie musste die Fäuste ballen, um nicht aufzustehen und ihn zu berühren.

»Du hast recht«, räumte sie ein. »Aber im Grunde wollte ich es nicht wissen. Nachdem ich endlich frei war, um meine eigenen Entscheidungen zu treffen, wäre mein Leben in Erinnerungen eingefroren, wenn ich nicht hierher zu dir gekommen wäre.« Sie hatte einen Kloß im Hals, schluckte, stand auf und ging auf ihn zu. Sie sprach zu seinem Rücken. »Eigentlich war es mir egal, ob es jemanden in deinem Leben gibt, ob du mich zurückweist oder ob du mich verachtest. Gar nichts war wichtig außer dem Wunsch, dich zu sehen. Das mit uns hat kein gutes Ende genommen, und ich konnte nicht …«

Er drehte sich um und sah sie an. »Du willst mich um Verzeihung bitten, damit du dein Gewissen reinwaschen und mit deinem bequemen Leben weitermachen kannst, mit deiner Arbeit als Lehrerin, mit deinem neuen englischen Freund …«

»Meinem neuen …« Sie unterbrach sich abrupt. »Meinst du Matt?«

»Hast du denn noch mehr Freunde?«

»Nein! Und ich bin auch nicht mehr mit Matt zusammen.«

»Du hast also deinen englischen Freund verlassen und bist zu deinem schottischen Liebhaber gefahren. Was ist denn los in Barcelona? Gibt es nicht genug Männer für alle?«

»Du warst nicht mein Liebhaber.«

»Natürlich war ich das, und offenbar kein schlechter, sonst wärst du nicht zurückgekommen.«

Mit großen Schritten ging er zum Fenster, zog einen dünnen Vorhang zur Seite und schloss die Fensterläden.

Sie folgte ihm. »Das ist unfair. Wenn du so viel über mich weißt, müsstest du auch wissen, dass mir nichts anderes übrig blieb, als Mario zu heiraten.«

»Du hast keine andere Möglichkeit gesehen, oder vielleicht wolltest du sie auch nicht sehen.«

»Das ist nicht wahr, es hat sehr wehgetan, dich zu verlassen.«

»Du hast die bequemste Möglichkeit gewählt.« Er drehte sich zu ihr um, und sein Blick war so kalt, dass sie fröstelte. »Du hast nicht gekämpft.«

»Ich konnte nicht allein gegen alle ankämpfen.«

»Ich hätte dir geholfen ...«

Rebeccas Augen standen voller Tränen, sie war kurz davor zusammenzubrechen. Sie versuchte, nicht zu weinen, atmete tief ein und sah ihn durch den Tränenschleier hindurch an.

»Du hast auch nicht gekämpft, Kenzie, du hast mir zu schnell geglaubt.«

Der Vorwurf überraschte ihn, und seine Augen flammten auf. Sie konnte den unterdrückten Zorn darin sehen.

»Was hätte ich denn machen sollen?«, zischte er mit zusammengebissenen Zähnen. »Du hast gesagt, Mario sei alles, was du zu deinem Glück bräuchtest. Hast du das vergessen?«

Sie hatte es nicht vergessen, erinnerte sich aber nicht an den genauen Wortlaut. Eine Zeit lang hatte es so wehgetan, daran zu denken, dass es ihr manchmal vorkam, als wäre es nie passiert. Doch als sie es aus seinem Mund hörte, begriff sie, wie vernichtend diese Worte gewesen sein mussten.

Ihr war bewusst, dass dieses Gespräch nirgendwohin führte. Dennoch bemühte sie sich, ihre Stimme gelassen klingen zu lassen.

»Du hast zu viel Groll in dir. Dagegen komme ich nicht an.«

Kenzie trat einen Schritt auf sie zu. »Was hast du denn gedacht, wie du mich vorfinden würdest?« Er beugte den Kopf zu ihr herunter und kam ihr so nahe, dass sie den Geruch und die Wärme des Whiskys wahrnahm. »Hast du geglaubt, ich würde auf die Knie fallen, dir die Füße küssen und dich dann in meinem Bett willkommen heißen?«

Obwohl er dicht vor ihr stand, wich Rebecca nicht zurück. »Ich dachte, wir ... könnten vielleicht noch eine Chance bekommen. Das Leben hat uns das Glück versagt, das wir miteinander hatten. Erinnerst du dich nicht mehr, Kenzie?«

»Ich erinnere mich an eine Nacht im Wald«, sagte er mit zusammengebissenen Zähnen, »an einen Treueschwur ... das alles ist innerhalb einer Sekunde zum Teufel gegangen. Dir hat es vielleicht nichts bedeutet, aber für mich warst du meine Frau, für mich war es real.«

»Für mich ebenfalls, aber jetzt kann ich nichts mehr tun, um die Vergangenheit zu ändern.«

»Ich kann auch nichts daran ändern, wie ich fühle.«

Herausfordernd starrten sie einander an. Grün gegen Blau. Verlangen gegen Feindseligkeit.

Er war es, der als Erster den Blick abwandte, ihr den Rücken zukehrte und sich mit den Händen durch die Haare fuhr. Rebecca war erleichtert, es hatte sich angefühlt, als würde sein Blick sie zusammendrücken wie zwei gewaltige Hände, die sich um ihren Körper schlossen.

»Ist das alles? Ist das das Einzige, was uns bleibt?« Er antwortete nicht, und Zorn flammte in ihr auf. Sie riss ihn am Arm, damit er sie ansah. »Rede mit mir!«

Kenzie drehte sich brüsk um, packte sie am Handgelenk und zog sie so dicht zu sich heran, dass ihre Körper sich berührten.

»Versuch nicht, noch mehr Dinge aus mir herauszulocken, die du nicht hören willst. Ich will dich nicht verletzen.« Die Luchsaugen wurden so schmal, dass sie zwei Dreiecke bildeten. »Es gab eine Zeit, in der ich das durchaus wollte, in der ich dir genauso wehtun wollte, wie du mir wehgetan hast. Aber die Zeit hat die Wunde heilen lassen, bis aus dem Schmerz Gleichgültigkeit geworden ist.«

»Oder Feindseligkeit.«

»Nenn es, wie du willst.«

Er ging zu einem Stuhl, nahm seinen Mantel und begann ihn anzuziehen.

»Was machst du?«, fragte sie nervös.

»Komm, ich bringe dich in dein Hotel oder wo du sonst wohnst.«

Entsetzen erfasste Rebecca, sie konnte nicht gehen, nicht so. »Nein, nein, ich will nicht weg!«, schrie sie.

Kenzies Gesicht wurde noch zorniger, und während er sich die Wollmütze aufsetzte, kam er in großen Schritten auf sie zu. »Was willst du von mir?!«, schrie er sie an, als er vor ihr stand. Seine Augen schimmerten wie zwei Stücke des Nachthimmels.

»Ich will, dass du mich wieder anschaust wie früher, dass du so mit mir redest, wie du es früher getan hast.«

»Das kann ich nicht, Rebecca, ich empfinde nicht mehr das Gleiche.«

»Ich glaube dir nicht. Aus dir spricht der Groll, das bist nicht du.«

»Weißt du, wie oft ich mir vorgestellt habe, dich wiederzusehen?«, fragte er und umfasste heftig ihre Arme. Sie erwiderte nichts, dafür war sie zu aufgewühlt. »Antworte!«

»Nein, Kenzie, ich weiß es nicht.«

»Manchmal habe ich mich tagelang in die Gefühle hineinfallen lassen, die ich mit dir erlebt habe. An anderen Tagen war mein Herz schwarz vor Zorn, und ich habe dich verflucht. Und jetzt bist du hier und willst, dass ich alles vergesse und wieder das Gleiche empfinde wie vorher.« Der Griff um ihre Arme lockerte sich, und die Vene auf seiner blassen Stirn begann abzuschwellen. Die Anspannung in seinem Inneren ließ nach, und als er sprach, begrub er seine Zukunft mit ihr auf immer. »Fahr nach Hause, hier gibt es nichts mehr für dich.«

Es ist aus, dachte Rebecca. Sie konnte ihm nicht mehr weiter zureden. Sie fühlte sich so leer, dass sie nicht wusste, was sie tun sollte. Sie schwankte. Kenzie hatte sich aus Groll einen Panzer gebaut, der zu hart war, als dass sie ihn hätte durchdringen können.

Am liebsten wäre sie zu ihm gegangen und hätte ihn ein letztes Mal geküsst. Sie sehnte sich danach, ihm mit Küssen die Erinnerung an ihre Liebe zurückzubringen, doch sie hatte Angst vor seiner Zurückweisung.

Der Schlag war härter, als sie vorhergesehen hatte. Sie drehte sich um und ging zu dem Stuhl, auf dem ihr Trenchcoat und ihre Tasche lagen, zog das nasse Kleidungsstück an, dass ihr eine Gänsehaut über den Rücken jagte, und sackte angesichts der schmerzhaften Leere ein wenig in sich zusammen.

Kenzie trat wieder an den Kamin, vielleicht, damit die traurige Szene sich nicht auf seiner Netzhaut einbrannte. Er schürte das Feuer und legte mechanisch noch mehr Brennholz in den Kamin. Auf seinem Gesicht spürte er die intensive Wärme der Flammen, und er spürte den Groll, der in ihm kochte. Er floss frei in seinen Adern und erfüllte seine Gedanken mit heftigem Zorn. Dennoch hatte er sich zusammennehmen müssen, um sie nicht zu umarmen, als sie wegen seiner Zurückweisung so niedergeschlagen gewesen war. Die ganze Zeit hatte er sich zurückhalten müssen. Wenn er sich von den Erinnerungen beherrschen ließ, war er verloren, und das durfte er nicht zulassen, nicht noch einmal.

Er kam wieder zur Besinnung, als er bemerkte, wie das Feuer mit einem Mal aufflackerte und ein Luftzug durch das Zimmer ging. Er wandte sich um, aber die Stelle, an der sie gestanden hatte, war leer, und eine ungute Ahnung stieg in ihm auf.

Er stürzte zum Eingang. Durch die offene Tür fegten Windböen in die Wohnung. Sein Herz machte einen Sprung, als er sah, dass sie gegangen war.

Er trat ein paar Schritte hinaus in die Dunkelheit und schrie ihren Namen.

Der Regen fiel erbarmungslos. Kenzie hastete zu dem Geländewagen und ließ den Motor an, während er im Geist Rebeccas Wutausbruch verwünschte.

Er fuhr los in der Gewissheit, dass er sie unterwegs finden würde. Wahrscheinlich würde er sie zum Einsteigen überreden müssen, aber notfalls würde er eben Gewalt anwenden. Er hatte nicht vor, sie in völliger Dunkelheit und unter diesen unwirtlichen Bedingungen bis zum Dorf laufen zu lassen.

»Scheiße!«, brüllte er und machte seiner Wut mit einem Faustschlag auf das Lenkrad Luft.

Er fädelte das Fahrzeug auf die Fahrbahn ein. Die Scheibenwischer schafften es kaum, das Wasser beiseitezuschieben, das am Fenster herunterlief, was ihm die Sicht erschwerte und ihn in seinen Bemühungen behinderte, Rebecca ausfindig zu machen.

»Wo steckst du?«, murmelte er.

An einen Baum gelehnt, kam Rebecca wieder zu Atem. Über den Kiesweg zu laufen war mühsamer gewesen, als sie gedacht hatte, und ihre Beine waren müde. Sie bedauerte es, so schlecht in Form zu sein, war jedoch entschlossen, sich nicht von Kenzie aufspüren zu lassen. Sie wollte sein zorniges Gesicht nie wieder sehen, sie hätte es nicht ertragen. Wenn es wenigstens eine Chance gegeben hätte, dann hätte sie sich allem stellen können, doch er hatte ihr mehr als deutlich klargemacht, wie seine Gefühle waren. Und dort war kein Platz für sie.

Sie hatte schnell handeln müssen, und sobald sie draußen war, rannte sie los, als wäre der Teufel hinter ihr her. Sie wusste, dass er einen Augenblick brauchen würde, bis er ihre Abwesenheit bemerkte, und bis dahin würde sie schon genügend Vorsprung haben. Die Dunkelheit und der unablässige Regen waren auf ihrer Seite. Zumindest glaubte sie das.

Der Wind trug den verzweifelten Klang ihres Namens heran. Er suchte sie. Sie rannte weiter und gelangte endlich zur Landstraße. Hier bewegten sich ihre Beine leichter und schneller, doch sie musste hier weg, sonst würde er sie mühelos finden. Durch das Rauschen des Regens hörte sie ein Motorengeräusch, und als sie über die Schulter blickte, sah sie die starken Scheinwerfer des Geländewagens in der Dunkelheit aufleuchten. Ohne zu zögern, kletterte sie über einen Holzzaun und rannte quer über die Wiese.

In der Finsternis nahm sie die Umrisse der Bäume erst wahr, wenn sie unmittelbar vor ihr auftauchten. Zum Glück war sie noch nicht gegen einen Baum gerannt. Sie war nur einmal an einem niedrigen Ast hängen geblieben und gestürzt.

»Wenn es nur aufhören würde zu regnen«, dachte sie, nicht etwa, weil sie nicht nass werden wollte, denn sie war bereits durchnässt, sondern weil die dicken Tropfen und die Heftigkeit, mit der das Wasser auf sie niederprasselte, ihr langsam Kopfschmerzen verursachten. Zu allem Übel hatte sie den Regenschirm in Kenzies Wagen vergessen. Den hätte sie jetzt, da der Wind nachgelassen hatte, gut gebrauchen können.

Im hohen Gras kam sie nur langsam vorwärts, doch hier war sie in Sicherheit. Diese endlosen Weiden hatte sie schon bei Tageslicht gesehen. Sie hier in der Dunkelheit und bei einem solchen Unwetter zu finden war schier unmöglich. Sie war ganz sicher, dass sie zum Haus von Mrs Munro gelangen konnte, sie musste nur warten, bis er es leid wurde, nach ihr zu suchen. Dann würde sie wieder zur Landstraße zurückkehren, und ein paar Minuten später würde sie im Riverside Drive sein. Am liebsten wäre sie jetzt schon dort gewesen und hätte sich Mrs Munro in die Arme geworfen und verzweifelt geweint. Vielleicht würde Mrs Munro ihr ein bisschen Whisky und einen weisen Rat geben, wie sie ihr Leben nach diesem Tag wieder in den Griff bekam.

Allmählich wurde sie müde, und sie blieb stehen, um Atem zu schöpfen. Ihre Beine zitterten vor Anstrengung und Erschöpfung. Sie setzte sich auf den Boden. Ihre Kleidung war so durchweicht, dass sie das nasse Erdreich nicht einmal spürte.

Sie sah sich um und krabbelte zu einem nahen Baum. Dort lehnte sie sich an den Stamm.

Immer noch keuchend, spitzte sie die Ohren, doch der Wind trug ihren Namen nicht mehr zu ihr heran.

Es dauerte nicht lange, bis sie zu zittern begann. Die Bewegung hatte sie bisher warm gehalten, aber jetzt saß sie unter einem Baum, triefend nass und bei eiskalten Temperaturen. Sie musste aufstehen und sich bewegen, sonst würde sie noch festfrieren. Doch obwohl ihr Geist den Beinen die Befehle gab, konnten diese ihr Gewicht nicht mehr tragen. Sie waren steif vor Kälte und Anstrengung.

»Ich muss mich noch ein bisschen ausruhen«, dachte sie. »Danach gehe ich.«

Sie malte sich aus, was ihre Mutter bei ihrer Rückkehr sagen würde. Rebecca würde ihr »Ich hab es dir ja gesagt« und ihr »Du hättest niemals fahren sollen« ertragen müssen. Aber eigentlich war sie mit sich im Reinen, auch wenn der Schmerz unerträglich war.

Niedergeschlagen von den düsteren Gedanken, versank sie in Lethargie. Ihr Geist verlangsamte sich, und sie spürte, wie sie schläfrig wurde. Die Kälte war so durchdringend, dass sie aufhörte zu zittern.

»Wenn ich jetzt rausgehe, findet er mich. Ich muss noch ein bisschen warten.«

Und das tat sie.

Mitten in einem Zustand, der der Bewusstlosigkeit sehr nahe kam, nahm sie einen starken Lichtschein war, der ihr hinter ihren Augenlidern brannte. Sie versuchte die Augen zu öffnen, doch ihre Muskeln hatten die Verbindung mit ihrem Gehirn anscheinend gekappt. Sie lallte etwas Unverständliches und versank dann wieder in der Dunkelheit, unfähig, sich selbst zu helfen.

Irgendwann registrierte sie, dass jemand sie trug. Es gelang ihr, ein Auge ein wenig zu öffnen, und sie erkannte Kenzies Gesicht.

Sie spürte, dass er schnell ging und sich mit einer starken Taschenlampe den Weg leuchtete.

Sie gelangten zur Landstraße, wo der Nissan mit eingeschalteten Scheinwerfern und laufendem Motor auf sie wartete.

Rebeccas vor Kälte starren Körper auf den Armen, betrat Kenzie das Haus. Er hatte zwei lange Stunden gebraucht, um sie zu finden. Das war zu lange, um in durchnässter Kleidung und bei niedrigen Temperaturen draußen zu sein.

Er trug sie, so schnell er konnte, ins Wohnzimmer und legte sie auf das Sofa. Ihr Gesicht war fahl, die Lippen blau und die Haut kalt wie Marmor. Sie brachte ein paar unverständliche Worte heraus, während er ihr die nasse Kleidung auszog. Kenzie bewegte sich rasch, achtete jedoch darauf, ihre Lage nicht abrupt zu verändern und ihre Extremitäten nicht zu reiben, sodass der Blutfluss in Gang kam. Es war entscheidend, dass der Organismus sich erst nach und nach erwärmte. Er wusste genau, was er tat. Als Kind hatte er selbst einmal eine schwere Unterkühlung erlitten. Es war der Tag gewesen, an dem der Druide ihn halb erfroren in seiner Scheune gefunden hatte. Der Alte hatte ihm geholfen, wieder auf die Beine zu kommen, und ihm später beigebracht, wie man sich in solchen Fällen verhält.

In weniger als einer Minute hatte er ihr die Kleidung ausgezogen. Dann bedeckte er ihren eiskalten Leib mit einer Decke, die auf der Sofalehne lag. Anschließend stand er auf und machte sich auf die Suche nach einer dickeren Decke, die er für einen Moment ans Feuer hielt, damit sie sich erwärmte, bevor er Rebecca darin einhüllte.

Wegen Rebeccas spärlicher Reaktionen fürchtete Kenzie,

dass sie an einer Unterzuckerung litt. Er wusste, dass eine Unterkühlung, auch eine leichte, die Glukosereserven eines Organismus erschöpfen kann, der Kälte und Feuchtigkeit ausgesetzt war. Bevor er seine eigenen nassen Kleider auszog, ging er deshalb in die Küche und erwärmte ein wenig Milch, der er einen Löffel Honig zufügte. Als er fertig war, nahm er die Milch vom Feuer und ließ sie abkühlen. Dann entledigte er sich seiner Kleidung und zog sich etwas Trockenes an. Anschließend kehrte er in die Küche zurück, goss die Milch in eine Tasse und ging zu Rebecca.

Er sah, dass sie unter der Decke leicht zitterte. Sie begann also zu reagieren.

Als Rebecca eine Hand auf ihrem Kopf spürte, öffnete sie die Augen.

»Ich möchte, dass du das hier trinkst«, sagte er und hielt ihr die Tasse an ihre Lippen.

Rebecca trank einen Schluck. Die Flüssigkeit durchströmte ihren Körper mit einer belebenden Wärme, doch sie war immer noch verwirrt, und die Gedanken in ihrem Kopf folgten keiner logischen Ordnung. Außerdem begriff sie nicht, wieso es ihr so schwerfiel, Arme und Beine zu bewegen.

In kleinen Schlucken trank sie die ganze Milch aus, und das Zittern in ihrem Leib ließ nach und hörte schließlich ganz auf.

»Ich will ans Feuer«, sagte sie.

»Das darfst du nicht, dein Körper muss sich langsam aufwärmen. Ruh dich jetzt aus, nach einer Weile kannst du dann ein heißes Bad nehmen.«

»Das klingt gut«, sagte sie und schloss die Augen.

Kenzie näherte sich dem Kamin, schürte das Feuer und setzte sich zum Warten auf einen Stuhl. Rebeccas Flucht wäre sie beinahe teuer zu stehen gekommen, dachte er. Er fühlte sich schuldig, weil er sie zu einer so heftigen Reaktion gebracht hatte. Zugegeben, er war sehr barsch zu ihr gewesen, aber er hatte nun mal kaum Zeit gehabt, sich daran zu gewöhnen, dass sie hier war, direkt vor ihm. Die Gefühle waren plötzlich hochgekocht, ohne dass er Zeit gehabt hätte, sie zu kontrollieren. Er legte das Gesicht in seine Hände und stützte die Ellbogen auf die Oberschenkel. So blieb er sitzen, in sicherer Distanz, ohne eine Berührung zu wagen, ohne sich zu erlauben, ihr über das Haar zu streichen. Er war sich nicht einmal bewusst, ihren nackten Körper gesehen zu haben, als er sie auszog, er hatte sich viel zu große Sorgen um sie gemacht.

Sie regte sich auf dem Sofa und öffnete die Augen. Rasch stand Kenzie auf und ging zu ihr hinüber. Sie hatte sich so fest zusammengerollt, dass ihr Körper kaum mehr als ein kleiner Hügel unter der Decke war.

Er setzte sich neben sie. »Wie geht es dir?«, fragte er und sah, dass sie wieder Farbe in den Wangen hatte.

Sie wagte nicht, ihn anzusehen. »Gut«, murmelte sie.

»Warte kurz.«

Er verschwand hinter einer Tür. Fast gleichzeitig hörte Rebecca, wie das Wasser im Badezimmer angestellt wurde. Ihr Kopf war wieder klar, die Wärme der Decken und der heißen Milch mit Honig hatten ihre Lebensgeister geweckt.

»Glaubst du, dass du bis hierher gehen kannst?«, fragte er und steckte den Kopf durch die Tür.

Rebecca wägte die Antwort ab, bewegte ein bisschen die Beine und spürte, dass sie vermutlich dazu in der Lage war. Sie nickte, stand langsam auf und ging zum Badezimmer.

»Ich lasse dich dann allein«, sagte er und verließ eilig das Bad.

Auf dem dampfenden Wasser trieb weißer Schaum. Sie legte die Decke ab, ließ sich nach und nach in die Wanne gleiten und genoss das wohlige Gefühl auf der Haut, das sie beim Kontakt mit dem heißen Wasser durchströmte.

Etwas später, als sie gerade versuchte, den Schmutz aus ihrem Haar zu bekommen, klopfte Kenzie an und trat ein.

»Ich bringe dir ein frisches Handtuch«, sagte er und hängte es an einen Haken. »Deine Kleider sind noch nicht trocken, deshalb werde ich dir welche von Sophie holen.«

»Danke«, antwortete sie und dachte gleichzeitig, dass das zwecklos war. Sie hatte Sophie als sehr schlankes Mädchen in Erinnerung, die noch nicht die Metamorphose der Mutterschaft hinter sich hatte. Ihre Sachen würden Rebecca viel zu klein sein.

Bevor er wieder ging, bemerkte Kenzie Rebeccas Bemühungen, die kleinen Blätter loszuwerden, die in ihrem Haar hingen. »Hier«, sagte er und zeigte auf die entsprechende Stelle an seinem eigenen Kopf.

Sie bewegte suchend die Hand, fand jedoch nichts.

»Weiter links«, drängte er.

Da sie das Blatt nicht ertastete, trat er näher, kniete sich mit einem Bein auf den Boden und zog das Blatt heraus, sah dann jedoch noch mehr Pflanzenreste, die versteckt in ihrem Haar hingen. Er entfernte einen nach dem anderen unter Rebeccas fasziniertem Blick, die gedankenlos unter leichtem Plätschern einen Arm aus dem Wasser hob und Kenzies Hand drückte. Er verharrte reglos und ein wenig verwirrt. Sein innerer Aufruhr nahm zu, als sie seine große Hand an ihre nasse Wange legte. Ein Knoten bildete sich in seiner Brust, als Rebecca den Kopf leicht zur Seite drehte, bis ihre Lippen in der Höhlung seiner Hand ruhten. Nachdem sie die Hand geküsst hatte, ließ sie sie über ihren Körper gleiten, bis sie zwischen ihren glitschigen Brüsten liegen blieb.

Kenzie stieß den Atem aus, den er angehalten hatte, ohne es zu merken.

»Lass das«, murmelte er, doch seine Augen glitzerten vor Erregung.

Rebecca war nie eine Frau gewesen, die in Liebesdingen die Initiative ergriff, aber wenn sie das Verführungsspiel spielen musste, um ihn zurückzugewinnen, würde sie das tun.

Sie hatte nichts zu verlieren.

Kenzies Finger schlossen sich um die weiche Haut ihrer Brüste, und ohne ihm die Zeit zu geben zu reagieren, führte sie die Hand zu ihrem Bauch und von dort aus zu der Stelle, wo ihre Schenkel zusammenliefen.

»Rebecca …«

»Schsch«, wisperte sie, schloss die Augen und genoss das Vergnügen, das die Berührung seiner Hand ihr bereitete. »Ich habe dich so vermisst …«

Er sagte nichts. Sein Verlangen war zu sehr damit beschäftigt, gegen den Groll anzukämpfen.

Er hörte, wie sie ein leichtes Seufzen ausstieß, blickte ihr ins Gesicht und empfand heftige Sehnsucht, sie zu küssen. Doch durch einen kleinen Rest an Selbstkontrolle gelang es ihm, sich loszureißen. Mit einer brüsken Bewegung löste er die Hand von der Stelle, die drohte, ihn die Beherrschung verlieren zu lassen.

Rebecca zuckte zusammen. Einen Augenblick lang hatte sie geglaubt, es geschafft zu haben. Sie hatte geglaubt, dass Kenzie im Begriff war nachzugeben.

Verdammter schottischer Dickkopf, sagte sie sich, während er missgestimmt das Badezimmer verließ.

Hastig beendete sie ihre Haarwäsche; er würde bestimmt nicht mehr hereinkommen. Als sie fertig war, trocknete sie sich mit dem Handtuch ab und stellte dann fest, dass er ihr nichts zum Anziehen gebracht hatte.

»Umso besser.«

Eingehüllt in das Handtuch, verließ sie das Bad und fand ihn am Kamin mit einem Glas Whisky in der Hand.

»In diesem Land wissen die Leute ja vermutlich, dass Alkohol den Wärmeverlust beschleunigt.«

Er schien ihre Bemerkung gar nicht zu hören.

»Was willst du von mir, Rebecca? Ich habe doch schon deutlich gesagt, wie ich denke.«

Sie seufzte tief und bemühte sich, beim Sprechen selbstsicher zu wirken. »Deine Worte mögen vielleicht deutlich gewesen sein, aber dein Körper will zu mir, das fühle ich.«

Kenzie trank den letzten Schluck, bevor er antwortete, und er tat es, ohne sie anzusehen, den Blick auf die tanzenden Flammen gerichtet.

»Es stimmt, ich kann es nicht abstreiten, ich wäre gern in der Lage, mich dir ohne diese Wut zu nähern, die mir die Luft abschnürt. Aber wenn du zu mir kommst, kann ich dich nicht abweisen, so stark ist mein Wille nicht. Ich bin deiner Gnade ausgeliefert, ganz egal, ob du nur kurz zurückgekommen bist und danach wieder für immer verschwindest. Wenn du zu mir kommst, werde ich nichts gegen dich ausrichten können. Ich kann dich nur bitten, es nicht zu tun, falls du nicht vorhast zu bleiben, und selbst wenn du schwörst zu bleiben, werde ich dir nicht glauben können.«

Rebecca befestigte das Handtuch unter ihren Achseln und ging auf ihn zu. »Willst du dein Leben damit verbringen, dich wie dein Vater selbst zu bedauern? Willst du, dass der Groll dein Leben zerstört, ohne dass du etwas dagegen unternimmst?«

Augenblicklich bereute sie ihre Worte. Er sprang auf. Die plötzliche Bewegung erschreckte sie, aber sie wich nicht zurück.

»Du warst es doch, die mein Leben zerstört hat«, zischte er und starrte sie an. Durch den Zorn und den Alkohol glänzten seine Augen so stark, dass sie aussahen wie zwei blaue Kristalle.

Sie ließ sich nicht einschüchtern, sie war bereit zu kämpfen. »Dann tu doch etwas dagegen!«, schrie sie ihn an.

»Was soll ich denn machen, Rebecca?! Weißt du denn die Antwort?!«

»Geh mit mir ins Bett, verdammt noch mal«, murmelte sie gepresst. »Siehst du denn nicht, dass ich vor Sehnsucht nach dir vergehe? Siehst du nicht, dass du für mich immer noch der Einzige bist, den ich liebe, der Einzige, von dem ich träume? Ich gehe hier nicht weg, es sei denn, du beförderst mich mit Fußtritten aus deinem Leben, es sei denn, du setzt mich in ein Flugzeug und sagst mir, ich soll nie mehr wiederkommen. Und selbst dann werde ich weiter dafür kämpfen, dass du mich wieder liebst.«

Er starrte sie an. Sie konnte seine Miene nicht deuten. Entschlossen, zu Ende zu führen, was sie begonnen hatte, näherte sie sich ihm und schlang ihm die Arme um den Hals.

»Kenzie … bitte …«, flüsterte sie, während sie die Lippen an seinem Hals vergrub.

Sie spürte, wie er weich wurde, wie er sich den Empfindungen hingab und sein Körper unter den Liebkosungen wehrlos und erregt wurde.

Rebecca hob ihm das Gesicht entgegen, als er den Kopf neigte, um sie zu küssen. Sie erschauderte bei der Berührung seiner warmen Lippen und seines feuchten Mundes. Beide kosteten den Erinnerungen nach und vergaßen für einen Augenblick die schmerzlichen Momente der Vergangenheit. Dann nahm er sie auf die Arme und trug sie ins Schlafzimmer.

Dort legte er sie rücklings auf das Bett und schob sie sanft mit seinem Gewicht über die Matratze. Er nahm ihren Kopf zwischen beide Hände und küsste sie erneut.

Die beiden großen Hände ließen ihr Gesicht los und wanderten hinunter zu ihren Brüsten. Mit einer fachkundigen Bewegung zog er das Handtuch weg und warf es auf den Fußboden. Sie lag nackt unter ihm, während seine Kleidung an ihrer bloßen Haut rieb. Rebecca wölbte ihren Körper seinen

Liebkosungen entgegen. Ihre nackten Brüste hoben und senkten sich heftig, und ihre unverhohlene Erregung fachte sein Verlangen an.

Sein Mund und seine Hände ergötzten sich weiter an ihrem Körper, streichelten, kneteten, bissen die weiche Haut. Sie konnte spüren, wie schnell sein warmer Atem ging. Der Blick seiner blauen Augen hüllte sie ein, während seine Hände ihre Haut zum Brennen brachten. An ihrem Bauch spürte sie, wie seine Jeans spannte. Er war bereit, sie zu lieben. Sie zitterte vor Erregung, als er sich mit einer einzigen raffinierten Kniebewegung den Weg zwischen ihre Beine bahnte. Er verlor nicht einmal Zeit damit, sich auszuziehen, sondern knöpfte nur die Hose auf und streifte sie so weit herunter, dass er mit einem einzigen Stoß in sie eindringen konnte. Rebeccas Atem stockte, und er stöhnte und presste sie fest an sich. Sein Gewicht und seine männliche Kraft drückten sie mit jedem Stoß tiefer in die Matratze.

Sie zitterte, stöhnte, biss ihn in den Hals und zerkratzte ihm den Rücken mit den Fingernägeln, während er ungerührt weitermachte und ihm die Schweißperlen auf der Stirn standen.

Rebecca hielt Kenzies glühendes Gesicht fest, um ihn zu küssen. In seinem Blick las sie den Schmerz über die langen Jahre ihrer Abwesenheit, die in feinen Linien in seiner Haut eingegraben waren. Instinktiv drehte er den Kopf und küsste ihre Finger. Seine Lippen streiften ganz leicht das kühle Metall. Es war nur eine leichte Berührung, doch irgendwo in seinem nachtragenden Herzen sprang eine zarte Flamme der Klarheit an.

Er hielt ihre linke Hand fest und betrachtete mit vor Erregung glänzendem Gesicht einen schwach schimmernden Silberring.

»Du trägst ihn ja noch«, murmelte er, keuchend vor Anstrengung, und er spürte, wie der Zorn langsam nachließ.

Sie atmete schwer. »Ich habe ihn nie abgenommen.«

Er drückte die Hand mit dem Ring, und Rebecca sah, dass an seinem Finger ebenfalls ein Silberring glänzte.

»Kenzie …«, begann sie.

»Warum hast du es vergessen?«, fragte er mit erstickter Stimme. »Du hast etwas Heiliges genommen und es in den Dreck gezogen, du hast es erniedrigt und uns beide damit verurteilt.«

Sie konnte nicht denken. Die Tränen liefen ihr über das Gesicht und versickerten in ihrem Haaransatz. Als sie sich über das Gesicht wischte, sah sie, dass auch seine Augen feucht glänzten.

»Es tut mir so leid …«, murmelte sie erschrocken.

»Mir auch.«

»Ich habe nie aufgehört, dich zu lieben.«

»Aber es war nicht genug.«

Er küsste sie sanft und verlor sich minutenlang über ihrem Mund. Voller Zartheit verführte er sie, streichelte sie und spürte langsam und zärtlich jedem Stück ihrer bloßen Haut nach. Sie zog an seinem T-Shirt und zerrte es ihm über den Kopf. Sie musste seine Wärme spüren. Sie schlang die Arme um ihn und zog ihn an sich. Das feine Brusthaar rieb über ihre zarte Haut. Sie spürte seine Wärme und atmete seinen Duft ein. Kenzie roch nach einer sinnlichen Mischung aus sauberer Haut, süßem Schweiß und Motorenöl. Doch er roch auch nach anderen Dingen, die an ihm hafteten wie der Duft einer Blume an einem Schmetterling. Vielleicht nahm er es selbst nicht wahr, aber es war da, Teil seiner Haut. Es war das Aroma der Wellen, der Flüsse, des flüsternden Windes und der feuchten Wälder von Skye.

Rebecca hatte das Gefühl, in einer Blase aus Begehren zu schweben. Er gab den Rhythmus vor, ließ jedoch sie die Intensität der Bewegung bestimmen. Während sie miteinander vereint waren, wuchs ihre Erregung, und sie ergötzten sich an jeder Berührung, jeder Liebkosung, küssten sich mit schmerzhafter Dringlichkeit, bis das sinnliche Gleichgewicht zwischen der zunehmenden Lust ihrer Körper und dem Schmerz in ihren Seelen erreicht war.

Dann glitt Kenzies Hand nach unten zum Punkt der Vereinigung. Er tastete, streichelte, und Rebecca keuchte vor Lust.

»Kenzie!«

»Das ist es, Rebecca.« Wie ein heißes Raunen drang seine Stimme an ihr Ohr. »Ich will hören, wie du meinen Namen sagst, wie du vor Lust unter mir zitterst, wie dir nichts anderes übrigbleibt, und du sollst das Gefühl haben, dass dein Herz bersten muss, wenn ich dich nicht zu meiner Frau mache.«

Rebecca seufzte, hielt den Atem an und wand sich, bis ihre festen Brüste sich gegen die breite Brust des Mannes pressten. Sie ließ sich von der süßesten Qual forttragen, die in den letzten Zuckungen ihres Körpers zu einem kleinen Tod wurde.

Und er empfing ihre Lust, wie trockene Erde das Wasser des Lebens empfängt.

Schlaff und wehrlos lag sie da, und als ihr Kopf wieder klar wurde, begann Kenzie sich wieder über ihr zu bewegen, mit der Kraft einer Welle, die gegen das Ufer brandet, bis er die Zähne in einem wilden Schrei der Erlösung aufeinanderpresste, in ihren Armen erbebte und über ihr zusammenbrach.

Der Groll erlosch, erstickt in Rebeccas Innerem, verschwunden in ihrem Körper und begraben unter Seufzern aus Schweiß und Tränen.

EPILOG

In Pedralbes wurde ein Begrüßungsfestmahl ausgerichtet, an dem Elvira nicht teilnahm, da sie angeblich unpässlich war. Während der Mahlzeit lag sie auf dem Bett und horchte auf die Geräusche aus dem Esszimmer. Während der letzten Wochen war sie oft in Pater Arnaus Beichtstuhl gewesen und hatte bei ihm um Rat gesucht. Nicht nur die Auflösung von Rebeccas Ehe machte ihr zu schaffen, sondern auch die Beziehung, die ihr Sohn mit Pablo führte. Sie fühlte sich nicht in der Lage, diese in Würde hinzunehmen.

Bei ihrem letzten Besuch hatte die Antwort des Paters sie verblüfft:

»Schauen Sie, Elvira, wir sprechen jetzt schon seit geraumer Zeit darüber. Ich habe Ihnen immer geraten, nicht aufzugeben und um ihre Kinder zu kämpfen. Aber Sie müssen die Dinge annehmen und versuchen, aus einer anderen Perspektive zu helfen. Nach allem, was Sie mir erzählt haben, fühle ich mich verpflichtet, Ihnen zu sagen, dass Sie die Heirat zwischen Rebecca und Mario niemals hätten zulassen dürfen. Der Herr will, dass Männer und Frauen sich frei und nach reiflicher Überlegung für die Ehe entscheiden, nicht unter Zwang. Bei derartigen Einlassungen glaube ich nicht, dass es für Mario schwierig sein wird, die Nichtigkeit der kirchlichen Ehe zu erwirken. Ihnen obliegt es, anschließend dafür zu sorgen, dass Ihre Tochter ihren Schotten heiratet, wie Gott es befiehlt.« Er machte eine Pause und atmete tief durch. »Was Enric angeht … über die Rechtmäßigkeit der Verbindung zweier Männer gibt es innerhalb der Kirche heftige Debatten, das ist eine Frage, die über das seelsorgerische Verständnis hinausreicht. Es ist wahr, dass sie mit den Evangelien unvereinbar ist, aber im Vertrauen: Die Argumente, die zum Beweis für die Unmoral dieser Beziehungen vorgebracht werden, sind schlecht. Deswegen werde ich Ihnen nur noch eins sagen, und ich hoffe, dass Sie aufhören, sich zu quälen: Folgen Sie Ihrem Herzen, und ziehen Sie sich nicht von ihren Kindern zurück.«

Pater Arnaus Worte hatten ihr ein wenig von ihrem Seelenfrieden zurückgegeben. Trotzdem galt es immer noch ein Hindernis zu überwinden, einen Stolperstein, mit dem sie nicht gerechnet hatte: ihren Stolz. Ihr wurde klar, dass es eben dieser war, der sie daran hinderte, hinunterzugehen und sich zu ihrer Familie zu gesellen.

Ihre Stirn wurde unerträglich heiß, und was ein vorgetäuschter Kopfschmerz gewesen war, drohte sich auf durchschlagende Weise zu manifestieren. Sie setzte sich im Bett auf und fächelte sich mit dem Gemeindebrief Luft zu, der auf ihrem Nachttisch lag. Dann stand sie auf und ging ins Bad. Sie betrachtete ihr gerötetes Gesicht im Spiegel, schluckte, um den Kloß in ihrer Kehle loszuwerden, und verbrachte die nächsten Minuten damit, ihre äußere Erscheinung wiederherzustellen. Dann verließ sie ihr Zimmer und ging die Treppe hinunter.

In der Wohnzimmertür blieb sie stehen und betrachtete eingehend die Szene. Mit kurzem Haar und bedeckten Armen machte der Mann, der ihre Tochter begleitet hatte, einen recht normalen Eindruck, sagte sie sich, auch wenn er Schotte war.

Als man ihre Anwesenheit bemerkte, verstummte die lebhafte Unterhaltung. Pablo und Enric wechselten einen Blick, und Rebecca griff unter dem Tisch nach Kenzies Hand.

Elvira ging zu dem Platz, an dem sie normalerweise bei den Mahlzeiten saß, neben ihrem Ehemann, und nahm so sittsam Platz, wie es ihr möglich war. Ohne die anderen anzusehen und mit geschürzten Lippen, denen man deutlich ansah, welche Anstrengung sie das alles kostete, warf sie einen Blick auf die Speisen, die auf dem Tisch standen.

»Pablo, würdest du mir bitte den Salat reichen?«, sagte sie zu ihm.

Pablo war sprachlos. Elvira hatte niemals mehr als einen förmlichen Gruß mit ihm gewechselt.

Er beeilte sich, ihr zu antworten.

»Den mit den Kaktusfrüchten?«

»Nein, den anderen. Kaktusfrüchte sagen mir nicht zu, und dir, soviel ich weiß, auch nicht, da ich dich nie davon habe nehmen sehen.«

Pablo schwieg. Elviras plötzliche Verwandlung verblüffte ihn. Enric drängte ihn mit Blicken zu einer Antwort.

»Das stimmt«, gab er zu, »ich mag sie nicht.«

»Baudelia zwingt uns, sie zu essen.« Sie zog eine Grimasse, die ein Lächeln darstellen sollte. »Bevor sie in dieses Haus kam, wusste ich nicht einmal, dass es sie gibt.«

»Sie haben Eigenschaften, die der Gesundheit zuträglich sind«, sagte Enric, vom Verhalten seiner Mutter ermutigt. »Außerdem haben schon die Azteken sie verwendet.«

»Aber sie gehören immer noch zu den Kakteen«, erwiderte sie, während sie die Salatschüssel aus Pablos Händen entgegennahm.

Sie tat sich ein wenig Salat auf, und während sie die Schüssel auf den Tisch stellte, glitt ihr Blick suchend zur dem anderen Objekt ihres Interesses.

Kenzie versteifte sich, als Elviras Blick ihn traf. Rebecca drückte seine Hand noch fester.

»Ist man in deinem Land katholisch, Ken …?« Mit der Aussprache des Namens hatte sie noch Schwierigkeiten.

»Kenzie, Mama«, sprang Rebecca ihr bei.

»Ja, ja, Kenzie, ich weiß.«

Kenzie verstand die Frage nicht, und Rebecca, die sich ein bisschen unbehaglich fühlte, übersetzte es ihm. Doch Kenzie überraschte die Neugier der Frau in dieser Sache nicht.

»Er sagt, die Familie seines Vaters sei schon immer katholisch gewesen«, übersetzte Rebecca und ließ dabei die Tatsache aus, dass er keinerlei Religion praktizierte und seine Mutter Presbyterianerin war.

»Schön, schön«, sagte Elvira lebhaft und begann insgeheim, neue Hochzeitspläne zu schmieden.

An diesem Abend lernte Sofi ihre ersten gälischen Wörter. Unter der Aufsicht ihres Lehrers wiederholte das Mädchen sie den ganzen Abend lang unablässig. Immerhin würde Schottland bald ihr neues Zuhause werden.

Lola kehrte reumütig nach Edinburgh zurück und bat Rory um Verzeihung. Er konnte sie ihr nicht verwehren. Er liebte sie, und obwohl er sehr verletzt war von dem, was sie ihm angetan hatte, war er überzeugt, dass sie aus all dem etwas Gutes ziehen konnten. Lola versprach, ihn nie wieder zu verlassen, und zum Beweis, dass ihre Reue aufrichtig war, willigte sie ein, ihn zu heiraten und ihm das zu geben, was er sich am meisten wünschte: ein Kind, zwei …

Am 18. September 2014 entschied das schottische Volk in einem Referendum über seine Unabhängigkeit vom Vereinten Königreich. Das Nein zur Abspaltung kam mit einer Mehrheit von elf Punkten und setzte einen Schlussstrich unter dreihundert Jahre separatistischer Bestrebungen.

DANKSAGUNG

Meinem Ehemann und meinem Sohn, weil sie mein Motor sind und die Kraft, die mich mit den Füßen am Boden hält.

Meinen Eltern und meinen Geschwistern, weil sie mich immer unterstützen, sich mit mir freuen und mich ermuntern, weiterzumachen.

Meine Dankbarkeit und Bewunderung gilt auch der schottischen Folkband Albannach, die die erste Quelle der Inspiration für diese Geschichte war. Ganz besonders dem Bandmitglied Jamesie Johnston, der den Anstoß für die Figur Kenzie gab, der seine Gefühle zu seiner Heimat mit mir teilte und mir zeigte, was es bedeutet, Schotte zu sein.

Kenny Fraser, weil er mir half, einen Song auszusuchen, den ich für den Roman brauchte. Dank ihm entdeckte ich Loreena McKennitt und ihre zauberhafte Version von »Bonnie Portmore«.

Brian, Andy, Lynz und Marty, weil sie mir freundlich auf meine Fragen antworteten und mir wertvolle Informationen zukommen ließen. Jetzt werde ich noch einmal nach Schottland fahren müssen, um das Balmoral-Hühnchen zu probieren.

Pablo von Crea-te, weil er mir seine Sicht der keltischen Riten vermittelte, es war faszinierend.

Emma Restall Orr und dem British Cruid Order (http://emmarestallorr.org) für die Erlaubnis, ihr keltisches Hochzeitsritual zu verwenden. Ihre Freundlichkeit und ihre guten Wünsche begleiten mich für immer.

Marisa Nevado und Salome Alonso, weil sie die erste Fassung gelesen und unzählige Fehler ausgemerzt haben. Vielen Dank auch für das gemeinsame Lachen und Träumen.

Manuel Navarro, dem von mir bewunderten Schriftsteller, für seine Korrekturen und Vorschläge. Ohne seine Hilfe wäre dieser Text nicht so, wie er ist.

Meinen Freunden aus den sozialen Netzwerken dafür, dass sie sich über meine Erfolge freuten, meine Nachrichten teilten und stets hilfsbereit waren.

Tausend Dank allen Lesern meines ersten Buchs, »Los Ángeles de la Torre«, deren positive Kommentare mir die Kraft gaben, weiter Geschichten zu entwickeln.

Danke auch dir, dass du diesen Roman gelesen hast.

QUELLEN

Raindrops Keep Fallin' On My Head, Billy Joe Thomas, 1969
Chasing Cars aus dem Album *Eyes Open*, Snow Patrol, 2006

15148652R00260

Printed in Poland
by Amazon Fulfillment
Poland Sp. z o.o., Wrocław